本书获广东外语外贸大学外国文学文化研究中心立项经费资助
属"外国文学文化论丛"系列成果之一

Faguo Tahuawenxue Yanjiu

法国他化文学研究

外国文学文化论丛

主编 栾栋

栾栋 / 编著

中山大学出版社
SUN YAT-SEN UNIVERSITY PRESS

· 广州 ·

版权所有 翻印必究

图书在版编目（CIP）数据

法国他化文学研究/栾栋编著. —广州：中山大学出版社，2019.12
（外国文学文化论丛/栾栋主编）
ISBN 978-7-306-06752-4

Ⅰ.①法… Ⅱ.①栾… Ⅲ.①文学研究—法国—现代 Ⅳ.①I565.065

中国版本图书馆CIP数据核字（2019）第235920号

出 版 人：王天琪
策划编辑：吕肖剑
责任编辑：靳晓虹　罗梓鸿
封面设计：林绵华
责任校对：王　璞
责任技编：何雅涛
出版发行：中山大学出版社
电　　话：编辑部 020-84111996，84113349，84111997，84110779
　　　　　发行部 020-84111998，84111981，84111160
地　　址：广州市新港西路135号
邮　　编：510275　　传　真：020-84036565
网　　址：http://www.zsup.com.cn　E-mail：zdcbs@mail.sysu.edu.cn
印 刷 者：佛山市浩文彩色印刷有限公司
规　　格：787mm×1092mm　1/16　20.5印张　390千字
版次印次：2019年12月第1版　2019年12月第1次印刷
定　　价：48.00元

如发现本书因印装质量影响阅读，请与出版社发行部联系调换

"外国文学文化论丛"序

广东外语外贸大学外国文学文化研究中心成立已有12个年头。作为广东省文科基地，该中心为广东外语外贸大学这所专业型和实用性特征突出的学校增添了几分人文气质，使广东省这个改革开放的"前沿码头"多了些了解他山之石的深度。今天，我们推出"外国文学文化论丛"，就是想对本中心研究的状况和相关成果做一个集结，也是为了把我们的工作向广东的父老乡亲做一个汇报。

"外国文学文化"是一个庞大的范围。任何一个同类研究机构，充其量只能箪食瓢饮，循序渐进。我们的做法是审时度势，不断进行学术聚焦，或曰战略整合。具体而言，面对"外国文学文化"这个极其宽泛的研究对象，我们用12年时间完成了内涵、外延、布局、人员、选题、服务学校和社会等方面的核心建构。

其一，12年的艰苦努力，基地真正地完成了对广东外语外贸大学重要外语种类文学文化研究实力的宏观联合。经过这些年的精心组织和努力集结，英、法、德、日、俄、泰、越等国别文学及其相关研究初具规模，跨文化的择要探索、次第展开，突破比较研究局限的熔铸性创制有序进行。从总体上看，虽然说各语种实力仍然参差不齐，但是几个重要的语种及其交叉研究，都有了可以独当一面的人才，有了相对紧凑的协作活动，优选组合的科研局面日臻成熟。

其二，基础研究和个案研究、单面进取与多向吸纳的交叉研究态势业已形成。长期以来，广东外语外贸大学的外语师资在科研方面比较分散，语各一种，人各一隅，教学与科研大都是单面作业，几十年一条"窄行道"，一辈子一个"小胡同"，邻窗书声相闻，多年不相往来。近几年基地积极推荐选题，从战略上引导，在战术上指点，通过活动来整合资源，基础研究与个案研究的结合颇有成效，单向研究的局限有所突破，交叉研究的方法也有较大面积的推广。这个进步将会对学校的师资建设产生积极而深远的影响。

其三，领军人才和高端人才的培养在有重点地推进。在当今中国，高教发展迅速，不缺教书匠，缺少的是高水平的教师，尤其缺乏大气磅礴的将帅之才。自古以来,有些知识分子以灵气或知识自傲,文人相轻,是己非人,一偏之才易得,淹博之人寥寥,而可以贯通群科的品学兼优之才更是凤毛麟角。我们这些年在发掘和培养科研人才方面,花了不少心血。外国文学文化研究中心以人文学为集结号,在本校相关专业的教师当中培养了一批师资力量。让我们感到欣慰的是,最近几年基地持续多年的创新学术导向渐入佳境,熔铸性的科研蔚成风气,专兼职人员知识结构的改造成为本中心的自觉行动,科研人才的成长形势喜人。随着学校支持力度的加大,陆续有高端人才引进,他们的加盟对基地来讲,是具有战略意义的人才布局。

其四,科研有了质量兼美的提升。从2011年到2013年,"人文学丛书"第3辑15种著作全部付梓。截至目前,1、2、3辑共35种著作,加上丛书外著作5种,总计达40种著述(不包括2011年之前基地已经出版的10多种"人文学丛书"外著作),成建制地推向学界,产生了积极的学术影响。在基地的专兼职研究人员中,有些学者善于争课题、做课题;有些学者精于求学问、搞创新。我们对这两种学者的特长都予以支持。相比较而言,前者之功,在于服务政策,应国家和社会所急需;后者之德,在于积学储宝,充实学林,厚道人文,是高校、民族和国家的基础建设。从学术史和高教发展史来看,两个方面都有其贡献,后者的建树尤为艰难。埋头治学者不易,因为必须淡泊名利,宁静致远。然而,不论是对于一所高校、一个民族、一个国家,还是对全人类,做厚重的学问是固本培元的事情。有鉴于此,基地正在物色人选,酝酿专题,力求打造拳头产品,做一些可以传之久远的著述。

其五,将战略性选题和焦点性课题统筹安排。诸如,以"人文学研究"(即克服中外高校学科变革难题)为龙头,以"文学通化研究"为核心,以"美学变革研究"为情致,以"外国文论翻译研究"为舟楫,以"人文思潮探讨"为抓手,以"重要人物研究"为棋子,推出了一系列比较厚重的研究成果,如人文学原理、文学通化、感性学、文学他化、存在主义、女性主义、后现代主义、新小说、副文学现象、日本汉诗、莫里哀、波德莱尔、艾略特、柏格森、阿多诺、海德格尔、勒维纳斯、海明威、萨特、古埃尼亚斯、本居宣长、厨川白村、川端康成、大江健三郎、村上春树、米兰·昆德拉、伊里加蕾、鲍德里亚、麦克·布克鲁、雅克·敦德、德尼斯·于斯曼、勒·克莱齐奥、哈维等,一盘好棋渐入佳境。

其六,全力配合学校的总体规划。本基地为学校的传统特长——外国文学文化研究增砖添瓦,为学校学科建设的短板——文史哲学科弱项补偏救急,为学校"协同攻关"和"走出去"身先士卒。事实上,基地的上述工作,早就开始"协同攻关"。试想,把这么多语种的文学文化研究集于一体,冶为一炉，交叉之，契合之，熔铸之，应该说就是"协同攻关"。"人文学中心建设"也是一种贯通群科的"协同攻关"。比较文化博士点的复合型人才培养，同样是一种"协同攻关"。我们做的是默默无闻的工作，基地的专兼职研究人员甘愿做深基础、内结构和不显山露水的长远性工作，我们为之感到高兴。笔者一贯用"静悄悄，沉甸甸，乐陶陶"勉励自己，也以之勉励各位同事。能够默默地奉献，那是一种福分。在"走出去"方面，我们也下了相当大的功夫，仅2013—2014年，基地就有5名教授分赴法、德、俄、美等国访问与讲学。这些活动的反响都很积极。对方国家的高层学者，直接把赞扬的评价反馈给我国教育部、汉办等领导部门。我们努力响应国家和学校的号召，认认真真地"走出去"，这在今后的工作中还会有进一步的体现。

以上几个方面的工作，在"外国文学文化论丛"中都有聚焦性的著作推出。还有一些方面，比如外国语言文学如何固本培元的问题，外国语言文学选择什么提升点的问题，"人文学"的后续发展问题，诸如此类，都是今后基地科研工作的关注点。这些方面也会在"外国文学文化论丛"中陆续有所体现。序，是个开端。此序，也是12年来基地工作的一个小结。

栾　栋
2015年4月19日
于白云山麓

目录
Contents

前言　法国文学他化研究简说 ………………………………………… 1

第一章　柏格森对生命的审美观照 ……………………………………… 9
  一、生命的形而下之美：喜剧 ………………………………………… 10
  二、生命的形而上之意：纯艺术 ……………………………………… 13
  三、柏格森美学的动态发展 …………………………………………… 17

第二章　皮埃尔·洛蒂的双重书写 ……………………………………… 23
  一、显性的"他者" …………………………………………………… 25
  二、隐性的"他者" …………………………………………………… 29

第三章　普鲁斯特文学的"海上冰山" ………………………………… 33

第四章　"一战"阴影下的普鲁斯特小说 ……………………………… 45

第五章　叔本华的幽灵 …………………………………………………… 59
  一、叔本华的意志哲学 ………………………………………………… 60
  二、叔本华的崇拜者于斯芒斯 ………………………………………… 62

三、萨特的叔本华影子 …………………………………………… 65
　　四、加缪思想中的叔本华悲情 …………………………………… 68

第六章　加缪的神话精神 ……………………………………………… 73
　　一、加缪及神话精神的复兴 ……………………………………… 74
　　二、加缪神话精神的现实情怀 …………………………………… 77

第七章　米兰·昆德拉之逃离不朽 …………………………………… 91

第八章　走近尤瑟纳尔 ………………………………………………… 99

第九章　罗伯-格里耶笔下的"欲望" ……………………………… 109
　　一、"欲望"的幽灵 ……………………………………………… 110
　　二、"欲望"幽灵四种 …………………………………………… 112
　　三、无意识的癖好 ………………………………………………… 117

第十章　马利坦诗学管窥 ……………………………………………… 121
　　一、诗之本源
　　　　——智性的概念前生命 ……………………………………… 122
　　二、诗之本体
　　　　——诗神一体论 ……………………………………………… 126
　　三、诗之本根
　　　　——神化奥秘 ………………………………………………… 129

第十一章　米歇尔·图尼埃的"礼拜五" …………………………… 135
　　一、时间与存在 …………………………………………………… 136
　　二、言说与信仰 …………………………………………………… 140
　　三、虚空与光明 …………………………………………………… 142

第十二章　罗兰·巴特在"人生的中途" …………………………… 145
　　一、母亲之死 ……………………………………………………… 146
　　二、母与子 ………………………………………………………… 148

三、"人生的中途"与最后两门课程 …………………………… 152
　　四、"长篇小说"：为所爱之人作证 …………………………… 154
　　五、文学与爱的表达 …………………………………………… 157

第十三章　罗兰·巴特的"业余主义" ……………………………… 161
　　一、业余主义与表现意图和禁欲主义的对立 ………………… 162
　　二、业余主义与科学主义的对立 ……………………………… 165
　　三、业余主义与消费社会的对立 ……………………………… 169

第十四章　于丽亚·克里斯蒂娃符义思想概说 …………………… 175

第十五章　借助母性的象征言说 …………………………………… 189
　　一、面临言说悖论的女人 ……………………………………… 190
　　二、在母性中言说的女人 ……………………………………… 193
　　三、在象征中僭越的女性主体 ………………………………… 195

第十六章　热奈特的文本理论 ……………………………………… 199
　　一、诗学的正本清源 …………………………………………… 200
　　二、亚里士多德悲剧理论辨析 ………………………………… 202
　　三、古典主义诗学疏证 ………………………………………… 203
　　四、浪漫主义诗学反思 ………………………………………… 206
　　五、文本结构审度 ……………………………………………… 207

第十七章　德里达的解构性诗学 …………………………………… 211
　　一、"解构"直击诗学根本 ……………………………………… 212
　　二、"消解"牵动文本深读 ……………………………………… 213
　　三、研读见出他化精神 ………………………………………… 216
　　四、大师交流的诗哲火花 ……………………………………… 217
　　五、"延异"意味游戏活动 ……………………………………… 219

第十八章　勒克莱齐奥《宝藏》的叙事艺术 ……………………… 223
　　一、"宝藏"的五重寓意 ………………………………………… 224

二、两条故事线索的交织与时空的特定交叉点 ………………… 226
　　三、叙述的两种当下时刻 ………………………………………… 229

第十九章　勒克莱齐奥笔下之灵肉博弈 ……………………… 233
　　一、身体与意识的博弈 …………………………………………… 236
　　二、对意识主体的解构 …………………………………………… 238
　　三、"物质的迷狂"：实现身体与意识的和谐统一 ……………… 241

第二十章　乌埃勒贝克的《基本粒子》解析 ………………… 245
　　一、造人神话 ……………………………………………………… 246
　　二、伦理挑战 ……………………………………………………… 248
　　三、两个极端 ……………………………………………………… 250

第二十一章　法国副文学评述 …………………………………… 253
　　一、何为副文学 …………………………………………………… 254
　　二、几个里程碑人物 ……………………………………………… 257
　　三、副文学的理论突围 …………………………………………… 263
　　四、副文学的他化趋势 …………………………………………… 264

第二十二章　阿兰－米歇尔·布瓦耶的副文学观念 ………… 267
　　一、副文学理路 …………………………………………………… 268
　　二、"单数"副文学观 …………………………………………… 269
　　三、"复数"副文学观 …………………………………………… 270

第二十三章　安妮·埃尔诺的《一个女人》 …………………… 275
　　一、矛盾之一：母亲的死生 ……………………………………… 276
　　二、矛盾之二：寻根的迷惘 ……………………………………… 278
　　三、矛盾之三：吊诡的写作 ……………………………………… 280

第二十四章　《天一言》荒诞意蕴解析 ………………………… 285
　　一、苦难的荒诞面孔 ……………………………………………… 286
　　二、荒诞的人生命运 ……………………………………………… 288

三、无望之希望 ………………………………………………… 293

第二十五章　托多洛夫"文学濒危"说疏证 ………………… 297
　一、"行到水穷处，坐看云起时" ……………………………… 298
　二、"欲穷千里目，更上一层楼" ……………………………… 303
　三、"江流天地外，山色有无中" ……………………………… 306

尾声　闻说鸡鸣见日升 ………………………………………… 313

前 言　法国文学他化研究简说[①]

---

① 作者为广东外语外贸大学栾栋教授。

文学是从非文学存在中裂变而来，或曰化裁而出。这是指陈文学化他而来的过程。从远古到高古、中古，文学生发的文化现象展示了这一点。文学出落成一个领域，或曰成为一种学科，在其独立的状态中，掩藏着非文学的因素，即独中寓他，统中有别，这是其兼他而在于委运而动的另一个侧面。近代以来的文教演变证实了这一点。现当代人文思潮的大规模交流与快速度融通，凸显另一个重大的文教变数，那就是文学的他化问题。这一点，看一看人类文化发展的大趋势就不难理解。

笔者在《文学通化论》的前言中，曾经这样揭示当今所面临的人文包括文学变数："就人文演变的契机而论，当今人类置身千载难逢的历史大变局，全球浓缩一个村落；学理濒临分久必合的学术新转折，群科汇集如百川归海；文学介入亘古仅见的人文总枢纽，太空入怀似六合洞开。文论期盼不负时代的思想大方略，一多难题在通和致化。拙作《文学通化论》就是在这样的背景下应运而出。"① 文学通化，是笔者关于文学发展前景和命脉运演的总体观念，文学他化则是文学通化中的一个重要环节。这个环节之所以重要，是因为它与人类现阶段地球村化的处境层层耦合，与世界各领域都急切期盼协和万邦的命运共同体前景息息相关，与文学本身从原初的混沌中派生和向当今的通化性运动紧密相连。从这个意义上，可以说，文学从其前身——神话算起，经历了漫长的前文化和杂文学的合久必分之后，终因饱受高墙深沟的科层化文学逼厌，进入了分久必合的大文学转折。从全球化的视野看，文学他化已非只能隔空聆听的跫跫足音，其云行雨施，渐成声势，各国文学都被慢慢地席卷进来。

我们为什么非常关注法国现当代文学，而且由此切入解析文学他化的问题？因为法国现当代文学在文学他化方面有不同寻常的表现。在19世纪与20世纪之交，哲学家柏格森的文学走笔有如山泉汇集，其他化的实绩不菲，所获诺贝尔文学奖可谓颇有深意，哲学向文学渗透，文学向哲学融通，他化文学于此可见一斑。（见张峰撰写的本书第一章"柏格森对生命的审美观照"）普鲁斯特的文学创作亦如溪水出壑，汇入了江河湖海，赢得了意识流的美誉，其人其作，其实也是他化文学的暗潮涌动。黄晞耘从中发现了作家笔触与第一次世界大战历史的交织与映衬，揭示了普鲁斯特"冰山下面"另外的东西。（见本书第三章"普鲁斯特文学的'海上冰山'"、第四章"'一战'阴影下的普鲁斯特小说"）史忠义对法国文学的他化问题也十分关注，他从文学变化中揭示了叔本华思想和海德格尔哲学与法国现当代文学的各种联系。上述三位学者对法国文学"学内"和"学外"的勾连，说明了一个深层变数，文学他化已不

---

① 栾栋：《文学通化论》，商务印书馆2017年版，"前言"第1页。

仅仅是向某一邻近学科的借鉴或被影响的关系，而且是与后者的彼此渗透和相互转化。文学与哲思的交织，越出了各自疆域的区隔，他化的运动隐然跃然，在不同学科和不同领域之间"神出鬼没"，瞻之在前，忽焉在后。

文学他化也在"他者"的变位中徘徊。皮埃尔·洛蒂及其《在北京最后的日子》，便是"他者"纠葛之一种。马利红在洛蒂的日记体小说中，读出了作家的双重书写，即显性与隐性的"他者"问题。（见本书第二章"皮埃尔·洛蒂的双重书写"）中国，作为西方人眼中的"他者"，在不同的世界历史时期有着迥然有别的形象。20世纪初期，八国联军侵华所带来的中法两国不平等关系，是导致殖民主义时期中国负面形象的直接原因。皮埃尔·洛蒂作为作家兼海军军官，他的双重身份和作品，折射出那个时期中国在西方人眼中的双重形象及其原因。作者的字里行间显示了一个中国印象，而在文字背后还隐藏着另一个中国身影，即一个曾经被理想化的中国形象。这两重形象既与作者的品性和文化素养息息相关，也与历史中国与当时中国的诸种变化错乱纷呈。一百多年来，这种对中国形象的双重书写，揭橥法国文化界关于殖民主义合理性的建构与解构，代表了双重的东方主义。广而言之，这是法国文学的另一种他化，西方与中国，不义与正义，殖民主义与反殖民主义，都通过文学与非文学的交叉冲撞而诉诸文字。

法国文学的他化趋势还有一个突出的现象，即文学在新思潮、新学术和边缘文化处风生水起。他化，文学在反思各种历史观、时空观、没落感和怀疑主义。（见史忠义所撰第八章"走近尤瑟纳尔"）他化，文学与新思潮相推相助，如加缪及其存在主义文学与神话学的彼此映衬，米兰·昆德拉与存在主义思潮的若即若离。（见尚丹所撰第六章"加缪的神话精神"，韩水仙所撰第七章"米兰·昆德拉之逃离不朽"）他化，文学与新学术相互影响，如罗兰·巴特和热奈特的符义学思想与文学的浑然一体。（见黄晞耘所撰第十二章"罗兰·巴特在'人生的中途'"、第十三章"罗兰·巴特的'业余主义'"，史忠义所撰第十四章"于丽亚·克里斯蒂娃符义思想概说"和第十六章"热奈特的文本理论"）他化，文学与新兴运动波推浪卷，如克里斯蒂娃女性主义对文学领域的冲击。（见李昀所撰第十五章"借助母性的象征言说"）他化，文学思想在日渐式微的传统宗教影响中生发新芽。（见张静所撰第十章"马利坦诗学管窥"）他化，审丑者在怪诞的文艺创作中露出端倪，如图尼埃、布朗肖等人的文学创作。（见张静所撰第十一章"米歇尔·图尼埃的'礼拜五'"）他化，是后现代主义的用武之地。（见冯晓莉所撰第十七章"德里达的解构性诗学"）他化，是正中出奇作家们的创作方法，如勒克莱齐奥关于身体性写作的探索和程抱一对荒诞命运的叩问。（见张璐所撰第十九章"勒克莱齐奥笔下之灵肉博弈"和王夏所撰第二十四章"《天一言》荒诞意蕴解析")他化,有人物非人物的新小说书写和对人物人称的主客变位,前者如罗伯-格里耶的反小说性遁逸,后者如安妮·埃尔诺的主体跳荡的文学尝试。(见张维嘉所撰第九章"罗伯-格里耶笔下的'欲望'"和马利红所撰第二十三章"安妮·埃尔诺的《一个女人》")他化,见诸"造人"神话的当代变异及其伦理启示。(见马利红所撰第二十章"乌埃勒贝克的《基本粒子》解析")他化,纯文学和经典文学潜移默化于亚文学、次文学、灰色文学和反文学之中,甚至随各种文化品类淡去,法国副文学学派对此类文学特别关注。(见马利红所撰第二十一章"法国副文学评述"和第二十二章"阿兰-米歇尔·布瓦耶的副文学观念")他化,体现于理论家和学者对文学的鉴赏、批评和思想推助,参读栾栋关于法国文学他化的系列阐发。①

在这里,我们有必要提及 2007 年法国文教界进行的一场文学论争。茨维坦·托多洛夫和南茜·于斯顿夫妇由新批评、结构主义和后结构主义的前卫派,急转弯向后倒退,变为古典美学的捍卫者。马克·弗玛罗里、皮埃尔·奥本克等人也应声而起,对上述文学前卫思潮狠揭痛批,给 20 世纪 70 年代以来的法国文学列举出"形式主义、虚无主义和唯我主义"的罪状。与此同时,也有雅克-皮埃尔·阿迈特、纳塔丽·柯罗姆等人奋力反驳。《玛丽亚娜》《世界报·教育周刊》《新观察家》《方位》《影视综艺》《十字架报》和法国广播电台等媒体都有相关报道和评论。表面上看,上述论争仅涉及法国现当代文学的成败问题,深层透视,则可以发现其中所披露的连带关系,即法国近百年的文学现状,而且也涉及整个西方的诗学、新文论和广义的文学艺术批评与研究。

这是一场比较热闹的辩论。从论辩规模、话题深度和介入的理论人物而言,算不上轩然大波。但是从中可以看出,一批法国文坛的翘楚和精英人才,在文学他化激流旋涡中的无所适从。有必要在人文沧桑变化中审视这场论争各方的自定位和对文学的定位。定位的局限发人深思。一百多年来,文学越界出墙和超文非学的现象颇具规模,巨大变迁已非传统文学概念可以牢笼,而文学理论方面的新潮充其量只能算是一个浪花。20 世纪引起或参与文学变数的文学家、艺术家、理论家和大师级的学者逝而未远,他们的成果至今尚未完全被文化界消化,遑论逆转。对他们的评价是文学史研究的大课题。然而,从人文全局上看,目前参与论辩的学者或文化人中,真正的重量级思想家付之阙如,

---

① 参见栾栋《法国文学的他者指归》,载《学术研究》2010 年第 2 期;《法国文学他化现象管窥》,载《外国文学研究》2010 年第 5 期;《文学他化疏》,载《法国研究》2011 年第 1 期。

2017年去世的托多洛夫有一定的影响,但是他本人在20世纪文学风云变幻中并不是一个很有定见的人物。从本质上看,论辩双方所争执的话题主要聚焦于收缩抑或放宽文学尺度方面,相对而言,论域仍然比较拘谨。正是全世界范围风起云涌的政治格局变化和人文难题,促使法国文学界把目光投向了众多的"他者",如何与异国他乡人文思想包括文学演变交流互动,被提上了文学的议事日程。换言之,近十多年来法国出现的文学是非之争,实际上仍然局限于什么才是文学性的问题,即应该由什么文学倾向占据文学鳌头,应该由哪种人物执文学性之牛耳。因而,在笔者看来,辩论双方还没有从一个比较高的视角,冷静看待20世纪法国文学的变化。学术界也没有认真对待这一笔尚有温度的遗产。

我们如此关注和倡导法国现当代文学他化现象研究,正是为了摆脱狭隘文学性的胶着,从更为宏阔的人文视角,观察法国一百多年来文学给人类文明的启示。拈出他化脉络来梳理和体察法国文学,与传统所谓文学性的定见大不相同。传统文学及其观念是紧紧围绕文学的审美内核来构筑堡垒和划定界河,他化研究则使文学在人文学科、学术理论和文化思潮等广泛的场域圆观宏照。在我们看来,法国现当代文学他化趋势是一种非常罕见的文学变数,它是因应地球村文化的文学变异,是伴随文教全球化出现的文学变迁,是吞吐后现代思潮的文学变化。文学的内涵增值扩容,文学的边际解疆去域,文学的功能出神入化。面对这样的文学巨变,需要有一种更宽阔的视野和更切题的方法,对文学的演化进行全方位的把握。他化就是一个不可或缺的选择。

对文学他化的思考,是基于文学是文学而又非文学的文化事实。笔者将之概括为文学非文学,即文学既是传统所说的文学,同时也是他化而变,兼他(者)而在的非文学。作为一个新命题,文学非文学是对近代以来法国文学的变化的一种理论提炼。传统的纯文学观或曰经典文学观是建立在真善美合一的基础之上的。这个基础自1850年以来已经被日益丰富的文学变化所突破,尤其是被波德莱尔、戈蒂耶、王尔德等欧洲"丑文学"思潮所淹灌,也被尼采、弗洛伊德、福柯等学术巨子的非传统文化学说所引领。20世纪法国的人文思潮特别是后现代主义文学趋势给审美主义的传统文学标准以极大的冲击,重审文学性的各种成果让文教界明白了一个道理——文学是一种复杂的存在。文学不仅有真善美,而且包含着假恶丑,因而不能说只有真善美的文学是文学,假恶丑的文学就不是文学。即便在所谓真善美的文学典范中,其功能也不仅仅如其传统的文学性理论一厢情愿。就拿经典和名著来讲,其中的正负精粗等方面的东西都会产生多种影响,甚至会产生适得其反的效果。如果不想堕入瞒和骗、蒙和蔽的幻象之中,就应该寻找另外的途径,而他化就是一条既切合文学演变趋势，也突破古典文学性理论局限的出路。

　　法国文学的他化现象有其思想和理论的背景。萨特、梅洛-庞蒂、福柯、德勒兹、德里达、勒维纳斯等哲人智者，在文学变数拐点上奠定了他者在他化的理论基础。退一步讲，从波德莱尔、巴塔耶，到布朗肖、图尼埃，文学理论遇到了亘古罕见的巨变，当今的文学概念已经不能也无法把"非经典"的文学创作打入另册。在新小说、新文论、副文学和反文学之后，再以古典美学划界的文学性显然捉襟见肘。即使那些按照纯文学路数讨生活的写手，仔细看也有这样那样的他化性元素见诸笔端。文学围墙被突破，满眼一片新景观，其实不用寻思"蜂蝶纷纷过墙去，春色是否在邻家"。也不用面对文学自性的迁移和文坛场合的变化而多愁善感，看到文学他化，应该欣喜，"长恨春归无觅处，不知转入此中来"。人们不能只看到形式主义、虚无主义和唯我主义泛滥，也要看到"他在"创作、"他性"理论和"他者"思想的生发和扩展。他化，意味着上述两种倾向杂糅，文学真正恢复了其真面目。他化，等于说文学与非文学进入了凤凰涅槃般的运动。他化中的文学，从昔日所谓"文学科类"中解放，在过去所谓"文学性体"外化裁，于文学当初所谓"审美本质"处变革，由之产生的文学理论进入了一种大人文的境况。

　　从思想方法而论，任何定义，都不能把美好的方面据为己有，把不利的方面拒之门外。文学亦然。笔者用"文学非文学"的命题概括文学他化现象，也是因为自古以来的文学理论往往忽略文学兼他而在和非己而存的真如。换句话说，文学中好的东西属文学，不好的东西同样是文学。拙作《辟文学通解》曾对这一观点做过这样的解析：文学是多面神，古来很难解说明白。文学是九头怪，今天依然变化多端。文学是续生草，盘根错节并非一代。文学是星云曲，比兴风雅与天地参。不论是关于文学的巨型叙述，还是分解文学的单体论文，一旦对它们进行牵枝带蔓的追究，就会立刻看到不同观点之间的对垒，领悟到对立各方不无根据的分歧。复杂的争议固然原因繁多，然而，一个深而广的问题亟待考量，那就是应该抓住文学的他化性创演。他化所揭橥的文学非文学，就是既要看到文学观念的矛盾来自文学本身，也要深究文学理论的纠葛出于文学之外。文学非文学，这个命题之所指，就是文学的复合性存在，即文学的是己非己。通俗地讲，即文学既是文学，而又另有所是。[①]

　　指陈和论证文学的他化趋势，是否会让文学消亡呢？答案是否定的。文学不会消亡，文学只是在他化中逐渐臻于化境，即在化感通变中褪去原本就带有的形式主义、虚无主义和唯我主义成分，在通和致化中制约和改造其与生俱来

[①] 参见拙作《辟文学通解》，载《文学评论》2008年第3期。

的假恶丑等劣根性。文学他化思想的开发是否会使既有的文学理论受到威胁呢？答案是否定的。他化思想的文学非文学，其中已经包含和肯定了文学及其传统理论中的价值和有益的成分，给予常见文学理论以补充、以开放、以推演，此举实现的是文学的他在、他趋和他动。他在约束着形式主义，他趋防范着虚无主义，他动避开了唯我主义。文学他化理论的创演是否逃避或削减文学的责任呢？答案是否定的，因为文学他化是一种辟文辟学的活动。这个辟思环节是文学他化的命脉所系。辟文从卩从辛，有通经活络之功和省思罪过之义。辟学克灾克难，衔自然文化之华，且佩文明文化之实。辟思节私节欲，含非我非你之旨，膺向他敬他之理。① 在文学研究方面，这些特点可视为辟文学之解牛利刃，可以说超越了勒维纳斯等人的"他者"概念，将他化思想的要义凸现出来，对他化文学研究颇有助益。比如，对于现代主义和后现代主义文学变化，辟文学实可将他化研究引向深入。还如，法国副文学学派对亚文学、次文学、边缘文学和反文学的研究困境，也可从辟文学对他化的解析有所突破。

在此，可以参考聂珍钊先生文学伦理学批评的一个思想：文学在根本上是一种伦理性的存在，审美还在其次。② 他化文学在辟文辟学辟思的烛照下，或可展示善根的运动。他学兼善，诚可逊进逊退。他人当敬，自辟虚心虚怀。"他者"理论无疑差强人意，然而"他者"只有在无限的他化运动中，才有望克服"他自身"的坐大，才有可能实现"他自己"的超越。"我主导"的自负，缘他化而消弭。"物自体"的盲区，经他化则变通。他化作为人文和合，堵塞了底线道德擦边处的污水沾染。他化跟进善根信仰，擘划出升华精神中的高端提挈。从这种意义上讲，他化秉心公亮，趋于大道之行。他化托志忠雅，恪守无我之品。辟文辟学辟思之于他化文学，可谓循序渐进的剖析。

毋庸讳言，辟文学是华夏文明因应文学全球化大潮的一个理论方略，从突破传统文学思想的角度讲，此举适可作为法国现当代文学他化趋势的一把钥匙。换个说法，辟文学是"进乎他者"的举措。对于人类文学的理解而言，辟文学的提纲挈领，有望统合多面神的复杂情态；辟文学之纲举目张，兴许揭示九头怪的浑身解数；辟文学的钟鼓和鸣，或可促成大千世界的律吕和畅；辟文学的他化运动，无疑能对续根草加以复合性的培植。只要人类长存，文学他化运动未有穷期。反过来看，文学他化绵绵，也是人类祥和发展的福音。

---

① 参见拙作《辟文学缘起》，载《广东外语外贸大学学报》2016 年第 5 期；《辟文学别裁》，载《文学评论》2010 年第 4 期。
② 参见聂珍钊《文学伦理学批评导论》，北京大学出版社 2014 年版。

第一章　柏格森对生命的审美观照[1]

---

[1]　本章作者为中南大学外语学院张峰副教授。

亨利·柏格森（Henri Bergson, 1859—1941），法国著名哲学家，生命哲学的主要代表，1927年诺贝尔文学奖获得者，主要著作有《论意识的直接材料》(1899)、《物质与记忆》(1896)、《创造进化论》(1907)以及《道德和宗教的两个来源》(1932)。20世纪二三十年代，柏格森思想风靡全世界，在哲学、文学、艺术等领域产生深远影响。本章从柏格森的审美角度切入，并非把他定位于美学家，而是想展示其审美思想披露的跨界学者的风采。

相对于哲学的鸿篇巨制而言，柏格森对美学的着墨比较有限，除了《笑——论滑稽的意义》(1900)之外，他并无专门的文艺理论著述，其美学见解多散见于哲学著作中，而且带有明显的文学色彩。"关注生命"（attention à la vie）是柏氏生命哲学的核心，也是其美学思想的出发点。法语中的 la vie 一词，既指形下的"生活"，也指形上的"精神"。"关注生命"意味着艺术既要关注当下生活，又要思考生命实在；审美既不能忽略生活的现实功利性，又要摆脱现实、超越功利，凭借直觉去感知变化着的绵延。在某种意义上，正是因为柏格森的生命绵延理论，才对学术界产生了弥漫性和引力波的双重魅力。

一、生命的形而下之美：喜剧

柏格森美学对生命的形而下关注主要体现在美学专论《笑——论滑稽的意义》中，该著作通过研究"笑"来思考喜剧的性质。不过，柏格森并不研究任何意义上的笑，而是专门讨论"由滑稽引起的笑"[1]，滑稽（comique）是该书的出发点。

（一）滑稽的起源

本着追根溯源的哲学精神和文艺意绪，柏格森发现，在以往对笑的研究中，研究者大都将笑归因于事件过程中投入与期待之间的不一致，即因与果之间的不对称。这种不对称在他看来只是滑稽产生的表面现象，是笑的外在原因，机械和僵硬才是其根源所在。

在事物连续生动的运作中，如果突然撞上某种机械和僵直，便会出现滑稽。譬如，跑步的行人突然被障碍物绊倒，正在发表演说的演讲家忽然打出几个喷嚏，这都会引起围观者的笑声。他们在笑什么？是行人或演说家动作的突然改变超出了他们的预期？如果行人不是意外遇到了障碍，而是有意停下来，坐到地上，那路人是不会发笑的；如果演说家的喷嚏不是突然不由自主的，而

---

[1] H. Bergson. *Le rire: essai sur la signification du comique*. Paris: Createspace, 2014, p. 9.

是出于演说的需要，那听众也不会发笑。由此可见，带来滑稽的，并不是对象姿态的突然改变，不是变化与期待的不一致，而是变化的不由自主性，是变化中所隐藏的机械和僵硬。

由此可见，滑稽是通过同一生命体上生命与机械、运动与僵化、流动与停滞之间的冲突表现出来的，这种冲突犹如"活的木偶"一般，既带有生命特质，又不乏机械本性。正是在这个意义上，柏格森认为，滑稽是"镶嵌在活物上的机械"①。不过，以上两例的滑稽都是自发和偶然的，而非创造和艺术的。发人深思的是他把滑稽研究与机械性僵直牵上联系。在工业革命和科技观念一边倒的时代，柏格森关于机械僵直嵌入生命所引发的滑稽观，可谓颇有见地的跨界思考，这与后来卓别林的机械异化人生的电影表演有异曲同工之妙。

（二）喜剧的性质

滑稽只有在生活的基础上，走出自发和偶然，走向审美和创造，才能成为艺术，成为喜剧。在《笑——论滑稽的意义》一书中，柏格森以法国剧作家莫里哀和拉毕史等剧作家的作品为实例，用"镶嵌在活物上的机械"论为出发点，分析了喜剧的不同滑稽类型和多种滑稽手法，讨论喜剧与艺术和生活的关系，得到关于喜剧的普遍看法。

性格滑稽是喜剧艺术的高级表现形式，也是柏格森所论形下之美的集中代表。"性格"（caractère）一词在柏格森笔下有其特定的含义，指人物身上"已经完成的……一旦上足发条，便可以自动运转的东西"②，即那些可以不停被重复、不断被模仿的一般性和普遍性。在喜剧中，性格是一种脱离具体人物的共性存在，是"在场而看不见的中心，舞台上那些有血有肉的人物都要依附于它才能存活"③。换言之，性格犹如一个现成的独立框架，从外部套在人物身上，迫使他们在允许的范围内行动。标题突出体现了喜剧的这一特性，也表现了喜剧与悲剧的根本差异：悲剧致力于刻画个体，表达人物的内心世界，其标题只能是表达个性的专有名词，如《熙德》《贺拉斯》《昂朵马格》《费德尔》等；而喜剧总是致力于刻画共性，突出人物的类型特征，因而标题多是普通名词，如《吝啬鬼》《恨世者》《贵人迷》《赌徒》等。"高级喜剧的目的在于刻画性格，刻画一般的类型。"④ 这一目的集中体现了喜剧艺术对共性的追求。

---

① H. Bergson. *Le rire: essai sur la signification du comique*. Paris: Createspace, 2014, p. 30.
② H. Bergson. *Le rire: essai sur la signification du comique*. Paris: Createspace, 2014, p. 83.
③ H. Bergson. *Le rire: essai sur la signification du comique*. Paris: Createspace, 2014, p. 19.
④ H. Bergson. *Le rire: essai sur la signification du comique*. Paris: Createspace, 2014, p. 84.

重复、倒置和相互干涉是喜剧最为常见的表现手法。其中，重复意味着事物的同质，倒置意味着对象的可逆，相互干涉意味着事件的可分割，而同质、可逆、可分割都是空间事物的典型特征。因此，喜剧的这三种方法也都是外在的、处理空间事物的方法。而生命究其本质而论，不管以何种形式存在，都是没有重复的异质世界，它持续向前，不停变化，不同状态彼此渗透，彼此影响，不能分割，不能逆转。因而，喜剧通过各种手法要表现的并不是流动的生命，不是变化的实在，不是由它们带来的差异和个性，而是生命的停滞，是变化的停顿，是现实生活中的僵化了的普遍和共性。这种僵直的普遍和共性，已经画地为牢，生命之流遇到阻碍，貌似普遍的共性，实则是可笑的节点。如果我们用一句话概括柏格森对喜剧的阐述，可以说喜剧是把现实生化中的僵直点放大了让人看。

总之，无论是源起，还是表现内容和表现形式，喜剧作为艺术展示要给观众的并不是形而上的精神生命，而是形而下的具体生活，是流动生命的停滞和机械。正是在这个意义上，柏格森认为，喜剧处于生活和艺术之间，是各门艺术中唯一以"一般性"为目标的艺术。[1] 显而易见，这里所说的"一般性"给世人一个警觉，即从僵直的可笑性呼唤打通隔阂的期盼。"一般性"给人以假象，似乎在流动，实质上在挟制。柏格森给个性放生，同时也向个性汇入真实的生活之流开闸，其中的良苦用心需要细思。他的这一层哲思，如同渗透在文学笔调中的盐水，读者越是品味，越是饥渴；越是饥渴，也越是需要淡水去稀释。

(三) 喜剧的美学价值

喜剧之为艺术，关键在于它不是生活本身，而是生活基础上的创造。喜剧通常以笑来体现它的美感，笑的快乐功能使人们抓住一切机会制造笑，并把它建成体系，成为艺术。生活滑稽往往是偶然和自发的，因而也是零散和不系统的，它需要经过艺术家的精心设计与创造才能从生活走向艺术。相对于生活滑稽而言，喜剧的心不在焉往往围绕一个中心展开，各种滑稽从内容到形式不但彼此承接，而且还能相互作用，增强滑稽效果。简言之，滑稽在喜剧中呈现出创造性和系统性，笑因而也是创造和体系的。喜剧之所以不同于现实生活，是因为它不是原版照抄现实，而是生活蓝本下的艺术性浓缩、夸张和创造。

此外，喜剧强化了艺术的无意识特性——滑稽无意识。用柏格森的话说，

---

[1] H. Bergson. *Le rire: essai sur la signification du comique*. Paris: Createspace, 2014, p. 84.

滑稽人物好像反用了裘格斯的戒指——大家都看得到他，唯独他看不见自己。① 现实生活中，生命的物化经常是消极的，属于悲剧性缺点。但在喜剧作品中，生命僵化带给观众的都是笑声，哪怕是含着泪的笑声。其原因在于，喜剧人物往往意识不到自己对社会的不适应。对他来讲，生活已蜕变为静止的习惯，他不再关注变动的生命，而把自我当作完成品，既抛弃了未来的连续创造，也遗失了过去的不断记忆。没有创造的艰辛，没有记忆的累赘，喜剧人物完全地、毫无顾忌地展现着生命的物化："人的滑稽程度和他忘掉自己的程度成正比。"② 人越忘掉自我，其物化的表现也就越发自然，生命与物质，变化与僵硬之间的冲突也就越发激烈，滑稽效果因而也就愈发理想。

二、生命的形而上之意：纯艺术

以笑为审美标准的喜剧虽然具有一定的艺术创造性，但它以现实生活为蓝本，以普遍性为目标，远离了艺术的非功利和独特性，尚不能体现生命的内在本质。在柏格森看来，纯粹的美学，或者说纯粹的艺术是一种精神创造，再现的是流动的精神实在。它必须抛开生活的外壳，回归心灵的天然，回归活生生的个性，才能抵达非功利之绵延。这里之所以用"生命的形而上之意"概括柏格森的纯艺术观，主要因为柏格森对纯艺术的非世俗性非常重视。"形而上"并非哲学的形而上学（métaphysique），而是超越之意。

（一）艺术暗示精神实在

艺术的对象不是生活，而是精神实在。纯艺术不是世俗事态，不反映当下，而反映事物的本来面目，再现流动的精神。"无论是绘画、雕刻、诗歌还是音乐，艺术唯一的目的是去除那些实践中功利性的象征符号，去除那些为社会所接受的、约定俗成的一般概念。总之，是去除所有那些掩盖在实在之上的东西，使我们直接面对实在本身。"③ 在柏格森眼中，现实不是实在，而是实在被抽走非功利性后的产物。因此，现实不是艺术的目的地，而是人类生存和生活的对象。为了生存，人类必须依据自我需求来把握外物，必须根据事物的有用性来采取行动，这使得生活与实在之间隔上了一层或厚或薄的帷幕。艺术就是要掀开这层帷幕，通过艺术家的创造来展现变化的精神实在。

---

① H. Bergson. *Le rire: essai sur la signification du comique*. Paris: Createspace, 2014, p. 19.
② H. Bergson. *Le rire: essai sur la signification du comique*. Paris: Createspace, 2014, p. 19.
③ H. Bergson. *Le rire: essai sur la signification du comique*. Paris: Createspace, 2014, p. 88.

艺术暗示实在，而不表达实在。"艺术的目的与其说是表达情感，还不如说是让情感铭刻在我们心中。艺术把各种情感暗示给我们，而当艺术家找到一些有效的艺术手段时，就情愿放弃对自然的模仿。"① 在柏格森的原文中，"表达"与"铭刻"、"模仿"与"暗示"是两种方向不同、性质不同的表达："表达"和"模仿"是空间的和外在的，而"铭刻"和"暗示"则是时间的和内在的。作为绵延实在的具体表现，情感处于不断的发展变化之中。艺术如果以"模仿"和"表达"为目的，那就如同摄影机一般，截取的永远只是一个侧面、一个片段，而无法得到实在的整体影像；艺术如果以"铭刻"和"暗示"为目的，便不再指向外在有形事物，而是回到内心世界，指引我们去体会变化，去感受实在。"模仿"与"表达"带来的只是静止的机械重复，"铭刻"和"暗示"带来的则是变化的能动创造。因此，实在只能被艺术暗示，而不能被艺术表达。

艺术表现个性，而不是性格。"真正的艺术就是要展现模特的个体性"②，总是以个体化的东西为对象。在柏格森笔下，个性（individualité）与性格（caractère）相对应。前文中已经看到，"性格"是一种既成，是那些可以不停被重复、被模仿的一般性和普遍性；而"个性"则完全不同，它与柏氏笔下的"人格"（personnalité）和"深层自我"（moi profond）一样，时刻变化，时刻差异，是那些一次出现就永不重复的精神，是人体中代表生命和实在的东西。画家笔下的景色是他对某日某时的当下记载，表达的仅是他当时的情感，这样的景色和情感只有一次，不但别人，就连画家自己也不可能再次经历——实在一经发生，便永不回头。艺术展示的正是这些个别化的情感，这些情感因个性的真实而极具感染力。因此，艺术是独特的和个别的，其普遍性只存在它产生的效果中。

（二）直觉感受精神实在

在柏格森哲学中，直觉是把握绵延实在的唯一方法，具有形而上学意义。正是基于这一原因，已有的柏格森美学研究多将直觉同时界定为其审美方法。譬如，田佳友将直觉看作柏格森哲学与美学共有的方法；③ 岳介先将柏格森的审美能力称作审美的直觉或艺术直觉；④ 江冬梅认为，柏格森的直觉是一种审

---

① ［法］亨利·柏格森：《时间与自由意志》，冯怀信译，安徽人民出版社2013年版，第13页。
② ［法］亨利·柏格森：《思想与运动》，邓刚、李成季译，上海人民出版社2015年版，第231页。
③ 田佳友：《柏格森美学思想再认识》，载《学术月刊》1990年第9期。
④ 岳介先：《评柏格森的生命哲学美学》，载《江淮论坛》1991年第4期。

美体验;① 还有研究甚至用"直觉主义美学"来直呼柏格森美学思想。② 这样的界定有其一定的道理,突出了直觉在审美,尤其是在艺术创造中的重要作用。不过,需要注意的是,在柏格森那里,哲学的直觉与审美的直觉并不完全相同,邓刚曾用"哲学直观"和"艺术直观"对两者进行区分,认为两者的不同之处在于"任何时代、任何人都有可能进入这种哲学直观,从而在绵延之中思;而艺术直观则只属于少数人,为少数艺术天才所独享"③。笔者认为,哲学直觉主要体现为绵延之思,是本能和智能的有机结合;审美直觉主要体现为主观之感,是本能基础上的同情(sympathie)。

在使用"直觉"一词之前,柏格森一直用"同情"来表达审美经验。舞蹈家的动作之所以能融入观众的思想和意愿中,是因为他们和舞者之间已经建立了一种动作上的同情。④ 这种同情和道德同情一样,是一种无意识的本能,是一种心理上的暗示,它随着事物的发展不断扩张变化。喜剧因其表达一般性的特殊需求,经常要麻痹情感,阻止和压制同情,使人物与观众同时达到心不在焉;而悲剧是传递情感的艺术,它致力于刻画个性,再现灵魂状态,揭示生活帷幕后那变化着的深刻现实。因此,相对于喜剧,悲剧往往需要唤醒情感,激发同情,传达那一出现就永不重复的实在。

1903年,论文《形而上学导论》发表之后,柏格森开始用直觉表达审美经验。例如,在阅读小说的过程中,作者给出的是一些程度不同的象征符号,给予读者的不是仅属于主人公自身的东西,而是与他人共同的内容。那些构成人物个性化的东西不可能通过外部符号来表达,只能通过读者刹那间与主人公的内在契合来领悟。这种单纯而不可分割的感受既可以称作直觉,也可以叫作同情,它如涓涓不息的情感泉源,与作家的一切描绘都不等值,却能使读者一下子把握住人物。

从本质上讲,直觉就是一种同情,通过同情,我们得以置身于对象之内,和对象中独特的也因而是无法表达的东西融为一体。首先,同情是直觉的基础,直觉是同情的超越,它们都和本能密切相关,具有一定的先天性和非逻辑性;其次,它们都是一种流动的认识方法,具有整体性、非功利性和超语言性。就其差异而论,直觉具有形而上学的普遍意义,是抵达实在的唯一方法,艺术家的创造属于直觉的创造。

---

① 江冬梅:《生命·艺术·直觉——柏格森与20世纪中国美学》,西南大学博士学位论文,2011年,第81页。
② 郭志今:《绵延、直觉与审美——柏格森美学思想评述》,载《浙江学刊》1990年第4期。
③ 邓刚:《柏格森哲学中的直观和美学思想》,载《马克思主义美学研究》2014年第1期。
④ [法]亨利·柏格森:《时间与自由意志》,冯怀信译,安徽人民出版社2013年版,第11页。

艺术家和哲学家一样，最具超脱心灵和直觉能力。在绵延之思的引导下，艺术家置身对象内部，与对象中独一无二的东西融为一体，进而激发灵感创造作品，通过一定的艺术符号来暗示实在。而同情，或者说审美直觉具有针对性，主要针对艺术品而言。任何艺术品和语言一样，都是符号，都是绵延实在的象征，它们带给观众的并非实在本身，而是实在的一种暗示。因此，在审美过程中，直觉的同情只能通过艺术品接近实在，而不能完全抵达实在。

形而上学的直觉不排斥思考，不排斥智能，体现了本能之感与智能之思的完美结合；而审美直觉更接近于本能，是天赋的无意识。前者是一种综合的绵延之思，后者是一种发散的主观之感；主观之感生而有之，绵延之思则需要后天努力。

（三）艺术重在创造与情感

在柏格森笔下，"创造"属于心理学的因果律，它与物理学的因果律相对立，表示"前见中不曾存在的某些事物"①，是"给予那并不存在的东西以存在"②，它不可预知，不可逆转。艺术不是对现存事物的模仿和重复，而是对流动实在的感知和暗示。它表现的是个性、变化和差异，是生命的非必然和不确定，是绵延的不可知和不可逆。此时，艺术即创造。

艺术创造表现为它对时间的占有。艺术家之所以区别手工艺人，就在于他们的作品在时间中产生，它们占有绵延，分有生命，既无法预测，也不能重复出现。拼图之所以不是艺术，是因为它首先将已知拆解为碎片，因而其过程可以随着对图案的熟悉程度任意延长或压缩，时间此时只是一个外在于动作的附属品。画家的画作是独一无二的，因为它来自画家的灵魂深处，即使画家本人也无法预测，它只能在逐渐展开的绵延中慢慢成形，"艺术就是时间的造物"③，时间就是画作的组成部分，就是创造本身，任意延长和压缩时间都会影响到整幅画的内容。

艺术创造需要饱含情感。在柏格森笔下，"情感"（affections）是一种不可言状的独特状态，是一种特殊的知觉，它意味着"对象与身体之间的距离减少至到零……我们的身体就是被知觉物到的对象"④。在情感作用下，身体发出的不再是理性和可能的选择行为，而是直觉和真实的创造行动。艺术是情感

---

① H. Gouhier. *Bergson dans l'histoire de la pensée occidentale*. Paris：Vrin，1989，p. 49.
② ［法］柏格森：《思想与运动》，邓刚、李成季译，上海人民出版社2015年版，第49页。
③ 朱鹏飞：《艺术是时间的造物——浅析柏格森的"艺术—时间观"》，载《电子科技大学学报》2004年第1期。
④ H. Bergson. *Le rire：essai sur la signification du comique*. Paris：Createspace，2014，p. 48.

支配下的真实行动，它要求主体深入心灵深处，跟随绵延的自我一起创造变化。

柏格森以文学创作为例区分两种创造：第一种创作是纯粹智能下的产物。此时，心灵远离对象，冷静敲打各种现成材料，将前人已有的观念和词汇在一定程度上进行修改，使之成为自己的概念。这种方法就其个人而言，往往也能产生或多或少让人满意的成果，但从人类群体智慧的角度来看，却没有带来丝毫的增长和创造，因而并不是一种真实的创造。柏格森倡导的是深层自我带动下的创造，它首先意味着情感，[1] 意味着心灵的参与和直觉的加入。在情感带动下，作者从冲动着的生命着眼，首先将智能提供的粗糙材料熔化和融合，再由心灵加以铸造，力图去实现那不可能实现的东西。这种做法固然冒险，固然不能确保成功，却以不同的理解和表达极大地丰富了人类思想的宝库。

三、柏格森美学的动态发展

需要明确的是，柏格森并没有试图构建专门的美学体系，他的美学思想很大程度上依附生命哲学而存在，伴随其思想的演进而有所变化，带有明显的哲学烙印，其"在美学领域的贡献只有通过广泛涉猎他的哲学著作的办法才能得到理解"[2]。

（一）生命的外在进展

意识领域是柏格森哲学的出发点。在首部著作《论意识的直接材料》中，柏格森以对意识强度的分析迈出哲学生涯的第一步，在根源处标划了柏格森主义的性质特征：强度"位于两条河流汇合的地方，一条从外部世界带来广度上大小这个观念，另一条则从内心、事实上从意识的深层，带来内在多样性这个影像"[3]。该界定既表明了柏格森哲学与空间数量在根源处的某种对立，也从意识深处带来"内在多样性"概念。德勒兹十分重视柏格森的多样性概念，认为在多样性概念中，特别重要的是它不同于"一与多"理论的方式，使我们免于按照"一与多"来思考问题。[4]

在内在多样性的引导下，柏格森在意识深处找到了一种存在："当我们的自我让其自身存活的时候，当自我不肯把现有状态与以前状态分开的时候，我

---

[1] ［法］亨利·柏格森：《道德和宗教的两个来源》，王作虹、成穷译，译林出版社2011年版，第31页。
[2] ［英］凯瑟琳·勒维尔：《柏格森的美学思想》，陈圣生译，载《北京社会科学》2002年第3期。
[3] ［法］亨利·柏格森：《时间与自由意志》，冯怀信译，安徽人民出版社2013年版，第59页。
[4] G. Deleuze. *Le Bergsonisme*. Paris: PUF, 1966, p. 37.

们意识状态的连续就具有了纯绵延的形式。"① 它好似一股绵绵不绝的生命之流，呈现出连续不断、持续进行、整体构成和不可逆转性等特性。在对心理状态的不断探寻中，柏格森找到了绵延，并将其界定为一种没有空间介入的、纯粹的、连续的、异质的多样性存在。

柏格森的哲学抱负并不仅限于意识内部，他要找寻的是宇宙之客观存在，是世界之为世界的本来面貌。在发现了一个内在的绵延世界之后，他还将从意识内部走出来，将绵延扩展至物质领域，最终突破二元论的传统分野。

"物象"（image）是进入柏格森物质绵延世界的钥匙，它不仅为物质概念奠基，也为记忆概念铺垫。柏格森如此定义："它比理想主义者所说的'表现'要大，又未及现实主义者所说的'物体'。它是介于'物体'和'表现'之间的存在物。"② 此时，image 不是感官或心灵对外部事物的复制影像，也不是事物在视觉或精神上的再现，而是一种自足的存在；同时，它并不完全独立于心灵，不是纯物质性的存在，而是一个刚柔兼备的混合体，是物与心的有机融合，既具实在论者所主张的物质，又具理念论者所主张的精神。正是在此意义上，本章借鉴已有研究成果，将 image 译为"物象"，用"物"来表达它的自足性，用"象"来表达其图像的含义，③ 世界的物质性和精神性便融合在"物象"一词中。这样，物质的定义也不难理解："我把物质称为形（物）象的集合。"④ 物质此时具有了与传统哲学不同的地位和作用，它既不是唯物论者所认为的构成世界的基本元素，也不是理念论观点下完全虚幻的影子，而是世界的组成部分，它如同意识和精神一样，拥有时间，拥有绵延。

在将绵延注入物质的逻辑进程中，记忆承担着非常重要的环节，关系着绵延在物质领域内的表现。它和物象关系密切：首先，物象是构成记忆的材料，离开了作为内容的物象，记忆便不复可能；其次，记忆的材料不是一些可视可触的、具有三维空间的具体事物，而是一些已经成为历史和过去的物象——在从现在走向过去的绵延中，这些物象抛开空间转向时间，抛开数量转向性质，最终以时间化的性质而非空间化的数量而存在。"物质与记忆"意味着物质即某种程度上的记忆，它拥有最低程度的精神，是最低程度的意识和绵延。通过记忆，柏格森成功地跨越和融合了心与物的二元对立，将生命扩展到了无机世界。

这一时期，哲学的关注对象虽然是意识，但并没有脱离现实生活，内在生

---

① ［法］亨利·柏格森：《时间与自由意志》，冯怀信译，安徽人民出版社2013年版，第81页。
② ［法］亨利·柏格森：《物质与记忆》，姚晶晶译，安徽人民出版社2013年版，"作者前言"第1页。
③ 王理平：《差异与绵延》，人民出版社2007年版，第34页。
④ ［法］亨利·柏格森：《物质与记忆》，姚晶晶译，安徽人民出版社2013年版，第7页。

命以绵延的形式潜藏在柏氏的哲学用语中。与哲学思想呼应,《笑——论滑稽的意义》的直接对象并不是流动的无形生命,而是可见可触的现实生活,或者说,是以现实生活为基础的喜剧艺术,流动的"生命"只是通过僵硬滑稽的反衬才得到了显现。从"喜剧处于生活和艺术的边缘"① 这一结论看,柏格森美学中的艺术和生活并不绝缘,它们因喜剧的存在而彼此相关。当然,这一时期他关于纯艺术的追求已有所显现,并随着其哲学思想的深化进一步加强。

(二) 生命的内在超越

柏格森生命概念有明暗两条线索。从言说方式看,强度、内在多样性、绵延、物象、物质、记忆等概念的依次登场渐次勾勒出生命从意识经由物质走向记忆的有形轨迹。但生命此时仍囿于有形个体,未能摆脱主体性的羁绊。概念逻辑自身的有限性无法实现生命从有形走向无形的超越。不过,随着直觉从审美手段向哲学方法的提升,生命概念的暗线已开始铺设。

直觉作为哲学方法最早出现在《物质与记忆》一书中:"真正直觉的机能仅仅是……唤起回忆,给予它一个实体,使得它变得活动而真实。"② 但在现实生活中,非功利的直觉往往被普遍称为被事实的东西所遮蔽,这些事实并非是通过直觉而呈现的真实存在,而是经过智能筛选后的加工物,需要通过经验和知识来认识。"纯粹的直觉,无论是对外部的直觉还是对内心的直觉,都是对未分割的连续体的直觉。"③ 换言之,直觉不是对具体事物、具体经验的主观感受,而是对绵延的认识。这种认识需要主体付出一定的努力,去"放弃某些特定的思维习惯,或者是放弃某些知觉习惯",进而回到"经验的转折点上","恢复直觉的原初纯洁性,因而恢复与真实的接触"。④ 借助直觉方法的帮助,"我们将自己重新放置在纯粹的绵延当中,在纯粹的绵延中持续不断地流动,这样我们就可以不知不觉地从一种状态进入另一种状态"⑤。

直觉作为认识方法不但在意识领域使用,也能用来解决物质领域的难题。《物质与记忆》以常识和经验为批判对象论证了以下四个命题:①两个静止点之间的任何运动都必定是不可分的;②存在真实的运动;③一切将物质分割成轮廓绝对明确的独立实体的划分都是人为的;④真实运动是状态的改变,而不是物体的改变。通过绵密的论证,柏格森分析了直觉在物质中对运动的感知,

---

① H. Bergson. *Le rire*: *essai sur la signification du comique*. Paris: Createspace, 2014, p. 84.
② [法] 亨利·柏格森:《物质与记忆》,姚晶晶译,安徽人民出版社2013年版,第59页。
③ [法] 亨利·柏格森:《物质与记忆》,姚晶晶译,安徽人民出版社2013年版,第202页。
④ [法] 亨利·柏格森:《物质与记忆》,姚晶晶译,安徽人民出版社2013年版,第204页。
⑤ [法] 亨利·柏格森:《物质与记忆》,姚晶晶译,安徽人民出版社2013年版,第205-206页。

认为"在知觉与被知觉到的事物之间，在质量与运动之间，既没有不可逾越的障碍，也没有本质上的区别，甚至都没有真正的差别"①。在直觉感知下，"被视为一个整体的、扩展开来的物质，就如同一种意识，在这种意识中各种事物都相互平衡、相互补充、相互中和"②。

1903 年的《形而上学导论》是柏格森哲学发展的重要环节，它前承《论意识的直接材料》与《物质与记忆》中的绵延和记忆理论，后启《创造进化论》的创造学说。正是在这篇论文中，"直觉才真正具有了一种哲学方法的意义"③。

柏格森区分两种认识方式："第一种方式，我们围绕着这一事物绕圈子；第二种方式，我们进入到事物之中。"④ 这后一种方式便是直觉，是认识实在的唯一方法。"我们将直观称作同感（sympathie），借助这种同感，我们即置身于对象内部，并且与那独一无二、不可表达之物融合为一。"⑤ 由此可见，首先，直觉是共感，是同情，它能直接进入对象内部，不借助任何中介直接与对象接触，并跟随对象的变化而变化。其次，直觉作为哲学方法，其获取需要主体付出努力，"精神必须自行克制，从而扭转精神平时惯常赖以思考的操作方向，从而扭转或者重建其范畴"⑥。直觉方法具有不可言喻性。直觉化的形而上学具有质的多样性、内在的连续性及方向的统一性，是一门不用符号的科学，是语言把握不了的实在。语言作为符号，表达的多是对象非个性的方面，提供的只是实在的阴影。

当直觉上升为形而上学的普遍方法，被界定为抵达实在的唯一途径，柏格森哲学中逻辑演绎的链条开始依稀模糊，词语言说的力量渐次消失，外在的有形哲学思维慢慢褪去，无形思维悄然登场。这种思维排斥因果链追问，拒绝语言推理，要求认知主体深入对象内部，通过同情直接把握对象。如前所述，柏格森的世界更多是一种无定形的流动，它不可以借助确定的轨迹去量度，而必须依靠意识与记忆去描述、依靠直觉去体悟：宇宙就是一个生命体，它如同绵延化的冲动、意识和记忆一样，不停地运动，不断地创造，直指自由之境。当直觉探测到生命与宇宙在性质上的相似时，绵延就跳脱出主体流入宇宙的客观存在，生命由此实现从有形到无形的超越。

---

① ［法］亨利·柏格森：《物质与记忆》，姚晶晶译，安徽人民出版社 2013 年版，第 251 – 252 页。
② ［法］亨利·柏格森：《物质与记忆》，姚晶晶译，安徽人民出版社 2013 年版，第 253 页。
③ 王理平：《差异与绵延》，人民出版社 2007 年版，第 326 页。
④ ［法］亨利·柏格森：《思想与运动》，邓刚、李成季译，上海人民出版社 2015 年版，第 59 页。
⑤ ［法］亨利·柏格森：《思想与运动》，邓刚、李成季译，上海人民出版社 2015 年版，第 162 页。
⑥ ［法］亨利·柏格森：《思想与运动》，邓刚、李成季译，上海人民出版社 2015 年版，第 190 页。

在生命从有限走向无限的进程中，那些零散出现在柏格森哲学著作中的艺术观也随之悄然发生变化，其重心逐渐发生转移：生活不再是艺术的关注对象，艺术逐渐与现实完全脱离，成为接近绵延实在的一种手段。在柏格森后期作品《创造进化论》和《道德与宗教的两个来源》中，创造与情感的地位进一步加强深化，艺术创作必须围绕以下两者展开：创造成为艺术的生命①，情感成为艺术的源泉②。随着直觉走向普遍的哲学方法，随着情感走向人类道德，柏格森的艺术理论与形下生活渐行渐远。

作为柏格森美学的核心概念，生命在其思想发展过程中既指形下的"生活"，也指形上的"精神"。当下，国内学界多从静态角度研究柏格森美学，要么专谈其生命思想，如绵延本体、直觉审美、艺术创造等，而没有看到其笔下艺术与生活、生活与生命之间的现实关联；或者，只研究其美学专论《笑——论滑稽的意义》，研究柏氏对滑稽和笑的独到见解，讨论他对喜剧的建树，而抛开了其美学思想的哲学背景和生命背景。犹如流动的生命一样，从生活到生命、从喜剧到纯艺术、从同情到直觉，柏格森美学是一个不停发展、不断演变的过程，相关研究应该在其哲学发展的框架下进行。

---

① [法]亨利·柏格森：《创造进化论》，姜志辉译，商务印书馆2004年版，第44页。
② [法]亨利·柏格森：《道德和宗教的两个来源》，王作虹、成穷译，译林出版社2011年版，第30页。

第二章　皮埃尔·洛蒂的双重书写[1]

---

[1] 本章作者为暨南大学外文学院马利红副教授。

本章集中解析皮埃尔·洛蒂（Pierre Loti, 1850—1923）的著作《在北京最后的日子》。在19世纪末20世纪初的法国，"异国情调有个名字，即皮埃尔·洛蒂式异国情调"①。这种"异国情调"之独特在于作为海军军官的洛蒂将其在东方的旅行见闻以一种"虚构与叙事"的混合方式创作了大量的"航海小说"。② 这些类似"印象派艺术"的小说大多带有自传的性质。③ 其中就有中国读者并不陌生的《冰岛渔夫》和《菊子夫人》等。④ 然而，对于他的《在北京最后的日子》这部与中国真正相关的作品，人们却知之甚少。⑤《在北京最后的日子》是20世纪初作为八国联军之一法国海军文官⑥的洛蒂两次"衔命"⑦ 前往中国北京进行战地考察的日记汇编，是一部纪实性很强的文学作品。

中国，这块"天外的版舆"，随着西方"地理大发现"之后"航海"运动的大规模发展，⑧ 自16世纪起开始经西方传教士介绍到西方，从此成为一代代法国作家神往、探寻的对象。曾经多少个世纪，中国是西方人眼中的"理想国""桃花源"。⑨ 然而，随着西方帝国的进一步海外殖民扩张，尤其是19世纪中期至20世纪初期的两次鸦片战争及八国联军发动的侵华战争，导致中国形象发生扭转性的重大改变。殖民意识膨胀的西方帝国开始用以其自身为"主体"的优势文化心态来重新审视、定位中国这一异己的"他者"。"黄祸"⑩ 一词逐渐成为当时的流行语是对此现象最好的解释。身为军人的洛蒂落笔自然也跳不出这个窠臼。《在北京最后的日子》无疑是对饱受战争蹂躏的灾

---

① Tzvztan Todorov. *Nous et les autres*. Paris：Editions du Seuil, 1987, p. 409.
② 郑克鲁：《法国文学史》（下），上海外语教育出版社2003年版，第1085页。
③ 吴岳添：《法国小说发展史》，浙江大学出版社2004年版，第236页。
④ 这两部小说在20世纪20年代末30年代初经我国知名翻译家徐霞村和黎烈文介绍到中国，后有弋沙先生于80年代重译《冰岛渔夫》，更使之在我国广为流传。请参考钱林森先生在《20世纪法国作家与中国》的论文——《双重的身份，双重的感情，双重的形象》。
⑤ 我国现代象征派诗人李金发将此书译为《北京的末日》。其译文曾连载于1930年至1931年的《前锋月刊》上，后更名为《在帝都——八国联军罪行记录》，于1989年由人民日报出版社出版。笔者的译本《在北京最后的日子》已于2006年由上海书店出版社出版。
⑥ 在作品中，洛蒂多次提到他的身份。如第三部分第十一章中，"尽管由于我'文官'的头衔获得了他（李鸿章）的款待……"；再如第六部分第三章中，中国老百姓看到他时发出的质疑——"既然是'文人'，为什么还穿着上校的军服？"。
⑦ 事实上，当他到达中国北京时，战争已经结束。他所记录的只是战后中国状况及其旅行见闻。当然，其所负"使命"是为欧洲人的侵略行径寻找合理的解释。正如他在前言中所说，为了"粉碎（当时欧洲）那些诋毁他们的可耻的无稽之谈"。
⑧ 陈乐民：《欧洲文明十五讲》，北京大学出版社2004年版，第181-198页。
⑨ 钱林森：《法国作家与中国》，福建教育出版社1995年版，第2-18页。
⑩ "黄祸"一词最初是针对日本人而言的，后推及所有"黄皮肤"的亚洲人身上。

难中国的"唯丑"记录:"蒙昧的""破败的""死亡无处不在的"中国是一个"从任何角度看都是以解体为明显标志的帝国"①。而这也正是对萨义德在《东方学》中所开创的后殖民主义文化批判所针对的东方主义——一种西方排斥、贬抑、宰制东方的意识形态性的东方主义,一种具有明显否定性色彩的东方主义的文学印证。② 换言之,是对殖民主义合理性的建构。

但是,作为文人的洛蒂"对异域的态度是暧昧的",在其"自身所属的高度文明"之外,他深受"异域魅力"之惑,并试图通过比较来反驳欧洲人对东方的"造假与错解"。③ 在他"异国情调"的视野里,古老中国同样有着曾令其先辈诸如伏尔泰等痴迷的魅力。在《在北京最后的日子》这部作品中,他凭借臆象与记忆唤出了一个隐性的"他者",一个"理想化""乌托邦化"的中国形象。对中国形象的这一重书写代表着另外一种"东方主义"——一种被"隐蔽了另一种东方主义,一种仰慕东方、憧憬东方,渴望从东方获得启示甚至将东方想象成幸福与智慧的乐园的'东方主义'"④。这种肯定的、乌托邦式的东方主义无疑是文人洛蒂对其自身文明的困惑及精神危机的外现,同时更是对殖民主义合理性的解构。作品中关于中国"他者"的这一重书写往往为中国读者所忽略。因此,要完整地读解这部作品必须从由作者双重身份决定的关于中国"他者"的双重书写入手。本章欲尝试从显性与隐性两个维度来解析该部作品中的中国形象。

一、显性的"他者"

西方人言"他者"无不出于自我或计较自我,至少参照"自我",正如他们关于主客关系的设置一样。有鉴于此,栾栋先生特别指出"他者"话语本身也蕴含的主体支配性局限,并倡导"他化"说以补救"他者"论的弊端。此处权且循西方主客思维的逻辑,顺藤摸瓜,揭示西方关于"他者"的塑造。在西方近代思想文化中,言说者"自我"或"主体"的视角,本能而自动地

---

① 钱林森、[法]莫尔威斯凯:《20世纪法国作家与中国:99'南京国际学术研讨会》,南京大学出版社2001年版,第220页。
② 周宁:《另一种东方主义:超越后殖民主义文化批判》,载《厦门大学学报(哲学社会科学版)》2004年第6期。
③ 周宁:《另一种东方主义:超越后殖民主义文化批判》,载《厦门大学学报(哲学社会科学版)》2004年第6期。
④ 周宁:《另一种东方主义:超越后殖民主义文化批判》,载《厦门大学学报(哲学社会科学版)》2004年第6期。

先于"他者"或"客体",并根据"自我"或"主体"的需求定位"他者"或"客体"。无论"他者"殊异于"自我",还是同一于"自我",即"另一个自我"或"自我的异体","自我"始终都有着绝对至上的话语优势。因为那个"他者"是被挑选的、被动的、次要的、没有话语权力的。而"自我"的这种"话语霸权"根据不同需求,必然是有不同服务指向的,或政治,或军事,或经济,不一而足。我们从历史上看,19世纪是欧洲工业革命以后,社会逐步进入现代化的时期,同时也正是欧洲向外扩张的时期。这段时期史称西方殖民时期。① 根据萨义德的后殖民主义文化批判理论,这一时期也正是西方以"主体"的"自我"对"客体"的"他者"进行殖民拷问的时期,是西方文化在帝国主义意识形态体系中,构筑低劣的、被动的、堕落的、邪恶的东方形象,使东方成为西方观念与权力的"他者"的时期,是生产文化与物质霸权、培养文化冷漠与文化敌视的具有否定色彩和意识形态性质的东方主义的时期,是建构其殖民思想霸权的时期。②

作为军人的洛蒂脱离不了这样一个特定的历史背景。他首先是一个殖民者代表,有着殖民者的视角,一个"居高临下"的视角。作品中多次出现"高高在上"的描写,或立于长城之上,或登临"玉岛"之巅,或凭眺"圆顶"亭台。那种"(中国)大地在我脚下"的征服欲浮动于字里行间。中国在这鸟瞰的图景中不可避免地被矮小化、"扁平"化③、丑化、异类化和"意识形态化"了④。这是一个"以死亡标记的国家",充满着"死亡、尸首和腐烂的困扰",然后就是"破旧""衰败"。⑤ 这就是他目睹的中国——一个显性的他者。中国的这一形象集中展现在作品中对中国景观与中国人的描述上。

最先跃入洛蒂眼帘的是中国的自然景观。中国的空间是空旷、沉寂、荒凉、阴森的:"在这……荒漠般的平原上……城市在黑暗中延伸着,狼藉遍地,到处闻得到瘟疫和死亡的气息。……两个半小时都穿行于这黯淡的平原上。起先,也是……灰土地;接下去,变成了给冰霜打蔫的芦苇丛和牧场。……又过不多时,就看到平原上布满了无数的坟冢……在我们眼前绵延不

---

① 陈文海:《法国史》,人民出版社2004年版,第433-441页。
② 周宁:《另一种东方主义:超越后殖民主义文化批判》,载《厦门大学学报(哲学社会科学版)》2004年第6期。
③ 此处移植文学理论中的"扁平"人物概念,说明中国形象的单一性与鲜明性。"扁平化"特征往往具有讽刺性。
④ 孟华:《比较文学形象学》,北京大学出版社2001年版,第160页。
⑤ 周宁:《另一种东方主义:超越后殖民主义文化批判》,载《厦门大学学报》2004年第6期。

绝着的完全是一个死人的国度……"(《在北京最后的日子》,第15页①)纵使其间有生物,也是四处弥漫的死亡气息。植物的描写不外乎中国北方常见的树木品种,或光秃兀立,或虬曲怪异,但都有着一个共同的特点:"尘灰满覆",了无生气。更有芦苇和高粱这两样与死人牵连的恐怖的植物,"因为不定什么时候会撞上那高粱丛中横伸出一条腿在路面上恭候着我们的死尸"(第21页),或在那"芦苇丛中,到处藏着一些微微泛白的球状物,那是死人的脑袋……"(第31页)至于动物,几乎只能找到两种:乌鸦和野狗,而它们又无一例外成为死亡的代名词。"那栖息在高处黑洞洞的雉堞里的乌鸦冲着死人呱呱直叫……"(第81页)而"几条野狗在有一线亮光的林中空地上撕扯着一个人形的长物"(第72页)。类似的描写俯拾皆是。

中国的时间则主要体现在气候的变化上。洛蒂在中国的居留经历了中国北方的秋、冬、春三季。"北京的天空有着突奇的变化,我们没有这方面的常识,因为在我们那里天气变化总是很有规律。"(第51页)而在这里,雨、雪、沙尘、北风几乎总是同时出现:"从北方吹来的风在这干旱的大地上经久不息地刮着,在我们周围掀起黑色沙尘"(第14页);"昏天黑地,飞扬的沙尘成为天地的主宰"(第51页);"在飞雪与沙尘交织的黑色帷幕中,雨化作雪,白色的雪花也混入飞扬着的昏天黑地的沙尘和垃圾中"(第52页);"天阴沉沉的,压得很低,没有一线转晴的希望,好像不复有阳光了"(第69页)。

而中国的人文景观更占据作品的大量篇幅。中国的建筑物着墨最多:从大沽炮台、北京长城、城市民居、皇宫宝殿一直到墓地园林。不过,色调多以灰色或黑色为主,且处处以"腐朽""死亡"为标记。我们看到"巍峨的炮台,有着与大地一样的灰色"(第23页);而"北京的长城……有着巴比伦的外貌,这黑黢黢的巨物……城墙上没有长着一棵草"(第51页);进入城门,"这是一座瓦砾和灰烬的都市;更是灰色砖石的都市,相同的碎砖石散落在被毁坏的房屋的位置上或是道路的路面上,密密麻麻,数不胜数。这些灰色砖石是建造北京的唯一材料——城里曾有低矮的小屋……经过一场战火硝烟,所有略微陈旧的建筑都给粉碎了,只剩了这一片残垣断壁"(第52页);进入皇宫,"大殿洞开,如今风声呼啸,栖满燕雀。……到处有着一样的荒凉,一样丛生的荆棘杂草,一样如坟场般衰败,一样有划破沉寂的聒噪声"(第143页);离开北京,前往皇陵,"除了我们和树上的几只乌鸦,在这无边的陵园里,一切都是静止的死气沉沉的"(第207页)。整个中国的"城市、乡间,

---

① 本章所引洛蒂语,均出自 *Les derniers jours de Pékin*, Kailash Editions, 1997。下文引用时仅在引文后括弧中注出页码。

到处是死亡","蒙昧的古老帝国"正在趋于解体。中国的形象是"衰老"的,"破旧"的,"残败"的,"不会再有丝毫恢复的可能"。

　　作品关注的另一焦点就是中国人:中国百姓、中国官员及中国"匪民"。"黄皮肤""细眼睛""留长辫",长着"丑陋不堪的脸",身穿"蓝布裤或长袍""肮脏龌龊"的中国男人以及"吊眼睛""小脚""穿着一模一样蓝布衣"的中国女人构成了人数最多的民众阶层。然而,就是这最"卑微的"人群也有着"潜在的残酷性"①:"中国人折磨女人的脚;修剪树木,使其保持又矮又驼的造型;切削水果,使其看似动物;折磨动物,使其成为他们梦中的怪兽。"(第195页)

　　对于中国官员的描写,作者则加入了一些独特的主观感受:在皇宫参观,他遇到的是一些"头戴鸦羽红扣官帽的瘦削的官员。他们绝对不愿服从;他们很狡猾地企图吸引我们到别处"(第85页);在京外县城,接待他的"几乎都是一些干瘪的老叟,个个垂着灰色的山羊胡子。和他们在一起,要畅饮杯酒,要行大礼,要说许多客套话;和他们握手,感觉像给那干瘪的指端的长指甲钳住一样"(第191页);而他对中国高官李鸿章的刻画可谓入木三分:"(李)又询问我们在'北宫'都干了些什么,很小心地打探,想知道我们有没有在那儿搞破坏。(其实,)我们在做什么,他比我们更清楚……然而,在我们向他证实我们并没有毁坏什么的时候,他那张谜样的脸上装出了满意的神色。……尽管由于我文官的头衔获得了他的款待,但这位中国的《一千零一夜》里的衣着破旧、处境寒酸的老臣却总是让我感到不安。他看上去深藏不露,不可捉摸,或者可能隐隐有些许轻蔑和讥讽之意。"(第132页)至此,中国人形象中又添加了"长指甲""精瘦"、"谜"一般"难以捉摸"、"狡黠阴鸷"等特征。

　　中国"匪民",即义和团团民,是作品中间接描写的另一大群体。因为作者抵达中国时,真正的战争已经结束。他对中国"匪民"的了解更多是通过一位法国教士之口。"野蛮""残酷"是这些"匪民"的特征。他们"大肆杀戮中国民众及外国人,尤其是北京地区的基督教徒",一旦落入他们手中,"等待(那些被俘者的)将是伴着乐声和狂笑的可怕的折磨,大卸八块,先拔指甲,抽脚筋,挖脏腑,然后割掉脑袋,挑在棒端游街"(第57页)。

　　无疑,这些出自殖民者视角的描述正印证了当时的文化语境——亚洲"黄祸"论的流传。他们觉得那"四五亿颗与(他们)转向相反的脑袋"是

---

① 周宁:《另一种东方主义:超越后殖民主义文化批判》,载《厦门大学学报(哲学社会科学版)》2004年第6期。

"不可参透"的,是随时可能会"拿起武器进行一场(他们)无法估料的复仇"的。我们看到作品中关于中国形象的这一重书写是完全顺应当时文化语境的需要的:那个国民"肮脏龌龊",建筑物随时可能倾圮,万物覆盖着死灰,处处死亡笼罩,行将湮灭的古老国度正是20世纪初期西方人眼中的他者中国。面对年轻的西方文明,这个国度的"古老"意味的不是历史悠久,文明灿烂,而是近同"老朽""衰亡"。

就此,这个显性的中国形象被一塑再塑,目的都是给西方的殖民行为进行辩护。这些东方人太"野蛮"了,他们之所以进行殖民活动,完全是为了"文明与博爱的事业"服务[1]。

二、隐性的"他者"

针对萨义德后殖民主义文化批判所关注的东方主义,中国学者周宁进一步提出"另一种东方主义"的理论。他指出"西方文化中有两种东方主义,一种是否定的、意识形态性的东方主义,一种是肯定的、乌托邦式的东方主义",而后一种"肯定的、乌托邦式的东方主义,比后殖民主义理论所批判的东方主义历史更悠久、影响更深远,涉及的地域也更为广泛"。[2] 前者是"意识形态化"的东方主义,而后者是"乌托邦化"的东方主义,因为"作为一种社会知识或社会想象,意识形态的功能是整合、巩固权力,维护现实秩序;而乌托邦则具有颠覆性,超越并否定现实秩序"。[3] 而《在北京最后的日子》作为文化产物的文学作品,无疑是这双重东方主义的集中体现。

我们注意到,由于该作品被太浓厚的"意识形态化"的东方主义所"遮蔽",读者往往难以领会到"另一种东方主义"的存在。其实,洛蒂为这一重表述是煞费了一番苦心的。根据法国学者让-马克·莫哈就形象学所提出的"两条轴"理论:客体方面,有到场和缺席轴;主体方面,有迷恋意识和批判意识轴。[4] 对应洛蒂的双重身份,如果说对于中国"他者"这一客体,作为主体的军人洛蒂有机会去那里"执行任务"和"实地考察",有在被注视者文化中"位移"的实际经历,因此,他的作品中出现最多的是"到场"的经验,

---

[1] 陈文海:《法国史》,人民出版社2004年版,第435页。
[2] 周宁:《另一种东方主义:超越后殖民主义文化批判》,载《厦门大学学报(哲学社会科学版)》2004年第6期。
[3] 周宁:《另一种东方主义:超越后殖民主义文化批判》,载《厦门大学学报(哲学社会科学版)》2004年第6期。
[4] 孟华:《比较文学形象学》,北京大学出版社2001年版,第26页。

对显性"他者"中国的复制,从而受主体的殖民视角所限将主体意识延伸到"批判轴"上,那么,当作为主体的文人洛蒂有意使得客体中国"缺席"或使之隐藏时,其主体意识自然会倾向于"迷恋"。也因此,当读者深度阅读他的作品时,会发现一个完全不同的隐性"他者"形象。

中国之于洛蒂,仍是一个神秘、魔幻、美好、令人神往的国度,是"孔教乌托邦"的代名词。在居留中国期间,他的作家身份时不时提醒他要"置身境外",他比别人多了一间书斋——"我被获准可以把这座位于一片沉寂之中目前尚无人能住的宫殿当书斋用几天,今天上午开始就归我使用了"(第80页)。这间书斋使客体的"缺席"成为可能。① 他在其中构筑着乌托邦的美好梦想。

如果说他把大量的灰暗或黑白色调涂抹在显性的"他者"身上,却将彩色保留给那个"缺席"的、隐性的"他者",那么那个"他者"不在眼前而在别处——在遥远的过去,在民族的集体记忆里,在他那热衷异国情调的个体梦想中。他用心理上的距离为那个"他者"创造了存在的可能,并且堕入深深的"迷恋"。

未来中国之前,他显然已有神往的经验。在某个章节中,他写道:"'莲花湖'和'汉白玉桥'!这两个名字很久以前我就知道了。这是仙境的名字,指的是那些不可能被看到的事物,而其名声早已穿越那不可逾越的高墙不胫而走了。对于我,这名字让人联想到光影与色彩的图像……'莲花湖!'……我所想象的,正如中国诗人所咏唱的那样,是一汪清澈透亮的湖泊,湖面上浮着满满的敞口圣杯般的莲花,是一个开满粉色花朵的水的原野,一个完全粉红的空间。……'汉白玉桥!'……是的,这由一系列白色石柱支撑的长长的拱桥,这极为幽雅的弧形,这一排排雕着怪兽头的柱栏,正符合了我对中国既有的想法:太华丽,太中国化了。"(第72页)而关于"天子之城"的建筑及其饰物的勾画更是浓墨重彩:"(帝王的老巢)在傍晚的这个时分,为我一人展示着它那琉璃瓦顶的异乎寻常的美态。……那金字塔顶弧形的黄色琉璃瓦在红彤彤的阳光照射下熠熠放光,呈现出我们从未领略过的华美;在屋顶的四角,有如翼的装饰,在下部近边缘处,排列着吻兽,几百年来保持着相同的姿势,一动不动。当太阳西下的时候,那黄色琉璃瓦的金字塔顶闪闪发亮……简直像一座金子的城市,然后又成了红铜的城市……"(第136页)由此,一个似梦似幻的中国形象随着淋漓的色彩变得鲜活起来。鉴于作品中大面积的灰暗色调,这

---

① 参见拙作《试论二十世纪法国作家笔下的中国套话及其背景》,载《广东外语外贸大学文科基地集刊》2005年第1辑。

摇曳着的星星之火很容易为读者所忽略。

因此,作品中关于中国形象的这一重书写是不能不提的。因为作者关于这一重中国形象的表述正反映了 19 世纪末 20 世纪初西方精神世界的动摇,他们开始对西方现代工业文明的价值核心——理性与进步提出质疑,并且试图重新在西方文明之外,去到古老的东方找寻启示与救赎。再次掀起的"东方热情"不仅承继了浪漫主义时代有关东方的异国情调式的想象,更复兴了启蒙运动时期西方运用东方文明针砭西方社会文化的反思与批判精神。①

中国无疑是这个文化东方的重要代表。中国形象在前现代想象的"借尸还魂术"下,作为隔世的"他者",穿越几个世纪重现于许多虚构文本与个人经验中。洛蒂也在其中。毕竟,中国这个"他者"在时间上代表着美好的过去,在空间上代表着美好的东方,是他那种怀乡恋旧情结的寄托与精神和谐的向往。中国是他的精神家园。在这个意义上,中国不再是客体,不再是主体的投射,而成为一个真正的主体,一个自我的世界,一个终极的乐土。对抗此时处于统治地位的欧洲霸权,中国显然是西方人精神投诚的避难所,是另一重意义上的强者。为此,他不惜丑化他的欧洲:"我们欧洲城市的鸟瞰图呈现的却是一个多么荒蛮的丑态:一堵堵丑陋的山墙,粗糙的瓦片,烟囱林立的肮脏的屋顶,此外还有纵横交错的黑压压的恐怖的电线网!"(第135页)至于他们自己,他则再次提及从雨果就开始的对欧洲文明的颠覆:文明在别处,真正的野蛮人是我们。他这样写道:"我们出现在这里,举止粗俗,满身灰尘,疲惫沮丧,肮脏不堪,貌如未开化的野蛮人,无异于置身仙境的僭越者。"(第76页)

洛蒂这一向内的视角,不是猎奇,而是深度内窥,是对外在世界精神反叛的潜意识传达。他心中渴望的另一个"他者"中国也正是他及同时代许多西方人所渴望的人生的另一种方式,只不过他表达得远没有谢阁兰、克洛岱尔等人那么明晰、透彻。

他还重拾先祖们对"孔教乌托邦"的崇尚,推崇儒家精神为主体的道德秩序(如对逃亡途中晚辈对长辈的深情与敬重以及两位义和团"白女神"宁死不屈的气节等的叙述)。他还特意参观了孔庙。他用"扬名""永生""古老""令人心灵安宁"来赞誉它:"这是一座超凡脱俗的庙宇,抽象思维和理性思辨的庙宇。……确切讲,这又并非一座庙宇,因为这里从没有祭拜和祷告的活动;反倒更像一所学校,是哲人云集,冷静交谈之所。"(第113页)东方智慧激励着他的想象,对于这个隐性的"他者",他是"景仰""崇敬"

---

① 周宁:《双重他者:解构〈落花〉的中国想象》(http://lunwen.13173.net/content/373/376/4931)。

"惊叹"的。

"我摘录一句送给我国那些忙着整理和调查的年轻学者们。针对他们感兴趣的问题，他们将从中（指从孔庙的牌匾铭文中）找到两千多年前已给出的令人景仰的答案：'未来的文学将是恻隐的文学。'"（第113页）文学是什么？恐怕是每个文人始终关注的问题。而对文学关注的意义远远超乎文学本身，是关乎全人类的。作家洛蒂在这个遥远的他者身上为自己找到了答案。因此，这个他者必然是"被理想建构多于真实描写的"[①]。

我们看到这部作品中"显性"与"隐性"他者的双重书写实为文献式中国形象与想象式中国形象的双重书写。这双重的书写既体现了萨义德后殖民主义文化批判所针对的东方主义，也反映了"另一种东方主义"。这双重性是20世纪初期文学作品对西方殖民主义合理性的建构与解构。这双重性包含在作品大量的二元对立关系的表述中：军人/文人，欧洲/中国，殖民意识/救世良知，丑化/美化，现实/梦幻，切近/遥远，灰暗/彩色等。正如托多罗夫所说，洛蒂的作品中"可能更有喻世意义的是，异国情调可以与殖民主义如此容易地并存，而二者的意图是如此对立：一个欲赞颂异域，一个则欲贬抑异域"[②]。

这种悖论式的双重关系体现着作者难以排解的内在矛盾。他既是军人又是文人，他游移的视角决定了他对于中国这个"他者"的特殊的认同感。当他感到充分自信，以殖民视角去看时，那么这个"他者"形象就变得低劣、丑陋、邪恶；当他对西方文明主体产生疑虑时，这个"他者"就得以美化，成为西方文明自我批判与超越的尺度。"显性"他者与"隐性"他者形象是作品中自我抵牾的一个悖论。前者代表着20世纪初期西方人看待东方"他者"的一种殖民心理，而后者则代表着西方人对东方"他者"可望而不可即的那种民族心理积淀，中国仍是他们的"理想国"。随着20世纪初期对东方的热情再度高涨，抑"显性"他者、扬"隐性"他者是必然的趋势。谢阁兰、克洛岱尔、圣琼·佩斯无不是以各自的方式继续着洛蒂对"隐性"他者形象的表述。应该说《在北京最后的日子》中的这种双重书写实为20世纪中国形象转承启合的一个契合点。

[①] Tzvztan Todorov. *Nous et les autres*. Paris：Editions du Seuil，1987，p. 335.
[②] Tzvztan Todorov. *Nous et les autres*. Paris：Editions du Seuil，1987，p. 426.

第三章 普鲁斯特文学的"海上冰山"[①]

[①] 本章作者为暨南大学外文学院黄晞耘教授。

在《追忆似水年华》如海洋一般浩瀚的篇幅里①，那位著名的叙述者"马塞尔"其实并非一直都在叙述，不仅如此，他甚至有很大一部分时间是在进行分析。这部作品的每一个关键部分，都是由叙述和分析共同构成的：要么叙述之后紧接大段分析，要么叙述的同时就伴随着分析，要么在某个恰当的时候将前后人物事件联系起来加以分析。叙述的内容本身仿佛不是目的，对它们所作的分析才是目的所在。这一点在全书最后一卷《重获的时光》的结尾部分（"盖尔芒特亲王府的上午聚会"）表现得尤其明显：无论从篇幅看还是从相对于表达全书主旨的重要性看，分析在这一部分都远远超过了叙述。通观全书，马塞尔与其说是一个叙述者，不如更准确地说是一个叙述－分析者，这一事实构成了《追忆似水年华》（以下简称《追忆》）的一个重要特征，足以将其与一般意义上的叙事作品区别开来。

从开篇到结尾，一个强大的内省和分析意识贯穿于《追忆》全书。这个内省分析意识，就是我们不见其人只闻其声的第一人称叙述者。在不断回忆往事的过程中，他不仅叙述，而且"以其评论充实了昔日的经历，在一个回顾性的时间中对各种事件、激情、风俗进行分析"②。像许多独具个性的文学作品一样，《追忆》一开篇的语气就为全书定下了某种独特的基调：这是一种经常取代了历时的线性叙事的话语，极其徐缓、从容，叙述经常完全停顿下来，让位于内省、思考、分析，任由它们向四面八方蔓延（普鲁斯特式的著名长句往往就在这时出现）。经常是在几页甚至几十页之后，思绪才又回到叙述上，停滞的时间之针才又重新转动。

以读者熟悉的"小玛德莱娜"这一经典片段为例。叙述者本来侧重的是讲述一个事件：混合着点心渣的茶水触碰到他的上颚时带给他强烈快感的过程，然而叙述者很快由叙述转向了分析：他渴望弄清楚这股强烈的快感从何而来。内省分析意识由此介入了。接下来的两页原文文字撇开了事件的进程，完全转向对快感原因的追根究底："显然，我所寻找的真实并不在于茶水之中，而在于我的内心。……我放下茶杯，转向了我的内心。……我重又开始冥思苦想：那种陌生的情境究竟是什么？……不用说，在我内心深处颤动着的，一定

---

① Marcel Proust. *A rechercher le temps perdu*. Paris：Gallimard, 1987—1992. 不计注释、附录和空白页，小说本身就达 3119 页。本章文中凡只注页码的引语，均出自伽利玛出版社这个版本，包括该书尾卷 *Le Temps retrouvé*。

② Proust. *Le dossier*. Paris：Belfond, 1983, pp. 68 – 69.

是形象，一定是视觉的回忆，它与那种味觉联系在一起，试图随其来到我的面前。"①

同样性质的分析还出现在与揭示全书主旨相关的各个关键性章节：马丹维尔的钟楼带给叙述者的文学创作灵感（《在斯万家那边》，第177—180页），贡布莱周边的一切对于叙述者的意义（同前，第181—184页），斯万对于奥黛特的一厢情愿的爱情（同前，第219—222页），凡德伊奏鸣曲乐句所象征的艺术价值（同前，第205—208页、第339—347页），叙述者在布洛涅林园对于今昔变迁、时间无情带走一切的沉思（同前，第414—420页），叙述者对自己与阿尔贝蒂娜"全部爱情史"的回忆与分析（《失踪的阿尔贝蒂娜》，第60—146页、第182—203页、第221—224页），与阿尔贝蒂娜的同性恋相互补充映衬的德·夏吕斯先生的同性恋真相（《索多姆与戈摩尔》，第15—33页），最终的启示与领悟——与此有关的内省分析在小说第七卷《重获的时光》中占了将近72页的篇幅（《重获的时光》，第173—224页、第334—353页），等等。

一部叙事作品中出现如此大量的分析，一般而言会令读者感到乏味，因为小说读者通常的兴趣在于故事的进展本身，而分析要么使故事进展停滞（当它单独出现时），要么至少延缓了故事进展（当它伴随着叙述出现时）。但是，《追忆》中的分析段落读来却常常引人入胜、趣味盎然，原因在于，它们总是在为读者揭示某个被遮蔽于深处的真相、为读者阐明人物言行的内在动机或事件隐含的意味。概言之，如果说叙述所能揭示的真相属于无须分析就能一目了然的类型，那么分析所提供给读者的，乃是一个深度的概念②、一种隐含的意义，它和叙述一样诉诸读者的认知趣味。正因为如此，我们在阅读《追忆》中的分析段落时同样感到饶有趣味，而且好奇心由此得到的满足感更胜于从单纯叙述中所得到的：我们觉得叙述者将自己所知道的一切内幕真相都逐步地、尽可能多地、充满信任地告诉了我们。③

除了"破译"、阐释大量具体事物（objets，如小马德莱娜、山楂花、马丹

---

① Marcel Proust. *Du côté de chez Swann*. Paris：Gallimard, 1987, p. 45. 中译文参见李恒基、徐继曾等译《追忆似水年华》第一卷《在斯万家那边》，译林出版社1989年版，个别文字笔者根据原文略做了改动。
② 《追忆》的叙述-分析者经常提到"深度"一词："我现在明白了，需要表现的现实并不存在于主体的外表，而在于与这个外表关系不大的一定深度。"参见《追忆》第七《重获的时光》（*Le temps retrouvé*, p. 189）。再如《重获的时光》中关于夏吕斯复杂性心理的分析："在这一切的深处（au fond de tout cela），有着夏吕斯先生对男子气概的全部梦想"，参见 *Le Temps retrouvé*, p. 147。
③ 关于夏吕斯性心理的复杂性这一叙述者致力揭示的"深度"，于莉亚·克里斯蒂娃在《感性的时间——普鲁斯特与文学经验》一书第一部分第一章做过专门讨论，参见 Julia Kristeva. *Le temps sensible*, *Proust et l'expérience littéraire*. Paris：Gallimard, 1994, pp. 110 – 129。

维尔的钟楼等）所隐含的意义之外（让－皮埃尔·里夏尔在《普鲁斯特与感性世界》一书第二部分对此做过深入研究，他将这类阐释称作"普鲁斯特式的意指行为神话学"）①，《追忆》通过分析为读者揭示的另一类真相是人物外在言行的隐含动机②，这类分析如散珠般大量存在于各个章节之中，这里姑举一例。贵族阶级特有的人性弱点是普鲁斯特带着讥讽和幽默经常表现的主题之一，如果说以维尔杜兰夫妇为代表的资产阶级暴发户是以夸张可笑的方式附庸风雅以满足虚荣心（《在斯万家那边》，第185—186页），那么真正的大贵族也会表现出他们独有的虚荣心。以下是关于洛姆亲王夫人的一段叙述兼分析：

> 大家原本没有料到在德·圣费尔特夫人家会见到洛姆亲王夫人，那天她可当真来了。她原是屈尊光临的，为了表示她并不想在客厅中显摆自己的门第，她是侧着身子进来的，其实面前既没有人群挡道，也没有任何人要她让路。她故意待在客厅尽头，摆出一副适得其所的神气，仿佛是一个没有通知剧院当局而微服亲自出现在剧院门口排队的国王似的。为了不突出她在场，不招引众人的视线，她一个劲儿低头观察地毯上或她自己裙子上的图案，站立在她认为是最不显眼的地方（她清楚地知道，德·圣费尔特夫人只要一瞥见她，一声欢呼，就会把她从那里拉将出去）。③

这是一段叙述与分析紧密联系在一起的文字，洛姆亲王夫人的每一个行为都不是被单纯叙述，而是同时伴随着对这些行为内在隐秘动机的揭示。她来到德·圣费尔特夫人家的潜在心理是"屈尊光临"，她之所以低调地"侧着身子"进去，其表面是"为了表示她并不想在客厅中显摆自己的门第"，而这种刻意的低调其实是为了一个更真实的目的：希望在最不显眼的角落被人惊喜地发现，然后像个"微服亲自出现在剧院门口排队的国王似的"，被剧院经理（女主人）欢呼着引到众人面前隆重介绍。前面的刻意低调是为了后面更大的张扬，虚荣心这一人性的普遍弱点在洛姆亲王夫人这样的大贵族身上同样根深蒂固。如果没有分析而只有单纯叙述，这一段落是无法如此精彩的，因为单纯叙述无法让读者如此清楚地了解洛姆亲王夫人外在行为的隐含动机，其令人莞尔的虚荣心也就无从显露。

《追忆》中还有一类通过分析向读者阐释的主要真相，是包括叙述者自己

---

① Jean-Pierre Richard. *Proust et le monde sensible*. Paris：Seuil，1974，pp. 171 – 236.
② 关于普鲁斯特式写作如何通过分析由人物的行为深入到行为动机，让－伊夫·塔迪耶曾做过较为详细的研究，参阅 Jean-Yves Tadié. *Proust et le roman*. Paris：Gallimard，1971，pp. 114 – 126.
③ Marcel Proust. *Du côté de chez Swann*. Paris：Gallimard，1987，p. 325.

在内的几个主要人物的情感历程,而揭示这些人物的心路历程又与最终揭示作品的主旨紧密相关。按先后顺序,斯万对奥黛特的爱情、叙述者对吉尔蓓特和阿尔贝蒂娜的爱情、罗贝尔·德·圣卢对拉谢尔的爱情尽管在具体时空情境及当事人方面各有不同,但是彼此间却有着许多本质上的相似之处,仿佛同样性质的爱情在不断重演,让当事人得到的是一个共同的苦涩经验:现实中的爱情不仅是令人痛苦的,而且最终都是虚幻的。

在这几段爱情中,爱恋者都是上流社会具有高度文化修养的细腻敏感男性,而他们所爱对象却都是水性杨花、心猿意马的中下层社会女人:奥黛特是个半上流社会的交际花,在斯万为其深陷情网之时还同时充当着其他男人的情妇;阿尔贝蒂娜是个同性恋者;拉谢尔是个地道的妓女。男主人公的高度文化艺术修养使他们在陷入情网之时都将恋人理想化,在想象中将其当作无价之宝。作为艺术鉴赏家的斯万之所以爱上奥黛特,根本上是因为他将她当作佛罗伦萨画派大师波提切利画作《耶斯罗的女儿》中的人物:

> ……她跟罗马西斯廷小教堂一幅壁画上耶斯罗的女儿塞福拉相貌相似,这给斯万留下了深刻的印象。斯万素来有一种特殊的爱好,爱从大师们的画幅中不仅去发现我们身边现实的人们身上的一般特征,而且去发现最不寻常的东西,那些我们所认识的面孔的个性特征。……"佛罗伦萨画派"这个词在斯万身上可起了很大的作用。这个词就跟一个头衔称号一样,使他把奥黛特的形象带进了一个她以前无由进入的梦的世界,在这里身价百倍。以前当他纯粹从体态方面打量她的时候,总是怀疑她的脸、她的身材、她整体的美是不是够标准,这就减弱了他对她的爱。而现在他有某种美学原则作为基础,这些怀疑就烟消云散,那份爱情也就得到了肯定。……他在书桌上放上一张《耶斯罗的女儿》的复制品,权当是奥黛特的相片。……当他把塞福拉画作的相片拿到身边时,他仿佛是把奥黛特紧紧搂在怀里。①

叙述只能告诉我们斯万爱上奥黛特的经过,而分析("佛罗伦萨画派"这个词在斯万身上起了很大作用……)则告诉了我们斯万爱上奥黛特的内心缘由。读者由此所了解到的,乃是此后斯万为爱而痛苦的根源。事实上,他从投入爱情时的理想化到因为爱而猜忌痛苦,再到因为认识真相而产生幻灭的情感历程,都在叙述兼分析,尤其是在分析中得到表现。与斯万的爱情经历相仿,

---

① Marcel Proust. *Du côté de chez Swann*. Paris: Gallimard, 1987, pp. 219–222.

贵族罗贝尔·德·圣卢对妓女拉谢尔的爱也是借助了想象的力量（《盖尔芒特家那边》，第 150—156 页对此有大段分析），而叙述者本人对同性恋者阿尔贝蒂娜的交织着幸福、猜忌、痛苦、矛盾、反复的极其复杂的情感历程，更是通过大量的分析篇幅告诉读者的。这些篇幅中的一些主要部分是：《在簪花少女的身影里》，第 486—487 页、第 494—495 页；《盖尔芒特家那边》，第 340—358 页；《索多姆与戈摩尔》，第 128—137 页、第 497—515 页；《女囚》，第 14—24 页、第 53—69 页；《失踪的阿尔贝蒂娜》中近三分之一的篇幅，尤其是第 3—24 页、第 60—146 页、第 173—177 页、第 179—203 页、第 221—224 页。叙述者与阿尔贝蒂娜的爱情史始于巴尔贝克海滨（"现在我知道我爱的是阿尔贝蒂娜了"，《在簪花少女的身影里》，第 486 页），结束于叙述者在威尼斯收到的那封电报（"我已经彻底地不再爱阿尔贝蒂娜了"，《失踪的阿尔贝蒂娜》，第 224 页），相关章节或集中或散见于从《在簪花少女的身影里》到《失踪的阿尔贝蒂娜》的五卷篇幅中，如果从其中单独抽出这段爱情史的纯粹事件叙述，其篇幅最多不过几十页，而剩下的与这段爱情相关的篇章，都是叙述者对自己的爱情心理所做的自我分析。我们与其说在读这段一波三折的爱情的外在经过，不如说在聆听叙述者为我们分析他内心起伏跌宕的爱情心理。

与现实中爱情的虚幻真相同时被叙述者逐步发现的，还有一个更为普遍但因为我们太习以为常而更不易被意识到的事实：一切人与事都处在时间的流逝之中，一切都将被时间带走，不复存在。早在叙述者少年时代快结束时，父亲说过的一句话就使他第一次意识到了时间的无情。某日，母亲对父亲不再为儿子谋划外交官的前途，而是听凭他投身文学感到不满，因为爱子心切的她希望"用一种生活规律来约束"他那喜怒无常的情绪。这时父亲大声说道："别说了，干什么事首先要有兴趣。再说他也不是孩子了，他当然知道自己喜欢什么，恐怕很难再改变了。他明白什么是他生活中的幸福。"① 父亲的这句话不仅没有让叙述者高兴，反而让他想到一个严峻的事实，他生平第一次意识到自己的生命正在时间中不断流逝："（父亲的这番话）勾起了我两点非常痛苦的猜想。第一点就是我的生活已经开始（而我每天都以为自己还站在生活的门槛上，未来的生活仍然是完好无缺的、第二天早晨才会开始）。……第二点猜想（其实只是第一点的另一种形式），就是我并非身处时间之外，而是受制于它的的规律。"② 很多年以后，人到中年的叙述者对于时间的无情流逝有了更为深切的体会。在他昔日常去的布洛涅林园，当年常见到的风度迷人的斯万夫

---

① Marcel Proust. *Du côté de chez Swann*. Paris：Gallimard，1987，pp. 414 – 420.
② Marcel Proust. *Du côté de chez Swann*. Paris：Gallimard，1987，p. 44.

人、那些气派的马车以及妇人们的高雅服饰早已不复存在,被眼前的"庸俗和愚蠢"所取代,时间无情地带走了一切。① 这一沉重感叹所包含的无奈,叙述者在小说最后借助一个比喻进行了总结:"我以前的日子过得像一名画家,他顺着一条突出在湖面上的道路往上行走,陡壁悬崖和树木组成屏障遮住了他的视线。他先从一道缺口瞥见了湖水,接着湖泊整个儿地呈现在他眼前,他举起画笔,可此时夜色已经降落,他再也画不成了,而且白天也不会再来。"② 这是叙述者发现的又一个真相,残酷而令人绝望。它意味着,要想在现实中重新找回失去的时间是不可能的,"真正的天堂是我们失去的天堂"③。

然而,绝望之时也许正蕴藏着希望④,《追忆》中叙述者话语的引人入胜之处,就在于不断地会告诉读者新的发现、新的真相,一个发现总是通向更远、更深处的另外一个。正当叙述者为时间的残酷无情而深感苦恼时,"小玛德莱娜点心"(这一情节与叙述者重返布洛涅林园处于同一时期)突然间向他揭示了一把可以找回失去天堂的钥匙:无意识回忆(la mémoire involontaire)。为了突出这把钥匙的重要性,作者在小说最后一卷《重获的时光》中还安排了另外三个性质相同的"顿悟"与之遥相呼应(所谓遥相呼应是就小说的篇幅跨度而言,在实际的故事时间中,这些情节都处于同一个时期):踩在高低不平铺路石上的感觉,汤勺敲在餐碟上的声音,上了浆的餐巾擦拭嘴唇时的触觉。在整部《追忆》中,"无意识回忆"的启示虽然不是最终的,然而却是最为关键的。我们注意到,就像前面提到的"小玛德莱娜"一样,叙述者对于各次顿悟经过的叙述都只有寥寥数语,这些顿悟所隐含的重要启示,主要是通过分析来阐明的,叙述仿佛仅仅是一个引子,而分析才是重点所在:

……往事也是如此。我们想方设法去追忆,总是枉费心机,绞尽脑汁都无济于事。它藏在脑海之外,非智力所能及。它隐藏在某件我们意想不到的物体之中(藏匿在那件物体所给予我们的感觉之中),而那件东西我们在死亡之前能否遇到,则全凭偶然,说不定我们到死都碰不到。⑤

---

① Marcel Proust. *Du côté de chez Swann*. Paris:Gallimard,1987,p. 46.
② Marcel Proust. *Du côté de chez Swann*. Paris:Gallimard,1987,p. 215.
③ Marcel Proust. *Du côté de chez Swann*. Paris:Gallimard,1987,p. 342.
④ "我们敲遍一扇扇并不通向任何地方的门扉,唯一可以进身的那扇门,找上一百年都可能徒劳无功,却被我们于无意间撞上、打开了。" *Le Temps retrouvé*. Paris:Ed. Gallimard,1989—1990,p. 173.
⑤ Marcel Proust. *Du côté de chez Swann*. Paris:Gallimard,1987,pp. 414-440.

……当人亡物毁，久远的往事已了无陈迹之时，唯独气味和滋味还会长存，它们尽管微弱，但却更有生命力，更具非物质性，更加持久，更为忠诚，仿佛魂灵一般，在全部往事化作的废墟上回忆着、等待着、期盼着，以它们几乎触摸不到的细微存在，坚强不屈地支撑起记忆的巨厦。①

　　我……更为迫切地想要寻找这种至福的起因……这个起因，我在比较那些最令人愉快的感受时猜测到了它。它们的共同之处在于，我总是在当下这一时刻与过去某个遥远的时刻同时感受到汤勺敲在餐碟上的声音、铺路石的高低不平、小玛德莱娜的味道，以至于将过去与现在部分地重叠，使我难以分辨自己是身处过去还是现在。②

　　无论在提及"小玛德莱娜"、高低不平的铺路石，或者汤勺敲在餐碟上的声音、上了浆的餐巾擦拭嘴唇时的触觉时，叙述者对这些感觉过程的叙述都只有寥寥数语，这是因为，感觉只是触发叙述者至福体验的偶然契机，它们本身并不能告诉叙述者这种至福的原因，后者必须依靠叙述者自己的探究分析才有可能被发现。细心的读者会注意到，在讲述完"高低不平的铺路石"等三次启示后，《重获的时光》最后的绝大部分篇幅几乎全部是由叙述者的思考和分析构成的。这些大段的思考和分析为我们揭示了叙述者最后的、因而也是最为重要的两大发现，一个涉及"无意识回忆"的作用，另一个涉及艺术的价值。先来看前者。按照叙述者的分析，当下某个偶然的感觉契机之所以突然让我们体验到一种强烈的快感，乃是因为它唤醒了我们在过去某个遥远时刻有过的相同感受，失去的时光因而突然重现了：童年时代的贡布莱、昔日在威尼斯和巴尔贝克海滨度过的岁月。叙述者特别强调：此类时光的重现单凭有意识的、理智的、刻意的回忆（mémoire volontaire）是难以得到的，因为"理智使往事变得干枯"③，难以真正唤醒过去时光所包含的那些丰富生动的感觉细节。

　　然而，"仅仅是过去的某个时刻吗？也许还远远不止"。叙述者的分析进一步指出，无意识回忆所唤醒的不仅仅是一段过去的时光，而且是我们"唯一丰富和真实的"生活，因为当下的现实不仅令人失望而且注定要被时间摧毁，唯一能保存下来的只能是我们关于自己生活的记忆，即我们的内心真实。当无意识回忆突然出现时，我们仿佛同时活在过去与当下，生命在此刻摆脱了

---

① Marcel Proust. *Du côté de chez Swann*. Paris：Gallimard, 1987, p. 44.
② Marcel Proust. *Le Temps retrouvé*. Paris：Ed. Gallimard, 1989—1990, pp. 177 - 178.
③ Marcel Proust. *Le Temps retrouvé*. Paris：Ed. Gallimard, 1989—1990, p. 179.

时间的束缚，释放出更为本质的一面。问题在于，依靠无意识回忆所找回的时光与无意识回忆本身一样转瞬即逝，如果不能将其"固定"下来，那么一切最终仍然会归于湮灭。这样，我们跟随叙述者的分析思路逐渐领悟了《追忆》全书最终的启示：艺术对于我们的价值。

艺术①的基本特征在于它是感性的：音乐诉诸人的听觉，绘画作用于我们的视觉，而文学则能够通过表现生活的感性细节（例如"小马德莱娜"唤醒的味觉记忆），综合地激发我们各种感官的想象力，② 正是在这一点上，艺术与无意识回忆具有共同的感性特征。区别在于，首先，无意识回忆与生命一样转瞬即逝，而艺术作品则可以长存，③ 将无意识回忆找回的时光（心灵真实）"固定"下来。其次，艺术能够使个别的生活经验摆脱和超越琐碎的现实，释放出其中蕴藏的普遍意义，我们的生命因而得到一种升华。当现实中斯万与奥黛特的爱情已经逝去后，凡德伊《钢琴小提琴奏鸣曲》的一个乐句不仅使昔日爱情的记忆在他心中苏醒（在他们相爱的那些日子，她经常为他在钢琴上弹奏凡德伊的这个乐句），它"仿佛是他们俩爱情的国歌"，④ 而且，它还帮助斯万得到了一种对生活和艺术的崭新领悟，小说原文用了近九页的篇幅（第339—347页）将这一领悟告诉给读者。从凡德伊那个熟悉的乐句中，斯万听出了一位肯定与他一样也曾倍受痛苦的兄长在劝慰他说，现实中的痛苦如过眼烟云，"这一切都算不了什么"，当一切随风飘逝后，我们所回味到的乃是一种"远远高于生活的东西"，一种现实中的苦涩成分被过滤后的纯净的幸福和升华之美。这个亲切的乐句使斯万"不再有遭受流放的孤独之感"，使他产生了对凡德伊"这位从不相识的崇高的兄长的怜悯与柔情"。⑤ 现实中的爱情已经逝去，音乐却将斯万失去的幸福重新找回并且固定在一个令他感动的乐句之中。

与斯万的爱情遭遇相仿，叙述者本人也曾体验过爱情的虚幻："在并非相互的爱情中——其实也就是在爱情中，因为对于一些人来说，并不存在相互之

---

① 对于普鲁斯特而言，文学与音乐、绘画一样皆为艺术，作家贝尔戈特、音乐家凡德伊、画家埃尔斯蒂尔犹如《追忆》中艺术母题的三个变奏。
② 关于感官想象力的重要性，叙述者在《重获的时光》中曾言："现实曾多少次地使我失望，因为即使在我感知它的时候，我的想象力，这唯一使我得以享用美的手段却无法与之适应。我们只能想象不在眼前的事物，这是一条不可回避的法则。"*Le temps retrouvé*, pp. 178 – 179.
③ 普鲁斯特并未自负到认为自己的作品会永恒，他相信无论是作品还是人，都不会有永恒的存在，自己的作品百年之后也会寿终正寝，对待死亡唯有逆来顺受。参见 *Le tamps retrouvé*, pp. 438 – 439.
④ Marcel Proust. *Du côté de chez Swann*. Paris：Gallimard，1987，p. 46.
⑤ Marcel Proust. *Du côté de chez Swann*. Paris：Gallimard，1987，p. 342.

爱——人们所能品尝到的幸福仅仅是一种……假象而已。"① 这一苦涩认识仿佛为叙述者打开了一个通道，向他揭示了一直隐藏着的一个真理：现实中的爱之所以是痛苦和虚幻的，不仅因为爱恋者往往一厢情愿，而且更因为恋爱之人身处现实情境时，他的爱情必然受制于切身的利害计较。要摆脱痛苦与虚幻感，对爱情的理解就必须超越个别的、暂时的具体对象，上升为普遍的、经久不衰的爱的情感本身。这一领悟，作品再次用分析的方式告诉了读者：

> ……我还发现，最初我因吉尔蓓特而领略过的那种痛苦，那种我们的爱情并不属于激起爱情的人的痛苦，作为解决问题的辅助手段却是有益的……主要原因在于，如果说我们的所爱不只是某个吉尔蓓特（这种爱情令我们痛苦不堪），那并非因为我们还爱着某个阿尔贝蒂娜，而是因为爱是我们灵魂的一部分，它比我们身上那些先后死去的、自私地希望挽留这个爱的自我更加经久不衰，而且，不管这样做会给我们造成多大的痛苦（其实是有益的痛苦），它必须脱离具体的人以便获得普遍性，并把这种爱、对这种爱的理解给予每一个人……②

"任何东西都只有变成一般才能持久。"③ 在摆脱超越了现实的利害计较之后，爱的精髓或者本质才会变得纯净，个别的爱才能升华为普遍、永恒的爱。这种纯净、升华的前提是一种必要的时间距离：当叙述者在回忆和分析无论是斯万还是他自己的爱情时，一切都已成为过去，他们已经置身局外，摆脱了直接的、现实的利害计较，而这种非功利性恰好是艺术的最基本特征和价值所在，因此，我们就不难理解为什么《追忆》中一系列发现和启示最终通向的，是对艺术使命的领悟：作为一种形式，艺术摆脱了直接的利害计较，现实生活中的一切，无论是痛苦还是幸福，在艺术中都得到了净化和升华，上升为一种非功利的形式感、一种审美的愉悦，这就是普鲁斯特所说的"唯一的真实""真正的生活"。因此，"真正的艺术……其伟大便在于重新找到、重新把握、让我们认识到这个远离我们日常生活的现实……真正的生活，最终被发现和阐明的生活，因而也是唯一被真正经历过的生活，那就是文学"④。

《追忆似水年华》的直译应为《寻找失去的时间》，事实上，我们可以将

---

① Marcel Proust. *Le Temps retrouvé*. Paris：Ed. Gallimard, 1989—1990, p. 229.
② Marcel Proust. *Le Temps retrouvé*. Paris：Ed. Gallimard, 1989—1990, pp. 203 - 204.
③ Marcel Proust. *Le Temps retrouvé*. Paris：Ed. Gallimard, 1989—1990, p. 212.
④ Marcel Proust. *Le Temps retrouvé*. Paris：Ed. Gallimard, 1989—1990, p. 202.

第三章　普鲁斯特文学的"海上冰山"

这部长篇小说看作由一系列的寻找、发现和启示所构成的：一个又一个的真相或启示被逐步分析揭示出来，直至最后叙述者领悟到自己的艺术使命，主导这一过程的写作动机被罗兰·巴特称作"一种寻找的意念"①。这种普鲁斯特式的写作方式体现为一种总体的意图指向：尽可能多地告诉读者人物言行的隐含动机、内心生活，尽可能多地揭示事件隐藏的真相、隐晦的背景、隐蔽的意义。如果我们将这种"尽可能多地告诉读者"的写作方式与海明威式的"尽可能少地告诉读者"的写作方式加以比较，那么普鲁斯特式写作的特征就会变得更为明显。在《午后之死》中，海明威曾将自己的小说创作比喻为"冰山"："冰山在海里移动很是庄严宏伟，这是因为它只有八分之一露在水面上。"② 冰山的八分之七隐藏在海面之下，这是海明威故意省略的部分，通过精心设计而又不露痕迹的叙述和人物对话，省略的部分会被暗示给读者。与这种"冰山式写作"正好相反，普鲁斯特式写作旨在不断地发现和揭示：让海面下八分之七的冰山逐渐浮出海面。海明威式写作强调的是通过营造语境、暗示在读者心中造成一种无法明言、只可意会的心理张力，读者的审美愉悦就产生于体验到这种心理张力之时；普鲁斯特式写作意在揭示一个关于时间和艺术的明确真理，因此，一切隐含的意义都需要加以分析和阐明。两种写作方式有着各自特定的意图、功能和审美趣味，无法用一个统一的标准加以衡量。只露出海面八分之一的冰山有着独特的暗示之美，完全露出海面的庞大冰山则有着独特的壮观之美。正如亨利·詹姆斯所说："小说这幢大厦不是只有一扇窗户，它有千千万万的窗户。"③

让海面之下八分之七的冰山逐渐浮出海面，直至生活的唯一真实以及艺术的最终召唤被完全揭示出来，这一写作意图解释了《追忆》的篇幅为什么会像海洋一般浩瀚，更解释了为什么普鲁斯特式写作并不仅仅依靠单纯的叙述（包括描写、人物对话等从属于叙述的成分），而且还运用了大量的分析。④ 正如我们前文所指出的，《追忆》的叙述者话语从不局限于外在事件，而总是指向事件的背景、原因，指向人物言行的隐秘动机，指向主人公的内心世界，指向心理的真实，总之，指向隐藏在海面之下的冰山部分。而所有这些隐藏的部

---

① Roland Barthes. *Une idée de recherche*, in *Recherche de Proust*. Paris：Editions du seuil, 1980, pp. 34–39.
② 董衡巽编选：《海明威谈创作》，生活·读书·新知三联书店 1985 年版，第 4 页。
③ [美] 亨利·詹姆斯：《一位女士的画像》，项星耀译，人民文学出版社 1984 年版，第 7 页。
④ 《重获的时光》最后叙述者在盖尔芒特亲王府的书房一节内容在原文中占了 49 页，在这 49 页以及小说最后的 20 页篇幅里，叙述者几乎完全是在进行内省和自我分析：分析自己的艺术观以及自己对于艺术使命的领悟。参见 Thierry Laget, *Ccommente Du côté de chez Swann*, Paris：Gallimard, 1992, pp. 120–122.

分，单靠叙述是难以完全揭示出来的。因此，叙述者在叙述的同时，更承担了一个分析者的功能，引导读者不断将表象转化为真相，将隐义转化为显义，将瞬间的感性经验转化为透彻的领悟，最终，让生活的真理像浮出海面的冰山一样，晶莹地闪耀在阳光之下。

第四章 "一战"阴影下的普鲁斯特小说

---

① 本章作者为暨南大学外文学院黄晞耘教授。

1914年第一次世界大战爆发前，普鲁斯特的长篇巨著《追忆似水年华》只出版了第一卷《在斯万家那边》（1913年11月）。此后的数卷小说，普鲁斯特都是在战争的氛围中修改和扩充的。从1914年7月战争爆发到1918年11月停战协定签订，历时四年零三个月的"一战"不仅影响了普鲁斯特的生活和思考，而且也不可避免地给他的小说创作打上了历史的烙印。那次战争的爆发以及随之而来的出版中断，最终让今天的读者看到了一部与战前出版计划中的三卷本有很大不同的长达七卷的《追忆似水年华》。本章尝试较为具体地探讨普鲁斯特的小说创作与第一次世界大战之间的关联，说明那场战争究竟在何种程度上影响了普鲁斯特的小说创作。

"一战"爆发带给普鲁斯特的第一个直接影响是小说出版的中断。战争开始后，普鲁斯特当时的出版商贝尔纳·格拉赛及其手下的大部分工作人员都应征入伍，出版社的运作因而完全停顿下来。① 这一中断便是四年，直到1918年年底小说的第二卷《在簪花少女的身影里》转由伽利玛出版社出版。更重要的是，第一次世界大战从此进入了《追忆似水年华》，成为最后一卷《重获的时光》中贯穿故事时间的历史背景。

1918年8月3日，德国向法国宣战，并于同一天穿过中立的比利时进入法国北部。战争刚一爆发，普鲁斯特便陪同应征入伍的弟弟罗贝尔来到了巴黎火车东站，② 罗贝尔作为军医被派到后来成为"绞肉机"的凡尔登战场。两周后，普鲁斯特的管家尼古拉·科丹和司机奥迪隆·阿尔巴雷也被征召入伍。③

此时的普鲁斯特疾病缠身，九岁起就患上的哮喘病已经逐渐发展成肺气肿，导致呼吸困难，并且影响到心脏。自1911年开始心脏病不时发作，这让普鲁斯特意识到生命已经面临威胁。1914年10月中旬，在从卡堡回巴黎的火车上，普鲁斯特突然感到呼吸非常困难。④ 回到巴黎后，医生出具的证明确认普鲁斯特的健康状况"完全不可能在军队中从事任何工作"⑤。

在《追忆似水年华》的长篇叙事中，普鲁斯特很少提到具体年代，但是到了小说的最后一卷《重获的时光》中，他却例外地提到了1914年和1916年。小说的叙述者在这两个时间先后两次从疗养院返回战争时期的巴黎："许多年里我已彻底放弃了写作的计划，待在远离巴黎的一家疗养院里治疗，直到

---

① George D. Painter. *Marcel Proust*, 1871—1922. Paris：Ed. Tallandier, 2008, p.690.
② Marcel Proust. *Correspondance*, choix de lettres par Jérôme Picon. Paris：Ed. Flammarion, 2007, p.224.
③ Jean-Yves Tadié. *Marcel Proust II*, *Biographie*. Paris：Ed. Gallimard, 1996, p.240.
④ Marcel Proust. *Correspondance*, choix de lettres par Jérôme Picon. Paris：Ed. Flammarion, 2007, p.221.
⑤ Jean-Yves Tadié. *Marcel Proust II*, *Biographie*. Paris：Ed. Gallimard, 1996, p.245.

1916 年年初那家疗养院无法再找到医务人员为止。于是我又回到了与第一次返回时大不一样的巴黎。……那次是在 1914 年的 8 月，我回巴黎检查病情，然后就返回了疗养院。1916 年我重新回到巴黎后头几天的一个晚上，因为想要听到别人谈论唯一使我感兴趣的话题——战争，于是就在晚饭后出门看望维尔杜兰夫人。"①

从以上叙述开始，"一战"的背景在小说最后一卷《重获的时光》三分之一多的篇幅里（第 29—161 页，伽利玛出版社 1989—1990 年版，下同），一直时隐时现地伴随着人物的活动。

"一战"开始后一个多月，德军曾一度逼近距巴黎只有四十多千米的尚蒂伊，但是随后在马恩河战役中被迫退至皮卡第的埃讷河一线。经过多次拉锯战，尤其是 1914 年 10 月至 11 月在法国和比利时边境的伊瑟河战役，德法双方的军队开始僵持不下，战线从西北部的北海海岸一直延伸到东南部的瑞士，第一次世界大战的西线战场就此进入了长达三年的阵地战和消耗战时期，法国人的地理概念也从此分为前方和后方。亲历了战时后方生活的普鲁斯特通过小说叙述者之口，为我们记述了许多当时的历史细节：

> 如果我走在街上，看到一个可怜的休假军人在灯光照亮的橱窗前把目光片刻停留，我就会感到难过……因为他只是在六天中逃脱随时会死亡的危险，并准备重返战壕。……我知道士兵的不幸要比穷人的更大，而且更加感人，因为这种不幸更加顺从、更加高尚，他在准备重返前线时看到后方工作的军人们在预订餐桌时挤来挤去，只是达观地、毫不厌恶地摇了一下头说："这儿看不出是在打仗。"②

对于前线的士兵，普鲁斯特一直心怀同情与敬意。他认为虽然都是处于战争时期，但是与普通老百姓相比，上流社会的人毕竟在物质上要优越得多，他们"极其容易得到安慰"。在这一时期的创作笔记本上，他记下了不少前线士兵的通信地址，给他们"每个星期寄去烟草、糕点、巧克力"。③

在战争逼近巴黎期间，这座艺术之都随时都面临着敌机轰炸的危险。普鲁斯特通过叙述者之口，为我们留下了这一特殊时期巴黎的一幅全景图：

---

① Marcel Proust. *Le Temps retrouvé*. Paris：Ed. Gallimard, 1989—1990, p. 29.
② Marcel Proust. *Le Temps retrouvé*. Paris：Ed. Gallimard, 1989—1990, p. 41.
③ Jean-Yves Tadié. *Marcel Proust II*, *Biographie*. Paris：Ed. Gallimard, 1996, p. 338.

> 几小时前我看到的飞机就像昆虫那样，在晚上的蓝天中呈现棕色的斑点，现在这些飞机已经进入黑夜，犹如明亮的火船，而路灯部分熄灭，使黑夜更加深沉。……我曾经在 1914 年看到巴黎的美几乎是毫无防御地等待着敌人的威胁临近，现在的巴黎和当时一样，当然都有明朗得令人痛苦而又神秘的月亮那种不变的古老光华，在尚未受到破坏的古建筑物上投下其无用的优美。但是和 1914 年一样还有另外一种东西，甚至比 1914 年更多：各种不同的光线，断断续续的灯火，或者来自那些飞机，或者来自埃菲尔铁塔上的探照灯。……夜晚像 1914 年时一样美，正如巴黎像那时一样受到威胁。月光仿佛是一种柔和、持续的镁光，让人们最后一次摄取旺多姆广场、协和广场等优美建筑群的夜景。与它们尚未遭到破坏的美形成反差，我对那些也许将摧毁它们的炮弹的担心，更衬托出这种美的卓绝。①

我们注意到，以上小说文字侧重的是描写面临空袭威胁的巴黎所呈现出的"几乎是毫无防御的"美，笔调显得较为平静节制，叙述者自己的情感并没有太多的流露。如果对照普鲁斯特本人曾经表达过的强烈情感，我们会意识到，以上描写已经经过了一次审美的过滤，作为艺术升华的小说已经不是对现实生活的照搬。

实际上，这段描写源自普鲁斯特本人 1914 年 9 月 3 日夜晚的一次巴黎漫步。那时德国军队正在逼近巴黎，城里的居民在 8 月 29 日晚上听见了远处德军的大炮声，第二天，一架鸽式轰炸机在巴黎上空扔下了五颗炸弹。看到这座自己深爱着的城市可能即将被敌人围困，普鲁斯特难过得无法抑制自己的哭泣，后来他在给朋友阿尔比费拉的一封信中表露自己当时的心情：

> 马恩河战役胜利前的两三天，当人们认为巴黎即将被围困之际，我在一天夜里起床出了门。那晚的月色清醒而明亮，既安详宁静又像是在指责什么，既带着母性又带着讥讽。我不知道自己竟是如此地热爱着这座辽阔的巴黎城，看着它优美却无防御能力，正等待着也许任何东西也无法阻挡的敌人奔涌而来，我难以抑制地呜咽了。②

除了巴黎，普鲁斯特在小说中还写到了战争期间叙述者的家乡贡布雷。熟

---

① Marcel Proust. *Le Temps retrouvé*. Paris：Ed. Gallimard, 1989—1990, pp. 109 – 110.
② Lettre à Albufera. *Marcel Proust II*, *Biographie*. Paris：Ed. Gallimard, 1996, pp. 240 – 241.

第四章 "一战"阴影下的普鲁斯特小说

悉普鲁斯特作品的读者都知道，《追忆似水年华》中叙述者的家乡贡布雷是以普鲁斯特本人的家乡伊利耶小镇为原型（为纪念普鲁斯特100周年诞辰，1971年伊利耶更名为伊利耶-贡布雷）。该镇毗邻以哥特式圣母大教堂而著名的夏尔特尔，地处巴黎西南方向的厄尔-卢瓦尔省，第一次世界大战时位于巴黎的更后方。

在1913年格拉赛出版社的《在斯万家那边》初版中，贡布雷的地理位置与伊利耶相仿，也是毗邻夏尔特尔。① 叙述者儿时经常跟着长辈去"梅塞格利丝那边"散步，有一天经过斯万家花园时，外祖父提醒叙述者的父亲说，此前一天斯万曾说起他的妻子和女儿到附近的夏尔特尔去了。

然而，1919年，即在"一战"结束后由伽利玛出版社再版的该卷小说中，普鲁斯特有意将夏尔特尔改成了兰斯，上述文字中外祖父告诉叙述者父亲的那段话被改为："你记得吗？昨天斯万说他的妻子和女儿到兰斯去了……"②这样，第一次世界大战不仅进入了《追忆似水年华》，而且直接殃及了叙述者的家乡贡布雷，因为兰斯地处巴黎东北方向的香槟地区，在小说后来讲述的"一战"期间属于法德军队激烈交战的前线。

把贡布雷从后方改到前线，战争的威胁和破坏变得与叙述者更加直接相关。在《追忆似水年华》的最后一卷，叙述者提到他在"一战"期间（1914年9月和1916年年初）分别收到过吉尔蓓特的两封信。③ 吉尔蓓特是斯万的女儿，叙述者初恋的对象。两封信均写自她父亲斯万的乡间别墅当松维尔（位于"梅塞格利丝那边"），毗邻叙述者的家乡贡布雷，"一战"爆发后先是被德军占领（第一封信），后又成为法德军队激战的前线（第二封信）。在叙述者眼中，"斯万家那边"或"梅塞格利丝那边"的乡间小路是童年和少年幸福时光的象征，保存了他太多美好的记忆，他与吉尔蓓特的初次相识就是在她父亲那座乡间别墅的花园旁。④ 在第二封信中吉尔蓓特告诉叙述者：

> 有多少次我想到了您，想到了那些因为您而变得美妙的散步。我们曾经足迹所至的整个这片地区，现在已经变成废墟。这里发生过大规模的战斗，为的是占领您过去喜爱的某条道路、某个小山头，从前我们曾经多少次一起去过那里！……梅塞格利丝战役持续了八个多月，德军在那儿损失了六十多万人，他们摧毁了梅塞格利丝，但是没能占领它。您过去十分喜

---

① 参见 Jean-Yves Tadié. *Proust et le roman*. Paris：Ed. Gallimard，2003，p. 279.
② Marcel Proust. *Du côté de chez Swann*. Paris：Ed. Gallimard，1987—1988，p. 134.
③ Marcel Proust. *Le Temps retrouvé*. Paris：Ed. Gallimard，1989—1990，p. 58.
④ Marcel Proust. *Du côté de chez Swann*. Paris：Ed. Gallimard，1987—1988，pp. 139-140.

欢的那条小道，就是我们称之为山楂花斜坡小路的那一条（在那儿您说童年时代曾经爱上了我，而我却对您肯定地说是我爱上了您），我无法告诉您那条小道有多么的重要，它所通向的广阔麦田就是著名的 307 高地，……法国人炸掉了维沃纳河上的小桥……德国人又建了另一些桥。在一年半的时间里，他们曾经占领了半个贡布雷，法国人则占领了另外半个。①

吉尔蓓特信中提到的长达八个多月的"梅塞格利丝战役"，影射的就是 1916 年 2 月至 11 月那场残酷的凡尔登战役。② 可以想见，叙述者在看到信中提及的"当松维尔""梅塞格利丝""贡布雷"这些家乡的地名时，既倍感亲切又触目惊心，因为它们正沦陷于战火之中。从字里行间，我们能明显感受到小说人物对家乡的感情。我们同样可以想见，当普鲁斯特把叙述者的故乡贡布雷从后方改为前线时，他想要表达的正是对处于战火之中的祖国的深厚感情。

在真实生活中，普鲁斯特从不掩饰他对法国的热爱。1918 年 3 月至 7 月，为了赶在美国军队参战和同盟国崩溃之前扭转大势已去的战局，德军统帅兴登堡和鲁登道夫在西线战场发起了一连串的进攻，5 月突破了从亚眠、埃讷河、拉昂至兰斯的协约国防线，三十个师的德国军队再次逼近巴黎，5 月 29 日已经抵达苏瓦松（普鲁斯特在《重获的时光》中写道："德国人确实因为一道不断更新的血的屏障而留在原地——离巴黎只有一个小时汽车的路程。"③）

5 月 31 日，普鲁斯特在写给朋友斯特劳斯夫人的信中说："以前我从来没有感到自己是如此地热爱法国。您那么喜爱通往特鲁维尔沿线的道路，一定会懂得亚眠、兰斯、拉昂这些我常去的地方对于我来说意味着什么。……而对人的爱应该更甚于对物的爱，我赞美士兵为他们哭泣，更甚于为了教堂。"④

第一次世界大战期间，普鲁斯特最重要的亲身经历是德军贝尔塔远程大炮、齐柏林飞艇以及哥达式轰炸机对巴黎的轰炸，这些轰炸的密集时期是 1914 年战争初期、1917 年夏天和 1918 年的上半年。《重获的时光》记录下了当时的情景："在这个时代，哥达式轰炸机经常来进行轰炸，所以空中一直有法国飞机警惕而响亮的嗡嗡声。但有时会听到警报声……直至消防队员宣布警

---

① Marcel Proust. *Le Temps retrouvé*. Paris：Ed. Gallimard, 1989—1990, p. 63.
② George D. Painter. *Marcel Proust*, 1871—1922. Paris：Ed. Tallandier, 2008, p. 692.
③ Marcel Proust. *Le Temps retrouvé*. Paris：Ed. Gallimard, 1989—1990, p. 79.
④ Lettre à Mme Straus, 27 mai 1918, citée par Jean-Yves Tadié, *Marcel Proust II, Biographie*. Paris：Ed. Gallimard, 1996, p. 339.

报解除为止。"①

1918年1月30日夜晚，德国轰炸机飞临巴黎上空。这天晚上，普鲁斯特外出乘坐的出租车在半路上抛锚了，这时一颗炸弹就落在了邻近的雅典街上。根据事后政府的公告，那个夜晚的轰炸共造成65人死亡，187人受伤。② 然而，病弱的作家普鲁斯特却并不惧怕，或者说并不能真切地意识到轰炸的致命危险。后来他通过小说叙述者之口解释说："既然你相信大炮不会在这一天打中你，怎么会去害怕它呢？再说，炸弹的扔下与死亡的可能这些念头是分别形成的，丝毫没在我对德国飞行器经过的印象中增添悲惨的意味，以至于有一天晚上，我看见它们中的一架摇摇晃晃、在动荡天空的一团团薄雾中时隐时现，朝我们扔下一颗炸弹，尽管我知道那是致命的，但却只是把它想象成天上的恒星。"③

的确，普鲁斯特没有真切地意识到轰炸的危险，事实上，他在轰炸期间甚至比其他大多数人更加无畏。在1918年4月写给苏佐亲王夫人的一封信中普鲁斯特提到，当他居住的楼房（奥斯曼大街102号）里其他住户都到地窖去躲炸弹时，他却因为"不害怕轰炸并且还不认识通往自己地窖的路"④ 而独自一人待在地面上。不仅如此，他还在巴黎遭到轰炸的夜晚经常外出访友。在1918年5月29日的轰炸中，普鲁斯特所住楼房的院子里落进了很多炸弹和炮弹的弹片。而普鲁斯特这时却在防空高射炮的一片射击声中面不改色地从外面步行回家，他的女管家塞莱斯特回忆说当时在他的帽檐上都发现了弹片。"哎呀先生，看看落在您身上的这些弹片！您居然没有坐车回来？您就不害怕吗？"普鲁斯特回答："不害怕。为什么要害怕呢？那场景实在是太美了。"⑤

在作家普鲁斯特的眼里，危险的轰炸场景为他提供了一次真切的观察机会。作家的职业使命和敬业精神胜过了对死亡的害怕。作为一位具有非凡独创性的天才，他同时也是一个真正植根于现实生活的小说家，《追忆似水年华》中所有重要的事件、地点、人物，都是在某个或某些生活原型的基础之上创造出来的。他将自己亲历的巴黎遭受轰炸之夜，写成了《重获的时光》中一段重要的情节：灯火管制中的同性恋聚集场所（就是在这里叙述者无意中偷窥到德·夏吕斯男爵的色情受虐狂场景）。

这段情节（原文第116—147页）被置于巴黎遭到空袭的一个夜晚。叙述

---

① Marcel Proust. *Le Temps retrouvé*. Paris：Ed. Gallimard, 1989—1990, p. 84.
② George D. Painter. *Marcel Proust*. Paris：Ed. Gallimard, 1989—1990, p. 742.
③ Marcel Proust. *Le Temps retrouvé*. Paris：Ed. Gallimard, 1989—1990, p. 109.
④ Marcel Proust. *Correspondance*, choix de lettres par Jérôme Picon. Paris：Ed. Flammarion, 2007, p. 272.
⑤ Céleste Albaret. *Monsieur Proust*. Paris：Ed. Robert Laffont, 1973, pp. 122–123.

者向我们描述了当时的情景:"我渐渐走进这些网状的黑暗街道……自从哥达式轰炸机对巴黎扔下炸弹以来,这条街上的旅馆都已停业……贫困、遗弃和害怕笼罩着整个街区。因此,我感到十分惊讶的,是看到这些被人遗弃的房屋之间有一幢房子恰恰相反,屋内的生命仿佛战胜了恐惧和倒闭……从每个窗户关闭的百叶窗后面,透出因警察条例而变得柔和的灯光……"①

随后,小说情节的进展一直伴随着这家同性恋妓院中各色人物对战争的议论。有人受不了满屋子的香烟味希望打开玻璃窗户,旁边的人告诉他必须先把百叶窗关上:"您很清楚,由于齐柏林飞艇,所以禁止开灯。"此时有人说:"齐柏林飞艇不会再来了,报纸上甚至暗示,它们都给打下来了。"旁边的人抢白道:"不会再来了?你知道什么?等你像我一样在前线待上十五个月,打下你的第五架德国佬飞机,你才能谈这个。不要相信报纸。昨天它们飞到贡比涅去了,打死一个家庭主妇和她的两个孩子。"②

就在叙述者准备和妓院老板于比安告别离开时,空袭突如其来地发生了:

> ……只听到一声炸弹的巨响,而此前并没有发出过警报……不久阻拦射击就开始了,射击声猛烈得让人感到德国飞机就在附近,就在我们的头顶上。片刻之间,街道变得一片漆黑,间或只有某架飞得相当低的敌机照亮了它想扔炸弹的那个地点。……我在那些漆黑的地方兜着圈子,无法从里面走出来。最后在一片火光中,我终于重新找到了自己的路,此时高射炮声仍在不断地噼啪作响。……我想到了于比安的那幢房子,也许那房子现在已经化为灰烬,因为当我从那里刚刚一出来,一颗炸弹就落了在离我很近的地方。③

当晚叙述者终于回到自己住处的情景,和前面提到的1918年1月30日晚普鲁斯特本人险些遭遇炸弹的情景几乎如出一辙。"当我回到家里时,(解除空袭警报的)军号声终于响了……我看到弗朗索瓦丝正和管家一起从地窖里出来,她以为我已经死了。"④

小说情节与战争背景在以上章节里之所以交织得如此紧密,是因为从战争从一开始就进入了普鲁斯特的生活和精神世界。我们前面曾经提到,战争爆发后普鲁斯特的弟弟罗贝尔就作为军医应征入伍。不仅如此,他最好的一些朋友

---

① Marcel Proust. *Le Temps retrouvé*. Paris: Ed. Gallimard, 1989—1990, pp. 116 – 117.
② Marcel Proust. *Le Temps retrouvé*. Paris: Ed. Gallimard, 1989—1990, pp. 119 – 120.
③ Marcel Proust. *Le Temps retrouvé*. Paris, Ed. Gallimard, 1989—1990, p. 140.
④ Marcel Proust. *Le Temps retrouvé*. Paris: Ed. Gallimard, 1989—1990, p. 147.

也都上了前线,其中包括雷纳尔多·哈恩、罗贝尔·迪米埃尔、亨利·巴尔达克和贝尔特朗·德·费讷隆。从那时起,战争便成为普鲁斯特始终关注的焦点。他与前线的朋友雷纳尔多·哈恩往来通信,"每天阅读七份报纸",甚至在一张军用地图上跟踪战局的发展。① 1915 年 5 月,他在写给朋友夏尔·达尔东的信中说:"大家日夜在关注着战争,像我这样没有亲身参加的人在想到战争时也许会更加痛苦。"②

在战争进入第四个年头的 1918 年 4 月,普鲁斯特在写给苏佐亲王夫人的一封信中总结了自己对战争刻骨铭心的感受:"我就不跟您提战争的事了。唉,我已经全身心被它占据,根本无法摆脱。我也无法再提到这场战争带给我的希望与恐惧。我们不可能去谈论那些刻骨铭心的、已经无法与自己分开的情感。"③

在真实生活中他几乎无法谈论战争,因为有太多直接的、切肤的痛楚。于是他将战争写进了小说,在小说的世界中将自己对战争的观察、思考和评论都记录下来。《重获的时光》中形形色色的人物,从夏吕斯男爵到圣卢,从布里肖、戈达尔、诺布瓦到维尔杜兰夫人,从叙述者本人到吉尔蓓特和女佣人弗朗索瓦丝,无论是民族主义者还是和平主义者,都从各自不同的角度和立场谈论着战争。

更重要的是,作为一个以文学创作为天职的小说家,普鲁斯特始终都在有意识地利用战争这一特殊背景来表现和丰富《重获的时光》中各种人物在战争时期的遭遇、情感、政治立场、价值观念。在"一战"氛围中写成的这卷小说经常影射当时一些现实人物的言论,例如持强烈民族主义和好战立场的历史学家弗里德里克·马松、音乐家圣桑、作家科克多和巴雷斯。

小说中巴黎大学教授布里肖就是这样一个人物:"布里肖这样的人在战前是军国主义者,主要指责法国不够军国主义,现在则不满足于指责德国过于军国主义……只要是涉及减缓反德战争的步伐,他们一定会改变看法,并用正当的理由谴责和平主义者。"④ 另外一名参与制定了"三年服役法"的民族主义者邦当先生则"希望看到德国四分五裂……也希望看到威廉(德意志帝国皇

---

① Lettres à Lucien Daudet, fin février et mi-mars 1915, *Correspondance*, choix de lettres par Jérôme Picon. Paris: Ed. Flammarion, 2007, pp. 224 – 225.
② Lettre à Charles d'Alton, mai 1915, citée par Jean-Yves Tadié, *Marcel Proust II, Biographie*. Paris: Ed. Gallimard, 1996, p. 253.
③ Lettre à Madame Dimitri Soutzo, avril 1918, *Correspondance*, choix de lettres par Jérôme Picon. Paris: Ed. Flammarion, 2007, pp. 271 – 272.
④ Marcel Proust. *Le Temps retrouvé*. Paris: Ed. Gallimard, 1989—1990, p. 85.

帝威廉二世）被军法处决身中十二颗子弹，在此之前，他不愿听到别人谈论和平。总之，他被布里肖称作'打到底主义者'，他可以获得公民责任感的最佳证书"①。

在这些好战的民族主义者和沙文主义者中，普鲁斯特专门写到了布洛克等人的对待战争的矛盾与虚伪："布洛克只要被认为'适合入伍'，就会对我们发表恶毒攻击军国主义的政治言论，但当他以为自己会因为眼睛近视而退役时，他也许会发表沙文主义十足的声明。"②

与上述民族主义和沙文主义形成鲜明对比的是贵族德·夏吕斯男爵的和平主义立场，叙述者向我们解释了背后的原因："德·夏吕斯先生具有罕见的道德品质，他富有同情心，慷慨大方，对人友爱、忠诚，然而，由于各种原因——其中之一是他的母亲是巴伐利亚州的公爵夫人，这点可能会起作用——他没有爱国主义。因此，他既属于法国躯干，又属于德国躯干。"③ 更重要的原因在于，夏吕斯比大多数进行好战宣传的人都清楚地认识到，战争并不是一件美妙的事情，它意味的是鲜血与杀戮，是无数鲜活生命的毁灭。针对报纸上有人谈到战争对文物和雕像造成的毁坏，夏吕斯不无反感和愤怒地对叙述者说："但是，那么多美妙的年轻人就是无与伦比的彩色雕像，他们的毁灭不也是破坏文物？一座城市如果失去了漂亮的人，不等于是一座所有的雕像都被毁灭的城市？"④ 因此，在夏吕斯看来，"想继续进行战争的人同发动战争的人同样应该受到谴责，也许更应该受到谴责，因为他们可能没有预见到战争中的一切惨状"⑤。事实上，"一战"爆发之前德法两国的舆论都在为战争推波助澜，两国的民众都在迫不及待地渴望战争爆发，都以为自己国家能够迅速取得胜利。1914 年 8 月战争打响时，法国人和德国人都一样群情激昂⑥。但是谁都没有预见到战争一打就是旷日持久的、残酷的四年，欧洲文明遭到无情的践踏。⑦

在《重获的时光》中，普鲁斯特真正欣赏和赞扬的是那些既不怀有狂热

---

① Marcel Proust. *Le Temps retrouvé*. Paris：Ed. Gallimard，1989—1990，p. 35.
② Marcel Proust. *Le Temps retrouvé*. Paris：Ed. Gallimard，1989—1990，p. 48.
③ Marcel Proust. *Le Temps retrouvé*. Paris：Ed. Gallimard，1989—1990，p. 81.
④ Marcel Proust. *Le Temps retrouvé*. Paris：Ed. Gallimard，1989—1990，p. 100.
⑤ Marcel Proust. *Le Temps retrouvé*. Paris：Ed. Gallimard，1989—1990，p. 103.
⑥ Marc Ferro. *Histoire de France*. Paris：Ed. Odile Jacob，2001，p. 343.
⑦ 第一次世界大战中法国有近 140 万士兵阵亡，占全国劳动力人口的 10.5%，另有 100 多万人伤残。参见 René Raymond. *Le XXᵉ siècle*. Paris：Ed. Fayard，1996，p. 19.

民族仇恨又勇敢无畏投入战争的英雄。爱国但并非民族主义者①的贵族罗贝尔·德·圣卢就是这样一个典型。圣卢从来不会咬牙切齿地表达对德国人的仇恨。沙文主义者布洛克指责他提到德皇时总是称呼"威廉皇帝"而不是直呼其名"威廉",布洛克认为这是一种害怕的表现。然而非常了解圣卢贵族教养的叙述者告诉我们:"我认为,即使在断头机的铡刀下,圣卢和德·盖尔芒特先生也是会这样说的。如果上流社会的两位先生单独生活在一个孤岛上,即使不需要向任何人显示高雅的举止,也会从这些教养的痕迹中辨别出彼此的身份……即使被德国人严刑拷打,圣卢也只会说'威廉皇帝'。……与布洛克那种怯懦而又自吹的庸俗相比,这种优雅的寻常举止更显得美妙,尤其是带着与之联系在一起的所有隐蔽的宽厚和没有表露的英雄主义。"②

同样,圣卢也从来不把勇敢挂在嘴边。叙述者告诉我们,在圣卢的勇敢中包含着真正贵族特有的礼貌:"这种习惯一方面使他去赞扬别人,而对自己却做了好事闭口不谈……另一方面又使他把属于自己的财产、地位乃至生命看得微不足道,并奉献给别人。总之,这说明他的本性确实高贵。"③

圣卢反对沙文主义者和军国主义者的那种好战精神,同时由衷地赞扬前线士兵的英雄主义。他在写给叙述者的信中说:"如果你看到所有这些人,特别是那些老百姓、工人、小商人,看到他们没有意识到自己身上蕴藏的英雄主义……在枪林弹雨中跑去抢救战友、运走受伤的长官,看到他们自己被子弹击中后在弥留之际露出微笑,因为主任医生告诉他们战壕已从德国人手里夺了回来,我向你保证,亲爱的老弟,这会使人产生出对法国人的美好看法,使人能够理解我们在课堂上曾经感到有点不同寻常的那些历史时期。史诗是那样美,你会和我一样,感到词语已无法表达。"④

与他所赞扬的那些战场英雄一样,圣卢本人先是在前线负了伤,后来又在掩护他的士兵撤退时被打死。⑤ 在叙述者满怀友情追思的这个朋友身上,我们隐约可以看到普鲁斯特本人的一些朋友的影子:贝尔特朗·德·费讷隆于战争爆发后不久的 1914 年 12 月 17 日身负重伤,后来不治而亡;⑥ 一个月后,加斯东·德·卡雅韦在前线死于尿毒症;1915 年 5 月中旬,另一位好友罗贝尔·

---

① Hiroya Sakamoto. *La guerre et l'allusion littéraire dans* Le Temps retrouvé, in *Proust, la mémoire et la littérature*, sous la direction d'Antoine Compagnon. Paris: Ed. Odile Jacob, 2009, p. 210.
② Marcel Proust. *Le Temps retrouvé*, Paris: Ed. Gallimard, 1989—1990, p. 47.
③ Marcel Proust. *Le Temps retrouvé*, Paris: Ed. Gallimard, 1989—1990, p. 50.
④ Marcel Proust, *Le Temps retrouvé*, Paris: Ed. Gallimard, 1989—1990, p. 60.
⑤ Marcel Proust, *Le Temps retrouvé*, Paris: Ed. Gallimard, 1989—1990, p. 153.
⑥ Jean-Yves Tadié. Chronologie, *Magazine littéraire*, octobre 1987, N^0 246, p. 20.

迪米埃尔中弹身亡。①

尽管悲伤之时普鲁斯特几乎不愿意和朋友谈论战争，但是他在第一次世界大战期间的书信和小说创作仍然为我们直接或间接地保留了他对那场战争的看法。这位大作家对祖国怀有深厚的感情，但是他并没有因为法德交战就对德国，尤其是德国文化持仇视态度。他反感报纸上一些人（例如音乐家圣桑和扎马科伊）攻击瓦格纳和理查·施特劳斯、对德国文化全面抹黑的做法，② 在他的心目中，艺术与现实生活属于不同的范畴，艺术高于战争和仇恨。在1914年11月致朋友的一封信中他设问："如果我们开战的对象不是德国而是俄罗斯，那些人又会针对托尔斯泰和陀思妥耶夫斯基说些什么呢？"③ 1918年11月11日停战协议签订后的第二天，普鲁斯特在写给朋友斯特劳斯夫人的信中说："在所有的和平中，我最希望的是不在人的心中留下任何仇恨的那一种。"④

"一战"前的1913年12月8日，普鲁斯特在写给朋友安德烈·博尼耶的信中提到了他的小说创作："一切都已经写出来，但是一切都还有待修改。"⑤ 的确，普鲁斯特本来在1913年就已基本上完成了他的长篇小说，共计1500页左右。1913年2月，他建议出版商贝尔纳·格拉赛将小说分为三卷出版（而不是现在我们所看到的七卷），这三卷的标题分别是《在斯万家那边》《盖尔芒特家那边》《重获的时光》。

在1913年11月14日的《法兰西出版目录》上，格拉赛出版社已经预告了《追忆似水年华》"三部曲"的后两卷"将于1914年出版"。⑥ 到1914年6月上旬，小说第二卷《盖尔芒特家那边》的校样已经排出（内容与我们现在看到的仍然沿用该标题的第三卷有很大不同），第三卷《重获的时光》的初稿也已经完成，只待修改。在这一版本里尚不存在以阿尔贝蒂娜这个人物为中心的大量章节（虽然这个人物的名字已经在1913年的手稿中出现），更没有后

---

① Jean-Yves Tadié *Marcel Proust II*, *Biographie*. Paris：Ed. Gallimard, 1996, p. 249.
② Hiroya Sakamoto. *La guerre et l'allusion littéraire dans Le Temps retrouvé*, in *Proust*, *la mémoire et la littérature*, sous la direction d'Antoine Compagnon. Paris：Ed. Odile Jacob, 2009, pp. 204 – 218.
③ Jean-Yves Tadié. *Marcel Proust II*, *Biographie*. Paris：Ed. Gallimard, 1996, p. 245.
④ Lettre à Mme Straus, 11 novembre 1918, citée par Jean-Yves Tadié, *Marcel Proust II*, *Biographie*. Paris：Ed. Gallimard, 1996, p. 341.
⑤ Lettre à André Beaunier, 8 décembre 1913, citée par Jean-Yves Tadié. *Marcel Proust II*, *Biographie*. Paris：Ed. Gallimard, 1996, p. 198.
⑥ 关于1913年格拉赛出版社预告的三卷版本内容，参见 Jean-Yves Tadié. *Proust*, *le dossier*. Paris：Ed. Belfond, 1983, pp. 25 – 26. 另见 Jean-Yves Tadié. *Marcel Proust II*, *Biographie*. Paris：Ed. Gallimard, 1996, pp. 197 – 198.

来成为《重获的时光》重要背景的第一次世界大战。战争导致了《追忆似水年华》出版的中断,但同时也给普鲁斯特带来了此前完全没有预料到的大量时间用于小说的修改、扩充和调整。①

如前所述,首先,战争被及时写进了最后一卷《重获的时光》,在该卷小说三分之一多的篇幅里,第一次世界大战这一重要背景一直时隐时现地伴随着人物的活动。② 其次,他在原计划中第二卷《盖尔芒特家那边》的基础上,以盖尔芒特家族,尤其是德·夏吕斯男爵为中心人物,先后修改扩展出了两卷小说:《盖尔芒特家那边》(第三卷)以及《索多姆和戈摩尔》(第四卷)。最后,就在"一战"爆发之前,普鲁斯特刚刚经历了一次强烈的感情挫折(即他与私人司机阿尔弗雷德·阿戈斯蒂奈利的同性恋纠葛),③ 这段经历很快很快就以异性恋的形式(小说叙述者与阿尔贝蒂娜)被写进了小说,④ 并且演变发展为《追忆似水年华》最重要的内容之一。普鲁斯特大幅度扩充了原计划中第二卷(《盖尔芒特家那边》)关于叙述者两次巴尔贝克之行的内容("地名:那个地方"),将这一部分与"斯万夫人周围"一起分离出来,以《在簪花少女的身影里》为题构成了原计划中没有的新的第二卷,在此基础上又扩展出了小说的第五卷《女囚》和第六卷《失踪的阿尔贝蒂娜》。加上修改后的最后一卷《重获的时光》,到 1922 年普鲁斯特去世时,《追忆似水年华》已经从 1913 年的三卷扩展为七卷,篇幅从 1500 多页增加到 3000 多页。

至此我们可以看出第一次世界大战带给普鲁斯特小说创作的重大而深刻的影响:那次战争的爆发以及随之而来的出版中断,最终让今天的读者看到了一部与战前出版计划中的三卷本有很大不同的长达七卷的《追忆似水年华》。⑤ 这部长篇巨著的创作与那个特殊的战争年代紧密联系在一起,为我们直接或间接地保留下了那个时代的历史印记。

---

① Pierre-Edmond Robert. Des manuscrits par milliers, *Magazine littéraire*, 1987, N⁰ 246.
② Pierre-Louis Rey et Brian G. Rogers. Préface, pp. XIV – XV, *Le temps retrouvé*. Paris:Ed. Gallimard, 1989—1990.
③ Jean-Yves Tadié. *Proust, le dossier*. Paris, Ed. Belfond, 1983, pp. 316 – 323.
④ Jean-Yves Tadié. *Proust, le dossier*. Paris, Ed. Belfond, 1983, p. 328.
⑤ Gérard Genette. *La question de l'écriture*, in *Recherche de Proust*. Paris:Ed. du Seuil, 1980, pp. 7 – 12.

第五章 叔本华的幽灵[①]

---

① 本章作者为中国社会科学院外国文学研究所史忠义教授。

19世纪50年代中期开始,法国社会的哲学和信仰空虚,使叔本华的思想捷足先登,很早便进入法国,比真正进入中国整整早了半个世纪。1855年,斯特拉斯堡大学的哲学教授、柏林科学院的通讯院士克里斯蒂昂·巴托尔梅斯首次把叔本华的思想体系介绍到法国。1856年和1857年,叔本华作品的最早两篇法文译文面世,译者阿·韦伊是位居住在阿尔萨斯的犹太人,他是奈尔瓦尔的朋友,与波德莱尔相识,并曾担任过雨果的《旧约全书》犹太释义的讲师。地利之便使他有机会与叔本华本人探讨他的译作的得失。① 此后,各种译作相继问世。在叔本华生命的最后几年,曾有法国学者或艺术家拜访他,弗雷德里克·莫兰(1858)、福歇·德·卡雷伊(1859)和夏尔梅尔-拉古尔(1859)留下了三篇访问记。阿·勒南、泰纳、泰·里博、布伦蒂埃都曾拜读过叔本华的作品,发表过批评文章或翻译过叔氏的作品。及至1880年,据说巴黎"充满了正在成长中的叔本华",大有言必谈叔本华之势。② 叔本华成为一种时髦,影响了整整一代自然主义作家。20世纪的热血青年萨特和加缪也熟悉叔本华的哲学思想。萨特曾于1933年在柏林进修哲学,加缪1930年即随他的文学引路人格勒尼埃学习叔本华和尼采的著作。本章谨以于斯芒斯、萨特和加缪为例,说明叔本华的悲观主义幽灵,如何在长达六七十年的时间里,飘荡在法兰西的天空中。

一、叔本华的意志哲学

为了分析比较的便利,我们先把叔本华的基本思想概括如下:

叔本华向康德借鉴了现象世界与自在之物相对立的概念,表示虚幻的物质世界与其本质是彻底对立的。叔本华把物质世界、把现象称作"表象"。人类通过自己的知性形式感知现象世界。叔本华认为人的知性形式只有因果形式一种,康德界定的其他十一类知性形式纯属"虚假的窗口"。因果形式把康德界定的时间与空间等感性形式连接起来。时间、空间和因果形式构成唯一的"思辨原则"。思辨原则的应用领域不同,表现形式也有所不同,但实质不变。受思辨原则的影响,人的认识难以超越现象,超越表象,而达到现象的基础,即自在之物。康德认为自在之物是不可知的。

叔本华则宣称可以揭示自在之物。他认为自在之物以意志的形式存在于我们的心灵深处。我们的个人意志与主导整个大自然的自在意志是一致的。对自

---

① 见《道德的基础》后记,载《法兰西杂志》1857年10月10日。
② 见1886年2月15日《费加罗》杂志登载的阿尔贝·沃尔夫的《巴黎来鸿》一文。

在意志的发现可以在我们自身的体内完成。我们的身体是意志的个性表现形式，是意志的物化结果。由此发现的普遍原则（即自在意志）是一种非理性的、盲目的、无意识的、普遍存在的强大力量，既存在于物质世界之中，也存在于所有生活形式之中，它是存在的原动力和深层基础，是现象的源泉，是物质世界和生命世界的创造者，它是一种生存意志。认识绝对服从于无处不在的潜在意志。叔本华因此而否认了所有理性的认识论。

正是这种意志成为叔本华悲观主义的基础，意志不断地裂变为生命，不断地物化为众多现象；无穷无尽的多极化和个性化，使意志不断地与自身发生冲突。因此，意志意味着躁动、渴望、获取欲、贫穷、贪婪、欲望、痛苦，一个由意志主导的世界只能是苦难的世界。意志的堕落及其原罪随着它的裂变而开始。

无疑，人受自在意志的左右，人的自由只能是一种幻想；人自以为能够控制自己的个人意志，自以为有选择的自由，其实无任何选择可言；个人行为具有必然性；自由不存在于行为范畴，只存在于自在之物。因此，自由是超验的。就其定义而言，意志是自由的，个人意志只是宇宙间的生存意志的个性化形式，是自在意志裂变的一种独特的表现形式。

在这种荒诞的悲剧世界里，如何才能获得自由和拯救呢？首先通过审美状态，通过意念的修炼和净化。意志与意念不可混为一谈。意志是自在之物；意念则是意志最直接的客观化形式，位于意志与现象的中间地位。意念的净化可以使人暂时脱离意志的桎梏，暂时成为认识的真正主体。伦理学开辟了最可靠的拯救之路。怜悯之心使我们发现了周围事物的同一性，因此，他人的痛苦也是自己的痛苦，因为所有现象中的意志是同一的。多元化和个性化只是一种表面现象，仅仅存在于我们的个人意念之中。这一思想成为叔本华道德观念的基础，即万物皆有人的影子，人理应先天下之苦而苦，集普天下之苦于一身，从此以后对任何苦难都不能无动于衷。他应该从个人主义中超脱而出；当他还有他人之念而攻击对方时，关于生存意志的幻觉就会指责他。显然，这里的同情心、生命同一性的意识等，与通常意义上的"正义感"无任何关系。

经过上述阶段，意志开始背离存在，智者经过苦行而最终达到自愿放弃、服从、心静和完全无欲的境界。这是认识战胜欲望后对生存意志的否定，激励意志的各种现象不再发挥作用；反之，意念群中的安静剂却发挥镇静作用，促使意志自由地自我消失。意志经历了从独断专行、认识自我到自我否定进入佛教涅槃式的无欲状态的历程。叔本华的一元论思想最终以近乎神秘的、理想的、超验的伦理观而结束。①

二、叔本华的崇拜者于斯芒斯

1884年3月,刚刚读完《生活的乐趣》的于斯芒斯(1848—1907)致信左拉:"至于拉扎尔的心理研究,我以为确系大师之手笔;然而所涉叔本华主义的理论似乎并不那么准确。这一反浪漫主义、反维特式思想的理论具有绝对稳定人心的一面……我以为未能充分展示。须知这是宣扬听天由命的理论,与《耶稣基督的模仿》的理论完全一致,只不过关于未来的神话被忍耐精神、被决心逆来顺受坦然等待死亡的精神所取代;死亡犹如宗教里的解脱,不再意味着恐惧。余深知您不相信悲观主义,深知布尔多为叔本华的《思想》一书所写的序言里宣称这位奇人恐惧死亡,然而理论总是高于作者……当聪明的人无法信仰天主教之时,他的思想显然最有逻辑性、最浅显、最具安民力量。其实,如果不做悲观主义者,那么只有天主教徒和无政府主义者可供选择,三者必居其一……您确实赋予一条特殊的注释,不仅在《卢贡·马卡尔家族》系列小说中,也在这部著作中,即'渐渐地自拔,忧伤地放弃'。其实,波利娜就是真正的叔本华……"②

这段话淋漓尽致地表达了作家于斯芒斯对叔本华的推崇、对悲观主义的信奉和理解。信中以为叔本华留给人们的基本教诲即服从和寡欲。叔本华对人间苦难的清醒理解导致了他的泰然自若的生活态度。悲观主义的功能在于"镇定人心",在于"安民"。尽管把悲观主义与《耶稣基督的模仿》相比较令人吃惊,但是于斯芒斯从中看到的,是作者引导读者超脱自我、超脱世界从而与神融合的宁静态度。叔本华在谈到生存意志的否定时,也阐发过克制欲望的以及更深层的思想。③

在《逆行》(1884)一书中,于斯芒斯进一步阐述了自己的观点,他把叔氏的理论与教会的理论相比较,断言他们共同的出发点在于发现了世界的丑恶和卑劣。他说:"叔本华也宣扬存在的虚无和孤独的益处,他正告人类,不管它干什么,不管它倾向何方,都避免不了悲惨的命运……然而,他不许诺任何灵丹妙药,不以花言巧语诱惑你们医治不可避免的痛苦。他不支持你们效仿原

---

① 这段概括参阅了《辞海》《百科全书》以及法国拉鲁斯版《文学辞典》、博尔达斯版《哲学词典》的有关条目。
② [法]于斯芒斯:《致爱弥尔·左拉的未发表信件》,由皮埃尔·朗贝尔发表并注释,皮埃尔·科尼作序,德鲁-贾尔出版社1953年版,第99页。
③ [德]叔本华:《叔本华美学随笔》,韦启昌译,上海人民出版社2011年版,第202-263页。

罪的叛逆体系，无意证明原罪是保护无赖、帮助傻瓜、践踏童年、愚弄老年、惩治罪犯的威力无比的神明；他没有颂扬发明了体罚这种方式的某位天神的功绩，体罚无用而又不可理解、不公而又徒劳，实在可恶至极；他没有像教会那样论证折磨和考验的必要性，只是慈悲为怀地愤怒高呼：'如果上帝创造了整个世界，我不愿做这样的上帝；世界的悲苦撕裂着我的心。'"① 于斯芒斯对叔本华理论的理解有两点偏差：其一，叔本华视原罪为意志行为，拯救则是对意志的否定；其二，叔本华论证了折磨与考验的必要性，"痛苦和不幸在于实现生活的目的，即背离意志……痛苦完全可以高声宣称：我是人类生存的真正目的"。他的结论是："从拯救和解脱的角度而言，希望更多地寄托在我们的苦难之中，苦难超过我们的作品。"② 这正说明，于斯芒斯试图为深刻的悲观主义寻找哲学根据，他把精英阶层比较熟悉的叔本华的作品作为自己思想的一种反映，在他看来，叔本华思想之于"精神的富有者"，犹如宗教对于穷人一样。

　　于斯芒斯对悲观主义的理解是数年积累的结果。1882年，叔本华的名字首次出现在于斯芒斯的小说《随波逐流》之中。然而小说家很可能早就了解叔本华的理论。于斯芒斯1881年3月致T.阿农的信件显示，小说家对于批评界评价《家居生活》（1881）是一部怀疑主义和叔本华主义的小说，曾经感到欣慰。在《随波逐流》一书中，叔本华扮演了一个能够提供生活准则、指点迷津的道德说教家的角色。小说的主人公佛朗丹是个悲剧人物，长期徜徉在单身汉的苦难地带，他的最大奢望莫过于填饱肚皮并遏止性的饥渴。现实一再使他失望，饭馆的残羹剩菜、快餐店的鄙夷、与同性乞丐的鬼混，每每使他恶心、沮丧和不满足。他极力忘记自己的存在，最终走上了放弃和顺从的道路。也许只有随波逐流，才能减轻他的痛苦。他唯一的伟大之处，在于清楚自己的虚无："在踱向住处的路上，他对自己生命的凄凉一览无余；他知道，更弦易辙是没有用的，自己的激情已成荒漠，再也鼓不起勇气了，只能随波逐流了。叔本华是对的，他自言自语地说：'人的生命犹如一口挂钟，在痛苦和无奈中摇摆。'还有必要拧紧发条或者一任钟摆老牛拉破车般呼哧吗？最好袖手旁观大睡一觉……哎，好事绝没有穷人的份，他们只有厄运。"③ 显然，哲学家的作用被大大地缩小了，他仅仅为佛朗丹的思考提供了一句格言而已。

----

① ［法］于斯芒斯：《逆行》，法斯凯尔出版社1955年版，第118页。
② ［德］叔本华：《作为意志与表象的世界》，法文译本第二卷，伽利玛出版社1970年版，第964-965页。
③ ［法］于斯芒斯：《随波逐流》，普隆出版社1908年版，第240-241页。叔本华的话引自该著作第55页。

自省和内向是《家居生活》《随波逐流》和《逆行》等小说中人物的一大特点，似乎只有自省才能减轻外界对人物躯体和灵魂的残害。那么，深居简出、把自己幽禁在"避风港"或"荒漠之地"似乎是于斯芒斯小说人物的理想选择。这一特点与叔本华不无联系。叔本华这位独身哲学家向于斯芒斯提供了一幅节俭谨严、淡泊心志、没有狂热感情的生活场景："他那依赖殷实家产的独身生活如此单调、机械，你只要熟悉他的一天，就能了解他的一生。大约八点起床，然后是英国式的洗漱方式，准备咖啡，抓住清晨的思路而伏案写作，工作之后吹一小段曲子，穿衣，整理襟饰，系好白领带；吃饭，午休，散步；阅读《时报》或一些老作家的作品；晚餐，上剧院，睡眠极好。"[①] 小说家从布尔多的这段描述中看到了自己对平静生活的向往。小说人物发现了自己生存的虚无，向往平静的小说家也很早就发现自己创作面的局限性。关于1884年《逆行》小说发表时的环境，他认为"自然主义像推磨子那样气喘吁吁地转圈子"[②]。

《逆行》是作者试图跳出圈子的一种尝试，与自然兼具历史感的风格背道而驰，作者执意从全方位脱离眼前的世界。德·埃散特一方面脱离尘世，一方面为自己创造了一个封闭的小王国，从此远离布满陷阱的荒原，躲进"小楼"成一统。虚假和造作是这个小天地的主要特点。其实，德·埃散特与生存意志开起了玩笑，他仅仅沉迷于经过自己头脑精心选择的那些表象，他的世界的布局和氛围完全是他异想天开的结果，绝无半点大自然的痕迹。公爵先生没有亲人，反对生育，远离自己的阶层和朋友，他所欣赏的艺术家们也全是自己臆想出来的。居斯塔夫·莫罗就是一个"前无祖宗"、后无来人、独此一例的"域外人"，德·埃散特希望他诞生于虚无，什么外界影响、大自然的力量、盲目的意志，都对他无可奈何，他是公爵的真正的孪生兄弟，与德·埃散特一样孤芳自赏，全然以自己为消费对象。德·埃散特试图以此否认世界、否认意志，生活在世界之外。大自然对此做出了强烈反应，倏忽而至的神经病的生理表现提醒他，他试图忘却躯体存在，或以躯体为享乐工具，不让它留下苦难和岁月痕迹的做法是徒劳的。

德·埃散特还试图否认历史，他所生存的空间没有时间概念，他的欣赏没有任何历史感，唤起他美感的艺术品属于任何时代，佩特罗纳与法国的现代派小说奇怪地相似，阿波利奈尔的通讯集充斥着"甲骨文"式的老古董。他从

---

① ［法］于斯芒斯：《随波逐流》，普隆出版社1908年版，第10页。
② ［法］于斯芒斯：《随波逐流》，普隆出版社1908年版，第10页。

古典艺术家中，寻求与他一样变化无常的审美情趣。①

德·埃散特同样否定他的社会，因为资产阶级像新的野蛮人入侵一样，充斥着社会："资产阶级凭借金钱的力量和自己的愚蠢的感染力，志满意得地登上了王殿……"② 同时，还腐蚀着艺术和文学。然而，继败北于大自然之后，社会也冲进了他的避居地，一群工人们把他的圣地洗劫一空。③

遁世和造作是悲观主义的重要标志。德·埃散特虽然两次惨遭失败，他却是实实在在地遵循了叔本华指示的路线：先是出入于社会，用哲学家的话来说，却发现"所谓的好社会，欣赏各种成就，唯独不能容忍智识方面的成就"，"它强迫人们无穷无尽般地忍受任何愚蠢、疯狂、荒诞和低能"④；既而过起了隐居生活："只有高明的智者，才选择孤独"⑤；德·埃散特超脱自救的方式也以审美凝思为基础，公爵与哲学家的关系也至此而止。他后来纵情声乐，追求感官刺激的贵族生活，则与叔本华相去甚远。《逆行》之所以成为颓废主义的"诗学"，那里边还有王尔德和波德莱尔等人的浓厚的影响。

总之，叔本华对于斯芒斯的启发限于对世界幻灭后的道德范畴，两人对世界的看法也是一致的。于斯芒斯未能接受叔本华集世界之苦于己身的"慈悲"思想，在玄学方面也显得比较蹩脚。我们之所以认为《逆行》是部深受叔本华影响的小说，还因为于斯芒斯笔下的"自然"相当于叔本华思想体系中的"意志"，无处不在，一意孤行，与人物生活充满着矛盾。

三、萨特的叔本华影子

萨特自己在为小说发行所写的"请予刊登"中曾经这样介绍《恶心》的内容："于是，真正的怪事开始了，他的所有感觉慢慢地发生了可怕的变化：恶心；恶心从后边抓住你，然后你便昏昏然于温热的时间泥潭之中了。是罗康坦变了，还是世界变了？墙壁、花园、咖啡等，突然使人恶心；有一天，他从白日的恶梦中惊醒，空气中、光线中、人们的动作中飘荡着一股酸腐味……罗康坦随意走上街头，就身体膨胀，无可名状。随后，春天的第一天，他终于明白了这桩怪事的含义：恶心原来是存在原形毕露——而存在竟那么丑

---

① ［法］于斯芒斯：《逆行》，普隆出版社 1908 年版，第 33－66 页。
② ［法］于斯芒斯：《逆行》，普隆出版社 1908 年版，第 267 页。
③ ［法］于斯芒斯：《逆行》，普隆出版社 1908 年版，第 269 页。
④ ［法］于斯芒斯：《箴言集》，普隆出版社 1908 年版，第 175 页。
⑤ ［法］于斯芒斯：《逆行》，普隆出版社 1908 年版，第 27 页。

陋……"①七星文库版萨特的《小说作品》在介绍《恶心》一书的题材结构时，把作品分为"恶心的学徒期""恶心的认识和躲避期""恶心是存在的基础"3个部分，共占用篇幅约230页。②同样，收在《墙》里边的几个短篇小说，也都渗透着浓厚的悲观气氛。

如果我们通过萨特的哲学著作《存在与虚无》（1943），即通过哲学命题来理解他的小说，则容易看到萨特与叔本华的联系及区别。C-E. 马尼在《萨特的体系》一文中曾经说，《存在与虚无》的发表具有准确界定法国思想史和理解萨特作品的双重意义，使萨特已经发表的作品获得了真正的意义，为作者未来的作品开辟了新的视野；《存在与虚无》提供了一条主导线索。③

萨特在《存在与虚无》一书中，把捕获人的"恶心"叫作"自在之物"，即具有偶然性、荒诞性（加缪语）、不可言喻地膨胀在我们的知性面前的存在。存在的强烈的偶然性与瞬息经验的非理性感觉，是萨特小说作品与卡夫卡的《变形记》、加缪的《西绪弗斯神话》以及莫里斯·布朗绍（又译布朗肖）的《阿米纳达布》（又译《亚米拿达》）等作品的共性，萨特与其他存在主义者的区别是，他所揭示的荒诞性存在于物质之中，而非存在于人与物质的关系之中；存在本身是荒诞的，恶心从存在中升起。罗康坦的恶心感并非心理上的，也非智识型的，而是从瞬间的接触中产生的。多余是存在产生恶心的根本原因。布维尔城花园的树木并没有存在的愿望和理由，却不能不存在。物满为患，人满为患："我们这一堆互相碰撞、互为障碍的存在物，不管是谁，都丝毫没有存在的理由。每个存在物都很尴尬、不安，意识到自己对于他人的多余。确实多余，这是我能够为这些树木之间、这些篱笆之间、这些石头……之间所建立的唯一关系。"④自在之物完全摆脱了时间性。为了逃避恶心和多余的残忍感觉，罗康坦想到了自杀；然而自杀不过是以一种存在形式代替另一种存在形式——存在不灭，存在注定永远多余。自在之物的偶然性也是永恒的，因为它是存在的属性内容。

简而言之，在叔本华哲学体系中，自在之物即意志，意志与表象、意志与意志之间存在着冲突，意志是永恒的。萨特则以存在取代意志，存在即自在之物，成为世界的本质；存在是永恒的，存在的偶然性也是永恒的；存在与存在之间发生了激烈的冲突。就意志与存在两个概念而言，萨特反其意而用之，两个人有着根本的区别；然而就意志或存在的永恒与膨胀、两种冲突的普遍性而

---

① ［法］萨特：《小说作品》，伽利玛出版社1981年版，第38页。
② ［法］萨特：《小说作品》，伽利玛出版社1981年版，第58—63页。
③ ［法］马尼：《萨特的体系（1）》，载《希望》1945年第4期，第564—565页。
④ ［法］萨特：《恶心》，伽利玛出版社1985年版，第180—181页。

言，两个人又有惊人的相似之处。

《恶心》再现了罗康坦躲避自在之物、躲避世界的种种尝试。他不可能隐身于俗世之中，也不可能获得自学者和各种人文主义者想入非非的人类之爱①，另辟生活蹊径的尝试不可能成功，甚至躲入幻觉世界、躲入情人阿妮设计的美妙时刻亦绝非易事。巴黎重新会面之后的阿妮与他一样疑心重重。谎言的破产使他再度陷入恶心的处境；《房间》里有着类似的美梦破灭的描写；《幻想》则从抽象角度断言："幻想世界是不存在的。"② 幻想即虚无。所幸萨特并没有把这一结论立即搬进《恶心》一书。小说结尾为罗康坦留下了一线自救的希望：一位黑人女歌手的声音从唱片中飘出，把他带入某种遐思，带入短暂的解脱，他从歌声中依稀看见了一个和谐、有意义的旋律世界。通过审美凝思寻得解脱或自救的方法与叔本华的倡导也是相通的。

从另一哲学命题，即思维与存在的关系方面，也可看出萨特与叔本华的联系。提出这一命题的老祖宗是法国 17 世纪的哲学家笛卡尔。乔治·布莱在《萨特的〈恶心〉》一文中，精辟地分析了萨特与笛卡尔的关系。③ 我们则发现了萨特与叔本华的联系。笛卡尔的名言"我思故我在"说明，第一，现实不是外在的、客观的，而是内在的、主观的。清晨从睡梦中醒来，我思，我在，是一个思与在皆大欢喜的时刻。然而这一欢快时刻本应笼罩在巨大的恐惧氛围之中，本应产生深刻的悲观主义，因为"我思故我在"这一行为时刻必须以彻底毁灭以前积累在头脑中的全部意识和经验为前提，即否定以前的存在。在《方法谈》一书中，笛卡尔谓之曰"超级疑惑"。第二，我发现并拥有的现在时刻不能保证未来。笛卡尔的"我思故我在"不仅毁掉了过去，他的"超级疑惑"其实已经伸向未来，为未来留下了空白并投下了阴影。第三，"我思故我在"纯属个人经验，不能代替他人与整个人类的经验。超级疑惑暂时扼杀了宇宙与他人的存在。我在意识到自己存在的同时，也意识到自己的绝对孤立。第四，笛卡尔的意识与外界、与过去、与未来割裂，仅仅存在于现在，而现在时刻也受到内在的威胁，即现在时刻的存在动因和依据不明，我之存在是外在的，具有本质上的偶然性。于是笛卡尔求助于"天赋观念"和"无限实体"即上帝，作为自己思与在的原动力，从而避免了悲剧时刻，从欢喜走向欢喜。

萨特的创见之一，似乎正是引进了一种现代形式的"我思故我在"，即存

---

① ［法］萨特：《恶心》，伽利玛出版社 1985 年版，第 165 – 167 页。
② ［法］萨特：《幻想》，伽利玛出版社 1985 年版，第 215 页。
③ ［法］乔治·布莱：《人类时间之研究》卷三，罗歇出版社 1977 年版，第 216 – 236 页。

在主义的"我思故我在"。其实,这种形式的发明者很可能是海德格尔或胡塞尔。萨特则用《恶心》这部杰作具体而又尖锐地表现了存在主义的"我思故我在"形式:"我被抛入现在,被遗弃……"① 海德格尔谓之曰"存在的基本经验"。人从存在中醒来,已经割断了与过去的联系,无法恢复自己的本质。因此,存在主义的"我思故我在"也可以概括为"我存在,但不知我是谁"。首先,这一点与笛卡尔略有相似之处:被过去抛弃的感觉接近于笛卡尔的"超级疑惑"。其他则相去甚远:在笛卡尔那里,对过去的毁灭先于"我思故我在"的行为,而在萨特那里,过去的消失完成于"我思故我在"的行为之中,意味着任何存在理由的消失;笛卡尔从自愿毁灭过去到掌握现在,萨特则突然被过去所弃,从现实中醒来莫可名状,茫然不知所措。其次,笛卡尔的"我思故我在"是对思与在喷薄而出的肯定,然后把它们与造物主联系起来;萨特那里则是一种沮丧、搁浅的失落情感。在笛卡尔那里,存在的偶然性引出上帝的必然性,萨特的存在则是一种绝对、一种荒诞,既无神学的论证,也无历史的解释。因此,"我思故我在"在萨特那里,还意味着"我存在,但我是荒诞不经的"。

笔者以为,叔本华关于思维与存在的关系倒可以套用"我思故我在"的原话来表示,但是,他的"我思"是指个人意志,受自在意志而非上帝的制约,因此,思与在都是被动的。按照叔本华的说法,自在意志是很难认识的,它是一种看不见摸不着的哲学假设,这两点意味着思与在的偶然性,意味着思与在、思与表象的冲突的杂乱无章。被动性、偶然性、冲突性以及由此引发的悲剧性,都与萨特存在主义的"我思故我在"更接近。

四、加缪思想中的叔本华悲情

能够把加缪荒诞哲学的实质说得很透彻的法国批评家鲜有人在。张容的专著《形而上的反抗:加缪思想研究》② 从书名到目录都触及了加缪荒诞哲学与反抗哲学的本质,本来已经很清楚了,可惜她在行文时把加缪的玄学思想和政治态度混在一起,读者未必能够抓住她所论述的实质内容。

以笔者之见,加缪的荒诞哲学之所以谓之荒诞,主要有两个原因:其一,以古希腊罗马传统为主干的欧洲文明,跟我们中华文明一样,认为人与大自然是息息相通的,所谓"天人合一""天人感应""天若有情天亦老"等,都反

---

① [法]萨特:《恶心》,伽利玛出版社1985年版,第52页。
② 张容:《形而上的反抗:加缪思想研究》,社会科学文献出版社1998年版。

映了这种思想。加缪则与这种传统彻底决裂，宣称人与大自然是格格不入的，人是大自然、是客观世界的"局外人"，他们之间是一种对立甚至敌对的关系。这种思想是荒诞的。其二，加缪自己以"荒诞"一词来概括人与世界的对立关系："这种人与生活之间的分离、演员与舞台的分离，正是荒诞感。"①荒诞不存在于世界本身，也非孤立地伴随着人，荒诞产生于人与世界的对立之中。《西绪弗斯神话》是论述荒诞问题即集中反映加缪荒诞哲学观的论著，而《局外人》则是荒诞哲学的文学表现形式，两者的基本思想是一致的。《局外人》第一部分结尾时象征性地描写了大自然与人的对立，炎热的海滩，太阳炙烤着默尔索的额头，把他弄得晕头转向、意识麻木，竟不自觉地杀了人。可见，大自然总是与人作对。默尔索在法庭上看似没头没脑，稍嫌腼腆地否认打死阿拉伯人的意图、把罪责归咎于太阳的话，② 实在是作者的画龙点睛之笔：到底谁是凶手？凶手就是太阳！太阳不仅杀死了阿拉伯人，还扼杀了"我"的一切。1951 年发表的《人类的反抗》是加缪思想从荒诞走向反抗的哲学标志。其实加缪在谈到对待荒诞的态度时，即列举了生理自杀、哲学自杀和反抗三种可能性。反抗哲学是加缪荒诞哲学发展的必然。*L'Homme révolté* 里的 l'homme 一词泛指人，亦即人类。把 *L'Homme révolté* 译成《反抗者》，淡化或掩盖了加缪的玄学思想，淡化了人与大自然的对抗关系。乔治·布莱经常提出一些精彩的公式，作为作家意识的概括。我们完全可以像他一样，用"从玄学的对立到玄学的反抗"，作为加缪哲学思想的概括。

为了更好地理解加缪的玄学思想，我们有必要提及《人类的反抗》发表后萨特与加缪的激烈争论。③ 萨特 1947 年写作《〈局外人〉的诠释》④ 一文时似乎并没有察觉加缪与他的巨大分歧，也许还以为《局外人》是《恶心》的加缪版呢。及至加缪因 1952 年 5 月第 79 期《现代》杂志刊登了编辑弗朗西斯·尚松一篇歪曲《人类的反抗》的文章而向萨特提出措辞激烈的诘问时，萨特才给予猛烈的抨击。⑤ 他们的争论涉及许多政治问题，就玄学问题而言，萨特批评加缪在反法西斯主义如火如荼之时宣扬人与自然的对立大有麻痹人心、瓦解斗志之嫌，偏离了抵抗战士的立场；在两大阵营对垒之时，加缪的反抗理论是脱离历史和现实的一种抽象反抗，看不到人对自然的斗争同时是另一种斗争即人与人的斗争的原因和结果，人与人的斗争同样古老而残酷。加缪脱

---

① ［法］加缪：《加缪作品集》（第二卷），伽利玛出版社 1965 年版，第 101 页。
② ［法］加缪：《局外人》，郭宏安译，译林出版社 1998 年版，第 74 页。
③ 张容：《形而上的反抗：加缪思想研究》，社会科学文献出版社 1998 年版有关章节。
④ 施康强选译：《萨特文论选》，人民文学出版社 1991 年版。
⑤ 参阅《现代》杂志 1952 年 8 月第 82 期。

离了现实斗争，成了火热斗争中的局外人。当时多数人支持萨特，使加缪处于极端孤立的境地。后来，或支持萨特的观点占上风，或支持加缪的思想占上风，至今也未必完全一致。双方的主要论点各执一词：一方认为，萨特的批评有一定的道理；另一方则说，即使是在战争年代，具有哲学家气质的加缪完全有思考玄学问题的自由。

笔者以为，天人对立的思想似乎自青年时代起即成为加缪的一个情结。熟悉叔本华哲学的加缪把意志与表象的对立、意志与意志的对立变为人与大自然的对立。一词之差意味着哲学上的重大区别。就哲学实质而言，天人对立，亦即荒诞观，是地地道道的悲观主义。加缪的思想似乎与于斯芒斯很相似，其实差别是巨大的。于氏的人与大自然的冲突不等于两者玄学上的根本对立，而是从审美凝思走向颓废；加缪则从玄学的对立走向玄学的对抗，没有停留在悲观主义的层面上。加缪与萨特的区别主要表现在两个方面：存在与存在的冲突、存在的偶然性、各种存在的多余性与天人对立有着本质的不同。"我思，我是荒诞的"这一公式似乎同时适用于两位存在主义大师的哲学观，然而内涵却不尽相同，一个是存在泥潭的荒诞，一个是天人对立的荒诞。俩人的拯救之途不同。剧本《苍蝇》和三卷本小说《自由之路》反映了萨特的拯救思想，《苍蝇》和《恶心》可谓萨特思想体系的两个极端。《苍蝇》指出了拯救之途：勇敢地承担起人类条件的全部责任和重担，从积极介入中获得自救并拯救全人类。加缪则主张全人类展开反抗大自然的斗争。

通过表格对相关思想家和作家基本思想进行一个小结，我们可以从中看出他们之间的联系和差异：

作者	哲学命题一	哲学命题二	拯救之途
笛卡尔	我思故我在（超级疑惑）	"天赋观念""无限实体"	上帝
叔本华	自在之物即意志 意志与表象 意志与意志冲突	我思故我在 我思即个人意志 思与在受自在意志主导	审美凝思 神秘的伦理学 思与在、思与思冲突
于斯芒斯	自然即意志 人与大自然的冲突 悲观主义的安静功能	我存在 我与大自然相矛盾 感官享受、颓废	审美凝思 清心寡欲

(续上表)

作者	哲学命题一	哲学命题二	拯救之途
萨特	存在即自在之物 存在与虚无 存在与存在冲突 存在与恶心的偶然性 存在与恶心的永恒性	我被抛入现在、被遗弃 我存在，但不知我是谁 我存在，然而我是荒诞的 （存在与存在的冲突）	肩负人类条件 责任和重担 介入哲学 存在的多余性
加缪	荒诞即人与大自然对立 玄学对立的彻底悲观的 理由和基础	我存在，然而我荒诞 我反抗，我们一起反抗	玄学的反抗 荒诞哲学即团结

综上所述，不管是叔本华的意志与表象的矛盾，还是于斯芒斯的大自然与人的冲突，不管是萨特的存在与存在的矛盾，还是加缪的荒诞哲学，尽管出发点不同，矛盾或冲突的程度不同，悲观主义是他们之间一脉相承的共同点，断定世界或世界与人的关系是悲剧的、荒诞的、非理性的，是他们的共同点。面对荒诞的世界或存在，面对人与大自然的荒诞关系，于斯芒斯以叔本华为师，完全采取或倡导逆来顺受的态度，萨特和加缪则分别对之以介入哲学和对抗哲学。

第六章　加缪的神话精神[①]

---

① 本章作者为广东外语外贸大学尚丹博士。

从"神话意识"这样一种相对零星而片段式的思考方式上升为"神话精神"这一完整而浑厚的思考层面,需要有一个解释和推演的过程。简单地说,神话意识作为一种思考过程和认知方式,势必导致一种结论式的结果。神话意识在加缪精神世界里的沉潜和积聚,内化为一种认识世界的角度,升华为一种改变世界的方法,这种成果可以被称为加缪的神话精神。如果说神话意识对于加缪本人的创作和人生来说意义非凡,那么加缪的神话精神对于后世的价值则非比寻常。作为一个新的概念,本章试图给"加缪神话精神"做一个界定。总体来讲,加缪的神话精神包括节制有度、振作坚韧、珍视生命和尊重价值等特质,这些糅合了古地中海精神、古希腊文化特质的思想,成为加缪逐渐成熟的价值取向和哲学依归。笔者之所以用"神话精神"来作为加缪思想的界定,是因为这种思想中体现了古希腊神话和现代神话的范式、价值与思想意识。

加缪的哲学思考、文学创作以及人生信仰,从不同层面展现了一个当代智者的精神生活状态和心灵世界。他是一位伟大的作家,获得过诺贝尔文学奖。他关注现实而且介入社会,在许多方面得到世人的肯定和赞赏。他同时也是一位神话色彩浓郁的思想家,以至于提起他就得谈论他与神话的密切关联。可以这么说,西方神话元素充斥着他的文学生涯。如果对加缪的精神世界做一个学术性提炼,那么完全可以说,他是在继承古老神话传统的基础上进行新神话的创造。加缪的精神就是一种神话精神,他与创造古地中海神话的先民们一样,在不遗余力地进行弥合文明裂隙的努力。

一、加缪及神话精神的复兴

在精神世界,神话常被看好。人文学家栾栋认为:"神话是常青树。在想象类的作品中,神话的生命力最强。在这种意义上,可以说,唯有神话真不朽。"① 神话学家也这样描述神话和文学的关系:"神话和文学的关系,就像中国神话中所见的盘古与日月江海的关系。神话说盘古死后,头化为四岳,眼睛化为日月,脂膏化为江海,毛发化为草木。盘古虽然死了,可是日月江海及人间万物之中都含着盘古的影子;神话转换为文学以后,虽然往往消失了它本身的神话意义,可是神话却作为文学中的艺术性的冲击力量而活跃起来。"②

可以说,神话是文学产生发展的母体养分。宗教中有神话意识,哲学作品中有梳理和改造过的神话意识,文学作品中更是处处闪烁神话意识的光辉。正

---

① 参见栾栋《风体学讲义》(未发表稿)。
② 王孝廉:《中国的神话世界》,作家出版社 1991 年版第 281 页。

因此，睿智的思想家、文论家、精神分析家、人类学家等无不把神话和神话思维看作一种弥足珍贵的文化资源。

在西方过去的一百多年中，神话思维被大幅度激活。不仅神话研究蓬勃展开，成果卓著，而且有新神话的萌芽如雨后春笋般地催生。有学者称之为"古神话复兴"和"新神话生发"。①

六百多年来，科学技术突飞猛进地发展。表面上看，科学技术与神话有着貌似水火相克的关系，然而正是科学技术的大幅度发展激活了人类在童年就具有的神话思维能力。从另一个层面看，不正是古老的神话孕育了巫术、宗教、文学、科技和哲学等数之不尽的文明谱系吗？在这个意义上，似乎可以说，神话曾经是上述各门类的母胎，甚至可以说，神话是文明之母。一个客观的事实是神话曾经落入低谷。因为神话不敌文明的铁砂掌，科技的强光迫使神话思维逐渐隐退。但是，神话并没有消亡，也没有绝迹，而是以变相的方式存身，于是文学、诗歌、寓言等思想形式都在改头换面地使用神话的资源。

在科学昌明技术飞跃发展的现当代，古代人类擅长的神话思维竟然出现了。当人类的足迹踏上了月球，当一个个航天器进入了高空、深空、远空、太空，当宇宙探测器日益深入太阳系外的星系，当人类逐渐揭开了时间、空间、生命的种种奥秘，古老的宇宙起源神话、创世神话、日月星神话、造人神话、奔月神话褪去了神秘的面纱，然而神话并未因之而黯然失色，因为科学技术在文明跃升的另一个节点上，悄悄地亲近着神话，甚至以这样那样的方式实践着神话。细心的天文爱好者不难发现，科技让人类把想象的翅膀和创造的触角伸展到了宇宙深处，伸展到了足以让人类生在地上想成仙的境界，是否可以说，人文用科技或曰科技助人文构想着新的神话？在这种意义上，栾栋先生的《新神话的寓意》为我们打开了神思的积极看点：原始文化在复兴，新神话在放飞。人人可以看到一个不言而喻的事实，自20世纪90年代以来，神话复兴之势日益强劲，新神话故事在世界文坛、影坛、科技等领域异彩纷呈。

就从文学借助神话资源来讲，也有以下三个方面值得梳理：一是直接引用神话中的元素和典故；二是提炼神话含义投射于作品之中；三是神话成为一种意象，内化为作家的思维过程。在这个近乎实证的论述层面，我们也得给加缪及其新神话的运思留一席之地。至少他综合运用了这三种方式，进而将神话元素铸造成自我思维模式中的创新编码。他对"神话意象"反复运用。"神话意象"也支配了他的思维。这个变数产生了"神话命运"式的加缪。简括地讲，神话之于加缪，不仅是一种写作的模式，而且是一种思考的方法。在古神话复

---

① 栾栋：《感性学发微》，商务印书馆1999年版，第142-169页。

兴和新神话崛起的大背景下，加缪是汇入这一思想文化的一泓清流，他也是这个潮流的弄潮儿。

我们之所以将加缪界定为真正意义上的"神话人"，主要出于以下原因。

其一，加缪是神话思想的高手。在加缪的作品中，神话因素信手拈来：西绪弗斯推石上山周而复始循环不已，一如人生生老病死新旧更迭无以更改；若望千里奔家兴致勃勃却不知此举如执意赴死，一如俄狄浦斯费尽心思逃不脱命运的羁绊；鼠疫铺天盖地让人无处躲藏，一如初民面对滔天洪水内心惶恐；在《夏·流放海伦》中，他借"报复女神"涅墨西斯告诫人们行事需有度；借普罗米修斯说明反抗更高层面的意义是为了全人类；在《夏·阿丽亚娜的石头》中一连用了五个神话典故……无论外界如何评价，加缪对自己的定位是艺术家。他的这个自我认知，印证了栾栋先生对他的第一个评价，他与其他存在主义文学家的共同点，即"与神话在精神追求和思想基调上的连缀关系，绝非文学上的夸张类比和理论上的穿凿附会，而是有着深刻的文化渊源和心理共鸣"①。

其二，加缪也是神话传承的"创客"。如果说他的《夏》是思接千载、视通万里的时空隧道，将原始思维与现实压力撮合到了一起，那么，其《局外人》中恍若隔世的主人公，展示的是莫名其妙的犯罪，披露的是糊里糊涂的结局。这些作品中确实写了评论界通常所说的社会"异化"，但是也有超乎"异化"的反思整个文明弊端的逆向思维。加缪的书写荒诞或荒诞描写，与其说是投向现实社会"异化"病灶的标枪，不如说是拷问作者自己关于"局"的创意，关于人、人性、人伦、人道边缘的一种行状，甚至是关于陨石般被抛入人类沙漠化或冷漠化文化的另类感受。其中固然有他在北非极度贫困童年所经历生活的缩影，有其所见所闻的变相表述，但也有他对文明界外精神状态的拟态，有他对于荒诞人社会异化之中和之外的超现实思索。对于深究社会及其文明而言，"局"之荒诞发人深思。对于神话思维的大手笔而论，难道不是别有隐喻？试想，一个数千年之前的原始人，被投入一个现当代的所谓文明环境中，他该如何做？反过来看，一个当代文明人，突然出现返祖现象，他"退化"一如"进化"，人们权衡他，可人们远远没有进入他的局内，岂不是等于他周围的人处于局外吗？时下有不少外星人文艺的种种想象，其实加缪用地球上的这样一种"局"的描写，给了我们类如神话般的启迪。什么是"局"？局中有局，局外有局，多层次的局思和局想，恰似"超以象外，得其环中"的一个环中环的创设。在这个意义上，荒诞，"局内"也荒诞，"局外"也荒诞，

---

① 栾栋：《感性学发微》，商务印书馆1999年版，第145页。

此局荒诞，彼局亦然。何处才不荒诞？这不啻千古一问。加缪以酷似神话般的思考，淡淡地但又深深地把读者卷入了这样的情景当中。

其三，加缪同时还是践履神话的人。他不仅有神话般的思维，以神话神思设"局"解"局"，而且自觉不自觉地践履神话。栾栋先生在《法国文学他化论》（未刊）中曾讲述过这样一个事实：加缪是"神话精神的身体力行者，他和他作品以及他的行为有着神话化的轨迹"。人们一般认为，《鼠疫》《反抗者》《反与正》等著作中，传达出了一种抵制社会压迫和克服庸俗世情的斗争精神，其实作家加缪何尝不是一个遗世独立的神话人？他说自己是"既然奋力建立一种语言并复述一些神话故事，如果我最终不能重新写出《反与正》，那我就注定一无成就了，这便是我心中的信念。不过无论如何，没有什么能阻止我梦想自己必将成功"①。他的自我定位是一个"神话"的"建立"者和"复述"者，比这个定位更为重要的是他认为自己除此之外一无所成，这是他的宿命，也是他的使命，他坚信自己可以成功。一如栾栋先生在《新神话的寓意》中所言，这种新神话及其践履者是"禀命造化"，是"重膺造化和再聆天命"②。

由于这样的差别，用文学类型学说来对加缪的神话创作归类就有点牵强附会。加缪一生挣扎在荒诞的生存状态之中。但是他毕生都在突围荒诞，跳脱荒诞，使自己由荒诞跃升为"神话人"。众所周知，他经历了许多困局，阿尔及利亚与法兰西两种文化，法国与阿尔及利亚战争时的两难选择，在加入共产党与退出共产党之间的复杂关系，在结婚与离婚之间的个人感情纠葛，在与存在主义流派为伍和对存在主义流派说不之间，诸如此类的人生矛盾际遇都让人叹为观止。评论家们抓住了困境对加缪的造就，但少了一点界外审读的敬意与悲悯。

二、加缪神话精神的现实情怀

本章以加缪的神话色彩立论，并非说这位诺贝尔文学奖的获得者只是一个神话，也不是说他只创作神话。讲神话加缪或加缪神话，丝毫不意味着他是非现实的人物，恰恰相反，在加缪那里，神话精神与现实情怀并行不悖，甚至可以说二者在加缪身上水乳交融，表现出相辅相成的积极作用。毋庸置疑，加缪

---

① ［法］加缪：《反与正》，见《加缪全集·散文卷Ⅰ》，丁世中、沈志明、吕永真译，上海译文出版社 2010 年版，第 11 页。

② 栾栋：《感性学发微》，商务印书馆 1999 年版，第 148–159 页。

是神话意识强烈、神话精神深沉的作家，他曾多次说明自己与神话难解难分的关系。同样毋庸置疑，他这个"神话人"深深地植根于欧洲和北非大地。一方面，他自称为"地中海之子"，执着地创造着神话精神；另一方面，他的神话精神又有其很深的社会基础与现实情怀。早在孩提时代，他就与阿尔及尔的贫民窟生活，与法兰西文化圈内的纷争，与华沙条约国与北大西洋公约集团对垒的背景，与各种主义对立和观念交锋的社会思潮，都有着千丝万缕的联系。这些压力、牵挂和纠缠，成就了加缪正派而且坚强的多元文化人格，也正是由于这样的生活基础和现实磨炼，才激发出了他秉性中潜在的反抗精神，并最终将之升华为神话英雄般的超拔气概。今天读到的各种关于加缪的传记、评论和介绍，无不极力强调这位诺贝尔文学奖得主的现实经历和现实意义，这个倾向无疑是有道理、有价值的。诺贝尔文学奖授奖词中称他"阐明了人类良心当今所面临的问题"，这个评价是恰如其分的。可以说，充满神话意识的加缪和深刻参与现实的加缪是一个硬币的两面，对任何一面加以刮磨，便可以触及另外一个面，因为它们互为表里，甚至可以说互为内质。

本章的聚焦点集中在焕发神话精神的加缪，但是此举并非排斥或清洗加缪创作的其他方面。关照加缪的神话精神，不是说要人们回到远古茹毛饮血的野性生活，也不是要人们投入人类童年的魔幻想象当中，而是要提倡一种对文明统治机制的反思，对精致的利己主义思想的批判，对业已积重难返的工具主义理性的反拨。换言之，当下人们追随加缪，是为了与他一起寻找另一种有助于反抗压迫性文化的精神资源，建构一种可以净化庸俗文化的良性参照系列。在这个节点上，我们可以非常有把握地说，加缪的作品和品行，尤其是他执着于神话思想的行状，唤醒的是那样一种充满地球人童心的丰富想象，激发的是那样一种洋溢着少年人类昂扬向上的精神气质。在这个维度，加缪的努力和贡献可谓出类拔萃，他留给我们的教益可谓振聋发聩。他那种基于现实的神话意识很能益人神智。他那种神话精神中的现实情怀，也确实令人神往。读加缪，可以领略到古今神话精神的内核，也有助于汲取"地中海文化的精髓"。

在这里，加缪的神话精神与现实情怀合二为一；在这里，加缪的当下憧憬与远古风神集为一体。这就是我们在加缪作品及其思想元素中分辨出的新神话的隐喻。为了深入理解这个隐喻，我们很有必要重温加缪对神话价值的分说："各种神话，其本身并不能赋予自己以生命，它们要等待，等待着我们赋予它们生命力。世界上只要有一个人响应它们的召唤，它们便会把它们整个元气奉献给我们。我们应该保护这种元气，以便使其在沉睡状态中不致消亡，使复活成为可能。我有时也怀疑它是否能拯救当今之人类，但拯救这些人类的孩子们，使其不至于在肉体和灵魂上堕落，也还是可能的。同时，赋予这些孩子以幸福和美好的前景也仍然是可能的。"①

（一）加缪神话精神的现实意义

著名传记文学作家奥利维耶·托德记述了这样一个情节："剧作家让－卢·达巴蒂曾经写过一篇小说，书中描述了某些在1960年20岁上下的年轻人对加缪的看法：'一个年轻人死了，没有人真正理解他……人们把他的书交到我们这些哲学班学生的颤抖的手中。有些人大口吞咽着这精神的食粮，为这清澈的词句陶醉不已，却连荒谬和荒唐都分不清，他们属于盲目的反抗者的行列。还有人被他的书感动，试图在思想上摆脱乐观的情绪，他们想象着西西弗是幸福的，随即又感到厌倦……还有一些人很快就抛弃了加缪，他们看到作家呼吁孤独的奋斗，就将他抛下，让他独自面对挑战。'"②

这是一个近乎电影画面式的片段。剧作家让－卢·达巴蒂给我们刻画出了一个可怜巴巴的加缪：让青年人始于感动，继而厌倦，最终抛弃。加缪真就那么不堪一击？真就那么命运不济？答案与上述描写恰恰相反。剧作家让－卢·达巴蒂描摹的画面，纯属于他的一己之见。作为文学家的加缪，在其生前就蜚声文坛。他年纪轻轻就荣获诺贝尔文学奖，这是诺贝尔奖设立以来为数不多的两位之一。他作为思想家，也成就卓著。他与萨特等其他存在主义哲学家不同，他不但书写荒诞，而且真正地破解荒诞。不但阐述存在先于真理，而且直接在源头创新存在。不但探求存在的真理，而且比存在还要早一步地揭示存在真谛。其神话阐发如此，神话思维如此，神话构造如此。换句话说，他的神话酝酿过程，是在前提处动斧钺，可谓石破天惊。他的神话践履功夫，是在身体力行中做修炼。他的神话推助活动，是在众多矛盾交织中求突围。他成功了。正如为他作传的托德所言，20世纪欧洲的知识分子们，都为加缪对政治和社会的洞察与立场所折服。他没有倒向以苏联为首的华沙条约国阵营，也没有倾向北大西洋公约集团，没有与萨特等人的左翼学派同流，也没有与阿隆等右翼势力合谋。一种加缪人格，一种奋斗精神，一种少壮气质，一种脱俗的揭谛，有推石上山的顽强，有居高临下的气势，有冒死担当的决绝，有阳光灿烂的明媚，这就是"地中海之子"，这就是神话般的震撼欧洲旧大陆的赤子。

加缪是不愿人们为他作传的。奥利维耶·托德也不是轻易给人作传的。然而他们两人都为对方的品质和气质所感动，后者为前者写了一部厚达800余页

---

① ［法］加缪：《加缪全集·散文卷Ⅱ》，杨荣甲、王殿忠、李玉民译，上海译文出版社2010年版，第247页。
② ［法］奥利维·托德：《加缪传》，黄晞耘、何立、龚觅译，商务印书馆2010年版，第781页。

的传记。这部传记被欧陆学界所看好,其中包蕴着许多珍贵的历史资料,也记下了一个英年早逝的不朽作家的丰功伟绩。这个评价不为过誉。因为加缪留给人们的是可以建构新价值体系的宝贵遗产。他充满了积极向上的意志,将弥漫西方世界的霸权主义、欧洲中心主义、虚无主义等风气为之一扫。他那种出淤泥而不染的品性和神话人物般的精神,展示给人们的是另一种活法:不要上帝,不要战争,不要暴力,不要帮派,不要算计,宁愿孤独,宁愿反抗,宁愿赴死。加缪对此恪守不渝。他自己就是一个神话,"地中海之子"的新神话。他本人就是一座丰碑,突破现代性弊端的里程碑。

加缪是一种价值。在加缪的诞辰和忌日,人们以各种方式纪念他。他的一生都以巨大的热忱关注生活的意义和人类的命运。人们也永远记得他的这段话:"我一直坚持认为,这个世界并无超凡的意义。但是我知道这世界上的某种东西是有意义的,那就是人,因为人是唯一提出了生而有意义的生灵。"①

加缪的神话精神中一个重要的原则是"反抗"。从他的几部主要著作如《局外人》《卡利古拉》《西绪弗斯神话》《鼠疫》《反抗者》等中,都可以发现"振作坚韧"的反抗精神。这样的应对方式是积极的、乐观的、催人奋进的。虚无主义曾经的影响很快被反抗的意义所驱逐,西方现代主义作家中的通病——幻灭感——不属于加缪。这是一种在任何时候都应称为正面的价值信念。

(二) 加缪神话精神的人文意义

神话精神对文学、史学、哲学、艺术学、宗教学、天文学、星相学、人类学、民俗学、心理学、伦理学、政治学、经济学等学科都有挥之不去拒之常来的影响。加缪的神话精神也具备这样的作用。按体裁常规划分,他的小说《局外人》《鼠疫》《堕落》《流亡与王国》(中篇集)、《第一人》《婚礼》,戏剧《卡利古拉》《误会》等无疑是极富特色的杰作,具有很高的艺术质量。但是,这些作品同时深深地蕴含着生动活泼、深入浅出的哲学道理。20世纪四五十年代,法国乃至欧洲知识界深陷迷狂、迷惘、迷乱的整体氛围中,然而在这样的整体性的迷失之下,加缪是少数始终保持着清醒头脑、独立人格和批判意识的思想家。这种勇气和独立即使在众叛亲离的危机中仍未改弦更张。从另一个角度看,加缪思想性的论著《西绪弗斯神话》《反抗者》被公认为哲学类著作,这些著述与经院式哲学论著有着截然不同的论述模式。但又有谁能否定

---

① [法]加缪:《加缪全集·散文卷Ⅱ》,杨荣甲、王殿忠、李玉民译,上海译文出版社2010年版,第22–23页。

其深刻的文化价值？其哲思影响丝毫不逊色于大部头的哲学巨著，而且由于简单易读，文字简练，更容易为普通读者所接受。

有学者指出，"常常被认为是加缪主要思想的荒诞哲学其实仅仅是一个出发点而已，他最重要的思想论著不是早期的《西绪弗斯的神话》，而是1951年出版的《反抗者》；他真正重要的思想不是荒诞哲学，而是既拒绝上帝信仰、又拒绝价值虚无主义的'人间信仰'和人道主义思想，以及成熟时期关于'反抗'和'地中海思想'的深刻论述"①。在加缪的神话精神构成中，哲思是一个重要的组成部分。加缪用干净清晰到近乎简单的文字，传递足以让人有触电一般感觉的思想热量。加缪的神话之思，提供的不是宗教说辞，而是辟除荒诞的智慧和力量。阅读加缪，不会让人进入玄学的迷宫，而是使人有地中海阳光下的生命体验，那是一种与政治鼓动和宗教引导所不同的没有诱惑的心灵明澈。②

马克思指出："任何真正的哲学都是自己的时代精神的精华。"脱离社会现实，就无法把握时代精神的精华，也不是真正的哲学，只能是一些烦琐的、经院的、教条的说教。加缪神话精神对于文化心理的意义之一就如同霍克海默对哲学所做的界定一样"把意识的光芒普照到人际关系和行为模式之上"③。

加缪是一个奇特的作家。社会学家从他那里读出对于"异化"的反击，心理学家从他那里读出对于抑郁的疗救，史学家从他那里读出由现实接近远古的神话通道，思想家从他那里读出富有激情的哲理，文学家从他那里读到扫除阴霾的光照，爱国主义者从他那里读到突破国家、民族狭隘的大爱思想，伦理学家从他那里读出释放正能量的人际关系……一言以蔽之，不同的读者能从他那里读出不同的启迪。有多少读者，就会有多少个加缪神话精神。

（三）加缪神话精神的当代启迪

现代化的激流带来了当今社会的城市化、全球化和科技化。这些变化曾经唤起了许多人的幸福憧憬。许多美好的理想都遇到了这样一个残酷的事实：人类的"精神生态"一如"铁笼囚徒"（马克斯·韦伯语）。疗救全球性的"精神病变"成了地球文明的当务之急。国内外都有不少有识之士为之殚精竭虑，学界也有建设"精神生态学"的呼吁。鲁枢元说"精神生态学"是"研究作为精神性存在主体（主要是人）与其生存的环境（包括自然环境、社会环境、

---

① 黄晞耘：《百年之后重识加缪》，载《文艺报》2013年第4期。
② 黄晞耘：《重读加缪》，商务印书馆2011年版，第56页。
③ ［德］麦克斯·霍尔海默：《批判理论》，李小兵等译，重庆出版社1989年版，第243页。

文化环境）之间相互关系的学科。它一方面关涉到精神主体的健康成长，一方面关涉到一个生态系统在精神变量协调下的平衡、稳定和演进"。①

神话产生于远古时代，自然是其最初和最重要的符号。神话从未停止过人和自然关系的探索，甚至可以说，神话面对的主要命题就是解答人与自然的关系。"当神话中用这一种感性、直观、抽象神秘的符号与图示（指物象与心象）来言说或建构原始先民对人与自然之间关系的片段的、零散的思想观念和逻辑法则，以表现对人与自然的原初秩序即神话秩序的整体理解，并不自觉地转化为人类的道德规范或行为范式，我们称之为神话生态伦理意象。"② 这种关系随着社会和文化的日益发展，推演为人与自然、社会、文化的综合关系。

在死亡与生存角力的全新考验之际，人文学、社会学等学科都在思考精神生态危机的问题。从精神现象学的角度看，神话是迄今为止人类遇到生存考验时最有涵摄力的创造。地球先民有神话，这是一种造化。神话中蕴含了人类与自然摧折、社会压迫和心理阻碍抗争的丰富资源。这一宝藏被古来许多圣贤窥知。在20世纪，也被一个叫作加缪的文学家和思想家所领悟。加缪在《介绍海尔曼·麦尔维尔》的文章中写道："这（按：指《白鲸》）是人所能想象出来的最为惊心动魄的一个神话，写人对抗恶的搏斗，写这种不可抗拒的逻辑，终将培育起正义的人；他首先起来反对创世和造物主，再发对他的同胞和他自身。"③

《鼠疫》不仅是故事，更是神话，提示人类的文化、生命都面临考验的危险境地。这种考验更需要勇气，需要智慧，需要柔韧顽强的奉献乃至牺牲精神，夸父、精卫、西绪弗斯，在神话中接受考验的不止于此。加缪的神话思想与古代神话给予后人的启示一脉相承。其中的启发集中到一点，那就是唤起并提升人类应对各类危机的胆识。人们需要不断思考如何与自然相处，如何与同类相处，如何与自己创造出的文化资源相处，才能营造和平共赢的局面。自然性灵随着文明的发展失去自身灵性以及人们之前投注在它们身上的神圣敬畏，开始为创造经济价值服务。过度挖掘，生态破坏，为了发展物质经济，几乎每一个文明国家都开始对自然进行过度的开发或肆意的破坏。土地、森林、山川、植被、空气这些曾给予人类繁衍生长庇护的自然生灵被肆意践踏，引发大自然激烈地报复，生态问题成为继战争之后人类最急需解决的问题被重视。许

---

① 鲁枢元：《生态文艺学》，陕西人民出版社2000年版，第148页。
② 康琼：《中国神话的生态伦理审视》，北京师范大学出版社2014年版，第11页。
③ 李玉民：《加缪生平与创作年表》，见《加缪全集·散文卷Ⅱ》，杨荣甲、王殿忠、李玉民译，上海译文出版社2010年版，第517页。

多有识之士和民间团体纷纷发声倡导有效解决这一问题。加缪用其一贯精准的预言揭示了这场人与自然角力的未来:"也许有一天,鼠疫会再度唤醒它的鼠群,让它们葬身于某座幸福的城市,使人们再罹祸患,重新吸取教训。"①

在这个预言被发出的几十年间,人类被过度开发的自然重创多次,非典、核泄漏、地震、海啸、埃博拉病毒、禽流感……不一而足的灾难提醒人们亟须回归对自然的尊重,避免两败俱伤的局面扩大。"环境危机日益严重、人与自然关系日益紧张的今天,我们重提神话生态伦理意象,并非要回到史前那个茹毛饮血的时代,而且我们也回不去了,如同成年人,那快乐的童年依稀在梦中,却永远不能回去。重提或重述神话生态伦理意象,只是想向人类最初文明的源头追溯,找寻实现环境伦理学与本土文化之间的嫁接的文化因子,并期求在社会实践中能帮助人们在世俗生活的层面上渗透应有的诗性智慧,最终实现人与自然之间的和谐共生。"② 这也是加缪精神在人与自然关系中给予人类的疾呼。自然作为一种人类生活的独立存在,自在一格且有神秘之美。在加缪的作品中,但凡提及自然,皆笔触温柔,时而热情,时而深沉,字里行间都显示出对于自然的恭谨膜拜。加缪对于人与自然的关系持一种古典的和谐态度,希望人与自然平衡相处,与时下流行的生态写作有相同的旨归。

加缪的神话精神解析的是人类社会,特别是现当代社会的文明综合征。文明综合征的疗救关系到对人与自然、社会、文化的综合关系的梳理。加缪当然知道,神话精神不是万能灵药,但是从中可以得出一些改善或重建人类关系的思想。他在批判恶性文化,他在激扬人文正气,他在各种各样的对立与竞争中寻求友善、阳光和美好的定点定位。他以其天才的敏锐和诡异的直觉,预言了欧洲的未来走向:"只要欧洲不毁于战火,它就会获得重生,最后,俄国也会带着它的特性加入欧洲大家庭。"③ 加缪对于黑格尔现代哲学做过如下评论:"黑格尔公然写道,'唯有现代城市才为思维提供了可以意识到它自身的场所'。如今我们便生活在一个大都市的时代,这个世界被人故意截去了让它得以长存的那些东西:自然界、大海、山岭、傍晚的沉思。如今只有城市的街道上才有人在思考,因为只有城市的街道上才有历史事件发生。……人类的历史既不能解释先于它存在的自然界,也不能解释位于它之上的美……自然界始终

---

① [法]加缪:《鼠疫》,见《加缪全集·小说卷》,柳鸣九、刘方、丁世中等译,上海译文出版社2010年版,第288页。
② 康琼:《中国神话的生态伦理审视》,北京师范大学出版社2014年版,第181页。
③ [法]奥利维·托德:《加缪传》,黄晞耘、何立、龚觅译,商务印书馆2010年版,第785页。

存在着，以它的宁静天空和理性对照出人类的疯狂。"① 加缪的这段话表现出对自然的推崇以及对人与自然关系异化的不满。由于与现时现实契合，加缪的很多感喟成为箴言。这也是他被年轻一代视为精神导师的原因。尤其在当今社会，和平与发展成为全世界的主题。无论在哪个领域，人们都在呼唤人文关怀，追求和保护人的价值和尊严，企图在历史的废墟之上，重新建立起新人文主义传统。不难看出，加缪希望的这个世界发展趋势，就是其梦寐以求的"地中海思想"的理想蓝图。

（四）加缪神话精神的人伦价值

《局外人》虽然描写了一个反抗世俗人伦关系的默尔索的形象。但加缪并非完全摒弃的人伦道德的。囿于内心对孤独日积月累的深刻感受，加缪将社会的人同周围世界中孤立。他所谓的人往往是孤立的，与世俗格格不入的，是不受其社会关系和生活环境制约的。他所推崇或者说执念的是一种更为真实、自由、率真表现的人伦关系。被虚伪的人际关系异化了的人伦真情，应该还原其本真的面目。如果刻意拔高加缪对于这个问题的看法无疑是不客观的，在加缪的生平和创作中显现出的加缪并非一个传统意义上的道德楷模，特别是在两性关系上，他风流、不相信婚姻、交往甚众。但不可否认的是，他在众多关系中都表现了真诚，甚至直率。他的岳母弗尔夫人请他"向令尊加缪夫人转达真挚的心意"，加缪打断了她的话："没有什么加缪夫人。"他不需要虚伪的礼节。文明程度越盛，人们越为繁文缛节和旁枝末节所累。社会呼唤一种更为简单质朴的人际关系。

对于道德，加缪对其浪漫主义的自由给予抨击："道德行为，如苏格拉底所阐明的或基督教所尊崇的那些行为，其自身是堕落的标志，想以人的映像代替有血有肉的人。它以纯属想象的和谐世界的名义谴责情欲与呼喊的世界。"② 对于道德束缚的摒弃，被加缪看作一种反抗方式。但此道德非彼道德，加缪真正反对的，是以道德为名的种种束缚。反抗束缚是对自由最大的敬意，也体现了古希腊神话中传承的人性自由的人本精神，为今天以人为本的社会关系准则指明方向。焦虑、抑郁、自杀等灰暗情绪充斥于当今社会，但加缪依然在寻找、呼唤肯定性的价值理想和行为方式。加缪明确反对自杀，而他作品中流露出的肯定生命价值，夹缝中振作坚韧的正面情绪也与沉沦无关。

---

① ［法］加缪：《海伦的流亡》，伽里马出版社1959年版，第136－138页。亦可参见《加缪全集·散文卷Ⅱ》，王殿忠译，上海译文出版社2010年版，第255－256页。引文略有调整。
② ［法］加缪：《形而上的反抗》，见《加缪全集·散文卷Ⅰ》，丁世中、吕永真、沈志明译，上海译文出版社2010年版，第221页。

在小说《堕落》中，加缪抛出了一个伦理学上的选择题，这道题难倒了小说中的克拉芒斯，导致了他对自己彻底地反思。在巴黎的11月，克拉芒斯在罗亚尔大桥见到一位少女倚栏而站，他刚刚经过，就听到扑通一声人体落水的巨响。克拉芒斯进行了激烈的思想斗争。"我停下脚步，却未回头。……我很想跑，却跑不动。我想一来是冷，二来是怕，我哆嗦不已。我琢磨着应该赶快做点什么，却觉得浑身瘫软，抵挡不住。我忘了当时想什么。'太晚，太远啦……'之类。我动弹不得，却侧耳聆听。然后我冒雨缓缓走开。我没向任何人报警。"① 这是一个"保全自己"与"施救他人"的伦理选择题。在今天的中国有着如此令人惊叹的相似事件，即"扶不扶"问题。这看似是个"自私"与否的道德问题，但从伦理学的道德层面上讲，罔顾自己的生命安全去救一个自愿寻死的人也是不道德的。当道德问题上升到哲学层面，寻常的道德标准显然是浅层的。对于《堕落》中提出的这个问题，最关键的启示不是"救不救"或"扶不扶"的非此即彼选择，而是在伦理关系中，如何明确个体的边界，以及主流的意识形态对此有着怎样的判断。对于这种莫衷一是，事实上也很难一概而论的伦理问题，最基本的原则是对于选择人的尊重。因为传统的二元对立的思考模式认为，两个选项中势必有一个是对的。但诸如"母亲和妻子同时落水"这样的问题，显然做何选择都是无奈的。将道德绑架代替伦理学探求是克拉芒斯难题带来的重要启示。

关于人类的伦理道德关系，需要有对现实的审度和清醒的认识，需要有远见，即尽可能找到回归点的观察。在全球化趋势日益明显的今天，人们身份多变、政治立场多变、文明生态多变，生活压力较之加缪时代更为严峻，惶恐与焦虑，何处不沉重。加缪的神话精神可谓一种预示，其先见之明为治疗这个时代的浮躁与焦虑提供了一剂良药。在科技时代，人们以理性和科学作为标准解释问题。加缪追问道："你们告诉我神奇美好又多姿多彩的宇宙归结为原子，而原子又归结为电子。……你们又对我讲解一种见不着的星球系统，其中不少电子围绕一个核团团转动。你们用形象向我解释世界了。于是我看出你们是在做诗，那我就一辈子也弄不清楚了。……这么说来，本该教我懂得一切的科学在假设中结束了，清醒在隐喻中沉没了，不确定性在艺术作品中找到归宿了。"加缪的上述诘问，痛心疾首而又无可奈何。科学解释只能停留在物质层面上，却没有办法回答生命的本真和人生的意义。"如果说我通过科学懂得现象并一一历数，我却不能因此而理解世界。……作为对立面的盲目性，徒然声

---

① [法]加缪:《堕落》，见《加缪全集·小说卷》，柳鸣九、刘方、丁世中等译，上海译文出版社2010年版，第320页。

称一切都是明明白白的,而我则一直期待着证据,一直期待着理性有理。但尽管经历了那么多自从为是的世纪,外加产生过那么多振振有词的雄辩家,但我清楚此说不对。"在加缪看来,只有能够被心灵感知的世界才是真正意义上的世界:"山丘柔和的线条和夜晚摸着激跳的心的手,教给我更多的东西。"① 诚然,加缪的神话精神无法对人类的伦理道德问题做出透彻的回答和有效的解决。但是,有这样的思考,就可以生发一丝希望,至少不让人失望。

（五）加缪神话精神的抗暴警示

在世界反法西斯战争胜利 70 周年之际（本章写于 2015 年）谈及加缪的神话精神,是非常适宜且有必要的。事实上,两次世界大战虽已过去几十年,但世界并没有因此而平静和平。局部的战争频迭,恐怖袭击不断。这一切都是因为对于纷争暴力的解决方式而导致的。加缪终其一生,都在呼吁和身体力行的,是一种非暴力和反对极权主义的解决方式,因此而被冠以"叛徒"的骂名,饱受争议,身心俱疲。加缪通过亲身经历或所见所闻的阿尔及利亚定居者们关于的流放、贫困和重生的带有神话色彩的抗争方式,来挑战阿尔及利亚以及法国,乃至全世界的法西斯主义、暴力和战争。

作为一个战争的直接受害者,加缪对于战争的仇视不言而喻。因为战争,他失去了父亲,这从事实上改写了他的一生。他的敏感,他的孤独,他对父亲这个角色穷其一生苦苦地追寻,他因缺乏安全感而将对异性的爱泛滥无度……这一切都是拜马恩河的那一次战役所赐。不论是从心理学上对父亲的渴望,还是从伦理学上对一个完整家庭的需求,加缪都可以说是一个实实在在的战争受害者。但加缪对于暴力和战争的方案显然不完全来自个人的际遇和恩怨。他曾在手记中写道:"战争爆发了。可战争究竟在哪里?除了那些应该相信的新闻和应该浏览的布告以外,到哪里去寻找这场荒诞事件的标志?战争并不存在于阿尔及尔的碧海蓝天之间,不存在于夏日的蝉鸣声中,或者山岭的柏树林中,它显然不是跳动在阿尔及尔街道上的那道年轻的阳光。""再过一阵,大概就会见到泥浆、鲜血和无数令人恶心的场面。"② 这种对战争和暴力的厌弃更多的是来自对生命的珍视,对和谐的依恋,对自由的推崇。加缪曾经说过:"我历来谴责恐怖活动,我必须也谴责比如说在阿尔及尔街头盲目肆虐的恐怖活动,这种恐怖主义也许有一天会落在我母亲或者我的亲人身上。我相信正义,

---

① [法]加缪:《西西弗神话》,见《加缪全集·散文卷Ⅰ》,杨荣甲、王殿忠、李玉民等译,上海译文出版社 2010 年版,第 89 页。
② [法]奥利维·托德:《加缪传》,黄晞耘、何立、龚觅译,商务印书馆 2010 年版,第 206 页。

但是在捍卫正义之前,我先要保卫我的母亲。"① 这是对人性的关爱,对人类命运的痛惜。

加缪用自己的方式对暴力、杀戮等进行过多种反抗。除却他形式多样、恳切真挚的停战呼吁外,他的作品也是他进行反抗的方式之一。在加缪的戏剧作品中,常常对杀戮、暴政、仇恨、贫困有着极致的描写。如在《卡利古拉》中,卡利古拉犯下的罪行:"帕特里西乌斯,他没收了你的财产。西皮翁,他杀害了你父亲。奥克塔维乌斯,他夺走了你妻子,收在他开的妓院里,现在让她接客。勒皮杜斯,他杀害了你儿子。"② 在《误会》中玛尔塔说:"他沉到河底了。昨天夜里把他麻醉之后,是我和我母亲把他抬去的。他没有遭罪,但终归死了。是我们,我和我母亲把他害死了。"③ 这样的描述方式,其所达到的艺术效果,与法国戏剧家安托南·阿尔托的残酷戏剧理论有一定的相似性。德里达认为阿尔托的"残酷戏剧将上帝赶出了舞台。它并没有将一种新的无神论话剧搬上舞台,它没有让无神论发言,它也没有将戏剧空间让给某种由于我们最深的疲倦而重新宣布上帝之死的哲学化逻辑"④。对于阿尔托来说,戏剧是一个有效的渠道,通过为观众表现现实的暴力来消除多余的、没用的东西。他希望通过神秘和夸张的文字、符号和身体语言来表现生活中的禁忌,比如谋杀、自杀和乱伦等。戏剧不是逃离现实,而是深刻反映、去激化现实的残酷和恐怖,以便将戾气和多余的力比多以合理的方式宣泄。加缪与阿尔托某种程度上相似的戏剧手法,力求在作品中创造的生活极度困顿和令人战栗的恐怖,使观众达到身临其境的感觉。加缪的作品所营造出的恐惧感,会构建观众反对虚无主义、暴政和社会瓦解的概念。而这些美学策略,即使很少有人承认,但其实对理解加缪在阿尔及利亚和法国的政治立场来说是至关重要的。

For Artaud, the theatre should be alchemical, transforming the audience in a performance that supplemented a violent reality in purging excess. He sought to transform words, signs and the body itself upon the stage, through sacred incantation, mystification and the violent exploding of taboos, such as murder, suicide and incest. The theatre was not a retreat from reality, but its

---

① 转引自[美]埃尔贝·R. 洛特曼:《加缪传》,肖云上、陈良明译,漓江出版社1999年版,第671页。
② [法]加缪:《卡利古拉》,见《加缪全集·戏剧卷》,李玉民译,上海译文出版社2010年版,第21页。
③ [法]加缪:《误会》,见《加缪全集·戏剧卷》,李玉民译,上海译文出版社2010年版,第112页。
④ [法]德里达:《残酷戏剧与再现的关闭》,见《书写与差异》,张宁译,生活·读书·新知三联书店2001年版,第422页。

cruel and terrifying intensification. And it was initially in the specific context of a politically volatile colonial Algeria that Camus, appropriating aspects of Artaud's dramaturgy, sought to create in his works an immersive spectacle of collective destitution and Artaudian terror. This terror would, according to Camus, reconstitute his audience against the nihilism, tyranny and social dissolution of his era. And these aesthetic strategies, if seldom acknowledged, are crucial to understanding his political writings both on Algeria and on France. In this present era, with its own "War against Terror", when his voice is once again called upon in Anglo-American writing as the timeless voice of moderation against terrorism and totalitarianism, a historical examination of Camus's own aesthetics of terror has become all the more vital, and timely.①

对于阿尔托来说，戏剧是一个炼丹炉，是一个为观众表现现实的暴力来消除多余没用的东西的地方。他希望通过神圣的咒语，神秘和夸张化表现禁忌，比如谋杀、自杀和乱伦的方法在舞台上把文字、符号和身体转化为舞台表演。戏剧不是逃离现实，而是深刻反映、去激化现实的残酷和恐怖。最初是在政局动荡的殖民地阿尔及利亚的特定背景下，加缪借用阿尔托的戏剧手法，力求在作品中创造的集体极度贫困和阿尔托式的恐怖来达到身临其境的感觉。在"世界反对恐怖主义"的当代，加缪的观点作为适度打击恐怖主义和极权主义的永恒的声音在英美写作中被再次提起。加缪的恐怖审美接受历史的考验正成为一件至关重要、迫在眉睫的事情。

在战争的狂热冲击至每一个角落的时候，需要的是加缪这样冷静而独立的思考者，对战争说"不"。"他既反对纳粹和法西斯的帝国主义，也反对'革命的帝国主义'。在1939年那个时期，有多少左翼人士敢于写下（即使他们是这么想的）'今天的苏联已经成为凶狠贪婪的国家'这样的话？"② 加缪的时代是一个人类生存的荒诞状态似乎已经达到顶峰的时代：第二次世界大战，集中营，一个被占领的法国和维希傀儡政权，冷战，苏联的崛起和它的镇压战略，美国和麦卡锡主义，等等。除这些之外，在战后法国，处死那些曾经在战争中和纳粹合作过的人是一个很平常的举措。加缪认为在这个荒诞的时代，政

---

① Christopher Churchill. Camus and the Theatre of Terror: Artaudian Dramaturgy and Settler Society in the Works of Albert Camus. In *Modern Intellectual History*. 2017. 7. 梁紫晴译自 Cambridge Journals.
② ［法］奥利维·托德：《加缪传》，黄晞耘、何立、龚觅译，商务印书馆2010年版，第216页。

治不是第一次也不是唯一一次控制道德，事实上在历史上，似乎后者总是服从于前者。在《反叛者》中，加缪痛斥了这些反人性的残暴行径，并提出用和谐反抗暴行的主张。加缪认为，人必须有判断是非的清醒意识，有能力与智慧将说"不"与说"是"放在同等重要的位置，才能够在正确与谬误之间进行正确的选择。这种主张在狂热的时代显得不合时宜，因而遭受的都是责难、讽刺和痛斥。尽管如此，这个单薄的声音在时代发展的过程中越来越振聋发聩，促使人们不禁停下来认真思考，这样的提议是否有被忽视的意义。

战争是什么？为什么会发生战争？这是两个非常宏大的话题，人们莫衷一是。站在不同的立场上，可能会得出不同的结论。事实上，从人类有历史记载开始，就是一部战争史。但无论这部历史的执笔者是谁，恐怕都无法忽视这样的现实，那就是战争无论输赢，对于人类都是戕害，对人性都是摧残。也许《鼠疫》中的那段话，是加缪最真实的想法所在："他们对我说，为了实现没有人杀人的世界，死那几个人是必要的。在某种意义上来说，这是对的，不过，无论如何，我恐怕都不可能再坚持这样的真理了。"① 在冷兵器时代，躲避战争的方式是迁徙；在现代的战争环境下，无所谓前方后方，没有人可以做到隔岸观火，独善其身，对暴行说"不"应该成为有责任感的现代人义不容辞的义务。

---

① [法]加缪：《鼠疫》，见《加缪全集·小说卷》，柳鸣九、刘方、丁世中等译，上海译文出版社2010年版，第246—247页。

第七章　米兰·昆德拉之逃离不朽[1]

---

[1] 本章作者为深圳大学韩水仙博士。

2003 年，上海译文出版社出版的"米兰·昆德拉作品系列"，再次在国内掀起昆德拉阅读和研究的热潮。昆德拉小说中深邃的哲思与富有趣味的叙事形式深深地吸引和打动着读者。进一步研究后，可以发现昆德拉将文学与哲理相结合的写作源于他对启蒙时期狄德罗等人所代表的不同于抒情小说的另一种小说叙事传统的热爱。昆德拉改编狄德罗同名小说的《雅克和他的主人》（又译为《宿命论者雅克》）不仅直接标明是"一出向狄德罗致敬的三幕剧"，而且不断叙说着"对狄德罗的苦恋"。昆德拉在 20 世纪与 18 世纪之间建立的对话关系，显示了他对小说哲理传统的重新发现。

昆德拉喜爱狄德罗及其著名的小说《拉摩的侄儿》。但《拉摩的侄儿》中单纯的对话结构和哲理思辨使小说的形式单调，哲学气息太浓，而小说的成分不足。人物的意识通过交谈被深度呈现，但这是一种缺乏背景的、孤零零的意识。这种缺憾在狄德罗后来创作的《雅克和他的主人》中得到了一定的改善。这一次，狄德罗的对话体情趣大增，尤其是手法更为灵活。他以穿插、打断、提问等形式，不时改变讲故事的方法，不仅多个故事交叉，而且不同对话情态兼用，对话时断时续，情节有呼有应，整个文本与《拉摩的侄儿》相比，更加生动，更加耐读。在这种意义上，可以说对话体在这里产生效果的是对话机制本身，而非谈话的内容。此外，小说吸收了流浪汉小说的模型，让主人公行走在旅途。作者引入了人物之外的独立叙述者，雅克、他的主人，以及老板娘等人物以第三人称出现。人物之间除了对话，还有现实的关系，并推进了情节的发展。叙述的时间，人物行迹的范围都扩大了，故事进入了更宽广的时空中。

狄德罗在伦理问题上的相对主义也在这本小说里表现得更加鲜明，他似乎已经放弃了寻找最终答案的努力。小说叙事颠覆了现实关系，玩笑颠覆了道德。随着道德的严肃性消失无踪，人性的丰富多样凸显出来。与拆解道德的绝对性相联系的，是对小说形式本身的反讽与创新。狄德罗的唯物主义的世界观，认为世界是混乱和无序的，充满着矛盾和偶然。同时，受到《项狄传》的影响，狄德罗对小说叙事方式本身产生了怀疑，认为那种连贯的、不被打断的讲述是不可能的，故事不停地被打断、穿插、延迟，反而更符合现实生活中的实际情形。正如昆德拉指出的，"狄德罗不做任何事情使我们相信他的人物真实地存在于一个确定的时刻里。在世界小说的全部历史中，《宿命论者雅克》是对现实主义的幻觉和所谓的心理小说的美学的一次最彻底的拒绝"①。

---

① ［法］米兰·昆德拉：《雅克和他的主人》，见《米兰·昆德拉全新作品》，董强译，上海译文出版社 2003 年版，第 519 – 520 页。

小说变成了对小说的滑稽模仿。小说的形式被破坏了，善恶对错被消解了，带来了多样的快乐。

《雅克和他的主人》一直没有得到多少关注，直到昆德拉从这部作品中重新发现了狄德罗。昆德拉这样描述他的阅读感受："我第一次读《宿命论者雅克》的时候，我被它的大胆的不合成规的手法所惊呆，在这部丰富多彩的作品里，思辨与故事并行，一个故事套着另一个故事，我被这无视动作一律之规则的自由书写所惊呆，我问自己：这美妙的混乱是基于一个精心策划下的精彩结构呢，还是基于令人惬意的即兴发挥？毫无疑问，这里占上风的是即兴发挥……艺术家为自己创造规则，在无规则地即兴发挥时，他要比在给自己创造自己的规则体系时更自由。"他将狄德罗视作"小说艺术第一时的化身"，他在《雅克和他的主人》中发现了代表18世纪"自由精神、理性精神、批判精神"的东西：①"令人惬意的结构上的自由"；②"放荡故事与哲学思考恒常的相邻关系"；③"这些哲学思考的非严肃的、讽刺的、滑稽的、震撼人的特性"。昆德拉认为《雅克和他的主人》中展现的是小说的思想和智慧，而不是着哲学的思想。昆德拉不喜欢俄国人的情感主义，因为那带有卢梭式的痕迹，由于感情上追求绝对而不够宽容和明朗。昆德拉根据《雅克和他的主人》写了一出新编戏剧，开掘和发展对话体小说中的戏剧性因素、黑色幽默和荒诞感。当然，昆德拉同时发现18世纪的乐观主义已经一去不返，他笔下的主人和雅克"忘乎所以地大讲特讲在启蒙时代难以想象的阴郁的荒唐话"①。

启蒙是一个大问题，启蒙并非已成过往的历史事件，也非不容置疑的普遍真理。今天，启蒙已越来越多地被赋予开放的、自我批判的内涵。正如福柯指出的："一个人不是因为偏爱18世纪或者对它感兴趣才遭遇启蒙问题的……一个人能在任何一个历史时刻都提出这个启蒙问题，提出权力、真理和主体的关系问题。"② 启蒙关乎每种文化的继承与创新，关乎寻求人的解放与实现的每一次思索。对小说的哲思探讨并非把小说看作启蒙思想的载体和工具，而是认为小说就是启蒙本身。小说中的思想不是与形式相对的孤立的"观点"，而是渗透于小说每一层面的精神意蕴。昆德拉对狄德罗作品的阐释和改编以及他创作的一系列哲理意味浓厚的小说作品，是他对启蒙思想家哲理小说中具有当代趣味的一部分的重新发现与再造。

在《小说的艺术》中，昆德拉称小说家为"存在的勘探者"，小说的使命

---

① ［法］米兰·昆德拉：《被背叛的遗嘱》，余中先译，上海译文出版社2003年版。
② ［法］米歇尔·福柯：《什么是批判》，见［美］詹姆斯·施密特编《启蒙运动与现代性——18世纪与20世纪的对话》，徐向东、卢华萍译，上海人民出版社2005年版，第396页。

是"揭示存在的不为人知的方面"。他的小说也继承了启蒙时代哲理小说的特点，以比邻哲学的深度探索人类"存在"的基本命题。从《生活在别处》《不能承受的生命之轻》到后来的《不朽》，这种探索不断深入、走向极致：如果人的存在注定是可笑的、没有意义的，这种生命中不能承受之轻，除了"媚俗"之外还能通过什么方式获取分量？如果"大写的牧歌"所宣称的"生活在别处"的态度意味着谎言和专制，个体的真正自由是否只存在于对"不朽"欲望的完全弃绝？果真如此，个体的存在又如何可能，意义何在？在小说《不朽》中，围绕"不朽"这一关键词，所有问题都得以展开。

人的生命只此一次，短暂无常。然而也正因此，人们对于"不朽"的想象和向往才尤其强烈。宗教宣扬的灵魂不死和轮回报应并非昆德拉所要探讨的问题。因为他所说的不朽，是指世俗意义上的不朽，是指死后仍留在他人记忆中的"不朽"：小的不朽是指一个人在认识他的人的心中留下了回忆，大的不朽是指一个人在不认识他的人的心中留下了回忆。"只活过一次就等于没活过"，肉体的必然消失和彻底腐朽是一种可怕的景象。而一个人的声名、事迹、影像，作为一个人曾经存在的见证和怎样存在的说明，依靠口头传说、文字记载、影像记录等传播形式，可以穿越时空的局限，达致不朽。这无疑是极具诱惑力和抚慰力量的情感想象。政治家、艺术家更有机会获得这种不朽，但不朽的野心却绝非由他们独享。在小说中，歌德与贝蒂娜的章节里，贝蒂娜这个"默默无闻的少妇"同样梦想不朽——通过对不朽者的攀附和制造联系。然而，对于歌德这个注定不朽的伟大人物来说，不朽一方面意味着走向光荣的殿堂，另一方面形成了巨大的生之约束。歌德意识到他从来没有按照自己的意愿行动过，他要为永留后世的他的不朽形象负责，这种责任心使他失去了本性。他知道各种传记、逸闻、回忆录会把他的所有言行变为不朽的文字，等待后世拷问。他害怕做出荒谬的事情，背离那种他视作美的温情脉脉的中庸之道。他感到了贝蒂娜的企图和威胁，却不惜任何代价跟她和平相处。他甚至一直留意着不让自己穿一件弄皱了的衬衣走向不朽。只有到了生命的最后阶段，在穿越"从生命此岸通往死亡彼岸的神秘之桥"的时刻，他才意识到"不朽是一种不值一提的幻想，一个空洞的字眼"。他痛快地称贝蒂娜为"使人难以忍受的牛虻"，并为此感到喜悦。这几个字，和他的著作、生活、思想都不相配，它们纯粹源于"自由"。也许为此人们几百年后还会谴责他，但疲惫的老人根本不再去想它了。这里体现了昆德拉关于"真正的自由"的界定：人按照自己情感的好恶而非不朽的指令行事。

生者对肉体死后的声名不朽既渴望和追逐又恐惧和焦虑，说明"不朽"也具有双刃剑的特征。面对身后之名，人们一边渴望光荣的不朽，一边恐惧可笑的不朽。为了使自我的存在富有意义，赢得好评，人们便必须"媚俗"，将自我与某种公认的原则和精神联系起来，如上帝、人类、斗争、爱情等，然后"在美化的谎言之镜中照自己"，借此获得满足感并讨好大多数人。昆德拉揭示了存在的悖论。不朽的渴望是人们对于不能承受的生命之轻的抗拒，人们希望自我的存在不再是偶然性的、无足轻重的，而具有某种恒久的有分量的意义，但媚俗的本质却与个体生命对自由的渴望背道而驰——媚俗实施的是心灵的专制，它无视生命中的矛盾和脆弱。然而，我们必须变为媚俗，变成我们自身之外的东西，才能不被遗忘，这就是人的境况。在大众媒体时代，"媚俗"变本加厉。因为我们的认识更多的不是从经验中获得，而是从电视、民意测验中来。离开媒介，我们非但不能了解世界，甚至不能确认自我。昆德拉用"意象学"来指称统治这个时代的思想机制。意象学家创造理想典型和反理想典型的体系，这些体系存在的时间不长，每一种很快被另一种代替，可是它们影响了我们的行为、政治观点、审美趣味，甚至"所爱的地毯的颜色和书的选择"。宏大的思想体系在后现代社会遭到质疑，但无处不在的意象学却使个体的自由更加渺茫。媚俗或者说不？这是存在的加减法。加法意味着对于生命的认同，对于媚俗的默许，在自我陶醉的媚俗中增加存在的特性和意义。如弗兰克和罗拉，希望通过"伟大的进军"或者"募捐"将自我扩大到自我的无限之中，成为历史的一部分，这根本上仍是对于不朽的欲望。而另一部分人如阿涅斯、萨宾娜则希望从历史中逃离，将自我存在的痕迹完全减去。如果说萨宾娜还只是拒绝媚俗，阿涅斯则更进一步。她渴望自我弃绝，不断地寻找摆脱尘世道路的修道院。消失是阿涅斯一生的追求：自我的消失、灵魂的消失、不朽欲望的消失。

昆德拉的小说中，"大写的"与"小写的"牧歌对应了加法与减法两种生存之道，并使之更具哲学意味。牧歌意识是指对于没有冲突的世界状况的想象。大写的牧歌态度的典型就是"革命"。革命理想旨在通过对人类命运的统一规划消除冲突。这种"牧歌之态度"强调，真正的"生活在别处"，宣称"要通过恢复美化的生活，赎救邪恶且不完美、不定和虚无的日常生活，让意义得以丰富，欲望得以实现，达到欢乐之完满、自由之完满、存在之完满"[①]。在革命理想中，独处是不可能的、被禁止的。在意象学统治的时代，对牧歌的向往和信念在社会和个体的层面上受到了质疑。因为大写的牧歌中包含着谎言

---

① ［法］弗郎索瓦·里卡尔：《大写的牧歌与小写的牧歌——重读米兰昆德拉〈生命中不能承受之轻〉》，载［法］米兰·昆德拉《不能承受的生命之轻》，许钧译，上海译文出版社2003年版，第384-385页。

与恐怖：为了将来牺牲现在，为了集体牺牲个人。但普遍存在的媚俗本质上仍然是大写的牧歌的广义表现，一种渴望统一而抛弃差异的态度。相反，"小写的牧歌"是一种反牧歌之牧歌。人只有在与世界隔绝时才感到解放和解脱，如塔米娜和阿涅斯曾感受到的。这种牧歌是私人的牧歌，产生于断绝。私人牧歌的英雄，都是孤独者和逃逸者，隐身于边界的另一端。

然而，绝对的孤独和对世界的弃绝在一个由意象学统治的时代如何可能？歌德曾经"希望自己能够一边欣赏窗外的树木，一边悄无声息地消逝"。阿涅斯"躺在草丛中，小溪单调的潺潺声穿过她的身体，带走她的自我和自我的污秽，她具有这种基本的存在属性，这存在弥漫在时间流逝的声音里，弥漫在蔚蓝的天空中"。这种存在的极致状态在作品中都只存在于死亡前的顿悟。正如弗朗索瓦·里卡尔所分析的，安宁"只有通过自我放弃，通过脱离自己所有的形象来实现"。阿涅斯厌倦了自我和自己所有欲望的存在，所以，"阿涅斯必死"，不是自杀，而是承认并迎接自己的死亡。安宁与死亡竟如此接近，对于虚无的抗拒复又走向虚无。

昆德拉的小说将我们的生命与思想借以为本的基本谎言揭露得如此深刻。尽管使用的是哲理性的文学语言而非理论表述，昆德拉的思考却与西方后现代的解构思想存在着一致性：意识到了人的主体性的悖论和生存的不自由。尤其是大众媒体时代，复制与真实，拟像与本体之间的关系变得越来越暧昧不明。人的主体越来越成为一个想象性的、规定性的存在。文学中的人类处境是一个生动的隐喻。"哲学家可能向我们解释说舆论不值一提，唯一重要的是我们究竟是什么。可是哲学家什么也不懂。只要我们生活在人类之中，我们必将是人们看待我们的那个样子。"启蒙运动曾经试图使人类摆脱"不经别人的引导就不能正确运用自己的理智"的不成熟状态，张扬个体理性，使理性与自由、道德与自律实现统一。然而在对人类命运的制度化规划之中，个体的自由仍然是个问题。不依靠各种理论、意象，人们甚至无法确认自己的感觉和经验。存在的同时，即要考虑存在如何被记载和评价。传播显得至关重要，甚至超过存在本身。因为正是传播使存在符号化，而具有了时空的超越性。在媒介发展史上，言论、书报、照相机、摄像机相继充当记录和传播的手段。技术的进步体现了人们对于不朽的终极想象。言论易变易讹，文字描述也有隔阂，照片代替绘画使人的形象保留得更为逼真，但是还不够，只有摄像机的出现，才让记录完全可与人在场时的景象媲美，甚至更美（考虑到影画剪辑、背景音乐和解说词的效果）。事实上，早在此之前，人们就已经表现得像有人在替他们摄像一样，即使没有真正的镜头对着他们。

我们不妨接着昆德拉的命题，对"不朽"的观念再做一番考察。加缪说过,"死的问题是唯一重要的哲学问题"。人的肉身存在的短暂、无常和注定消亡与人对永生、无限、不朽的渴望是人类亘古至今必须直面的矛盾。《圣经》中基督受难而后复活永生,作为绝对的存在,成为众生走向不朽的引导者。陀思妥耶夫斯基在他的小说《卡拉马佐夫兄弟》中明确地指出,只有上帝能够给出支持一个绝对道德准则的权威,而不朽的前景使得善有善报成为可能,尽管这种回报可能不是在此世。因此,如果上帝存在,那我们是不朽的。康德也在其道德律的批判中假定和保留了"上帝和不朽的理念"以解决至善和德福一致的问题。然而随着启蒙后上帝信仰的衰落,宗教提供的彼岸图景已经很难成为支撑民众不朽信念的力量。相反,世俗的不朽,亦即昆德拉意义上的"不朽"越来越在社会生活和人的存在中占据重要地位。

在中国,追求"死而不朽"也是一种很古老的思想。儒家文化的早熟与理性使之轻易地将彼岸的问题搁置,而将思虑的重心放在活着的现实中来,但这并不意味着儒家先哲放弃了超越性的追求。相反,儒家思想中的不朽意识根深蒂固。《左传》有言:"太上有立德,其次有立功,其次有立言;虽久不废,此之谓不朽。""立德、立功、立言",殊途而同归,都是借助生前的德行、功名、著作赢得身后的不朽,或者说是为了死后的不朽而激励生前的行为。"三不朽"的思想对中国后世影响深远。司马迁忍辱负重以求"成一家之言",文天祥抱着"留取丹心照汗青"的信念从容就死,乃至无数忠臣、义士、贞妇、烈女,不惜以生命的代价赢得美名传颂,体现的都是儒家的伦理规范和人生信念。说明在缺乏宗教精神的中国,世俗的"不朽"在道德和价值体系中举足轻重。这种观念的积极方面显而易见:维护了一定的道德准则和价值取向,体现了人类生命中的尊严、原则和刚性。消极的方面是导致沽名钓誉的行为,压抑个体的人生探索和多元选择,轻视作为唯一存在的珍贵的个体生命。用昆德拉的话说,"人们强迫你死,就好像存在着某些比你的生命更重要的东西"。这个问题在先秦时就显露出来。《道德经》言:"天下皆知美之为美,斯恶已;皆知善之为善,斯不善已。"《庄子·逍遥游》言:"至人无己,神人无功,圣人无名。"与儒家反道而行的老庄思想,深刻地洞察了美、善一旦成为追逐功名的外在标准将会带来失真和虚伪,因此,主张"无己、无功、无名",实现人生存状态的逍遥,这无疑是对声名"不朽"的捐弃。后世的道家继之以追求肉体自身的永存(升仙)为最高理想。魏晋之时,丹药之风甚至一度盛行,社会风气亦有"越名教而任自然"之势。这在中国漫长的历史中可谓昙花一现的奇景。隋唐以后,随着封建统治的巩固,儒释道思想的互补,文人的生存方式日趋圆通务实,所谓"达则兼济天下,穷则独善其身"。儒家的伦理价值也始终占据主流,因此,文人虽可逍遥于江湖,然而始终无法忘怀于庙堂。

"仰天大笑出门去，我辈岂是蓬蒿人"，李白的坦诚揭示了"终南捷径"的心理机制，说明隐逸生活的目的仍然是声名，而非听任生命的孤寂和消释。不求声名的姿态反而成为求得声名的一种方式，不失为一种绝妙的讽刺。

从以上简单的回顾就可以看出，"不被遗忘"，这种世俗的不朽追求，无论在中国和西方都由来已久，甚至愈演愈烈。追求永生既是不可能完成的任务，逍遥游的境界也往往成为心神向往，而身不由己的梦想。尤其是大众媒体在当代越来越承担起塑造不朽的任务，它们空前公开、主动、广泛地闯入私人生活领域，影响人们的经验方式、存在形态和价值取向。更多的人自愿或不自愿地进入影像的记录成为"不朽"，也有更多的人毫无觉察地陷入不朽的陷阱。如果说不朽是一场永恒的诉讼，那就必须要有一位真正的审判者（比如上帝）。然而，致命的是，大众传媒并没有超越性的至善性质，也没有撰史者的慎重与严肃。它只在昆德拉所称的意象学的指导下记录和传播，而并不为被传播者的意愿着想。个体可能借助媒介传播，从寂寂无闻的普通人转眼家喻户晓，但也可能一不留心，就成为笑柄。大众传播中一个无足轻重的细节可能影响个体整个人生的走向。在此不朽力量的专制下，个体的自由逃遁无踪。昆德拉借小说中人物保罗之口尖锐地指出："这是一种天真的幻想：以为我们的形象是一种普通的表象，在它的后面藏着独立于人们视线之外的我们的我的真正实体。意象学家们厚颜无耻地证明了事情恰恰相反：我们的我是一种普通的、抓不住的、难以描绘的、含混不清的表象，而唯一的几乎不再容易抓住和描绘的真实，就是我们在别人眼中的形象。最糟的是，你不是你形象的主人。你首先试图描绘你自己，随后至少要保持对它的影响，要控制它，可是没有用：只要一句不怀好意的话就能把你永远变成可怜的漫画。"[1] 就像小说中的贝尔纳被封为"十足的蠢驴"一样。传播的威慑，或者说不朽的威慑，从来没有像今天这么巨大。这也是昆德拉的小说探索不朽话题的原因：昆德拉推崇小说的怀疑精神、游戏精神、自由精神，认为小说的独特性正在于"不把世界当回事"，"怀疑世界让我们相信的东西"，这其中自然也包括了当今世界企图让人们相信的不朽意象。

掩卷沉思，昆德拉的这个话题过于沉重。即使昆德拉小说中的寓言，或者哲学思辨的历史，都显示能够逃离不朽的个体自由毫无可能。现实生活中具体的人，面对众声鼎沸的媒介，冷静与超脱仍是必要的气质。赋予存在以意义的超越性力量即使不在纯粹自我的反省之中，也绝不可能在一味媚俗的尘嚣之内。

---

[1] ［法］米兰·昆德拉：《不朽》，王振孙、郑克鲁译，上海译文出版社2003年版，第145－146页。

第八章 走近尤瑟纳尔[1]

---

[1] 本章的作者为中国社会科学院外国文学研究所史忠义教授。

玛格丽特·尤瑟纳尔的作品虽然有了若干中文译本，著名学者柳鸣九先生还曾编选了一本《尤瑟纳尔研究》，但外国文学界和批评界对尤瑟纳尔的介绍和评论仍然很少，我国读者对尤瑟纳尔还相当陌生。东方出版社的这套"尤瑟纳尔文集"相信会增加我国读者对尤瑟纳尔的感性认识。

让我们首先概述一下尤瑟纳尔的生平和作品情况。

玛格丽特·尤瑟纳尔是法国现代著名女作家，原名玛格丽特·德·凯杨古尔，尤瑟纳尔是作家与父亲一起以姓氏字母重新组合后为自己起的笔名。尤瑟纳尔1903年生于布鲁塞尔，父为法国人，母为比利时人。尤瑟纳尔出生后仅十天母亲即不幸去世。玛格丽特从小受到父亲的加倍疼爱，在法国北部、南部和巴黎度过了优裕的童年和少年时代，得到数位女管家的呵护和家庭教师的悉心指导。与父亲一样，自青年时代起，尤瑟纳尔即长期奔走于欧洲多国和美、加之间。1939年第二次世界大战爆发后赴美，从事记者、翻译和教师等工作，1949年定居于美国东北海岸的芒特德塞岛（l'île de Mount Desert）。1951年，尤瑟纳尔的历史小说《阿德里安回忆录》同时获得费米娜奖和法兰西学院大奖，这出人意料的成功为她赢得了世界性的声誉。1968年当她以《苦炼》再获费米娜奖之后，各种荣誉纷至沓来。1980年，尤瑟纳尔以77岁的高龄晋身法兰西学院，成为法国历史上第一位"绿袍加身"的女性不朽者。

作为作家，尤瑟纳尔拥有多方面才华。她既是诗人（《幻想的乐园》，1921；《众神未死》，1922）、剧作家（《埃莱克特或面具的丢失》，1954；《阿尔赛斯特的秘密》，1963；等），又是长短篇皆佳、蜚声文坛的小说家（短篇小说集《死神驾车》，1934；《像水一样流》，1982。长篇小说《阿德里安回忆录》，1951；《苦炼》，1968）和传记作家（《世界迷宫：虔诚的回忆》，1974；《北方档案》，1977）。尤瑟纳尔还是一位文笔优美的翻译家（曾经翻译过希腊诗人、英语作家亨利·詹姆斯和维吉妮娅·伍尔芙等人的作品，《深邃的江，阴暗的河》，1964；《王冠与竖琴》，1979）和思想深刻的文论家、批评家（《时间，这伟大的雕刻家》，1983）。无疑，尤瑟纳尔的历史小说和自传体作品成就最高。开阔的视野使她的作品题材丰富，涉猎东西方文明和南北方文化。作家不断地从汗牛充栋的书海中获得源泉，赋予作品以浓厚的伦理内涵和思辨色彩。尤瑟纳尔坚信，历史是一所"获得自由的学堂"，是对人类进行哲理思考的跳板。因此，她特别青睐历史，她的虚构作品漫游于古代、文艺复兴时期以及20世纪初（《一弹解千愁》，1939，1953）的广大空间。若用现代的文论言语表达，尤瑟纳尔的全部作品都是互文性的杰作，充满着今与古、此与彼、我与他、灵与肉、具体与抽象的对话。

每个读者都有权根据自己的经历和社会文化背景解读尤瑟纳尔博大精深的

作品。我们在此仅向读者提供几点思考线索，无意影响读者的独特理解。

首先是历史与小说体裁的关系，换言之，我们以为有必要检视历史资料在作家之虚构作品中所发挥的诗学作用。泽农、阿德里安、米歇尔等历史人物的一再出现也要求我们思考小说与生活的关系，因为历史片断亦是生活，而小说创作的逻辑总是要高于生活，或至少不同于生活。

在尤瑟纳尔的思想里，历史与小说或广而言之生活与小说的关系经常转移为历史与时间的关系，即作为历史或历史编纂学范围的过去与前进着的"时间这个伟大的雕刻家"之间的关系。尤瑟纳尔以史学家的身份思考过去，而以哲学家兼诗人的双重身份思考时间。

不管是在尤瑟纳尔的文学作品里，还是在她的评论文字和说明文字中，作家对历史的兴趣随处可见，她写历史，建立一个地域（如芒特德塞岛、安达卢西亚地区、舍农索城堡）、一种现象（如乱伦现象）、一种传统（如印度宗教）、一个神话或一种题材的历史，也建立自己作品的历史，昭示她那些表面上风格迥异的文字之间存在的深刻的承继关系。

批评家帕若认为，作家审视历史、思考历史的批评目光是上溯性的和综合性的。[①] 为了重建事件的发展脉络和线索，确定不同的发展阶段等，一方面，她要保持足够的距离，包括对她自己的作品；另一方面，则重在观察事物的"发展结局"。保持距离、重在考察结局的方法使她看到了事物的种种片段和多重性，她承认自己的文学幻想植根于历史，承认漂泊不定的她经常想回到过去那些时代中去；然而她更渴望文学幻想和冥思把这"时光中的旅行带到永恒的彼岸"[②]，这时，历史的记述被超越，让位于更高的诗学追求，即追求时光之本质。尤瑟纳尔笔下的历史与作者目光中的时间既有相统一、相和谐的一面，也有互相冲突和不和谐的一面。

上溯型性历史观与哲学式的时间诗学在尤瑟纳尔的作品中共存，体现为三种原则或三种手法。

手段之一是戏剧化兼博学型的历史画面的再现，作者从历史的重建中获取架构小说人物之环境、场景和氛围的资料。因此，重建历史是塑造小说人物的先决条件。历史背景为小说人物提供了自我展现、自我揭示的机遇。从历史资料的提供到小说人物的孕育和诞生，到小说人物的价值化之间，是一段建设性的旅程。

---

① ［法］帕若：《玛格丽特·尤瑟纳尔作品中的历史诗学和小说》，见《玛格丽特·尤瑟纳尔作品中的小说、历史和神话》，图尔，S. I. E. Y. 出版社1995年版，第330页。
② ［法］尤瑟纳尔：《朝圣与域外篇》，伽利玛出版社1989年版，第174–175页。

手法之二是竭力激活史料，即把自己的生活体验和全部厚度融入史料之中，否则，史料就是死的。随着年岁的增长，随着人生经验的丰富，作者激活史料、与人物水乳交融的能力愈强。换言之，尤瑟纳尔历史小说的人物寄托着作者的全部心血，我们可以从中看到作者的影子。尤氏历史小说主人公多以第一人称的形式出现，其寓意是深远的。

手法之三是对地点展开丰富的文学幻想，这是从历史诗学向小说诗学过渡的一个重要标志。因为任何小说作品都直接从它置身其间的环境中接受灵感，因为地点中浓缩着历史和时光，因为小说环境是历史真实与文学幻想汇聚、重叠和契合的空间。对历史源源不断的上溯，对地点或环境的丰富幻想，赋予小说脉络和逻辑以血肉之躯，以有张有弛的节奏和蕴含深远的意义。

总之，尤瑟纳尔没有走巴尔扎克式的现实主义的叙事道路，也没有沉湎在创造神话的象牙塔之中。她坦承，创作现实题材或创作神话，是她创作之路的死胡同。① 她一头钻进浩如烟海的历史资料之中，醉心于历史，醉心于从历史中寻找真实的厚度和节奏，建构另一生活，另一更真实的小说生活空间，作为对现实生活的理想补充，因为她从现实生活中确实找不到多少乐趣，也不愿心安理得地生活在神话世界之中。

尤瑟纳尔不仅从爆发过两次世界大战的 20 世纪的现实生活中找不到多少乐趣，而且从父亲家族和母亲家族的两份家族史中也看不到多少希望。在两部传记作品中，尤瑟纳尔再次显示了她的大气。她尽可能地追根溯源，上溯到最久远的过去。因为家族史的时间跨度愈大，它们与作者试图阐明之永恒的关系便愈密切，说服力便愈强。尤瑟纳尔传记作品的另一特点是，虽然作品中的历史标志、年代、日期非常准确，但历史在这里却似乎凝固了。世代相袭的家族浓缩为大千世界宏观时空中的两种"物种"，它们亦逃脱不了"大的命运"。② 走马灯似的政治事件转瞬间就成了过眼烟云，"人们终于明白，这就是事物的发展规律"。③ 天不变道亦不变。一股神秘的永恒气息把所有的过去连为一体。作家尤瑟纳尔立于时空之上、之外，冷眼观察人类社会。我们可以把尤瑟纳尔的思路概括如下：在大的历史背景中抒写家族（人类），人类把历史浓缩为某种凝固，作者似乎在囊括并超越历史事件的宏观时空中抒写历史事件，那些大的历史日期只不过成了"描绘在时间荧屏"上的标志。④ 描述时光之流逝无异

---

① ［法］帕若：《玛格丽特·尤瑟纳尔作品中的历史诗学和小说》，见《玛格丽特·尤瑟纳尔作品中的小说、历史和神话》，图书 S. I. E. Y. 出版社 1995 年版，第 340 页。
② ［法］尤瑟纳尔：《北方档案》，弗利欧出版社 1977 年版，第 22 页。
③ ［法］尤瑟纳尔：《永恒是什么?》，伽利玛出版社 1988 年版，第 14 页。
④ ［法］尤瑟纳尔：《虔诚的回忆》，弗利欧出版社 1974 年版，第 363 页。

于把时间静止化。通过回忆,时间获得了某种密度,取消了一切偶然性。静止化的历史成了人与世界之关系的某种假说,这种假说无法解释演变与发展,因此也从根本上拒绝了历史。尤瑟纳尔就这样从对最遥远的过去的娓娓叙述中,寻求某种超历史的、原型化的、本体论的同一性。她笔下的偶然事件和芸芸众生都上升为具有永恒价值的象征,城市和乡村在时空中重叠。它们不属于任何时代,只具有某种典范作用。因为自人类诞生之日起,阳光下就不曾出现过新生事物,某种"礼教""礼仪""礼数"统治着世界。

与这种"定数"礼仪并行或重叠的,是某种"没落"神话。在尤瑟纳尔眼里,历史徒具威严性和生命力,人类没有吸取自己的教训,顽固地走向毁灭。凯扬古尔家族和卡蒂埃家族正在走向虚无,两大家族的传人只剩下了一个女人,她没有子嗣,而且还改变了姓氏,选择了否定家族并与家族决裂的道路。而凯扬古尔家族和卡蒂埃家族的命运就是人类命运的象征。

与这种静止的历史观以及变时光为空间的时间观相对应的,是尤瑟纳尔的奇异的自传观和不留自传痕迹的自传写法。尤瑟纳尔没有使用第一人称,而是使用了诸如"小姑娘""一个青年女子"等第三人称形式。在两部传记作品里,她几乎不交代或很少谈及这个女孩子的变化情况,很少谈及她的思想、趣味或好恶。反之,叙述者却不厌其烦、细致入微、生灵活现地刻画他人的内部世界。其实,她把自己"雾化"到整个叙事之中,融入她的两大家族的成员身上,从他们对世事的认同和拒绝中体现自己的气质和文化素养。她通过诺埃米这个人物痛快淋漓地抨击自私、愚蠢、虚伪和做作便是一例。

这种以众人代替个人、以普遍喻说个性,通过整体命运表达个人命运,通过他人之自我表达作者之自我,表达作者之承继、无奈和抗争的手法犹如一幅提喻式的写意画。通过提喻,写人类之命运;通过提喻,揭示这种差强人意的历史规律;通过提喻,无可奈何地否定人的个性;通过提喻,表达一种浓厚的普遍的怀疑主义。敢问苍茫大地,路在何方?

尤瑟纳尔的上述历史观、时空观、没落感和怀疑主义与饱受两次世界大战之苦的广大读者的普遍心理相吻合,因此受到了广泛的认同。我国读者也许能够从中读出点《红楼梦》的深旨,诸如,提出"谁解其中味"疑问,触发"乱哄哄你方唱罢我登场"的意象,勾起"自古穷通皆有定"喟叹,无奈"这是尘寰中消长数应当",哀伤"呼喇喇似大厦倾,昏惨惨似灯将尽"等意蕴。从尤瑟纳尔文学作品史料之丰富准确、刻画之细腻详尽、态度之超然中,也许能够看到历史小说家二月河的侧影。

敢问路在何方?就在尤瑟纳尔创作的神话般的小说人物所喻示的道路之中。这里,我们可以看出尤瑟纳尔对神话的双重态度。一方面,她不愿走单纯创作神话之路,不愿躲进象牙塔中,与世隔绝,不食人间烟火;另一方面,她又大量使用神话。神话以各种形式出现在她的全部作品中。在她的早期作品中,如《火》《东方奇观》和《梦中的德尼埃》,作者大量使用古代神话,通过神话表达自己的玄学思考。"神话是我表达绝对的一种方式,目的在于揭示人身上潜藏的持久或永恒"①,尤瑟纳尔如是说。希腊神话在她的戏剧作品里获得了新生和力量。如果说历史小说《阿德里安回忆录》的主人公生活在神话之中,通过神话思考和表达,小说家成熟期的其他作品和后期的作品也都凝聚着厚重的神话氛围。问题在于作者如何使用神话,用神话达到什么目的。伊夫-阿兰·法夫尔(Yves-Alain Favre)认为神话具有装饰、光大、昭示和滋生四大功能。装饰功能是指美化文本、增强作品表达力度而不增加新意的神话功能。神话的光大功能扩大人物的视野,保证人物及其氛围的光彩。神话的昭示功能使小说人物和情境澄明,避免枯燥无味、冗长而又徒劳无益的解释。神话的滋生功能衍生故事,增加故事情节,促进故事的进展,或构成小说叙事之核心,或为小说提供深层物质。尤瑟纳尔很少使用神话的装饰功能,而普遍使用其他三项功能。② 我们知道,神话通常叙述或揭示发生在人类起源之前的事件,它们所表达之真实不属于人类发展史,而属于本体论范畴,因此,用以建构某种绝对真实和超验真理,可以接受多种阐释。尤瑟纳尔说她是怀着虔敬之情使用"神话"一词的,她是把神话作为揭示"超越我们而我们之生存所需要的大真理的表意手段"③ 来使用的。尤瑟纳尔视神话为"一种普遍言语的尝试"④。

小说家首先为我们塑造了两个普罗米修斯式的巨人,他们是"世界的主人"阿德里安皇帝和哲学家、医生兼炼丹师泽农。两个小说人物为人类喻示了方向,让我们看到了一线光明。普罗米修斯是一系列象征的载体。R. 特鲁松说:"言说普罗米修斯者,必然想着自由、天才、进步、知识和叛逆。"⑤ 尤瑟纳尔笔下的普罗米修斯式人物阿德里安,就是多种阐释可能的综合。他既是自埃斯库罗斯的著名悲剧以来追求自由与解放、追求知识的象征,亦融入了世界缔造者和人类之拯救者的泰坦主义思想,还蕴含着人类有能力铸造自己之伟大和辉煌的思想。这些象征和思想凝聚并体现着人类和谐与世界和谐。后者是

---

① [法] 尤瑟纳尔:《开阔的眼界》,桑戴利勇出版社 1980 年版,第 92-93 页。
② [法] 帕若:《玛格丽特·尤瑟纳尔作品中的历史诗学和小说》,见《玛格丽特·尤瑟纳尔作品中的小说、历史和神话》,图尔,S. I. E. Y. 出版社 1995 年版,第 192-194 页。
③ [法] 尤瑟纳尔:《时间,这伟大的雕刻家》,伽利玛出版社 1983 年版,第 132 页。
④ [法] 尤瑟纳尔:《朝圣与域外篇》,伽利玛出版社 1989 年版,第 25 页。
⑤ [法] 特鲁松:《欧洲文学中的普罗米修斯题材》(第 1 卷),德罗出版社 1976 年版,第 4 页。

阿德里安人道主义智慧的基石。

普罗米修斯神话在《苦炼》中的第一个明显表现即丰富的火的意象。在整个小说里,火是泽农的化身,泽农与火之间,有一种内在的、天然的、持久的联系。在众多火的意象中,智慧之火、知识之火很早就唤起了他强烈的求知欲以及永不满足的对物质世界和精神世界的好奇心。普罗米修斯神话的第二个隐喻形象即具有锤炼和再造功能的冶炼之火。对于炼丹师泽农而言,火是主宰物质的手段和形式,也是统治世界的工具。同时,火改造物质的功能加速了物质的变革和自然界的时间节奏。冶炼之火赋予人以破坏时间规律的神圣权力。这种超越人类条件并拥有神圣力量的愿望和梦想与泽农在所有领域的反叛精神是相辅相成的。阿德里安没有这种反叛精神,他与时代的关系是和谐的,拥有很大的精神自由,因为他就是时代的主人。

总之,渗透在两个主人公生命旅程之中的普罗米修斯神话突出了他们的基本向往:渴望知识和力量,渴望澄明和自由,追求个人的道德完满。它成为作家弘扬文化和智慧、高扬人的意志和尊严、传达自己意识形态的载体。通过神话,尤瑟纳尔赋予自己的典型人物以共性和普遍性。

具体与抽象、个性与普遍性、即时性与永恒是尤瑟纳尔作品中的永久话题。在谈论艺术审美时,尤瑟纳尔曾经以不屑一顾的口气评说"个性现实主义"(le réalisme individuel)。在她看来,个性现实主义是充斥着相互孤立的、具体的、个性化的人和物的封闭世界,以偶然性、自我封闭、密不透风、老死不相往来、死亡和毁灭为其特征。与之相对立的,是"魔幻现实主义"(le réalisme magique)。魔幻现实主义"超越人类现实",魔幻现实主义之真实超越孤立和具体,其超验能力使它得以跨越即时性而上升到人类社会和物质世界的普遍性和永恒性。①

正是基于这种审美情趣,尤瑟纳尔始终注意把孤立的封闭性与一般的超验性、把个性与人和种族及生物相区别,把物质的单一性与大千世界之联系、组合和万应网络相对立。她的全部作品似乎都表达了排斥个性经验、向封闭性宣战的意愿。街上迎面而来的一个个面孔,犹如一个个封闭的世界。作为一个竭力破解表面现象的思想家,她渴望逐渐穿过人们早已习以为常的概念和观念,超越被扭曲的真实,而上升到原初真理,到达永恒的彼岸。②"探索并重新发现事物的永恒形式,这是我们的任务。"③

---

① [法]尤瑟纳尔:《朝圣与域外篇》,伽利玛出版社1989年版,第104页。
② [法]尤瑟纳尔:《朝圣与域外篇》,伽利玛出版社1989年版,第175页。
③ [法]尤瑟纳尔:《朝圣与域外篇》,伽利玛出版社1989年版,第172页。

这种使命感促使尤瑟纳尔在自己的创作中首先宣告了一切孤立经验或具体生活经验的死刑。这一点表现在她在谈论各种艺术作品时的鲜明立场，表现在她的小说人物观上。尤瑟纳尔的小说人物都超越自身，超越纯粹的个性经验和孤立经验，而具有典范性和类型性特征。这表现在大量使用讽喻、重复和格言等修辞手段。这些修辞手段否定了孤立与个别的价值，变差异为一致，变个别性为普遍性，变自我为非我。这就是尤瑟纳尔的否定性思维艺术。否定性思维是人类思维活动的重要组成部分，与肯定性思维同样千姿百态，异彩纷呈。与一般小说家追求个性、独特性、对普遍性讳莫如深的做法相反，尤瑟纳尔却调动一切艺术手段超越个性，否定个性，追求普遍性和永恒，从而形成否定性思维活动万花筒中的一种鲜明个性。

追求永恒价值的使命感以及不区分自我与非我的愿望必然引导尤瑟纳尔拒绝把个人与社会、与整个世界相分离。普遍网络观、宇宙组合观反映了尤瑟纳尔的一种天性。她厌恶分离，拒绝孤立与分解，执着地恢复主体与客体之间、人与世界之间、自我与非我之间的联系。这与西方流行的二元论分离思想是背道而驰的。因为联系意味着接触、关系和亲缘，意味着相似和类似原则，意味着对二元论的否定，意味着关注万事万物之间的亲近和谐，意味着抽象出宇宙间万事万物之"真谛"的努力。1927年尤瑟纳尔就曾写道："同一力量支撑着人的思维活动，也使软虫匍匐，使飞鸟翱翔，或使万物生长。"[①] 50年后，她再次肯定地说："我们大家的构成物质，都与众星宿一样。"[②] 我们不难从这里看到庄子《齐物论》的某些思想。

相似论也是尤瑟纳尔之历史观以及处理历史问题的基础。她的历史小说和有关历史的文字都建立在相似和重复的思想基础之上，对具体的历史事实进行了非客观化和非个性化的处理。所以，她笔下的历史更具有共性特征，既可以表示流逝的过去年代，也可以表示未来。

其实，尤瑟纳尔还把相似论用于创作手法。自传体作品《虔诚的回忆》和《北方档案》亦竭力编织共性、共同旅程和共同命运的网络，不断地从具体上升到抽象，从个别上升到一般，寻找联结一切的纽带，寻找作者孜孜以求的超验性。

埃伦娜·里尔以为，尤瑟纳尔作品透露出的这种超验真实和"魔幻"真实观与神话原型赫耳墨斯－墨丘利（Hermès-Mercure）的基本特征密切相关。由此来看，尤瑟纳尔的思想和文字可以纳入"三倍伟大的赫耳墨斯"（Hermès

---

① ［法］尤瑟纳尔：《朝圣与域外篇》，伽利玛出版社1989年版，第82页。
② ［法］尤瑟纳尔：《朝圣与域外篇》，伽利玛出版社1989年版，第343页。

Trismégiste）的轨迹。陪护亡灵的接引神赫耳墨斯是神界与人类之间的使者，是天地之间交流手段的象征，保证不同世界之间的沟通，联结人类与永恒。它既是炼丹术的神秘学说之神，又是古典释义学之神、破解艺术及秘密之神，其双翼标志代表着对立方的结合。赫耳墨斯的雌雄同身象征着上苍与红尘之间、显性与隐性之间的沟通，也为某种相似"魔幻"提供了可能。"三倍伟大的赫耳墨斯"是炼丹术的核心形象，是物质"升华"原则的体现。人们不难从尤瑟纳尔的作品中发现与赫耳墨斯神话相关的题材和素材。[①] 其中对立方结合的思想与《论语》倡导的"和而不同"的思想颇为类似。神话成了尤瑟纳尔追求永恒、表达永恒、与西方世界的分离思想相决裂、建构"齐物论"网络的工具。

尤瑟纳尔的上述观念都巧妙地体现在她的叙事艺术、修辞手段和形式结构之中。

热衷于艺术，涉猎多种艺术形式是尤瑟纳尔作品备受读者喜爱的重要原因之一。在尤瑟纳尔的全部作品中，不管是小说、散文诗、短篇小说集、政论文或回忆录，我们都经常碰到尤瑟纳尔谈论艺术和艺术家的篇幅。她笔下的艺术家千姿百态，艺术门类多种多样，如博物馆艺术、图书艺术、音乐、绘画、雕刻、杂技、诗歌、戏剧、冶炼术等。涉及这些艺术门类和艺术家时，尤瑟纳尔总是娓娓道来，如数家珍。她对许多艺术运动的来龙去脉和争论情况，许多艺术家的艺术态度和人生观、世界观都很熟悉。她笔下的各种艺术家的形象都相当逼真，她作品中转述或再现的艺术作品常给人以跃然纸上的感觉。艺术宝库是知识的海洋，是艺术家个人天赋、气质、审美情趣、价值、人生态度、艺术观和世界观的见证，是各种艺术独特视角、各种艺术与社会之独特关系的体现。艺术又是一定时代社会风貌、风情时尚、文化及人文品位甚至多种社会活动的一个窗口。艺术还是许多永恒价值的标志，是跨越地域和时空联系，跨越不同社会、不同时代、不同地域之人群的纽带。无疑，艺术也是作家个人才华、气质、素养、审美情趣、艺术深度和思想深度的见证。它们揭示作家个人之怀念与期盼、憧憬与向往，揭示作家的情感与理想。尤瑟纳尔为再现各种艺术活动和各种艺术家而倾注了大量心血。她通过艺术认识艺术家，认识世界，认识人生，也认识自我，揭示自我，并最终接受和肯定自我，抑或否定自我的某些糟粕。我们中国读者阅读这些篇章时，也许会再次情不自禁地想起曹雪芹和《红楼梦》，想起曹雪芹卓越的多种艺术才华，想起《红楼梦》史无前例的

---

① ［法］帕若：《玛格丽特·尤瑟纳尔作品中的历史诗学和小说》，见《玛格丽特·尤瑟纳尔作品中的小说、历史和神话》，图尔，S. I. E. Y. 出版社1995年版，第397－398页。

浓厚的艺术氛围。

  毋庸置疑，尤瑟纳尔作品的思想性和哲理性很强，却无灌输意识和枯燥说教之嫌。我们上面的文字已经约略可以看出这一点。她对历史和时间关系的思考和处理，对传记体裁的思考和处理，对神话的思考，对超验性和永恒价值的思考，对众多艺术家和艺术形式的评说，都蕴含着很深的思想性和哲理性。可以说，尤瑟纳尔的全部作品构成一部生存诗和生存诗学。《虔诚的回忆》里有一段对分娩的打破禁律、别出心裁的描述，似乎叙述者或作家希望恢复事件最物质的甚至与生理关系最密切的层面："血迹斑斑的床单和分娩留下的污秽被卷成一团送进了垃圾箱。任何分娩都少不了的那些黏糊糊的神圣的附带物……被扔进厨房的炭火中付之一炬。"① 在这段描述中，用词的冲突自不待言。没有任何目光像传统那样赞美新生儿："胖乎乎的小女孩的一头黑色胎毛，与老鼠的毛色没有二致。"② 这种把新生女婴与小动物混为一谈的做法再次出现在《什么是永恒？》的第一章"新生儿声嘶力竭地哭喊，尝试着自己的力量，已经显露出充满每个生灵的这种近乎可怕的生命力，甚至人们常常不知不觉翻手摁死的小飞蛾也有这种生命力"③。这里没有令人激动的场面，新生儿的啼哭声成了某种生存力量的外化，是某种可怕的生存斗争的第一声。我们从这里似乎可以看到叔本华思想中那种渴望生存而又必然归于毁灭的力量。尤瑟纳尔笔下的生存挑战从来都不是空穴来风，都有浓厚的哲学背景，其中希腊哲学、佛教和基督教的精神影响比肩而立，赫拉克利特的生死循环说成了《虔诚的回忆》的主题之一。尤瑟纳尔在其全部作品中一再突出生命无常、出生意味着进入人类苦难网络的思想。

  在风格方面，或简洁精练如《一弹解千愁》，或声情并茂如《火》，尤瑟纳尔始终注意把高雅的格调与丰富的词汇及表达技巧结合起来。她以炼丹师的技巧，使各种素材散而不乱，丝丝入扣，形成一个个严实和谐的整体，一次次成功地凸现了主人公的人生之旅，如《苦炼》《虔诚的回忆》《安娜姐姐》等。与当代某些作家轻视文字的倾向相反，她对语言有着天生的嗜好，对自己极其苛刻，总是反复推敲，字斟句酌，不断追求完美，很像流连忘返于自己作品之间的中国画家。因此，她的文字具有很强的吸引力，为人类留下了一部部珍品。

---

① ［法］尤瑟纳尔：《虔诚的回忆》，弗利欧出版社1974年版，第32页。
② ［法］尤瑟纳尔：《虔诚的回忆》，弗利欧出版社1974年版，第33页。
③ ［法］尤瑟纳尔：《虔诚的回忆》，弗利欧出版社1974年版，第33页。

第九章 罗伯-格里耶笔下的"欲望"[①]

[①] 本章作者为佛山科技学院中文系张唯嘉教授。

"人物",作为一个传统批评术语,曾遭到阿兰·罗伯-格里耶的猛烈抨击。在《关于某些过时的定义》一文中,他将"人物"斥为"过时"的"木乃伊",并宣布:"写人物的小说彻底地属于过去。"① 不过,这不等于罗伯-格里耶不再使用"人物"这个术语——即使在猛烈抨击传统意义的人物的同时,他仍用"人物"这个术语来指称他心目中最伟大的小说家卡夫卡、福克纳、贝克特所创作的文学形象;这更不等于罗伯-格里耶不再描写人物——相反,他强调"新小说只对人以及人在世界中的地位感兴趣"②。当然,他笔下的人物非"人物"。

一、"欲望"的幽灵

文学文本中人物形象的塑造,与作家对人之本质属性的理解有着内在的联系。西方近代文化的主流相信人是宇宙的精华、万物的灵长,相信人的规定性在于意识,相信高贵的理性和高度的社会化是人区别于动物的本质属性。与此相联系,西方近代现实主义小说的人物多为社会化的、理性的人。罗伯-格里耶曾这样概括传统小说人物:"一个人物应该有一个特有的名称,如果可能的话,有一个双重的名称:有姓又有名。他应该有父母亲属,一种继承性。他应该有一个职业。假如他还有财产,那只会更好。最后,他还应该拥有一种'性格',一张反映出性格的脸,一段塑造了前者和后者的过去。"③ 作为一个理性的社会化的人,"人物"身上往往有着阶级的、政治的、经济的、道德的因子,这些因子激活他的心理世界,支配他的思维轨迹和行为举止。例如,强烈的阶级和政治意识促使《红与黑》中的于连走完他对贵族阶级既仇恨又羡慕、对上流社会既挑战又妥协的短暂一生;强烈的经济(或者说金钱)意识促使《高老头》中的拉斯蒂涅抛开纯朴善良,一步步登上欲望的高峰;强烈的宗教和道德意识促使《复活》中的聂赫留朵夫忏悔自我,寻求精神的复活;等等。

20世纪,弗洛伊德重新阐释了人之本质属性,对西方文化造成了重大冲击。他提出,对人的心理、人格和行为,起决定作用的不是理性意识,而是与

---

① [法]阿兰·罗伯-格里耶:《快照集 为了一种新小说》,余中先译,湖南美术出版社2001年版,第95页。
② [法]阿兰·罗伯-格里耶:《快照集 为了一种新小说》,余中先译,湖南美术出版社2001年版,第207页。
③ [法]阿兰·罗伯-格里耶:《快照集 为了一种新小说》,余中先译,湖南美术出版社2001年版,第207页。

生俱来的非理性、非逻辑的无意识。他认为，无意识的核心和主要成分是性本能（sexual instinct），性本能与生俱来，永动不息，是人的生命的内驱力。总之，在弗洛伊德看来，人的本质属性不是凝结着人类全部文明成果的理性和社会性，而是基于人之生理构造的欲望，特别是性欲。弗洛伊德提出的这种新的"人学"，尽管引发了诸多的争议，却无可置疑地对20世纪西方小说人物的塑造产生了重大的影响。无论是乔伊斯《尤利西斯》（1922）还是托马斯·曼《魔山》（1924）中的人物，无论是福克纳《喧哗与骚动》（1929）还是菲茨杰拉德《夜色温柔》（1934），抑或茨威格《一个女人一生中的二十四小时》（1940）中的人物，都散发着弗洛伊德"人学"的气息。而在罗伯-格里耶创作的人物身上，更是烙上了鲜明的弗洛伊德"人学"印记。

受弗洛伊德学说的影响，罗伯-格里耶认为新小说的表现对象不是别的，就是深不可测的无意识世界：

> 如果要对与世界的相似性进行探索的话，这至少应是针对真实世界，也就是说，针对我们的无意识（感觉的移动、羞愧、荒谬的假设、梦想、性幻觉、夜间或醒来时的烦恼……）所正视和渗透着的这个世界，而不是针对日常的虚假世界，即所谓意识生活的世界，后者只不过是由我们所有的批评——道德、理性、逻辑、对现存秩序的尊重——造成的、平淡无奇的和使人平静的产物。①

在罗伯-格里耶看来，人的意识，即由道德和理性逻辑等所构成的意识，不过是社会化的结果，根本就是虚假的。人的真实主体是无意识的欲望——"感觉的移动、羞愧、荒谬的假设、梦想、性幻觉、夜间或醒来时的烦恼"等。他笔下的人物正是这样的"真实"主体——它们不仅似乎生来就缺少阶级的、宗教的、道德的细胞，而且甚至就连政治的、经济的细胞也非常贫乏。罗伯-格里耶常常称文学文本中的人物为"幽灵"。如果说司汤达多写政治"幽灵"，巴尔扎克多写经济"幽灵"，托尔斯泰多写道德"幽灵"，那么，罗伯-格里耶着重描写的就是欲望"幽灵"。

通读其文本，不难发现，罗伯-格里耶创造的这些欲望幽灵面貌各异：有的身份姓名基本确定，例如《橡皮》中的侦探瓦拉斯、《窥视者》中的推销员马第雅思等；有的不断变换姓名、人称，例如《弑君者》中的鲍里斯、"我"、

---

① ［法］阿兰·罗伯-格里耶：《快照集 为了一种新小说》，余中先译，湖南美术出版社2001年版，第93页。

马吕斯等；有的无姓名、无身份、无面孔、无行踪，如《嫉妒》中的嫉妒者；有的由于叙事人称的诡异变幻，以致读者几乎无法分清谁是谁；有的被称为"叙述者"；还有的文本或文段专门描物，似乎没有人。然而，罗伯-格里耶说，在他的书里，"人出现在每一页中，在每一行中，在每一个词中。尽管人们在书中发现许多的物体，描写得极其细致，书中总是有——而且首先有——看着它们的目光，反思它们的思想，使它们变形的激情"①。如此等等，不一而足。

关于这些欲望幽灵，罗伯-格里耶强调，他们并不是现实主义小说中那类被称为源于生活的现实型的主人公，而是"器物"型的主人公——"女人的形象和男人的形象两者都同样是纯粹的器物"②。在这种"女人"和"男人"的"器物"中，灌注的是人的（作家的）种种幻念，这些幻念毫无疑义地来自人的（作家的）无意识。

二、"欲望"幽灵四种

罗伯-格里耶小说中源于无意识的欲望幽灵主要有四类：施虐狂、受虐狂、窥视者和强迫症患者。

（一）施虐狂和受虐狂

施虐狂（sadism）和受虐狂（masochism）是性变态中最普遍、最重要的两种，也是弗洛伊德一生重点研究的课题之一。关于其基本特质，弗洛伊德写道：施虐狂把性的满足与性对象遭受痛苦的条件相联系，"其根基很容易在正常人身上发现。大部分男人的性活动中包含攻击性（aggressiveness）——征服欲，其生物学意义似乎在于，在向女人求爱时，这是战胜性对象抵抗的需要。因此，可以说，施虐狂是性本能中被独立和强化了的攻击成分，经过移置作用（displacement），而变成了主导性的。……受虐狂包括对性生活和性对象的任何被动态度，极端的情形则表现为，通过性对象使自己遭受到身体或心理的痛苦而获得满足。……对极端的受虐狂的临床分析表明，有许多因素（如阉割

---

① [法]阿兰·罗伯-格里耶：《快照集 为了一种新小说》，余中先译，湖南美术出版社2001年版，第207页。
② [法]罗伯-格里耶：《昂热丽克或迷醉》，升华译，见《罗伯-格里耶作品选集》（第3卷），湖南美术出版社1998年版，第382页。

情结及罪恶感)相互作用才使原始的被动性态度得以强化和固着"①。

  罗伯-格里耶在大量文本中描绘了施虐狂形象。短篇小说《密室》《守护神》,中长篇小说《窥视者》《幽会的房子》《纽约革命计划》《幽灵城市》《金三角的回忆》《反复》,电影剧本《不朽的女人》(L'Immortelle,1963)、《欲念浮动》和"新自传三部曲"——《重现的镜子》(Le Microir qui revient)、《昂热丽克或迷醉》(Angélique ou L'enchantement,1988)、《科兰特的最后日子》(Les derniers jours de corinthe,1994)中都出现了施虐狂形象。他们绝大多数是男人,常常用种种骇人听闻的方法对年轻漂亮的女人进行性虐待,甚至性谋杀,肆无忌惮地发泄狂放的本性和狂野的冲动,在其中得到感官的刺激和享受。这些施虐狂的受害人既有被逼迫的,也有自觉自愿的。后者便是这位新小说家笔下的受虐狂形象。与施虐狂相比,罗伯-格里耶文本中受虐狂形象的数量要少得多,比较重要的描写受虐狂形象的文本有短篇小说《守护神》和电影剧本《欲念浮动》等。在罗伯-格里耶的虚构世界中,这些人物往往以两种方式寻求其特殊方式的性欲满足:一种在虚构的"现实"世界中寻求实际的满足,一种在虚构的世界中通过观看性虐待的舞台表演或者欣赏表现性虐待主题的雕塑、绘画、小说等寻求幻想的满足。

  弗洛伊德认为:"相对于施虐狂,受虐狂是更远离正常性目的的变态形式,究竟它一开始就有,还是经由施虐狂转变而来,是颇值得怀疑的。经常发现的事实是,受虐狂不过是施虐狂对自我的转向,用自我代替了性对象。"②他发现,在性变态者的冲动中,对立的双方常同时出现,"主动性与被动性竟常常出现在同一个人身上。在性关系中令对方痛苦而取乐者,同样也会在遭受到的痛苦之中享受快乐,施虐狂往往也同时是受虐狂,只不过主动的一面或被动的一面得到了更好的发展并成为他主导的性活动"③。这种施虐狂同时又是受虐狂的形象,在罗伯-格里耶的文本中也有表现。例如,《欲念浮动》中的艾丽斯既是一个施虐的女同性恋者,又是一个受虐狂。她与神甫之间的有这样一段对话:

  听,我的神甫,血液撞击得太厉害想要冲出来……听这任何爱情也不

---

① [奥地利]弗洛伊德:《性学三论》,宋广文译,见车文博主编《弗洛伊德文集(第三卷)》,长春出版社2004年版,第21—22页。
② [奥地利]弗洛伊德:《性学三论》,宋广文译,见车文博主编《弗洛伊德文集(第三卷)》,长春出版社2004年版,第21—22页。
③ [奥地利]弗洛伊德:《性学三论》,宋广文译,见车文博主编《弗洛伊德文集(第三卷)》,长春出版社2004年版,第22页。

能使之纯洁的正在升腾的欲海波涛……您感受到了吗？我的神父，那如火流般喷射在白皙肌肤上的姑娘的血？……有一个狂暴而又温柔的大海在我的周身上下慢慢流淌，流淌出来，流淌出来……我的神甫，要为我驱邪呀……

……

惩罚我吧，我的神甫，如果您还行！以前您就该先让针长时间地扎入我的身体的各个部位以便寻找魔鬼留下来的那总是隐于最秘处的踪迹，然后把我当作巫婆烧死，并且从我的号叫和嘶哑的喘息中获得快感！……①

在这里，通过艾丽斯的对话，小说形象地说明人物施虐—受虐的欲求根源于"血液"，即本能。对此，弗洛伊德说："在施虐狂和受虐狂中，我们得到了两个关于爱的本能和攻击性这两类本能的混合体的极好例子。我们再假定，这种关系是一种原型关系——我们能够考察的每一个本能冲动，都是由这两种本能的类似的融合或重合所组成。"② 因此，在他看来，施虐狂与受虐狂在性变态中具有特殊的地位，这正是在于，主动性与被动性是性生活的普遍特征。因此，研究施虐狂和受虐狂对于了解人的本性具有重要的意义。

（二）窥视者

罗伯-格里耶许多作品的主人公都有窥视的癖好，例如，《嫉妒》中的无名主人公就是一个窥视狂。而他的长篇小说《窥视者》更是塑造了马第雅思这个鲜明生动的窥淫癖患者的形象。他喜欢窥视有关性暴力的文字或图画。他把一则某女孩被杀的新闻从报纸上剪下来，当作宝贝一样珍藏在皮夹子里，有空就拿出来一遍又一遍地细读。他一有机会就窥视别人的卧室，尤其是卧室里的床。凌乱的床和凌乱不堪的床单不断地浮现在他的脑海里。他喜欢窥视女人，但不是所有的女人，而是某一种类型的女人。引起他特别注意的女性有四个：船上遇见的小女孩、"希望"咖啡店的女招待、勒杜克家的小女儿雅克莲（他称为"维奥莱"）、水手彼埃尔家的女子。认真对比一下，不难发现，这四个呈现在马第雅思的视域中的女性有着共同的特征：她们都有大大的眼睛、苗条的身材和显露在外的脆弱的颈；她们的年龄都很小或很年轻，如船上的小女孩只有七八岁，雅克莲只有13岁。而马第雅思一见到她们，就幻想出她们被

---

① ［法］罗伯-格里耶：《欲念浮动》，徐普译，见《罗伯-格里耶作品选集（第2卷）》，湖南美术出版社1998年版，第291页。
② ［奥地利］弗洛伊德：《精神分析新论》，汪凤炎、郭本禹译，见车文博主编《弗洛伊德文集（第五卷）》，长春出版社2004年版，第66页。

绑在树上或铁柱、铁环上遭受虐待的情景。

马第雅思的窥视癖好与他的白日梦有着十分密切的联系。不由自主的窥视常常使他的意识脱离现实，进入白日梦的世界。比如，小说描写，一见到雅克莲的照片，马第雅思就情不自禁地赞叹她漂亮。接着，他看见照片中松树脚下的干草开始着火，棉袍子的下摆也烧起来了；维奥莱的身体扭向另一边，头向后仰，张大了嘴巴。这里，主人公从窥视"现实"（照片），情不自禁地进入白日梦（干草着火等动态的情景）。马第雅思还常常把从不同场景窥视得来的、彼此本无关联的画面糅合在一起，情不自禁地沉溺在性暴力的白日梦之中。

窥视诱发了他的白日梦，而白日梦又强化了他的窥视癖好，并且他的窥视欲常常直接源于白日梦。比如，清早，马第雅思走在胡同里，"仿佛听见一声呻吟——相当微弱的呻吟……忽然又听见同样的一声呻吟；声音十分清楚，近在他的耳边"。他窥视旁边的窗口，并没有发现虐待场面，于是"现在他相信听到的是可以分辨的说话……这喊声是悦耳的，而且不含有任何忧愁；从喊声的音色判断，发出喊声的人大概是一个十分年轻的女人，或者是一个女孩子"①。在此，马第雅思的窥视动力源于"微弱的呻吟"，而小说的"现实"中只存在"悦耳"的喊声。可见，正是白日梦中的"一声呻吟"激起了他的窥视欲。

依照弗洛伊德的观点，窥视癖属于性目的变态，是由观看的快乐发展而来，这类人通过窥视别人最隐秘的行动来求得性欲的满足。而马第雅思热衷于窥视的画面都与女人和性虐待相关。这些画面实质上是他潜意识欲望的折射。他的窥视癖源于潜意识中的性暴力欲望，而窥视也是他满足性暴力欲望的重要途径。通过塑造窥视癖形象，作家对人性做了另类而深入的探讨。

（三）强迫症患者

强迫症，即强迫性神经症（obsessive-compulsive neurosis），是最早进入弗洛伊德研究视野的精神疾患之一。其特征是"病人心内充满着实在没有趣味的思想，觉得有特异的冲动，而且被迫做些毫无乐趣而又不得不做的动作。那些思想（或强迫观念）本身也许是毫无意义的，对病人只是感到乏味的，或常常是愚蠢的，然而无论如何病人总不免以这些观念为耗损精神的强迫思想的起点，他虽极不愿意，却也无法抵制。他好像面对着生死存亡的问题，劳心苦

---

① ［法］罗伯-格里耶：《窥视者》，郑永慧译，译林出版社1999年版，第15-16页。

思,不能自已"①。强迫症可以表现为强迫观念,也可以表现为强迫行为。这两类强迫症患者的形象,在罗伯-格里耶的文本中都有描写。

1. 强迫观念

《嫉妒》中那位隐蔽的嫉妒者为自己的强迫观念——女主人公阿×和邻居弗兰克可能偷情——而苦恼。他整天伫立在百叶窗后或者端坐在某处,反复执着于一个动作:注视。他高度警觉和敏锐非凡的目光追踪着阿×和邻居弗兰克以及与他们相关的一切细枝末节。露台是阿×和弗兰克休闲聊天的主要场所。于是,露台的一切:柱子、阴影,以及栏杆上剥蚀的漆皮和木头的裂纹等都反反复复、一无遗漏地凸现在他的眼中。蕉林位于弗兰克往来的必经之路的旁边。与这条路有关联的一切:不论是不变的山谷、小河、香蕉林,还是变动着的行人车辆、河对岸修桥的工人,甚至连准备修桥用的五根木棍摆放的形状都反反复复、格外清晰地呈现在他的眼底。毋庸置疑,弗兰克无论何时、无论以怎样的方式出现在路上,都逃不出他的眼睛。

与追踪同步的是猜忌、挑剔和臆想。阿×与弗兰克进城,由于汽车抛锚,不得已在城里住了一夜。回来后,阿×和弗兰克述说了事情的原委经过。对弗兰克的述说,第三者评议道:"他的话一句接一句,说得很是地方,完全合乎逻辑。这种叙述方式前后一致,很有分寸,越来越像法院上的那种证词或交代。"② 同时,他又特别在意阿×"始终没有谈到她过夜的那个房间的情况,她扭着头说:这事不值一提,那家旅馆如何不舒服,以及房间里蚊帐如何破,都是人所共知的"③。但是如果按他评议弗兰克的逻辑来评议阿×,假如她详谈过夜的情况,那一定就成了"法院上的那种证词或交代"。

嫉妒者紧张地捕捉与阿×和弗兰克有关的一切日常生活细节,而他捕捉来的东西实际上不能说明任何问题,毫无意义和价值。然而,反反复复的注视、无根无据的猜忌、没完没了的臆想却十分可悲地成为他主要的生存方式,也成为他的精神牢狱。

2. 强迫行为

《在迷宫里》(*Dans le labyrinthe*, 1959)塑造了一个典型的具有强迫行为的形象。一个从莱曾费尔兹战役溃败下来的无名士兵走进一座无名的城市,执着地寻找一个不知名的十字路口。他在城里转了一圈又一圈,走过的总是那些极为相似的十字路口,完全相同的笔直的马路——马路上有着相同的街灯,旁

---

① [奥地利]弗洛伊德:《精神分析引论》,高觉敷译,商务印书馆1984年版,第202页。
② [法]罗伯-格里耶:《嫉妒》,李清安译,译林出版社1999年版,第53页。
③ [法]罗伯-格里耶:《嫉妒》,李清安译,译林出版社1999年版,第58页。

边是高高的毫无变化的一排排房子，一幢接着一幢，没完没了。他的使命是要把一个纸盒交给一个他不仅没有见过并且也不知其名、其身份、其体貌特征的人，而这个纸盒本身极其普通，里面的东西也毫无价值——大概是信件、纸张和私人东西。尽管这个使命根本不可能实现，又毫无价值和意义，他却带着重病，冒着风雪，情不自禁地在这座陌生的迷宫般的城市里转来转去，直到偶然地被一梭子扫射过来的机枪子弹打死。

表面看来，与张扬本我、放纵欲望的施虐狂、受虐狂、窥视者等相比，罗伯-格里耶笔下的这些强迫症患者几乎可谓无欲无我。然而，弗洛伊德的研究表明，潜意识中的本能欲望是强迫性征候的内在动机，强迫性症状是病人对受到压抑的性冲动的一种过度补偿，被压抑的原始冲动往往在强迫性活动的伪装下变相地得到了满足。因此，这类病态形象从反向表现了潜意识中性本能欲望的强大。

三、无意识的癖好

除了描写施虐狂、受虐狂、窥视者、强迫症患者以外，罗伯-格里耶还描写了一些其他源于无意识的欲望幽灵，例如，恋母者、恋父者、同性恋者、恋童者等。它们有着各自的癖好，也有着一些大体相似的特征。

（一）幼儿习气

在罗伯-格里耶笔下，不少欲望幽灵都有一个宠爱的玩物——布娃娃——尽管他们往往是一些"大男人"。例如，《窥视者》中的马第雅思是一个年届30的男人，却像小姑娘似的喜欢玩具娃娃。他随身带的手提箱里衬布上的图案不是花，而是一个一个的玩具娃娃。在繁忙紧张的推销活动中，他一次次把手表从箱子里拿出来又放回去，而在盖上箱盖以前，他常常还忘不了望一眼印在箱盖里层上的颜色鲜艳的玩具娃娃。他喜欢窥视的女性有一个共同特征：都与玩具娃娃相似。例如，"希望"咖啡店的女招待眼睛上有着玩具娃娃的那种又长又弯的睫毛，甚至还以玩具娃娃那样缓慢和柔弱的步法怯生生地走路，等等。又如，《守护神》中，"他"与"她"的"信物"也是布娃娃。笔者以为，在罗伯-格里耶文本中反复出现的"布娃娃"意象具有十分明显的象征意义，暗示着这些已经具有性变态倾向的成年人执拗地保留着幼儿习气，并且留恋和渴望幼儿式的生活。这种暗示与弗洛伊德的论断相吻合："一切倒错的倾向都起源于儿童期，儿童不仅有倒错的倾向，而且有倒错的行为，和其尚未成年的程度正相符合；总之，倒错的性生活意即婴儿的性生活，不过范围大小和成分繁简稍有不同罢了。"① 变态的，亦即倒错的性生活源于人的本能，而正常的性生活是后天教育的结果。因此，"教育的最重要的社会任务之一是使那作为生殖机能的性本能接受个体本身的约束和控制（这便是社会的要求）。所以，社会为了自己的幸福，就要使儿童的充分发展暂时延缓，等到他在理智的成熟上有相当的程度再说，因为可教育性实际上是随性本能的完全发动而停止的。反之，性本能失去控制，必将溃决而不可收拾，则苦心建设而成的文化组织将被扫荡而去"②。

（二）平面化需求

美国著名心理学家马斯洛（Abraham Harold Maslow，1908—1970）的需要层次理论将人的需求分成五个层次：生理需求、安全需求、社交需求、尊重需求和自我实现需求。在传统现实主义小说中，人物的需求往往是全面的。例如，《红与黑》既描写了主人公于连对于衣、食、住、行、性等的追求，也描写了他对于人身安全的高度警觉；既写了他的社交活动，也写了他强烈的尊严意识，更写了他自我实现的理想。相比之下，我们很容易看到，罗伯-格里耶笔下的许多人物的需求是平面化的：他们基本上没有自我实现的抱负，不关心晋升的机会以及名声、地位和成就；他们似乎没有自我价值的感觉，也没有被他人和社会认可尊重的渴求；他们社交生活贫乏，身边往往没有真正意义上的亲人、朋友和情人，也不去寻求亲情、友情和爱情；他们的安全意识往往也十分薄弱；他们甚至也不怎么关注衣、食、住、行之类的基本需求。因此，与巴尔扎克小说中那些几乎成天都在谋财的人物截然不同，他们中的大多数几乎没有金钱意识。于是，立体的多层次的人性需求在这些欲望幽灵的身上萎缩成了一块平面，在这块平面上涂抹着一个被放大的词语：性欲——交杂着攻击本能的被文明社会定义为变态的性欲。

（三）缺失思想

"陀思妥耶夫斯基笔下的每一个人物几乎都是潜在的'哲学家'，他们都拥护着什么，是复活了的思想，人化了的观点，具体化了的体验。"③ 弗里德连杰尔的这段话不仅道出了陀思妥耶夫斯基笔下人物，而且也道出了西方不少古典作家笔下人物的一个重要特征：思想性。许多古典文学形象都是他们那个

---

① ［奥地利］弗洛伊德：《精神分析引论》，高觉敷译，商务印书馆1984年版，第245页。
② ［奥地利］弗洛伊德：《精神分析引论》，高觉敷译，商务印书馆1984年版，第246页。
③ ［苏］弗里德连杰尔：《陀思妥耶夫斯基与世界文学》，施元译，上海译文出版社1997年版，第125页。

时代的思想的代表。而罗伯－格里耶笔下的这些欲望幽灵的意识世界是萎缩的，他们大都缺失思想。哈姆雷特式的生存与死亡之"思"、郭文式（《九三年》）的革命暴力与人道主义之"思"、于连式的平民与贵族之"思"、简·爱式的女人与男人之"思"、拉斯科尔尼可夫式（《罪与罚》）的超人与庸人之"思"、亨利式（《永别了，武器》）的战争与生命之"思"——一切关于人生、社会、宇宙之"思"，在他们的脑海里都不复存在。思想的缺失又意味着冲突的了结。在他们的心灵中，既没有麦克白式的良心与野心的冲突，也没有罗狄克（《熙德》）式的责任与爱情的冲突；既没有浮士德式的现实欲求与理性精神的冲突，也没有克洛德·孚洛诺式（《巴黎圣母院》）的禁欲与放荡的冲突；既没有聂赫留朵夫式的"动物之人"与"精神之人"的冲突，也没有霍尔顿·科尔菲尔德式（《麦田里的守望者》）的放纵不羁与麦田理想的冲突。冲突的了结又意味着运动的了结。因为运动在本质上是一种突破阻力实现变化的过程。没有阻力没有冲突便没有运动。而内宇宙在失去运动的同时也就失去了张力。雨果所感叹的比天空更广阔的人的心灵，在他们身上萎缩成了一块平面。传统小说中立体的人物，在主张平面化写作的罗伯－格里耶笔下蜕变成了平面"幽灵"。

（四）形象化的本我人格

弗洛伊德晚年提出了著名的人格结构说。他设想人格结构由本我（id）、自我（ego）和超我（superego）三部分组成。本我是人格结构的深层，由人的本能冲动和欲望构成，它遵循"快乐原则"（pleasure principle），一味地寻求满足；自我是人格结构的表层，是本我与外部世界的中介，它代表人的理性，奉行"现实原则"（reality principle），一方面压抑着本我的盲目冲动，另一方面又使部分本我冲动以一种能为现实世界所接受的形式得到满足；超我从自我中分化发展而来，代表一切道德限制和社会文化规范，主要由良心（conscience）和自我理想（ego ideal）组成，它按照"至善原则"（perfection principle）行事，引导人进入理想的精神境界。传统现实主义小说中人物的人格结构往往是比较完整的。我们在司汤达笔下的于连、陀思妥耶夫斯基笔下的拉斯柯尔尼科夫、托尔斯泰笔下的聂赫留朵夫、罗曼·罗兰笔下的约翰·克利斯朵夫等不少人物身上都可以看到本我、自我和超我三大人格系统相互作用、相互融合的心理图景。而罗伯－格里耶笔下之欲望幽灵自我和超我人格都趋于萎缩。他们大多不考虑现实原则，似乎逃离了现实生活法则的约束，很少为现实的日常生活谋划，更不对现实做深入的理性和逻辑思考。他们大多不理睬至善原则，似乎不知道价值判断：不知道什么是好的和什么是邪恶的，也不知道什么是道德，更看不到良心和自我理想对他们的惩罚与激励。"快乐原则"是他们遵循的主要原则。

综上所述，我们大致可以烛照罗伯-格里耶的写作底蕴。他将欲望幽灵视为形象化的本我人格。按照弗洛伊德的设想，人格结构三部分中，自我和超我跨越意识、前意识和无意识三个心理结构层次。也就是说，它们既可以是意识的，也可以是前意识的，还可以是无意识的。而本我完完全全是无意识的。罗伯-格里耶着重描写本我人格，与他把"无意识"视为文学表现主要对象的理念是一致的。

第十章 马利坦诗学管窥[①]

---

① 本章作者为华南师范大学文学院张静副教授。

在 20 世纪西方文学寻觅出路与西方诗学理论处于低迷之时，宗教精神的回归，如同一束强烈的光芒投射过来，这是宗教对文学的一种渗透，更是文学批评对宗教的重新反思。马利坦的诗学思想率先开启了诗学由人学化向神性化的转渡，不仅对形式化诗学僵化提供了一种补救措施，也为宗教精神的发展提出了变通的思想。马氏诗学从神学光彩，笼罩着神秘的神学色彩，弥漫着浓重的思辨哲理，在这种意义上，可以将马氏诗学看作"借光诗学"。

一、诗之本源——智性的概念前生命

关于诗的理解，马利坦有如下三种分说：其一是"诗出自智性的概念前生命"[1]；其二是"在精神的无意识中，诗获得了自己的源泉"[2]；其三是"诗……出自人的整体即感觉、想象、智性、爱欲、本能、活力和精神的大汇合"[3]。这三种说法，贯穿一个要点，那就是概念前智性的生命。马利坦关于诗之本源的阐说，集中于"智性的概念前生命"这一命题中，后面两个定义可以说是对第一个命题的展开说明。

何谓"智性"？"概念前生命"又是指什么？马利坦认为，智性是精神的，智性同想象一样，是诗的精髓，它在本质上与感官有别，它包含一种更深奥的——同时也是更为晦涩的——生命。智性（intelligence /intellect），这一概念是现代用语。智性源于希腊词"奴斯"（nous），近代以来的笛卡尔式翻译，诸如"心灵""心智""理性""知性""智力""知识分子"等概念均属奴斯的派生词。这些派生词的各种译名都不及奴斯本身所包含的意义丰富，最根本的或最紧要的是奴斯具有的"非理性"特征。智性一词，暗示的是我们在思索、推理、判断，而希腊人的奴斯是前笛卡尔式的，奴斯提示我们的是对实在的近乎直观的把握。[4] 使用理性来趋近真理是一种途径，而靠着古人所称奴斯的那种直观能力来体会真理则完全是另一回事，马利坦就是在此种意义上命名智性这一概念的，如同我们所说的灵魂的精微之处（无意识领域），也类似帕斯卡尔所言的心。马利坦将智性等同于奴斯，就是把智性等同于酝酿理性的那么一种精神，既包含理性的因子，也蕴含非理性的品性。

借助于奴斯，灵魂"渴望那直接联系到、'感受'到或触及到所见之物的

---

[1] Jacques Maritain. *Creative Intuition in Art And poetry*. New York：Meridian Books, 1957, p. 3.
[2] Jacques Maritain, *Creative Intuition in Art And poetry*. New York：Meridian Books, 1957, p. 79.
[3] Jacques Maritain, *Creative Intuition in Art And poetry*. New York：Meridian Books, 1957, p. 80.
[4] ［英］安德鲁·洛思：《神学的灵泉》，孙毅、游冠辉译，中国致公出版社 2001 年版，第 9 页。

知识，渴望这样的一种合一，其中两种有生命之物达成一种交融和贯通"①。奴斯虽不似通常心灵或理性所提示的某些含义，但奴斯毕竟包含"心灵"的意思，Noesis（心智、理解力、认知）指的就是思想的更深沉、更单纯的形式，而非某种不同于思索的东西。Noesis 作为认识，不仅仅指关于某些对象的认识，它同时意味着与被认识者的认同与结合。马利坦就是在此种意义上来使用智性这一词。

"概念前生命"即前意念生命，指的是无意识、下意识、潜意识等生命状态的总和，这些状态都在意念之先，比概念更早。其中，广泛而原始的前意识生命就是无意识。诗出自"概念前生命"，也就是说诗出自前意念状态，甚至出自精神的无意识情状。马利坦所说的"概念前之无意念"与弗洛伊德的无意识是有极大的区别的。马利坦认为人的精神深处存在着两种无意念，一种是弗洛伊德所说的无意识，另一种是精神的无意识。马利坦称弗洛伊德的无意识为自动的无意识或聋瞽的无意识，因为它是由肉体、本能、倾向、情绪、被压抑的愿望、创伤性回忆构成。马利坦所言的精神无意识则是音乐的无意识（含有旋律的胚芽），它是一种非概念的智性活动，是一种非理性的理性活动，是指在人脑有意识之前的混沌之中，诗已在萌发，已在革命，犹如火山岩浆般在奔腾、咆哮的一种情状，这是一个幸福的孕育过程，也是一个痛苦的临产过程。在精神的无意识中，隐藏着灵魂的全部力量的根源；在精神的无意识中，存在着智性和想象，以及欲望、爱和情感的力量共同参与其中的根本性活动。灵魂诸力量相互包蕴，灵魂诸力量又都蕴含于智性的领域内，被"光启性智性"（The Illuminating Intellect）② 所激发、所驱使。马利坦阐明的精神的无意识概念中，灵魂处在最高点，诸力量——智性、想象、外部感觉——自灵魂中产生，灵魂笼罩下的众多涌动性能量相互交织着。"正是处在灵魂诸力量的本源上的这种包含想象的自由生命的智性的自由生命中，以及在精神的无意识中，诗获得了自己的源泉"③。那么，灵魂又是从何而来？马利坦于1952年回答《纽约时报》关于"不朽性"的问题时，对人的灵魂来源及不朽做了比较全面的阐释。首先，"人的灵魂是不朽的"这个命题立足于哲学的论证，通过对智性知识、自由意志、无功利的各种情感的深入充分地分析可得到证实，如同诗人爱伦·坡和波德莱尔所主张的永恒的（不朽的）美的直觉的存在一样。人在实践中的精神性（灵性）让人们必然得出灵性优先的原则，具有灵性的

---

① ［英］安德鲁·洛思：《神学的灵泉》，孙毅、游冠辉译，中国致公出版社2001年版，导言第9页。
② "The Illuminating Intellect" 这个术语是马利坦诗学的核心，刘有元等将其译为"启发性智性"，笔者认为译作"光启性智性"更能突显其诗学特性，文中对此概念有疏证。
③ Jacques Maritain. *Creative Intuition in Art And poetry*. New York：Meridian Books，1957，p. 90.

物性是永恒的。其次,灵魂作为每个人智性中的直觉的、非概念性功能在朦胧的可感的经验中的意向是实存的,并以某种我们所不知的方式穿越时空和现象之流,而且永驻在我们活生生的实践中。最后,人的灵魂是不朽的,因为灵魂的太一是上帝,这是宗教信仰——特别是基督教信仰——的首要基石,坚信灵魂的超然性,那就是对上帝呼唤的可悟性以及与上帝面对面的可能性。马利坦从哲学的、实践的、信仰的三个层面回答了"人的灵魂是不朽的"这个命题。在他看来,人的自然性与超然性二者完美结合在一起,这恰是人的神秘性之所在,也是让帕斯卡尔深陷其中(几何之真与心灵之真的截然分离)而无力自拔的原因所在。既然人的灵魂来源于上帝(Holy spirit),那么灵魂(soul)作为生命的第一因,作为一个潜在的具有生命形式的精神实体,它的源起处的无与伦比性决定了它的永恒蒙昧。

> The spirituality characteristic of the activity in question makes us conclude to the spirituality of its first principle, that is, the soul. Now a substance that is spiritual is indestructable.
>
> The immortality of the human soul is a tenet of religious faith, particularly of Christian faith, which insists on the supernatural destiny of the soul, called to see God face to face. [①]

精神的无意识与智性密切联系,智性位于无意识的高级地带,是孕育智性胚芽和欲望的原始、隐秘的前意识生命区域。这是一种从属于人的灵魂的精神力量,从属于个人自由的幽渊处且能为人认识、理解、把握和表达的无意识或前意识的存在。它是认识和创造之源,是隐藏在灵魂的内在生命力,是原始蒙昧中的半透明的爱欲和超感觉的欲望之源。这里涌动着日后形成明晰概念、逻辑判断等人类意识诸多产物的雏形,充斥着爱欲、情感、想象等高级生命活动,正是这些精神运动构成了认识和创造力的源泉。

所有的灵魂力量都渗透着智性,被光启性智性之光所驱动,并且不会因动物的无意识而与智性绝交。那么,光启性智性与智性又是什么关系呢?"光启性智性"就是精神无意识中几乎察觉不到、无法论证但又可以被领会的悟性;无法认识却能够渗入意象之中的原始的精神之光和动力,它是每个人与生俱来

[①] Jacques Maritain. Immortality of the Soul. In January of 1952, Oliver Pilat of the New York Post wrote to Jacques Maritain asking if there is "something intellectually disreputable in talking about immortality." What did Maritain think about immortality? He asked several related questions. Maritain replied.

的全部智性活动的动力源，艺术创造活动就是在这种精神动力的驱动下发生的，它成为每一个人的全部智性活动的原始活力之源。光启性智性是每一个单一的灵魂和智性结构的天生的一部分，一种参与了创造的神之光的内在的精神之光，它通过不断移动着的纯精神，存在于每一个人之中，成为每一个人的全部智性活动的原始活力。

马利坦强调了诗性活动的唯一动因是"光启性智性"。首先，"光启性智性"是内属于人的本性的，它对诗的形成起着重要的激发、催化和驱动作用。这样马利坦在艺术创造性活动中肯定了、认可了、赋予了创造主体（个体人）的独立价值以及对创造主体自身的创造能力的充分认知和尊重。其次，"光启性智性"与神之光冥合暗会、是参与了创造的神之光的内在的精神之光。创造的神之光，则是指在创世之初，上帝所言的光。地是空虚混沌；深渊上一片黑暗，神的灵运行在水面上，神说："要有光！"就有了光。这就是创造的神之光。"神学光照是一种客观的光照——真正的启示之光——它从神圣之光而来，这种光照在形式上是自然的，在实质上是超自然的。"① 在这里，马利坦的神学思想与诗学思想发生了交汇。人是生存于深渊之上的黑暗之中的，只有借神创造的光之源，人们的灵魂才可能观照大地上的一切。当人受领了神的灵气之后，人同时分有神的灵气而得以不朽，人的灵与神的灵因而具有了亲缘性，而诗就是属灵的事物（The poetry is a thing inspired）②。人的灵的运行（诗）是渴慕回归自己的家园的一种本能显现。创造的神之光，通过不断移动着的纯精神性存在于每一个人之中，人内在的精神之光也在不断地向上攀升，由此两种精神之光混合成为每一个人的全部智性活动的原始活力之源。这个原始活力之源就是马利坦所言的创造性直觉。

马利坦在将创造之源交还给神秘的上帝之光后，他又为人所具备的内在的精神之光留下了足够的创造空间。

马利坦既肯定了超自然精神之光作为精神现象的现实所具备的强度，让人看到了诗命里注定在死亡的边界投射出的最后的奥秘火花。同时，在这里，马利坦改造了柏拉图艺术创作的"迷狂说"。在《伊安篇》中柏拉图认为，"凡是高明的诗人……都不是凭技艺来做成他们的优美的诗歌，而是因为他们得到灵感，有神力凭附着。……诗人不失去平常理智而陷入迷狂，就没有能力创造，就不能做诗或代神说话。……诗人只是神的代言人，由神凭附着"③。柏

---

① 陈麟书、田海华：《神圣使命》，四川人民出版社1997年版，第169页。
② Jacques Maritain. *Creative Intuition in Art And poetry*. New York：Meridian Books, 1957, p. 65.
③ ［古希腊］柏拉图：《文艺对话录》，朱光潜译，人民文学出版社1963年版，第8-9页。

拉图的诗神入于诗人之灵魂，靠的是"凭附说"，诗人只能在神的促使下工作，只是听凭神的驱使，神明夺走了诗人的心智，使他们成为自己的传声筒。其实质是在一定程度上剥夺了诗人自身的创造性与主体性，诗人成为神明手中的俘虏，成为神的代言人。诗人盲从地作出最美妙的诗歌，只能说明诗人的幸运，就如同盲人走对了路，却不知为什么。诗，作为精神无意识中原始的光源以非逻辑的方式起作用，就像我们知道自己在想什么却不知道怎么在想一样，这种原始的创造之光存在于我们的灵魂之中，却不能为我们所知悉。诗的直觉是创造性直觉，光启性智性在此意义上，就是创造性直觉，它源于上帝。在这一点上，诗人在继续着上帝对世界的创造，而绝非是上帝手中的一件被动工具。因而马利坦明确宣示："灵魂之外不存在诗神缪斯。"[1] "光启性智性"内属于人的本性之中，因而，在诗人的灵魂中居于主导地位的是创造性直觉，是一种浸透着神性之光的光启性智性。

诗，正是源于这种灵魂的诸力量皆处在活跃状态的本源生命中，因而诗意味着一种对于整体或完整性的基本要求，可以说，是智性统帅的灵魂力量的整体创造了诗。诗不是智性的产物，也不是想象的产物，但诗源于智性，它既神秘，又存在于我们内在的生命之内。它是出自人的整体，即感觉、想象、智性、爱欲、本能、活力和精神的大汇合。因而诗使我们不得不考虑它在人类灵魂中的神秘源泉与效用。

二、诗之本体——诗神一体论

> Poetry is ontology, ……Poetry is theology. But in the sense that it finds its birth in the soul in the mysterious sources of being, and reveals them in some way by its own creative movement. [2]

马利坦在《诗的状况》一文中指出，诗是本体论，诗是神学，因为诗是源自灵魂深处的、神秘的、通过自身的创造性行为揭示关于存在（being, être）的活动。

首先，诗是本体，即"诗事实上是自身的一个目的和绝对"[3]。诗在本质上是一种精神的自由创造力的释放和驱动，它本身没有对象，只是一个超越任

---

[1] Jacques Maritain, *Creative Intuition in Art And poetry*. New York: Meridian Books, 1957, p.89.
[2] Jacques Maritain, Raïssa Maritain. *The Situation of Poetry*. New York: Philosophical Library, 1955, p.60.
[3] Jacques Maritain. *Creative Intuition in Art And poetry*. New York: Meridian Books, 1957, p.59.

何目的的目的。

> Poetry is a world—the poem will by itself be a self-sufficient universe, without the need of signifying anything but itself, and in which the soul must allow itself to be enclosed blindfolded……the effluvia of night that penetrate to the heart without one's knowing how.①

在他看来,首先,诗是自足的一个宇宙,无须所指,在灵魂的隐蔽处……如在悄然无息的黑夜,它穿越一切而显形(transfigures),却无人知其所以然。在事物的性质中,作为诗(处在智性自由的创造性的路线上的诗)的那个绝对自动地倾向使人更渴求这一个绝对(绝对存在)——最初的诗人即存在的创造者。其次,诗是认识,本质上趋向于表达和揭示的洞识,而不是这个词严格意义上的实践的认识。诗以自己的方式同存在进行一种精神的交流。诗作为自身的一个目的和绝对,它必须完成双重的使命:那就是追求自身的创造性旋律和反躬自身的(精神)存在。(Poetry must accomplish a double task: pursue its creative song, and turn back reflexively upon its own substance.②)

何谓存在(being)?存在既非常识所谓的那种模糊意义上的存在,亦非诸科学和自然哲学所列举的特定意义上的存在;既非逻辑上的实在存在,亦非被错当作哲学的辩证法中的思想存在。它是出于其自身之故而得到解脱的存在,在归属于它自身的可理解性及实在的真义和丰富来源中得到解脱的存在,充溢在超验的价值和自然倾向的能动价值之中。

马利坦极力反对错误地将存在视为本质(essences)的哲学观念,反对将之设想为本质的辩证法而无视关于存在哲学的本来面目,反对无视它比其他哲学的高明之处,以及它在哲学中所处的独特而超群的地位。马利坦也反对从物性的角度将存在归于具体化的客观世界及自然世界的观点。他从来不认为存在是消极而被动的纯粹外在性的一个片段。

马利坦所言的存在,不是某种本质。它既不是可理解之物,也不是思维客体,它是"超越了严格意义上的客体,超越了严格意义上的可理解之物"③,如果非要说存在是接近于本质的某种东西,那它也就是那种规定自身不成为任

---

① Jacques Maritain, Raïssa Maritain. *The Situation of Poetry*. Philosophical Library, New York: 1955, p. 54.
② Jacques Maritain, Raïssa Maritain. *The Situation of Poetry*. Philosophical Library, New York: 1955, p. 38.
③ [法]雅克·马里坦:《存在和存在者》,龚同铮译,贵州人民出版社1990年版,第16页。

何本质的东西。他所说的存在，是哲学家要去探求的事物的可理解性以至所有其他特性或存在物的完美性的终极基础——存在本身，或曰"自给自足的那个生存行动本身"①。这个生存行动本身就是超越所有存在物的全部秩序之上的一种顾及整个种类之外的纯粹存在，不言而喻，只有上帝将存在的所有完善过程包含在自身之中。上帝就是那个"自给自足的那个生存行动本身"。因而存在是存在者的主体所从事的行动，是超可理解性在判断行动的过程中于我们内部实现其自身的对象化。在此，诗就是本体，诗就是神学，二者合为一体。正如诗人科克托在《俄尔甫斯》中写道："因为诗，我的上帝，就是你。" (because poetry, my God, it is you.)②

以神圣体验为起点，诗是上天给予生存其间的人们的一种启示，启示人们思考关于自身生存于其间的状态与创造。以诗性经验为起点，诗是一种具有真实本体意义的创造，诗可以阐释为人类自身对自身以及生存状态的描述。在这一交汇点上，神就是诗，诗与神是一体的，体悟诗与信仰神都可以达成人类自身对自身状况的认知。体悟诗，就是体验自身的生存与意识，信仰神就是反观自身的弊端与缺失。

诗演化为人类的自我意识，从来都是未完成式的，它不断地追求自身的创造性声音，更不断地反观自身的存在。

> Poetry become self-conscious. (never finished) Poetry must accomplish a double task: pursue its creative song, and turn back reflexively upon its own substance.③

作为人类的自我意识，诗的历史就是人类思的历史，有始无终地思在的历史，诗的未完成式就是其永恒性、终极性的标柱。马利坦的诗学——本体神学论是在反世俗性的超越追求中，对精神世界的言说与极力推崇，以渴求接近"上与造物者游"的精神向度，这种纠偏祛弊、矫枉过正的心情是针对性20世纪的特殊的人类真实境域而发出的呼唤与救赎。

20世纪是苦难与辉煌的缩影。科技的昌明与发达，带来了人们物质生活的丰裕，文明的变态运动将人们携裹前行，使为物质而物质的生存状态变本加厉。灵魂的空虚、战争的惨烈都达到了史无前例的残酷。人为之奋斗的物质生

---

① [法]雅克·马里坦：《存在和存在者》，龚同铮译，贵州人民出版社1990年版，第28页。
② Jacques Maritain. *Creative Intuition in Art And poetry*. New York: Meridian Books, 1957, p. 139.
③ Jacques Maritain, Raïssa Maritain. *The Situation of Poetry*. New York: Philosophical Library, 1955, p. 37.

活毁灭着人自身，人在物欲面前不堪一击。"上帝死了"，尼采的狂言一语成谶。遗失了精神生存支柱的人只能是无头苍蝇般地苟活。尼采的思想击碎了、颠覆了整个西方学术的基础和精神世界，其"强力意志"说在欧洲和整个西方世界产生了深刻的影响。"强力意志"说一方面激发了西方人不断创造、张扬生命的本能，鼓舞了苟活者追求自由而直面人生的勇气；另一方面又将现代人抛入到一个偶然的、破碎的、悲苦的、颓废的世界中去游戏人生。空虚、茫然、不知所措的人们惊呆了，在这个世界里，一切都是被允许的，一切都变得不重要。哲学、宗教、道德作为颓废的象征，成为人们生存的一种逃避，人们怀疑一切的纯洁性，心灵陷入了虚无主义的泥淖中无法自拔，肉体被卷入物质主义的漩涡中无法抽身。生活在一种最令人揪心的矛盾中，是无尽的荒诞。人们不喜欢战争，也不喜欢暴力；但却不得不接受战争，施行暴力，缺失了传统的价值，而又迷惘于眼前的悖谬，人类如何去面对这最可怕的生存问题？马利坦的回答是多方面的，而求诸诗神便是其救心救世的方法之一。于是神以诗的面目重新登场了。

　　一个诗人，如果他要拯救他的诗，他必须对抗世界。如果他要拯救他的灵魂，他必须面对世界。如果他要拯救世界，他必须做得更多，必须对他的世界和时代的一切变迁和骚动都保持开放和吸纳。他不可以避开创痛，更不可以被毁灭。时代的所有忧虑都可以进入他一个人的灵魂，并受到创造性天赋的支配和受到心灵纯真的追问，这就是诗的奇迹、圣人的奇迹。诗拯救灵魂，诗拯救世界，马利坦希冀完成这种救赎。

三、诗之本根——神化奥秘

　　诗，"我指的不是存在于书面诗行中特定的艺术，而是一个更普遍更原始的过程：即事物内部存在与人类自身内部存在之间的相互感通，这种相互感通就是一种预言（诚如古人所理解的；拉丁文 vates 一词，既指诗人，又指占卜者）。在这一意义上，诗是所有艺术的神秘生命；它是柏拉图说的'音乐'（mousikè）的另一个名字"①。

　　在马利坦对诗的这一最显著、最突出的定义中，诗，并不是指一种文学体裁，而是一种内在的原始的精神活动，是生命创造主体与其生存其间的万物的一种心灵对话（预言）。

　　从发生学的角度讲，生存对原始人而言，永远是一场极为残酷的搏斗。生

---

① Jacques Maritain. *Creative Intuition in Art And poetry*. New York：Meridian Books，1957，p. 14.

存对现代人而言，仍然是一种极为困惑的挣扎。远古，生存物品匮乏、死亡威胁丛生，人人都具有一种复杂的境况。当先民以其自身朦胧的意识或莫名的情绪体察世界时，万物便呈现出种种神秘的属性。迫于生计，同时也出于天性，先民与大自然之间产生了一种强烈的亲近意识、一种有效的生命力认同感。此外，人类与大自然之间也存在一种潜在的敌意意识，即自然界的异己性、奇特性和毁灭性。先民对自然界的原初心态始终处于一种介于亲昵而又敌对的张力之间，前者赋予人们稳定与信心，一种安全感与认同感，后者则形成了一种恐慌与迷狂的精神，从而产生一种丛杂而矛盾的情感状态——恐惧交织赞叹，对全然异己者的敬畏。人祈求神的庇护是要付出代价的，神灵享受人的崇仰则似乎是全然免费的。巫、祀、舞、乐、歌、诗……作为献给神的精神祭祀，是人与神相磨相荡的结果。歌（诗以所有可能的形式）极力释放人类的实存经验。

Song, poetry in all its forms, seeks to liberate a substantial experience. ①

巫、祀、舞、乐、歌、诗，实际上是人与"神"交感并赋予世间万物以意义，由此成为沟通个体的内心世界与超个体的整体世界的介质。"诗"的表现再不是一般的符号，而是歌声（song）、音乐（mousikè），是创造，是召唤各种美好事物聚集自身的咒语，是庇护自身免遭厄运的法宝，是谄媚娱神的工具手段，是解放自身的原初力量，是释放人的创造性与主体性的通途。在诗中，这种释放是自由的，对于创造性来说，它是从灵魂的深处指向无数可能的实现和可能的选择。生活（生存）也许是毁灭性的，而艺术则是创造性的。当诗意味着一种谋求生存方式时，"诗乃天人之心"；当诗意味着一种选择生存方式时，"诗乃神性之歌"。"奥斯维辛之后，写诗也是残酷的"，阿多诺的这一句话，将人们的悲观、绝望的心灵袒露殆尽。但恰恰是这句话，也体现了诗的力量，它本身并不是一个结语，而是一首诗，一首关于心灵创伤的悲歌，一首愤慨扭曲的控诉诗。

现代社会的人们虽然摆脱了物质上的匮乏，但并没有结束精神上的贫乏，特别是遭遇了两次世界大战的西方社会，这种强烈的精神空虚感、绝望感更是渗入骨髓。神灵的隐没和权欲的宰制，人心的惶恐与欲望的膨胀将神性的缺失与人性的残暴置于荒原之上，人们再度挣扎在生存的虚无恐惧与悲观绝望之中。如何将这陷入历史迷误的大地转换成诗意的大地，让人们能够诗意地栖息在这块土地上，诗人义无反顾地承担起这个神圣的使命，而诗也义不容辞地担

---

① Jacques Maritain, Raïssa Maritain. *The Situation of Poetry*. New York：Philosophical Library，1955，p. 16.

当起这个重任。马利坦认为:"And the first obligation imposed on the poet is to consent to be brought back to the hidden place, near the center of the soul, where this totality exists in the state of a creative source."① 诗人肩负的第一个天职就是允诺他回到那个靠近灵魂中心地带的隐蔽处,让整体存在于一种创造性之源的状态中。也就是说,诗所要求诗人的第一个职责是引导功能,引导诗人靠近灵魂的中心地带,去认识那自身隐约的幽深处,让人倾听自身的内在世界,用心灵对话、交往,回归一种灵性生活。如诗人雪莱所言:"诗使神性得以再度光临人身。"②

诗人能够揭示自我和世界的本质,因而诗成为对于存在以及生命奥秘的深层次的一种精神探索活动。诗作为人类的自我意识,一种精神探索,自人类诞生之初就已然如此,人类发展至今仍然如此。诗的历史就是思的历史,无始无终地思天、地、人、神的存在关系的历史,诗永远处于一种将来完成式的状态中。

20世纪,当结构主义诗学理论家雄心勃勃地提出想要建立一个关于文学形式规约的一般理论,并给它取名叫"诗学"(La Poétique)时,他们已先验地割裂了艺术与生命的脐带。他们假设大量前提条件,进行从属于语言学、文体学、符号学、语词分析、叙述逻辑、关于体裁与时代的主题分析等,就必然地将批评置于一种两难境地,它既不能撇开这些前提条件,又无法完全把握它们,因此要建立一个能容纳这些与每部作品的独特性不相关的形式研究的学科时,这个学科只能是一种关于所有文学形式的一种理论。结构主义诗学理论家试图建构一套"诗学"理论,为解析个别文学作品提供手段,提供一些较稳定的典型或范式,就如同语法学可以为言语分析提供工具一样。最终,企图建立这样一种能解析所有文学现象的一般性规约的愿望仅仅停留在实验和探索的阶段,而且解构主义诗学对结构主义诗学的颠覆不言而喻地证明了其诗学理论体现出的片面性、狭隘性、僵化性。而解构主义诗学自身也落入自己挖的陷阱中无法自拔。

当西方文学前途茫茫,而西方诗学理论处于举步维艰之时,马利坦将诗定位在生命哲学的领域和高度,诗成为对于存在以及生命奥秘的深层次的一种精神探索活动,诗在宏观意义上又成为所有艺术的神秘生命,艺术创造与生命创造融为一体。马利坦将生命赋予了诗与艺术,这不仅源于其对文学的深度爱好,也是源于其对宗教精神的弘扬与建设。

---

① Jacques Maritain. *Creative Intuition in Art And poetry*. New York: Meridian Books, 1957, p. 80.
② [英]拉曼·塞尔登:《文学批评理论》,刘象愚等译,北京大学出版社2003年版,第24页。

宗教精神继启蒙运动之后在整个西方社会逐渐开始隐匿、衰落，让位于开拓崭新的、理性的王国的勇士们。标榜理性批判、宽容的启蒙思想得到了长足的发展，现在怀疑、反思的精神不无讽刺地降落到自身，这如同历史同人类开的一个玩笑。原本对宗教的"祛魅"却助长了宗教精神的回归，宗教的"光晕"如一束强烈的光芒投射过来，再次点醒、照亮了人们，精神匮乏的人们突然间好像发现了新的世界。从思想的辩证运动方面来讲，这恰如现代人兜转了一个大圈又回到了起点，隐匿的宗教精神如同西落的太阳再次从东方升起，照耀着走入阴影的西方人。幡然醒悟的人们仿佛明白了，在人生这条充满坎坷、荆棘的道路上，认识自我的艰难与认识上帝的不易是同样的。回归宗教的怀抱，寻找久违了的温暖，对于无助的人类而言，也是一种慰藉。诗成为心灵自我交流的通道，成为人性回归的指路明灯，成为沟通人性与宗教神性的中保。回归自我、回归人性、回归宗教（神性），就是回归完整的自身，就是倾听自己的心灵，就是倾听上帝的声音。将自身从虚幻的绝望的理性王国中拖回现实世界，从现实中重新找寻进入天堂之路。诗担当起了救赎的使命，这是宗教对文学的一种渗透，更是文学批评对宗教的重新反思。

马利坦思考文学，感召诗学，用宗教精神的光芒暖化了僵死、冰硬的诗学理论，马利坦的诗学理论可以说是在 20 世纪率先开启了诗学由人学化向神性化的转渡。

诗学的神性化，既是西方"二战"后对神学挑战的一个应对，也是对人性堕落的一个救赎，它既维护了神学，又挽救了人学。

  Religion saves poetry from the absurdity of believing itself destined to transform ethics and life; religion saves the poet from over-weaning arrogance. ①

哈德逊在评价马利坦的宗教思想对艺术的价值时讲到：宗教不仅救赎诗于荒诞之边缘，改变了人们的道德伦理和生活，同时，还救赎诗人于傲慢之巅。通过对马利坦艺术与道德关系的论述，我们窥见马利坦将神学思想运用到挽救艺术、挽救人类的苦心。

通过对马利坦诗学的解析，我们看到了作者在神学、人学、诗学之间的思想穿越。他有神学框定其诗学的局限，也有神学赋予其诗学的光色。关切人的诗意生存，提升人的精神境界，是马利坦诗学的价值所在。研究他的诗学理

---

① Dr. Deal Hudson. *Jacques Maritain on Art and Morality*, —Qtrly Newsletter, Spring 2001. http://www.thomasaquinas.edu/news/newsletter/2000/winter/hudson.htm.

论，敞启其神学思想，破解其中的神秘主义，探究其诗学思想的精义与局限，是一件很有意义的工作。阐发这份精神成果，使之成为当今人类精神发展的重要思想资源，不仅可以为文学开拓新的领地和寻找生存寄托，也有助于深化宗教学研究，将神学与诗学关系的探索推到一个更高的境界。

第十一章　米歇尔·图尼埃的"礼拜五"[1]

---

[1] 本章作者为华南师范大学文学院张静副教授。

米歇尔·图尼埃的小说《礼拜五——太平洋上的灵薄狱》(*Vendredi ou les limbes du Pacifique*)，是对笛福小说的解构与再创造。在探讨个体生存体验的过程中，图尼埃将现代哲学的种种思考与现代社会的信仰问题进行了糅合。他在看似不可能的状态下完成了一种可能的创作想象，让《圣经》神话在现代复活，让人们重新进入一个信仰的世纪，让生活重回伊甸园状态，让时间流中的生命再度转化为一首抒情诗。

对评论家而言，图尼埃的文本《礼拜五——太平洋上的灵薄狱》，对所有想为之定性的想法构成了一种艰难的挑战。虽说人们将之称为问题小说、历险小说、人种学小说、新寓言小说、心理分析小说、归纳性实验小说等，但是任何定性都很难逃避其他界说者的否定。

细读《礼拜五——太平洋上的灵薄狱》文本，可以看到这是图尼埃对《圣经》神话的改造制作。其想象之奇特、取材之巧妙、结体之怪诞，使《圣经》中的相关题材在现代社会得以复活。作品以虚构的主人公鲁滨孙的生存体验为言说主体。作者试图告诉我们，他是对个体自我存在的一次言说，即由个体的经磨历劫，探究自我的存在，自我在宇宙中的存在。这种言说本身就是人的"灵性"生活，冥想沉思的言语，以神话般流溢，融汇到人类生存的状态中，化为一首抒情诗，确切地说，是时间流中的一首宗教抒情诗。

一、时间与存在

传统的历时时间观，是线性的时间观念。它决定了人的存在注定只能是一次性的体验，绝不可能重新来过，除非有来世。传统的时间观——过去、现在、未来的划分——暗含着两个前提：其一，这种时间观以现成的现在为核心，过去是已经过去了的现在，而未来是尚未来到的现在；其二，这种时间观以过去、现在、未来三点为一线形成一条均匀地从过去流向现在，再由现在流往将来的、永远向前的线性之流。在这种时间观念支配下，现存的一切是唯一合理的和可能的。人的存在也与时间同步，是此时此地的，转眼即逝的，人永远也无法扼住时间的脉搏使它暂停下来。而图尼埃则以神话文本的方式让时间瞬间凝固，让主人公生活在永久的现时之中。在他的笔下，时间在太阳神的照耀下战栗着，抖动着，它既没有过去，也没有将来，有的只是现在。永恒的现在让时间失去了矢量性，成为永恒的轮回。

当鲁滨孙被汹涌的波涛冲上潮湿的海滩后，他的存在骤然间改变了，时间也随空间位置的突转而瞬间凝固。置身于一个全然陌生世界中的鲁滨孙失掉了自己水手的身份，同时也失掉了原来为之奋斗的那个世界的所有社会关系和意义。处于半知觉状态的他想利用海岬来辨别方向,可他一次次地挣扎,一次次地迷失。"森林愈来愈密。……大森林中压倒一切的是岑寂幽静,他在里面穿行前进发出的声响,那回声听起来十分骇人。……一只长着很长皮毛的野公羊。……他在那野兽前面相距两步的地方停下脚步。"① 他失去了方位,没有了方向。时间之于他,再也不是嘀嘀嗒嗒的秒针声。生命之于他,再也不是过去与未来,一切都成为当下。

"绝望乃不可饶恕之罪。"② 就是这样一个执着的信念在召唤着鲁滨孙。他决定采用一种自制的历法。他制造一个相当原始的漏壶,玻璃甑的水在二十四小时内正好滴尽。新的纪元开始了,鲁滨孙的时间与人世的日历,特别是"弗吉尼亚号"失事的时间一刀两断。漏壶有规律的声响最初听来像令人安心的音乐般抚慰着鲁滨孙,"荒凉岛"成为鲁滨孙重新生存的伊甸园。建造"越狱号"方舟受挫后,他将"荒凉岛"更名为"希望岛"。在没有日历的航海日记中,第一篇写道:"我每天阅读《圣经》。每天我都虔诚地在内心深处,就像在每个人的内心里一样,注意倾听智慧之源发出的话语。"③ 希望,使鲁滨孙投入生产与创造中。劳作使鲁滨孙获得了丰盛的贮存:谷物、干肉、鱼、水果。种植、饲养、建筑,这些丰富的物质成果不仅没有使鲁滨孙感到快乐和幸福,相反,创造过程中体现出的所有秩序——制定历法、刑法、担当公职——让他感到恐惧,因为他生活在一个没有他人的世界里。漏壶的嘀嗒声唤起一幅完全相反的、让鲁滨孙非常害怕的景象。为此,鲁滨孙经常把他的漏壶停下来,让自己去适应山洞深处的黑暗。他在自己的肉体上涂抹山羊乳,在洞穴里蜷成一团,像幼虫一样,让山洞紧紧地把肉体裹住。这疯狂的举动,无疑说明鲁滨孙的精神状态正处于极端生存体验的高峰。让时间静止,让生命静止,让自我重生,恐惧中的鲁滨孙开始思考罪孽与德行。孤独成为鲁滨孙最先思考的问题,"存在"则是鲁滨孙思考最多也最迷惑的问题。

鲁滨孙的孤独,不仅侵蚀了事物的可理解性,甚至破坏了事物存在的内在结构。在荒凉岛上的鲁滨孙,处于与世隔绝的状态。他此前对所有事物的认知均化为零。包围着他的环境和所遭遇的任何物件都是绝对的不可知。"凡在我

---

① [法] 米歇尔·图尼埃:《礼拜五——太平洋上的灵薄狱》,王道乾译,上海译文出版社1997年版,第11—12页。
② [法] 米歇尔·图尼埃:《礼拜五——太平洋上的灵薄狱》,王道乾译,上海译文出版社1997年版,第39页。
③ [法] 米歇尔·图尼埃:《礼拜五——太平洋上的灵薄狱》,王道乾译,上海译文出版社1997年版,第44页。

不在之处，那便是不可测度的黑夜。"① 他迫切地需要兄弟、邻人、朋友，哪怕敌人也好，必须有那么一个人！没有了他人，世界完全变了，除了阳光与黑暗，一切都不复存在，一切都受到损害。对自身存在的冥想让他发疯。"存在，究竟是什么意思？存在，意思就是说，见之于外。凡是外在的东西就是存在的。内在的东西，是不存在的。我的观念，我的意象，我的梦想，都是不存在的。如果希望岛仅仅是一种感觉或一组感觉，那么，它也是不存在的。至于我，只是在我从我转向他人的过程中，我才存在。"② "我就是某一个物。可是，物真的是我吗？"③ "我是谁？提出这个问题决不是一句废话。"④ 对鲁滨孙来说，在一个全新的时空观念中，重新认识希望岛上这个孤独的"我"，那便是文本的核心所在。文本最后一篇航海日志的那句结尾的话是："我在一座隐喻的森林中不停地摸索着，我在寻找我自己。"⑤ 在认识"我"的过程中，鲁滨孙发现"我"与"他人"关系的重要性与必要性。存在离不开时间，更离不开他者。

孤独的"我"——鲁滨孙被抛入荒岛后，首先面对的是物质生存问题，但这绝不是最重要的核心问题。核心问题是要解决精神上的存在问题。"我不过是希望岛上的一个黑洞，希望岛上的一个视点——一个点，这就是说：什么也不是，虚无。"⑥ 孤独的鲁滨孙在绝望，甚至发癫，他在想自杀的状态中触摸到"我"的实质：虚空。鲁滨孙被笼罩在四周的一片黑暗中，孤独，静寂，虚无，一切都呈现为深不可测的虚空。时间静止了。个体的"我"什么也不是，只是虚无的组成部分。鲁滨孙渐渐接近一个启示：没有他人存在的世界，究竟是怎样一个混沌的世界？除了光明与黑夜的对立之外，一切都不复存在。他在这一刻，突然领悟到一个道理：只有在"我"从"我"转向他人的过程中，"我"才存在。个体的"我"是不存在的。只有在与他人的关系中，"我"

---

① ［法］米歇尔·图尼埃：《礼拜五——太平洋上的灵薄狱》，王道乾译，上海译文出版社1997年版，第47页。
② ［法］米歇尔·图尼埃：《礼拜五——太平洋上的灵薄狱》，王道乾译，上海译文出版社1997年版，第114页。
③ ［法］米歇尔·图尼埃：《礼拜五——太平洋上的灵薄狱》，王道乾译，上海译文出版社1997年版，第77页。
④ ［法］米歇尔·图尼埃：《礼拜五——太平洋上的灵薄狱》，王道乾译，上海译文出版社1997年版，第78页。
⑤ ［法］米歇尔·图尼埃：《礼拜五——太平洋上的灵薄狱》，王道乾译，上海译文出版社1997年版，第211页。
⑥ ［法］米歇尔·图尼埃：《礼拜五——太平洋上的灵薄狱》，王道乾译，上海译文出版社1997年版，第60页。

才是所谓的自己。

"他人"是谁?"他人,就是包括可能性的存在。"① "他人就是这样一种迫切要求过渡到现实的领域而成为现实的可能性。"② 在希望岛上,"他人"首先是岛屿以及岛屿上的一切元素:烂泥塘、岩洞、曼德拉草、公山羊昂多阿尔、太阳……"他人"的最高代表则是鲁滨孙自己后来无意间救起并为之命名的野蛮人礼拜五。沉浸在烂泥污秽中的鲁滨孙,想到的是一个温柔而短命的存在,一种病态的存在。把自己蜷缩在岩洞腹内的鲁滨孙,感到子宫温暖黑暗的宁静与坟墓的宁静是一体的,今生和彼岸是相互贯通的。亲吻曼德拉草的感觉,让鲁滨孙体验到爱情的甜美、神圣和不可侵犯。每天淋浴着太阳光开始一天生活的鲁滨孙,在跨越此岸与彼岸的时刻,顿时感到自己永葆青春,永远生活在现在。"每天清晨,对他都是一个第一个起点,世界历史的绝对的起点。希望岛在太阳神照耀下,在永久的现时之中,颤栗着,激动着,既没有过去,也没有将来,永远是现在。"③

礼拜五的出现,让悬浮在无可容忍的孤独中的鲁滨孙失去了暂时的脆弱的平衡,陷入另一个偶然性的陷阱。看似作为陪衬的礼拜五——鲁滨孙唯一的臣民兼奴仆,他的存在不仅动摇并摧毁了鲁滨孙精心建造的王国体制,而且依靠自己看似盲目的信念,播下怀疑的种子。当他有意无意间把鲁滨孙的所有财物付之一炬、化为乌有时,由于鲁滨孙"野蛮人根本算不上是人类"的理念而得名的礼拜五,让他再次得到启示:永恒的是当下,存在的是时间;"时间不可浪费,这是生命得以形成的经纬"④。一切都是可能的,可能性的存在才是永远的存在。

最终,沐浴在阳光之中的鲁滨孙,又开始了新的一天。对他而言,"他人"就是一种使一切成为可能的存在。他的出路只有一条:再次去寻找那通向超越的时间,通向无罪者居住的灵薄狱。

---

① [法]米歇尔·图尼埃:《礼拜五——太平洋上的灵薄狱》,王道乾译,上海译文出版社1997年版,第246页。
② [法]米歇尔·图尼埃:《礼拜五——太平洋上的灵薄狱》,王道乾译,上海译文出版社1997年版,第218页。
③ [法]米歇尔·图尼埃:《礼拜五——太平洋上的灵薄狱》,王道乾译,上海译文出版社1997年版,第225页。
④ [法]米歇尔·图尼埃:《礼拜五——太平洋上的灵薄狱》,王道乾译,上海译文出版社1997年版,第124页。

二、言说与信仰

  日志作为一种文学样态,是一种对"生活意义"的质询。这一看似老生常谈,却是比较坦诚地与自己对话、与生存博弈的真实的方式之一。平凡人的日志试图记录日常生活的真实与琐细,试图正确地看待和理解日常生活。鲁滨孙的航海日志没有记录航海的路线、时间、方向、天气、心情或是重大事件。开篇第一句话是:"每一个人都有他致命的恶癖。"① 没有任何具体时间标识的日志成为鲁滨孙倾听智慧和改造自我的明证,成为他思考形而上学问题的自问,成为他言说发问的自答。从宗教的审美观点看,这是一种较之传统"念祷文"更好的、更加非二元的宗教实践。通过言说、发问,用言语表述自身的此在,感受信仰的力量和领悟人在宇宙中的意义。

  特殊境遇中的鲁滨孙,白皙的脆弱的肉身无遮拦地裸露在粗犷原始的自然力面前。他真切地感到自己正面临死亡。当人处于精神晦暗、厌倦和绝望时,直接引起的是人的存在的终极体验。处在终极体验中的人似乎才能聆听到一种慈恩般的、获救的、照亮人之此在的声音。置身于孤独与死亡境地之中的鲁滨孙,不由得喃喃地说:"主啊,如果你并没有舍弃你的创造物,如果你不愿在你加之于他的绝望的重压下让他几分钟之内就一蹶不振,那么,就请你现形吧。请你答应我,给我一个信征,证明你就在我的身边吧!"② 一道宏大而灿烂的彩虹,神奇到令人惊叹的七色光谱展现在天空。在鲁滨孙看来,这何止是一道彩虹,简直就是上帝现身的光环,是上帝应答鲁滨孙内心祈祷的象征。彩虹深深地印铸在鲁滨孙的心里,成为照亮他此在继续生存下去的希望之光。

  康德的认知范畴只能在客观知识的认识论域中运用,而无法应用于对人的存在本身的认识域。如要认识人的存在本身,就需要另一截然不同的先验范畴,即生存结构的基本本体论范畴。只有从这一先验范畴可以究明人倾听神圣传言的能力。人之自我敞开的先验性与上帝之自我传达的启示性是相契的,上帝对人的慈恩般的自行赠予人的先验内在的自我超越是刚好吻合的。"我是谁? 提出这个问题决不是一句废话。"③ 当鲁滨孙置身于黑暗之中,无所认识

---

① [法] 米歇尔·图尼埃:《礼拜五——太平洋上的灵薄狱》,王道乾译,上海译文出版社1997年版,第43页。
② [法] 米歇尔·图尼埃:《礼拜五——太平洋上的灵薄狱》,王道乾译,上海译文出版社1997年版,第25–26页。
③ [法] 米歇尔·图尼埃:《礼拜五——太平洋上的灵薄狱》,王道乾译,上海译文出版社1997年版,第78页。

而自问自答时："我就是某一个物。可是，物真的是我吗？"① 当他疑惑自身反问时，"凡在我不在之处，那便是不可测度的黑夜"②。当他于黑暗之中断然肯定时……这一切的发问都指向了一个目标。

人在面临世界和自身的奥秘时，不断发问这一活动本身，证明人有一个超越时空、趋向于绝对实在的目标。作为一个会发问的存在，当鲁滨孙问自己是谁时，当他探究岛上的一切元素时，当他追问这一切可能性的存在的原因和意义时，发问本身之所指向的，实际上是作为整体的存在，即人自身的存在和宇宙的存在。如果进一步追问发问的存在本身就会发现，在人的发问活动背后，伸展着一个无限的、绝对的视域。发问活动本身使鲁滨孙成为这个希望岛上的精神性的存在，此一性质为他能听到上帝的传言提供了可能性和条件。拉纳在其名著《神圣之言的倾听者》一书中，从神学人类学角度，把人描述为先天就能听懂上帝传言的此在，这无疑是对人的赞美与抬举。图尼埃将鲁滨孙置于如此特殊境遇后，才让他真正具备了倾听神圣传言的能力。他理解这种能力，实际上是在连接上帝对人的慈恩般的自行馈赠，与人的先验内在的自我超越如何吻合的可能："使自己变成自然本原的一分子，以求在与自然本原的结合中找到得救的途径"，"若不像小孩子，断不能……"③

实在论者相信知识的客观性，相信外在的有一个现成的有秩序的可理解的世界——一个宇宙，相信外在的真理和外在的意义。科学实在论在康德和黑格尔哲学革命二百年后，成为人们信仰的替代品。果真如此吗？鲁滨孙的生存体验与发问成为人们重新走入宗教信仰时代的理由。只有在虔诚的信仰那里，处于存在的终极体验中的人才可能聆听到一种慈恩般的、获救的、照亮人之此在的声音。对鲁滨孙来说，太阳把他从重力下解放出来，把他体内的血洗净，把他浓厚的黏液质冲洗出去，让他重新恢复了青春热情，找回了生活的快乐。太阳的光芒浸润鲁滨孙多久，他沉浸在销魂状态中就有多久。鲁滨孙从内到外完全接受了宇宙的偶然性和短暂性。这是一种极乐状态。这一思想表达如此容易达到，但并不是可以在任何时候在任何人那里出现的。在没有充分净化自己的柏拉图主义等思想之前，这是无法实现的。只有超越分隔表里内外的屏障，心灵才开始具备一种显著的内涵，心灵随着它与作为一个点的"我"的四周更

---

① ［法］米歇尔·图尼埃：《礼拜五——太平洋上的灵薄狱》，王道乾译，上海译文出版社 1997 年版，第 77 页。
② ［法］米歇尔·图尼埃：《礼拜五——太平洋上的灵薄狱》，王道乾译，上海译文出版社 1997 年版，第 47 页。
③ ［法］米歇尔·图尼埃：《礼拜五——太平洋上的灵薄狱》，王道乾译，上海译文出版社 1997 年版，第 101 页。

加广阔的范围合而为一，才会变得无限地丰富充实。鲁滨孙的此在完全战胜了虚空。他的此在既非常识所谓的那种模糊意义上的存在，亦非诸科学和自然哲学所列举的特定意义上的存在，亦非逻辑上的实在存在，亦非被错当作哲学的辩证法中伪托的存在，它是出于其自身之故而得到解脱的存在，在归属于它自身的可理解性及实在的真义和丰富来源中得到解脱的存在，充溢在超验的价值和自然倾向的能动价值之中。

鲁滨孙此刻的存在就成为从自身出发向着自身的集聚，犹如一团日新月异，永恒燃烧着的熊熊之火。在这团燃烧着的烈火中，生与死、光与暗、上升与下降达到同一；在这团烈火中，从一产生一切，从一切产生一。火，燃烧着的活火，成为燃烧着的生命之火，与信仰同体。

三、虚空与光明

法国《读书》杂志刊登了图尼埃与记者玛丽亚娜·佩约的谈话。在谈到作者的创作时，图尼埃说："我的个人生活不能激发我的灵感。并不是说生活毫无生趣，只是我不会从中提取文学精华。我需要的是摩西。"记者问："您是否认为只要打开《圣经》就能找到所有问题的答案？"图尼埃答道："不是的，这是新教的观点。我承认这不是我解决问题的方法。我不是那种一有问题就翻开《圣经》的人。"在否认的同时，图尼埃又说道："我们有不少神话，希腊神话、犹太神话——《圣经》——和现代神话：《特里斯丹和伊瑟》《堂璜》等。毫无疑问，是《圣经》给予我最多的灵感。"针对《圣经》这部文本，图尼埃看似矛盾的前言后语实际上恰好说明了《圣经》在他创作中的分量。

  A dead myth is called allegory, ... The writer's function is to prevent myths turning into allegories.

难道图尼埃真的是想让《圣经》神话在现代复活？

文本命名为"礼拜五"（Vendredi），其宗教意味是非常浓厚的。"礼拜五"是主人公鲁滨孙误救的一个野蛮人，他们二人的名字看似沿用笛福小说的同名主人公，但《圣经》记载，耶稣被钉上十字架的日子，就是复活节的前一个礼拜五，而这个日子就成为日后基督教信徒纪念耶稣基督受难的节日——耶稣受难节。从图尼埃的自传体散文《圣灵之风》（*Le Vent Paraclet*；*The Wind Spirit*）的标题，也可见其对《圣经》的钟爱。文本的副标题"灵薄狱"（limbes）也是宗教名词，原意为地狱的边缘，指基督降生前未受洗的儿童及圣人先贤所居之所。关于"灵薄狱"的描写，但丁的《神曲》最为精彩。住在"灵薄狱"的人都是在基督降生以前的立德、立功、立言的不朽人物和未受洗礼而夭折的婴儿，他们因生前未曾犯罪而不受地狱的刑法，但也因未受洗礼也不能享天国之福，在这种状态中的唯一的痛苦是希望进天国而不能。文本结尾，图尼埃让主人公鲁滨孙牵着一个孩子"礼拜四"的手扎根在希望岛，永远留住此地。这个情节兴许告诉人们，希望岛就是一个天国。

"在人生的中途，我发现我已经迷失了正路，走进了一座幽暗的森林。"①与但丁的《神曲》开篇契合，鲁滨孙的日志最后一句话是："我在一座隐喻的森林中不停地摸索着，我在寻找我自己。"② 被抛到一个荒凉无人岛屿上的鲁滨孙，同样迷失了方向。他将这个荒凉岛更名为希望（promesses，有"许诺"之意）岛，是因为他真的看见了摩西许下的诺言："以色列的子孙，我要把你们领到流奶与蜜之地。"③ 但丁在维吉尔的引领下走出地狱（黑暗），奔向天堂（光明）。鲁滨孙在发问中自愿留在了希望岛，虚无（鲁滨孙自称自己是虚无）永远留在了希望岛上的太阳光里。鲁滨孙只有生活在希望岛上，他当下的青春才是一种矿物的、神性的、太阳的青春，不是那种易于腐败霉烂的生物学意义上的青春。他绝不愿脱离这个永恒的现在。这个永远的现在就是鲁滨孙的天堂，就是摩西许诺给他的"流奶与蜜之地"。希望岛不仅是"流着奶与蜜"之地，还是鲁滨孙深深爱恋的情人。鲁滨孙与希望岛之间的对话，借用的是《圣经·旧约·雅歌》这部伟大的爱情诗："风茄（按：指希望岛上的曼德拉草）放香，在我们的门内有各样新陈佳美的果子，我的良人，这都是为你存留的。"④ 鲁滨孙旺盛的生命力得以在希望岛上散播，一方面，在太阳的照耀下，他的生命不仅充满活力而且永远处于青春状态。另一方面，鲁滨孙在希望岛上的一切劳作与生产被礼拜五糟蹋、摧毁、化为灰烬时，处于愤怒之中的鲁滨孙竟然能够收心敛性地让自己的情绪保持平静，坦然面对这一切，让自己处于宁静之中。

作者的故事最终引导读者与他一起思考，生命意味着什么？现实世界会怎

---

① ［意］但丁：《神曲》，田德望译，人民文学出版社1990年版，第1页。
② ［法］米歇尔·图尼埃：《礼拜五——太平洋上的灵薄狱》，王道乾译，上海译文出版社1997年版，第211页。
③ 《圣经·旧约·出埃及记》，引文见米歇尔·图尼埃《礼拜五——太平洋上的灵薄狱》，王道乾译，上海译文出版社1997年版，第100页。
④ 《圣经·旧约·雅歌》，引文见米歇尔·图尼埃《礼拜五——太平洋上的灵薄狱》，王道乾译，上海译文出版社1997年版，第121页。

么样?《圣经·旧约·传道书》对他的影响是深刻的,他这样写道:"建造房屋,栽种各样果木树,挖造水池,又有许多牛群羊群,都是虚空,因为这一切都是捕风。"① 难道一切虚空的思想都出自一具处于阳光下的旺盛生命力的身体?这是对《圣经》文本反讽的批判?抑或是让现代《圣经》文本重现?还是让生命的灵魂展开翅膀飞翔,超脱于眼前的卑微渺小的琐事,而追求崇高与永恒的万物?虚空与光明,一切现身当下。渺小与崇高,一切溶于宇宙。图尼埃预言:"我们将进入一个宗教的世纪。"② 他的结论是否正确?其预言是否会应验?这当然是未知数。重要的是他用作品在反思,反讽式的反思,也带动了读者与他一起探索人生和社会真谛。

---

① [法]米歇尔·图尼埃:《礼拜五——太平洋上的灵薄狱》,王道乾译,上海译文出版社 1997 年版,第 151 页。
② [法]玛丽亚娜·佩约:《米歇尔·图尼埃访谈录》,蔡宏宁译,载《当代外国文学》2002 年第 1 期。

第十二章 罗兰·巴特在"人生的中途"[①]

[①] 本章作者为暨南大学外文学院黄晞耘教授。

1976 年，罗兰·巴特当选法兰西学院"文学符号学"讲席教授，达到了学术声望的顶点。然而次年 10 月他母亲的去世（即巴特本人所称的"人生的中途"）彻底改变了他的学术生涯乃至人生轨迹。他破天荒地将个人的生活融入生前的最后两门课程之中。丧母之痛，自己因此而经历的绝望、挣扎、自我拯救的尝试，与课程内容完全交织在一起，这在法兰西学院的教授中，也许是空前绝后的唯一一个人。这位文学批评家和随笔作家，这位终其一生都对文学怀有深沉热爱和信仰的思想家，将自己获得拯救的全部希望都寄托在了文学之上。在透彻领悟了生与死的巴特心中，究竟什么才是他心目中的（而非一般意义上的）"长篇小说"？究竟什么才是文学的最高价值？什么才是支撑生命的真正意义？这一切的问题，巴特用他生前最后两年半的时光给出了自己的回答，为我们留下了一位具有非凡禀赋个性的思想家、批评家和作家，从人生的最悲苦处、最真实处所洞悉的真相。

一、母亲之死

1977 年 10 月 25 日，巴特的母亲告别了人世，享年八十四岁。① 巴特时年六十二岁，正值事业和名望的顶峰，② 然而，母亲的离世彻底改变了他的学术生涯、精神世界乃至人生轨迹：他突然间陷入了长达八个月的沉默，除了私人日记以外，没有留下任何一篇公开发表的文字。这对于一个以写作为基本生存方式的人而言，显得尤其异乎寻常。③ 此后的二十八个月里，巴特先后撰写了八篇不同类型、不同篇幅的文稿，然而这种写作状态并没有维持太久，在母亲去世两年零四个月后，年近六十五岁的巴特也撒手人寰，追随母亲而去。1980 年 2 月 25 日，巴特在走出法兰西学院时，被学院街上一辆小型卡车撞伤，随即被送进萨勒佩特里耶医院（l'hôpital de la Pitié-Salpêtrière）抢救，然而一个月后，他不治而亡。

许多熟悉巴特的亲朋好友私下都认为，导致他最终死亡的并不是那起车祸，因为车祸后他曾在医院接受治疗长达一个月，虽然由伤势引发的肺部感染

---

① 罗兰·巴特的母亲本名昂莉埃特·班热（Henriette Binger），出生于 1893 年。
② 经米歇尔·福柯推荐，声誉卓著的法兰西学院（Collège de France）教授大会于 1976 年 3 月 14 日选举罗兰·巴特为"文学符号学"讲席教授。
③ 在埃里克·马尔蒂（Eric Marty）编辑的五卷本《罗兰·巴特全集》（瑟伊出版社，2002 年）中，从 1953 年出版《写作的零度》算起，巴特每年都有相当数量的著述发表，其中包括专著、文章、课程概述、各类访谈等。

较为严重①，但并未达到不可救治的程度。导致巴特之死的真正原因，是他自母亲去世后，始终沉浸在难以自拔的哀伤和痛苦之中。母亲一直是他精神上的依托，失去母亲，对于他而言就意味着失去了这种依托，他的内心世界瞬间坠入虚无，留在世间的意义从此不复存在。正是这种绝望的心情致使他丧失了继续活下去的意愿，在很大程度上，他是自愿放弃了生命。

在自传性很强的小说《武士们》（*Les Samouraïs*，1990）中，于丽亚·克里斯蒂娃（Julia Kristeva）回忆了她和索莱尔斯去医院探望巴特时他的精神状态。小说中巴特的名字被改为阿尔芒·布雷阿尔（Armand Bréhal），克里斯蒂娃提到了两个细节：第一，医院的主治医生向他们抱怨巴特不愿配合医生的治疗，"根本不与伤病作斗争"；第二，当奥尔加（克里斯蒂娃）俯身在布雷阿尔耳旁，轻声告诉他朋友们都期待着他的康复，鼓励他坚持接受治疗时，"那具身体……不再作出回答。他的眼神中流露出疲惫和服用药物后的病态，一脸的厌倦。他朝她做了一个放弃和诀别的手势，仿佛是说：'不用再找寻我了，有什么用……生活真令人厌烦。'"奥尔加悲伤地意识到："当放弃生命的愿望被如此平静地表达出来时，没有什么比它更有说服力了。"借小说中人物的对话，克里斯蒂娃道出了巴特那种精神状态的根本原因："那次丧事（按：指巴特母亲之死）已经要了他的命。"②

和克里斯蒂娃一样，巴特的学生及忘年交埃里克·马尔蒂在探望住院的巴特时，也注意到他处在一种漠然接受死亡的精神状态。③ 后来埃里克·马尔蒂在《罗兰·巴特，写作的职业》（2006）一书中回忆道："我第一次见到他时，医生们都说他的伤势并不危险，然而从他的眼神中我却看到了一种巨大的绝望，仿佛已经成了死亡的囚徒。"④《罗兰·B 的最后日子》（2006）一书的作者埃尔维·阿尔加拉隆多（Hervé Algalarrondo）则直接将巴特在母亲去世后万念俱灰、不愿再争取康复的那种心理称作"求死的愿望"（le désir de mort）。⑤ 事实上，巴特本人在去世前八个月左右撰写的《明室》一书（也是他生前出版的最后一本书），已经印证了克里斯蒂娃等人的猜测和分析。他在书中已经明确表达，母亲死后他失去了继续活下去的意愿："强有力的她曾经是我内心

---

① 巴特不到十八岁时（1934 年 5 月）就患上了严重的肺结核病，并接受过胸膜剥离手术治疗，这一疾病的后遗症给他带来了终生的影响。参见 Louis-Jean Calvet，*Roland Barthes*，Paris：Ed. Flammarion，1990，p. 87.
② Julia Kristeva. *Les Samouraïs*. Paris：Ed. Gallimard，1990，pp. 404–405.
③ Eric Marty 后来成为《罗兰·巴特全集》的主编。
④ Eric Marty. *Roland Barthes, le métier d'écriture*. Paris：Ed. du Seuil，2006，p. 102.
⑤ Hervé Algalarrondo. *Les derniers jours de Roland B*. Paris：Ed. Stock，2006，p. 252.

的律令，最终成为我眼里的女儿。……如今她去世了，我再没有任何理由跟随人类生命的步伐……我只能等待自己彻底的、没有辩证可言的死亡。"①

二、母与子

要了解母亲去世后巴特为何会陷入极度的哀伤和绝望，我们首先必须知道他们母子的身世，以及母亲对于他意味着什么。巴特的母亲昂莉埃特娘家姓氏为班热（Binger），她于 1912 年嫁给海军上尉路易·巴特，她在生下巴特不到一年之际，丈夫便在第一次世界大战的一次对德海战中阵亡，二十三岁的昂莉埃特旋即成了寡妇，而未满周岁的巴特则成了丧父的孤儿。1924 年，这位单身母亲带着九岁的巴特，从西南部丈夫的家乡巴约纳（Bayonne）来到巴黎，②在一家印刷厂里靠装订书籍艰难谋生。

在此期间，昂莉埃特与家住巴约纳附近的一位陶瓷艺术家安德烈·萨尔泽多保持着恋爱关系，并于 1927 年生下了第二个儿子米歇尔·萨尔泽多（Michel Salzedo），然而几年之后她便与萨尔泽多分手了，独自在巴黎抚养年龄相差 12 岁的两个儿子。这位母亲不仅具有文化知识，而且性格独立、聪慧而又优雅，对儿子巴特产生了深刻的影响，以至于许多熟悉他们的人，都认为这对母子无论是性格气质还是思维和说话风格都非常相似，简直就像是同一个人。在《罗兰·巴特，写作的职业》（2006）一书中，埃里克·马尔蒂回忆起他对巴特母亲的印象："巴特的母亲说话时带着巴特的风格。……某些词汇、某些音调变化、某种语气、某种'巴特式'的思维方式，存在于她所说的一切话中，仿佛归根到底，她就是巴特汲取写作营养的真正母语。"③ 在马尔蒂眼中，"说到底，母亲和巴特就是同一个人。……一位与众不同、充满独特想法、非常聪明、非常不拘一格的女性"④。事实上，我们在巴特后来撰写的那些独树一帜的文字中，总能隐隐约约看到这位不同凡响的母亲的影响。

一个重要原因可以解释这种相似性何以如此深刻：自父亲去世后，巴特与母亲共同生活了六十一年。阿尔加拉隆多曾经统计过，除了青年时期因患肺结核住进疗养院的那段日子，巴特"始终不渝地跟妈妈生活在一起。在国外居住的时候，无论是'二战'结束后在罗马尼亚，还是 20 世纪 70 年代初在摩洛

---

① Roland Barthes. *La Chambre claire*. *Œuvres complètes*. Paris：Ed. du Seuil, 2002, tome V, p. 848.
② 昂莉埃特本人的祖籍在法国东北部的阿尔萨斯。
③ Eric Marty. *Roland Barthes*, *le métier d'écriture*. Paris：Ed. du Seuil, 2006, p. 57.
④ Eric Marty. *Roland Barthes*, *le métier d'écriture*. Paris：Ed. du Seuil, 2006, p. 62.

哥，他也总是偕母亲同行，绝不会和她分离"①。相比之下，1927年出生的异父兄弟萨尔泽多是十二年后才加入这个家庭的，而且萨尔泽多于1973年结婚，此后便与妻子拉谢尔组成了自己的小家庭，虽然他们和母亲及兄长都住在塞尔旺多尼街（rue Servandoni）11号一幢公寓楼的五层。② 六十一年漫长的共同生活，让巴特对母亲产生了极为强烈的依恋与挚爱，然而这种情感并不能简单地用所谓恋母情结来加以解释，这种简单化的解释显然过于狭隘，远不足以涵盖半个多世纪里巴特母子相依为命的真实生活状态。③

其实，关于母子情深与丧母之痛，古今中外都不乏例证。为人熟知的高僧弘一法师，其出家原因便与母亲的去世有着深刻的内在关系。李叔同为津门一巨富之家的庶出，生母王氏"略通文字，笃信佛教"，李叔同五岁便丧父，十九岁时偕母亲、妻子南迁上海，住在好友家的城南草堂。据李叔同在浙江省立第一师范学校任教师时最亲近的学生之一丰子恺在《法味》一文中回忆，老师于"二十岁时陪了母亲南迁上海，住在……城南草堂，肄业于南洋公学，读书奉母。他母亲在他二十六岁的时候就死在这屋里。他自己说：'我从二十岁至二十六岁之间的五六年，是平生最幸福的时候。此后就是不断的悲哀与忧愁，一直到出家。'"④

"他讲起他母亲死的情形，似乎现在（按：丰子恺的《法味》一文写于1926年）还有余哀，他说：'我母亲不在的时候，我正在买棺木，没有亲送。我回来，已经不在了！还只四十□岁！'"⑤ 丧母后的李叔同"像游丝飞絮，飘荡无根"，先东渡日本学习西洋画、钢琴、话剧，回国后辗转天津、直隶（今河北）、上海、杭州、南京任教，为现代中国音乐、美术教育的先驱，黄炎培在《考察教育日记》中对他曾有高度评价。

然而，就在艺术创作和教育上成绩斐然之际，李叔同却于1918年在杭州虎跑寺出家为僧。当年二月初九日他在致学生刘质平的信中说："不佞近耽空

---

① Hervé Algalarrondo. *Les derniers jours de Roland B.* Paris：Ed. Stock，2006，p. 26. 阿尔加拉隆多的这个粗略统计当然不尽准确，从我们目前掌握的资料看，1966—1967年间巴特的三次日本之行，1974年与索莱尔斯和克里斯蒂娃等人的中国之行，母亲并未随同前往。
② 1976年10月，因为公寓楼里没有电梯，而年迈且患病的母亲已经爬不动楼梯，为了照顾腿脚不便的母亲，巴特便和母亲从公寓的五层搬到二层，弟弟萨尔泽多和妻子则继续住在五层。参见 Louis-Jean Calvet. *Roland Barthes*. Paris：Ed. Flammarion，1990，p. 258.
③ 熟悉巴特母子关系的马尔蒂也认为那是一种"非常特殊的"母子之情，不能将其简单化为俄狄浦斯情结。参见 Eric Marty. *Roland Barthes，le métier d'écriture*，Paris：Ed. du Seuil，2006，p. 58.
④ 丰子恺：《法味》，见丰一吟选编《丰子恺散文漫画精选》，中国文联出版社2003年版，第11页。
⑤ 丰子恺：《法味》，见丰一吟选编《丰子恺散文漫画精选》，中国文联出版社2003年版，第11页。

寂，厌弃人事。"① 熟悉老师身世和内心世界的丰子恺（1918 年 6 月李叔同出家，就是由丰子恺和校役闻玉陪送到虎跑寺的）认为，尽管李叔同在艺术和教育上成绩斐然，"社会对他的待遇，一般地看来也算不得薄。但在他自己，想必另有一种深的苦痛，所以说'母亲死后到出家是不断的忧患与悲哀'，而在城南草堂读书奉母的'最幸福的'五六年，就成了他的永远的思慕"②。

李叔同正式出家是在 1918 年 6 月 31 日③，丰子恺的回忆文章《法味》写于 1926 年 8 月，是距李叔同出家时间最为接近的回忆文章，加之他与李叔同深厚的师生之情，文中回忆的细节应较为可信。早慧的李叔同作为大户人家的庶出，自小就懂得母亲生活的辛酸与悲苦，在二十多年的时间里，他和母亲也是相依为命，所谓"看破红尘"，从根本上说，在弘一法师那里乃是因为母亲辞世之后，便有了像游丝飞絮、飘荡无根的身世飘零感，对于尘世他不仅已经无所依恋，甚至于"厌弃人事"。然而，如果慈母仍然在世可以侍奉，我们很难设想李叔同会毅然出家，斩断人世间的一切牵挂。只有体悟过人生最深切的悲苦与虚无的艺术家，才可能写下"人生如梦尔，哀乐到心头"，"天之涯，地之角，知交半零落；一瓢浊酒尽余欢，今宵别梦寒"那样凄婉动人的诗与歌词。

在法国的文化名人中，我们还可以举出普鲁斯特的例子。巴特在法兰西学院期间曾专门撰写了两篇文章，研究普鲁斯特母亲的去世与他下决心创作《追忆似水年华》之间的密切关联。④ 这位大作家和巴特一样，因为同性恋终身未婚，从未有过属于自己的家庭，母亲对于他不仅意味着母爱、家庭的温暖，而且意味着至关重要的精神依托，也就是生命的意义所在。1905 年，母亲去世后不久，普鲁斯特在一封信中悲伤地告诉好友罗贝尔·德·孟德斯吉乌伯爵（comte Robert de Montesquiou）："我的生命从此失去了它唯一的目的，唯一的柔情，唯一的挚爱，唯一的安慰。"⑤ 从 1871 年出生到 1905 年母亲去世，34 年的岁月里普鲁斯特几乎一直和母亲生活在一起，母亲的去世同样令他陷入难以自拔的悲伤之中⑥，并最终成为他几年后全身心投入《追忆似水年华》

---

① 《李叔同年表》，见李莉娟选编《李叔同诗文遗墨精选》，中国文联出版社 2003 年版，第 458 页。
② 丰子恺：《法味》，见丰一吟选编《丰子恺散文漫画精选》，中国文联出版社 2003 年版，第 11 - 12 页。
③ 《李叔同年表》，见李莉娟选编《李叔同诗文遗墨精选》，中国文联出版社 2003 年版，第 458 页。
④ Roland Barthes. Longtemps, je me suis couché de bonne heure. *Œuvres complètes*. Paris：Ed. du Seuil, 2002, tome V, p. 459. - *Ça prend*, tome V. p. 654.
⑤ Marcel Proust. *Lettre au comte Robert de Montesquiou*, fin septembre-début octobre 1905, in *Marcel Proust Lettres choisies*. Paris：Librairie Larousse, 1973, p. 47.
⑥ Jean-Yves Tadié. *Proust, le dossier*. Paris：Ed. Belfond, 1983, pp. 292 - 293.

创作的决定性原因。

与普鲁斯特相比，巴特和母亲共同生活的时间更是长达六十一年，这漫长的岁月足以使他和母亲完全融为一体，用母子连心来形容一点也不过分。在埃里克·马尔蒂眼中，"说到底，母亲，就是巴特"①，因此他才会痛感母亲之死就如同他自己死了一般。

巴特与母亲一起度过的最后一个夏天，是在西南部家乡附近于尔特村（Urt）的乡下别墅。埃里克·马尔蒂亲眼见证了六十一岁的巴特与老母亲"如同一个人"的关系："如果说巴特是（于尔特村）那座房屋中的头脑的话，那么他的母亲……则是那座房屋中的灵魂。当身体感觉好一些的时候，她有时会在巴特的搀扶下走下楼来。我无法不让自己想到《追忆似水年华》中叙述者的外祖母。"② 在《罗兰·B 的最后日子》一书中，阿尔加拉隆多则讲述了那个夏天巴特母子间一则真实的故事："罗兰，认识他母亲的人都说，她总是把这个名字挂在嘴边。在她生前的最后那个夏天就曾有过这么一幕，那是在巴约纳附近的于尔特村，他们的乡下住宅。由于心脏越来越衰弱，两腿日益沉重，她把自己关在二楼的卧室里，几乎已经不再出门。为了接待从邻近的热尔过来的一对孪生兄弟，她下楼来到了客厅。下午快结束的时候，大师将客人领到花园。母亲的声音此时便响了起来，'罗兰，把你的围巾围上，天凉'。儿子没有任何的不快，恰好相反。'好的，妈妈，我马上就围。'"③ 此时的巴特已经年过花甲，但在八十四岁老母亲的眼里，他永远是需要关心的孩子；而在巴特的心里，自己在母亲身边也永远是一个孩子。

1976 年，凭借一系列脍炙人口的著作，巴特已经成为法国学术界和文化界的名人。他之所以愿意离开工作多年的高等研究实践学院（Ecole pratique des hautes études），离开那个让他感觉非常惬意的工作环境，到法兰西学院担任文学符号学教授，部分原因就是他希望送给年迈且久病不愈的母亲一份礼物，尽一份孝心，让母亲为他这个儿子感到骄傲。④ 据当时出席巴特就职演讲的人回忆，1977 年 1 月 7 日对于巴黎整个知识界和文化界都是一件盛事，而巴特本人所特别关心的，却是在讲台附近专门给自己的家人预留座位，并亲自搀扶着年迈且生病的老母亲慢慢走到座位前坐下。如果套用中国儒家的说法，我们完全可以说，巴特是一个真正意义上的孝子，而他的这份孝心很及时，因

---

① Eric Marty. *Roland Barthes*, *le métier d'écriture*. Paris：Ed. du Seuil, 2006, p. 62.
② Eric Marty. *Roland Barthes*, *le métier d'écriture*. Paris：Ed. du Seuil, 2006, p. 60.
③ Hervé Algalarrondo. *Les derniers jours de Roland B*. Paris：Ed. Stock, 2006, p. 14.
④ Hervé Algalarrondo. *Les derniers jours de Roland B*. Paris：Ed. Stock, 2006, p. 17.

为就在他发表就职演讲后九个月，母亲便离开了人世。①

母亲去世的当天，巴特给忘年交马尔蒂打电话，希望他到于尔特村一起守灵。马尔蒂回忆说："走进那间停放着她遗体的屋子后，由于不知道该做些什么，我便跪了下来，就像做祈祷时一样，这似乎并没有让他觉得惊讶。随后我们进到他的房间。他开始哭了起来。"② 母亲去世一年半后，巴特始终无法从丧母之痛中解脱出来，他在《明室》中写下了这样的文字："据说，失去亲人的过程会逐步慢慢地抹去痛楚，我此前、现在都不能相信这种说法，因为对于我而言，时间消除的只是失去亲人时的激动情绪（我没有哭泣），仅此而已。至于其他则丝毫没有改变，因为我失去的不是一个人（母亲）的形象，而是一个活生生的人，甚至不仅是一个人，而是一种品质（一颗心灵）：它不是必不可少，而是无可替代。"③

当我们知道了巴特是在怎样一种可怕的、近乎绝望的心情下写出《明室》这本书时，就能在貌似平静的字里行间，读出那隐藏着的巨大的情感张力，那每一句貌似平静的话语，都是一个处在理智边缘的人强行抑制着即将爆发的情感火山在喃喃诉说，每句话都是一声痛苦的哀鸣，一声绝望的呐喊，所谓痛定思痛，所谓刻骨铭心，应该就是巴特当时心境的真实写照。半个多世纪里，母子连心，如同一个人，母亲死了，巴特觉得自己的生命也随之而去。事实上，仅仅两年零四个月后，他真的追随母亲而去，与母亲长眠在于尔特村墓地的同一处墓穴中。

三、"人生的中途"与最后两门课程

母亲之死彻底改变了巴特的精神世界和学术思想。在 1976 年的法兰西学院《就职演讲》中，巴特关注的主要还是"无处不在的权力"和语言、文学之间的关系问题；之后的第一门课程"如何共同生活"侧重于伦理学，第二门课程"中性"主要探讨西方的认识论范式。然而，就在第二门课程（1978年2月18日至6月3日）结束四个多月后，他的母亲撒手人寰，如前所述，此后的巴特陷入了长达八个月的沉默期。在这段时间里，他究竟在思考什么？他的思想、他的内心世界究竟处在一种什么样的状态？由于没有直接的资料，对此我们当然无从知晓。我们只知道，第二年夏天，他照例来到南方的于尔特

---

① Louis-Jean Calvet. *Roland Barthes*. Paris: Ed. Flammarion, 1990, pp. 259 – 260.
② Eric Marty. *Roland Barthes, le métier d'écriture*. Paris: Ed. du Seuil, 2006, p. 64.
③ Roland Barthes. *La Chambre claire*, in *Œuvres complètes*. Paris: Ed. du Seuil, 2002, tome V, p. 850.

村别墅，开始构思和撰写来年初要在法兰西学院讲授的一门新课程。① 自从 1961 年他母亲在这里买下一处乡间别墅后，每年他都陪伴母亲在这里度过暑期，然而这一次，他却是孤身一人了。

新课程的题目叫《长篇小说的准备（一）：从生活到作品》，这是八个月的沉默期后，巴特写下的第一篇文字。由于撰写于特殊时期，这份讲稿具有了一种特殊的意义。新课程的副标题是"从生活到作品"，读者很自然地会猜测，巴特这里所说的"生活"是否具体有所指？"作品"是否也具体有所指？如果通观《长篇小说的准备（一）：从生活到作品》和第二年撰写的讲稿《长篇小说的准备（二）：作为愿望的作品》，我们不难找到上述问题的答案。首先，巴特所说的作品并非泛指，因为他在这两门课程中，都明确谈到了对撰写一部"为自己所爱的人作证"的长篇小说的憧憬，就像普鲁斯特通过《追忆似水年华》所做过的那样。其次，巴特留下的数页《新生》构思手稿表明，他所说的生活也并非泛指，他在自己所憧憬的那部长篇小说里希望叙述出来的核心内容，应该是他与母亲几十年相依为命的生活经历，包括母亲离他而去这一残酷的事实，以及他对母亲刻骨铭心的挚爱和无尽的哀思。

巴特去世二十三年后，《长篇小说的准备（一）：从生活到作品》这份讲稿于 2003 年由瑟伊出版社和法国"当代出版记忆研究所"（IMEC）联合出版。仔细阅读这部讲稿，并将其与巴特在母亲去世后撰写的另外七篇文字加以对比，我们不仅能了解到他在人生最后两年四个月里的精神状态和心路历程，而且还会进一步发现，这个时期他的文学观、审美观、价值观乃至生命观，都发生了彻底的、根本性的改变。

讲稿一开始就提到"人生的中途"（Le « milieu » de la vie）②，这个说法取自但丁《神曲·地狱篇》第一行诗："人生的中途，我迷失在一片黑暗的森林中。"③ 但丁的恋人贝雅特里齐死于 1290 年，五年后，但丁将赞美贝雅特里齐的诗歌汇编成一本诗集，题为《新生》（La Vita Nuova）。在这部诗集的结尾处，但丁提到要为他的心上人竖立一座从未有人为一个女子竖立过的纪念碑，这座纪念碑，就是他用后半生写成的不朽诗篇《神曲》。而他在《地狱篇》开头写下"人生的中途"这句诗时，年届三十五岁，以七十岁为一生，正好处在"人生的中途"。

巴特说自己早已过了人生一半的实际年龄（他时年六十三岁），但是却

---

① 罗兰·巴特是法国南方人，于尔特村离他的出生地巴约纳（Bayonne）约 20 千米。
② 巴特的《长篇小说的准备（一）：从生活到作品》开篇第一节的标题为"人生的中途"。
③ ［意］但丁：《神曲》，王维克译，人民文学出版社 1989 年版，第 3 页。

"明确地感到"自己像但丁一样,也到达了"人生中途"。① 为什么会突然会产生这种到达"人生中途"之感?巴特提到了三个原因。第一是意识到自己的生命已经"来日无多",到了应该考虑如何度过余生的转折点。第二是不愿意再重复做那些已经做过的事情,希望从此以后能做点新的事情。这两个原因固然是巴特的真实想法,但都仅仅是次要的、表面的。真正具有决定性的原因,乃是他含蓄提到的第三个因素:母亲之死。之所以说是含蓄提到,是因为巴特说出这个原因时毕竟是在法兰西学院的课堂上,面对的是许多慕名而来、但对他而言却是完全陌生的听众②,除了少数真正了解他的朋友外,大多数听众并不可能真正懂得母亲之死对于巴特意味着什么,而他也不可能将自己内心深处的强烈悲伤完全公开。然而,正是母亲之死这个重大变故,才是让巴特产生突然到达"人生中途"之感的真正原因。按照他自己的说法,这一事件仿佛是一个分水岭,将他的人生截然分为"此前"(avant)和"此后"(après)③。写下这句话的巴特没有预料到,这个"人生的中途"的"此前"是六十二年,"此后"只有短短的两年四个月。

四、"长篇小说":为所爱之人作证

母亲去世半年后,巴特出差来到摩洛哥。1978 年 4 月 15 日,他在卡萨布兰卡突然间产生了"顿悟"④,在后来构思小说《新生》时,他多次提到了这次顿悟。"顿悟"带来的结果是,巴特决定从此"皈依文学"(la conversion « littéraire »)。为什么是"皈依文学"?我们都知道,巴特的学术生涯是从文学批评开始的,1944 年他发表的早期文章之一《关于〈局外人〉风格的思考》,就是对阿尔贝·加缪刚出版的那部成名作的文体研究。此后巴特先后出版了《写作的零度》(1953)、《批评文集》(1964)、《批评与真理》(1966)、《叙事作品的结构分析导论》(1966)、《S/Z》(1970)等一系列著述,成为结构主义文学批评、叙事学、文学符号学的开创者之一。

然而,母亲去世之后的巴特在《长篇小说的准备(一):从生活到作品》中明确告诉我们,他所说的"皈依文学"不再是文学研究,而是指文学创作:

---

① Roland Barthes. *La préparation du roman I et II*. Paris: Ed. Seuil / IMEC, 2003, p. 26.
② 与普通大学不同,法兰西学院的课程面向社会公众开放。这是它自 1530 年由弗朗索瓦一世创立之初就被赋予的独特之处。
③ Roland Barthes. *La préparation du roman I et II*. Paris: Ed. Seuil / IMEC, 2003, p. 28.
④ 此处巴特使用的是禅宗"顿悟"一词的日语译音 Satori,早在《符号帝国》(1970)中,他就使用过该词。

一种"新的写作实践"（une nouvelle pratique d'écriture）。为什么巴特要强调是一种"新的写作实践"？这里我们需要简要回顾一下他此前二十五年的著述类型，它们大致可以分为两大类，一类是学术性较强的结构主义和符号学研究著作，例如《符号学要素》（1964）、《叙事作品结构分析导论》（1965）、《时装体系》（1967）；另一类是为他赢得更大声誉、从内容到形式都别具一格因而"难以归类"的著述，其中包括《神话集》（1957）、《S／Z》（1970）、《符号帝国》（1970）、《文本的愉悦》（1973）、《罗兰·巴特自述》（1975）、《恋人絮语》（1977），等等。这类著述的共同特点在于，它们既不是标准意义上的学术写作，也不是通常意义上的文学创作，而是将关于语言、符号、意义的学术研究，以及关于政治、意识形态、精神分析学的思考融为一体，转化为一种别具一格的"有意味的形式"，即巴尔特非常看重和推崇的"片段式的写作"（écriture fragmentaire），直到母亲去世之前，这种片段写作已经成为巴特独特的风格标志。

然而在《长篇小说的准备（一）：从生活到作品》中，巴特所提到的"新的写作实践"将与此前的两类写作迥然不同。此时他所向往的，是创作出一部表达爱的作品，他将构想中的这部长篇小说的创作定义为一种"爱的行为"（acte d'amour）："这里所说的不是情爱，而是博爱（amour-*Agapè*）……情爱＝谈论恋爱中的自我＝抒情性；而博爱则是：谈论我们所爱的他人（长篇小说的性质）。……爱＋写作＝承认我们所识所爱之人的正当权利，也就是（在宗教意义上）为他们作证，也就是让他们得以永生。"① 就内容而言，这部构想中的"长篇小说"不会是纯粹的虚构，而是会具有较强的自传性，在此意义上大致类似于《罗兰·巴特自述》，甚至普鲁斯特的《追忆似水年华》。就形式而言，巴特所构想的这部作品不会是传统意义上的长篇小说，不会有某个以一贯之的故事情节，在一定程度上可能会延续他的"片段式写作"风格：既不是纯粹的叙事，也不是单纯的随笔或思辨，而是以片段写作的方式，将各种文类融为一体，包括日记、对各种偶发事件的记载、读书笔记、各种思绪，但是行文会从纯粹的片段式转为比较连贯，会有更多的人物描写和更多的叙事成分。最重要的是，这部"长篇小说"的主题，将毫无疑问是对母亲的追忆，因为巴特在《长篇小说的准备（一）：从生活到作品》中已经多次明确提到，他希望能够讲述自己所爱之人曾经的存在，就像但丁曾经做过的一样，这就解释了为什么他会对但丁关于"人生中途"的那句诗产生强烈共鸣：但丁在他人生的中途开始了《神曲》的创作，为自己所爱的人"竖立一座纪念碑"，这

---

① Roland Barthes. *La préparation du roman I et II*. Paris：Ed. Seuil／IMEC, 2003，p. 40.

个先例让巴特产生了为自己挚爱的母亲也创作一部纪念碑式的作品的愿望。

不过，与但丁相比，巴特和普鲁斯特之间有着更多的相似之处：他们失去的都是母亲，他们都是同性恋，都终身未婚，没有自己的家庭，母亲对于他们就意味着这个世界上最美好、最值得依恋的东西，失去母亲，对于他们而言就意味着失去了生活的目的和意义。普鲁斯特在母亲去世后，最大的愿望就是在有生之年写出一部"唯一的书"，献给自己的母亲，那个世界上他最爱的人。经过一段艰难的犹豫彷徨，普鲁斯特终于在 1913 年 9 月开始了构思已久的《追忆似水年华》的创作。这部内容极为丰富的伟大作品虽然涵盖了从 1870 年普法战争到第一次世界大战的法国上流社会历史，但是其创作最核心的动机，乃是母亲去世之后那份刻骨铭心的怀念。在普鲁斯特心目中，母亲代表着他曾经有过的天堂，母亲的去世，意味着天堂的一去不复返。① 下决心创作《追忆似水年华》，对于普鲁斯特来说就是希望借助艺术的手段（长篇小说），找回那失去的天堂。在这部小说中，普鲁斯特将母亲的化身为叙述者的母亲和外祖母两个人物，让她们分别代表着不同的美德。虽然母亲和外祖母在这部小说中并不占据最中心的位置，但是她们却代表着叙述者心中那"失去了的天堂"，没有她们，就不可能有《追忆似水年华》。通过这两个人物，现实生活中普鲁斯特母亲的美丽、贤淑、聪慧、慈爱，成为永恒的艺术形象，永远留在了读者的心中。

普鲁斯特的创作让批评家巴特对长篇小说产生了一种全新的理解："对于普鲁斯特来说，写作的用处在于拯救，在于战胜死亡：不是他本人的死亡，而是我们所爱之人的死亡。通过写作证明他们的存在，使他们永恒不朽，矗立于遗忘之外。"② 非常熟悉和喜爱普鲁斯特的巴特，内心深处何尝不希望也像普鲁斯特一样，为自己所挚爱的母亲创作出一部寄托哀思、为她"曾经的存在"作证的长篇小说？至此我们就完全明白了，巴特在法兰西学院的第三和第四门课程，为什么都是关于"长篇小说"的准备。毫不夸张地说，为亡母创作一部长篇小说，成了巴特生命的最后二十八个月里，支撑他活下去的唯一动力，唯一目的。

于是我们发现，从《长篇小说的准备（一）：从生活到作品》开始，巴特内心的关注点已经彻底改变了，不再是此前他非常重视的权力和语言的关系问题，不再是个人自由与社会群体的关系问题，不再是认识论的思维范式问题，

---

① 普鲁斯特在《追忆似水年华》最后一卷《重获的时光》中写下过这样一句话："真正的天堂是我们失去了的天堂。" Marcel Proust. *Le temps retrouvé*. Paris：Ed. Gallamard, 1990, p. 177.

② Roland Barthes. *La préparation du roman I et II*. Paris：Ed. Seuil / IMEC, 2003, p. 34.

不再是意识形态问题。概言之，知识、思想史、意识形态，这一切都不再是他所关心的对象，他开始将全部的身心都投入到关于内心深处那部长篇小说的思考、研究与尝试之中，并着手以各种形式，为创作这样一部长篇小说进行实际的构思和准备。

五、文学与爱的表达

1978年10月19日，巴特在法兰西学院的一次研讨课上发表演讲，题为《很长一段时间里，我都是早早就睡下了》，这个题目取自《追忆似水年华》开篇的第一句话，而巴特演讲的内容，就是专门探讨普鲁斯特是如何赋予了《追忆似水年华》一种"深情的或者恋爱般的力量"，在这部小说中"讲述自己所爱的人"，让"感人的事物能够被陈述"出来。[①] 1979年1月，巴特又在《文学新闻》上发表《启动了》（Ça prend）一文[②]，进一步研究普鲁斯特的创作为什么在1909年8月曾经有过一个月的"沉默期"，而从9月开始，他便全力投入到《追忆似水年华》的创作之中，并且从此一发不可收，直至1923年最终完成这部长达七卷、三百多万字的巨著。

几乎在研究普鲁斯特长篇小说创作的同时，巴特于1979年4月15日至6月3日间，还写下了表面上看是探讨摄影的《明室》一书，然而这本书的第二部分或者说主要部分，实际就是一种追悼母亲的写作尝试。看过这本书的茨维坦·托多洛夫（Tzvetan Todorov）告诉巴特："在读到您书中关于母亲的第二部分时，我深受感动。"巴特回答说："您很清楚，我就是为了那一部分才写那本书的，其余的文字都只是一个借口。"[③] 稍后不久（1979年8月21日起），巴特又开始了长篇小说《新生》（Vita Nova）的创作构思，[④] 这个过程一直持续了整个夏天直至1979年12月，[⑤] 与他撰写第四门课程的讲稿《长篇小说的准备（二）：作为愿望的作品》（1979年夏天至1979年11月）几乎是

[①] Roland Barthes. *Longtemps, je me suis couché de bonne heure*, in *Œuvres complètes*. Paris：Ed. du Seuil, 2002, tome V, p.469.

[②] Ça prend 一语在字面上可以有多种翻译，而在巴特的这篇文章中，该语所要表达的，乃是普鲁斯特的创作在经历了长时间的形式困扰（最初普鲁斯特打算用美学对话和散文的形式写作那部"唯一的书"，这一构想的成果便是《驳圣伯夫》，但最终他决定采用第一人称的长篇小说形式，由此写成了《追忆似水年华》），以及1909年8月的"沉默期"之后，是如何于这一年的9月突然间"启动了"的。

[③] Hervé Algalarrondo. *Les derniers jours de Roland B*. Paris：Ed. Stock, 2006, p.250.

[④] 《新生》标题使用的是意大利文 Vita Nova，与1295年但丁的诗集《新生》（Vita Nuova）同名。

[⑤] Nathalie Léger. *Préface*, in *La préparation du roman I et II*. Paris：Ed. Seuil / IMEC, 2003, pp.17–18.

同步进行的,而这第四门课程的核心内容,更是完全用于探讨长篇小说如何能够成为"爱的作品"(Œuvre d'Amour)①。

前面我们说过,母亲之死(即"人生的中途")彻底改变了巴特对学术问题的关注,那些曾将让他长期萦绕于心,并促使他写作出许多名著的语言学、符号学、后结构主义、伦理学、意识形态问题,在他眼中瞬间变得次要,甚至毫无意义,因为它们根本不可能缓解或者抚慰他灵魂深处的创痛。不过,巴特并没有因此而彻底放弃对文学的思考,恰恰相反,由于母亲的离世让他失去了继续生活下去的目的和意义,这位著名的文学批评家和随笔作家,这位终其一生都对文学怀有深沉热爱和信仰的思想家②,极其自然地将自己获得拯救的全部希望,都寄托在了文学之上。于是,在巴特生命最后两年半的时间里,他全身心地投入心目中的(而非一般意义上的)"长篇小说"的全新思考上来。之所以说是全新的思考,是因为母亲之死将一切都改变了,包括他此前的文学观、小说观、美学观。③ 在透彻领悟了生与死的巴特心中,究竟什么才是长篇小说?究竟什么才是文学的最高价值?究竟什么才是"文学符号学",这一法兰西学院专门为他设立的教授职位所代表的学科?以及最终,什么才是生命的真正意义?关于这一切的思考,巴特用他生命的最后一段时光给出了自己的回答,为我们再一次留下了一位具有非凡禀赋个性的思想家、批评家和作家,从人生的最悲苦处、最真实处所洞悉的真相。

作为法兰西学院的教授,他破天荒地将个人的生活融入最后两门课程之中,丧母之痛,自己因此而经历的绝望、挣扎、自我拯救的尝试,与课程所讨论的内容完全交织在一起。这在法兰西学院的教授中,也许是空前绝后的唯一一个人。我们应该如何看待巴特这一异乎寻常的行为?毕竟,从学术史的角度看,有不少学者是将与生命体验无关的、纯粹的学术本身视作生命,将知识的探究视作生命的最高意义的,尽管只有极少一部分的人能够真正做到这一点。当然,我们也知道有不少学者并不认为学术就是人生的最高价值,毕竟,在学术之上还有生活本身,而生活的核心,则是生命的意义问题,一个主体性、实

---

① Roland Barthes. *La préparation du roman I et II*. Paris:Ed. Seuil / IMEC, 2003, pp. 224 – 225.
② 巴特在《长篇小说的准备(二):作为愿望的作品》临近结尾处写下了这样的文字:"对文学的这种欲望恰恰因为我感到它正在日趋衰弱、正在被废除而有可能更加强烈:在此情况下,我对它的爱铭心刻骨,甚至令人震动,就像我们去爱、去拥抱某种即将死亡的东西一样。"参见 Roland Barthes. *La préparation du roman I et II*. Paris:Ed. Seuil / IMEC, 2003, p. 353.
③ 例如1975年他在访谈录《罗兰·巴特的二十个关键词》等文章中所提出的"小说性"(le romanesque)概念。参见 *Vingt mots-clés pour Roland Barthes*, propos recueillis par Jean-Jacques Brochier, in *Œuvres complètes*. Paris:Ed. du Seuil, 2002, tome IV, p. 866.

践性很强的，而非纯客观的学术性问题。因此，最高意义上的学术应该是与人生融为一体的、以人生为目的的学术。

也许，我们应该像1967年以后的巴特一样明确意识到，包括文学研究在内的人文科学有着不同于自然科学乃至社会科学的特殊性质，人文学术与社会科学的根本区别，便在于更强调对个体的关注，真正的人文学术，恰恰就在于它自觉地不以自然科学或者社会科学的那种客观性作为标榜，有意识地摒弃因拙劣模仿自然科学而自以为具备的那种虚幻的客观性，转而强调人文学术特有的主体性质，尊重和强调主体的介入与表达，并视其为人文学术的真正价值所在。[①] 也许，我们应该将巴特这种把生命体验与学术研究和教学融为一体的行为，视为人文学术领域中一种很高的境界，因为它通向的已经不是普通意义上的知识，而是关于生命本身的知识及其实践。因此，我们很难想象如果没有深切的人生体验和感悟，如果没有将主体投射到研究和思考对象之中，从老庄孔孟到曹雪芹、王国维，从苏格拉底、圣奥古斯丁到但丁和普鲁斯特，如何能够成就他们各自伟大的学问或创作。对于巴特这样一位终生从事文学研究、热爱文学的人来说，文学的真义、文学的最高价值，难道不正在于将自己切身的人生经历，自己的爱与悲伤、痛苦与绝望，自己关于人生的所思所感所悟投射其中吗？元好问的千古名句"问世间情为何物，直教生死相许"，如果不将这个"情"字仅仅局限为儿女之情，那么人生天地间，在一切学问之上，在一切关切之上，最难割舍、最值得留恋的、最具生命价值的，便是这一个"情"字。李泽厚在古稀之年曾对自己的"情感本体"理论做过如是阐释："值得珍惜的、真正宝贵的，就是日常生活中的这些东西（按：指情感）。像名啊、利啊，那些都是身外之物，没什么意义。真正值得人眷恋的就是这些东西了。那些心啊、性啊（按：此处李泽厚主要是针对唐君毅、牟宗三、徐复观和张君劢将心性论看作孔孟精髓的观点），都是非常空洞的，有些老实讲是很自私的。所以我讲情本体，人生意义所在的，不是那些外在的东西。"

通观巴特在母亲去世后留下的所有文字，无论是研究普鲁斯特创作的两篇文章，以讨论摄影为"借口"的《明室》，还是他构思中的小说《新生》，尤其是他在法兰西学院的最后两门课程（《长篇小说的准备（一）、（二）》），以及他生前留在打字机上的最后一篇未完成的文章（《谈论所爱我们总是失败》），其实都是在用不同方式，尝试完成自己人生最后的、最重要的愿望："爱+写作=承认我们所识所爱之人的正当权利，也就是（在宗教意义上）为他们作证，也就是让他们得以永生。"

[①] 黄晞耘：《罗兰·巴特思想的转捩点》，载《世界哲学》2004年第1期。

第十三章 罗兰·巴特的"业余主义"[①]

---

① 本章作者为暨南大学外文学院黄晞耘教授。

与"复数""倒错""愉悦""迷醉写作"一样，业余主义（amateurisme）是罗兰·巴特后期思想中的又一个重要概念。他赋予了这个概念三个深刻内涵：首先是作为表现意图与禁欲主义的对立面，其次是作为科学主义的对立面，最后是作为消费社会的对立面。在关于业余爱好者社会的乌托邦构想中，罗兰·巴特显示出了一个独创性思想家可贵的人文关怀和理论的前瞻意识。

1940年夏天，二十五岁的罗兰·巴特在巴黎伏尔泰中学和比诺中学担任学监，同时准备索邦大学教育学学士学位所要求的语文学证书。这个时期，他曾拜师著名的法国民歌演唱家夏尔·邦泽拉（Charles Panzéra）学习声乐。三十一年后（1971年），罗兰·巴特对那一段学艺经历仍然记忆犹新。在一次访谈中他谈到自己对邦泽拉一直怀有很深的敬意，"直到今天，当我试图明确一些表面上看来与古典音乐及我的青年时代相距甚远的文学理论概念的时候，有时还会想起邦泽拉，不是想起他的哲学，而是想起他的告诫、歌唱方式、吐字方式、'捕捉'乐音的方式和他那消除心理上的表现性而代之以愉悦的纯音乐性创造的方式"①。

让罗兰·巴特长久难忘并且认为自己后来的文学理论概念也曾从中获益的，是邦泽拉所传授的一种独特的发声方式，其特点在于"消除心理上的表现性而代之以愉悦的纯粹音乐性创造"。我们知道"愉悦"（plaisir）是罗兰·巴特后期思想中的一个重要概念，而通向愉悦的一个重要途径，就是"消除心理上的表现性"（détruire l'expressivité psychologique），这个意念在罗兰·巴特20世纪70年代的著述中反复出现，而与之相伴的，则是有关"业余爱好者"的论述。

一、业余主义与表现意图和禁欲主义的对立

1975年，在接受《文学杂志》记者让-雅克·勃劳希耶（Jean-Jacques Brochier）的一次访谈中，罗兰·巴特曾就业余爱好者（amateur）做过如下阐述："这是一个令我感兴趣的主题。我可以从纯粹实践的和经验的角度来谈。在空闲时，我会完全作为一个普通业余爱好者摆弄一下音乐，画点画。业余爱好者状态的巨大好处，在于它不包含想象界，不包含自恋。当你作为业余爱好者画一幅素描或者色彩时，你不会去操心意象（imago），不会去操心在画这幅素描或者油画时你将展示给人的自我形象。因此，这是一种解放，我几乎想说

---

① *Réponses*, entretien filmé avec Jean Thibaudeau pour la série des « Archives du XXe siècle ». *Tel Quel*, automne 1971. *Œuvres complètes* en 5 volume. Paris：Seuil, 2002, tome III, pp. 1024 – 1025.

是一种文明的解放。这应该是包含在傅立叶式的理想国里的。在这样一种文明中，人们行动时不会去操心自己将在别人心目中造成的形象。"①

与业余爱好者相对而言，以艺术作为职业的人，无疑首先必须操心这份职业的收益情况，如果这真的是其谋生手段的话。但这种操心并不一定存在于他从事艺术行为（演奏音乐、绘画）的那个时刻。对于专业艺术家而言，在从事艺术行为的那一刻所操心的，是必须表现什么。这是他从一开始学习艺术就被郑重告知的：必须表现某个主题、某个意境，这是一切艺术从业者的金科玉律。"表现"是一个艺术从业者基本的使命、责任，否则你从事艺术"为了什么"？然而，任何主题、意境都只能是艺术家带有其个体色彩的主题、意境，都只能是其自我的投射，因此，任何"表现"必定是自我的表现。

一个人在从事艺术行为时如果不是关注这个行为本身，而是操心通过这个行为自己将会展示给他人的形象的话，那么他的这种操心就包含了一个自我表现的意图：将自己表现给别人看。或者更通俗地说，表演给人看。这种表现意图也许是人性最深刻、最根本的构成因素之一，它表明在普遍情况下，我们总是将自我的投射视为艺术行为的目的，而将艺术行为本身仅仅视为自我投射的手段而已。然而，这种自恋却使我们丧失了一些弥足珍贵的东西。首先是对当下的、直接的、物质性的、感性的在场（présence）的感受，这对于以感性为基本特征的艺术行为而言尤其珍贵。

罗兰·巴特少年时代曾经跟姑妈学习过钢琴，并且（作为一个业余爱好者）将弹奏钢琴的习惯一直保留下来。他回忆说："我很小就习惯了在手指跟得上的情况下看着谱摸索弹奏，而这很符合业余爱好者的行为。虽然节奏较慢、音符也不准，但我还是进入音乐作品的物质性（matérialité）之中，因为这是依靠我的手指实现的。音乐中的全部感官快感（sensualité）并非纯粹是听觉方面的，而且也是肌肉方面的。"② 这是一段精彩的论述，它提醒我们艺术活动首先是感性的活动，是诉诸我们感官的活动：弹奏钢琴这种音乐行为不仅仅是听觉的，而且也是触觉的，是"肌肉方面"的。如果按照深谙艺术三昧的马塞尔·普鲁斯特的理论，那么我们甚至完全可以说，音乐中的全部感官快感不仅纯粹是听觉方面的，而且也是演奏（或者聆听）音乐的当口诉诸我们触觉、视觉、嗅觉甚至味觉的一切感受（包括想象中的感受）。一言以蔽之，我们在演奏（或者聆听）音乐的当口所身处其中的整个感官氛围，构成了我

---

① Vingt mots-clés pour Roland Barthes. propos recueillis par Jean-Jacques Brochier. *Magazine littéraire*, février 1975, *Œuvres complète*. Paris: Seuil, 2002, tome IV, p. 861.
② Vingt mots-clés pour Roland Barthes. propos recueillis par Jean-Jacques Brochier, *Magazine littéraire*, février 1975, *Œuvres complète*. Paris: Seuil, 2002, tome IV, p. 861.

们的全部音乐感官快感的来源。① 正如恩斯特·卡西尔所说:"可以感知到的'现在'如此宏大,以致其他万事万物在它面前统统萎缩变小了。"② 而当我们专注于"表现"某个主题、意境时,便会丧失这种"音乐感受性",丧失这种"在场"感,也就是丧失对音乐的物质性、直接性、个别性的感觉。因为我们所力图"表现"的东西(主题、意境),都是非物质性的、间接的、抽象概念的(普遍的)。

与专业艺术家相反,业余爱好者没有必须"表现什么"的使命,没有这种责任带来的负担,因此,罗兰·巴特说:"业余爱好者的身体与艺术之间的接触是非常密切的、在场的(présent)。这正是美好之处和未来所在。"

不过,在罗兰·巴特看来,在艺术行为中操心"表现"所导致丧失的,还不仅仅是物质性与感受性,而且更是它们所包含的眼前的、直接的乐趣。在《罗兰·巴特谈罗兰·巴特》的"弹钢琴,指法"一节,他提到自己在弹奏钢琴时"从来不遵守写定的指法",并且分析了这样做所包含的意味:"不论好坏,每次弹奏我都是即兴安排手指的位置,因而要不出错我就无法弹奏。其道理显然是我想要得到一种即刻的音响乐趣并且拒绝矫正的麻烦,因为矫正妨碍了(眼前的)乐趣——当然,正如人们所说,那是为了以后更大的乐趣(就像众神对俄耳甫斯说的那样,人们对弹琴者说:'不要过早地考虑你的演奏效果。')。于是,在人们想象的但是永远无法真正达到的完美音响之中,我所弹奏的片段听起来就像是一段幻觉:我愉快地服从于幻觉的命令:'直接地!'哪怕是以现实感的重大损失作为代价。"③

事实上,罗兰·巴特很早就体会到了作为业余爱好者在练习音乐时所得到的乐趣。在巴黎求学的少年时代,他每到假期都会回到贝约纳(Bayonne)的祖母和姑妈家度过。除了读书以外,他经常练习音乐,因为姑妈是一位钢琴教师。他回忆说:"我在那儿整天都会听到这种乐器(甚至连音阶练习都不会使我感到乏味)。"④ 巴特将业余爱好者定义为"爱好绘画、音乐、体育、科学但无意精通或参加竞赛的人"。就创造、成就而言,"他完全不是什么了不起的人",但是他却能享受专业人士往往丧失了的东西:保持对一样事物的喜爱并且享受这种喜爱所包含的乐趣。由于没有外在目的(精通某个专业、参加竞赛),业余爱好者能够"延长他的享乐"。事实上,"业余爱好者"的拉丁词源

---

① Marcel Proust. *A le recherche du temps perdu*, tomes I et VII. Paris: Gallimard, 1999.
② [德]恩斯特·卡西尔:《语言与神话》,于晓等译,三联出版社 1988 年版,第 59 页。
③ 参见 Roland Barthes. *Roland Barthes par Roland Barthes*. Paris: Seuil, 1995, p. 71.
④ *Réponses*, entretien filmé avec Jean Thibaudeau pour la série des « Archives du XXe siècle », *Tel Quel*, automne 1971, *Œuvres complètes en 5 volume*. Paris: Seuil, 2002, tome III, p. 1024.

amator 的本意就是指"喜爱和保持喜爱的人"。①

除了对立于"表现性"以外，巴特所阐释的"业余性"概念还包含了一个为备受责难的享乐主义正名的意图。从社会学角度看，传统意义上的劳动阶级不可能成为"业余爱好者"，因为他们必须为生存而挣扎，既没有富裕的时间、精力，也没有必要的趣味和教育条件去从事某项"业余爱好"。因此，业余爱好就成了上层阶级的特权、中产阶级和小资产阶级附庸风雅的时髦。罗兰·巴特指出，某些历史社会形态（例如君主制社会）中，"统治阶级内部存在过一种真正的业余主义（amateurisme）"。而按照保罗·福塞尔（Paul Fussell）对美国社会阶层的分析，当代的"顶层阶级"仍然具有一种"从来不去赚钱的清高"，"他们只喜欢以业余身份做事情"，"从事任何职业性的工作都是丢人现眼的"。②

罗兰·巴特注意到，许多通常他"赞成其观点、与其共同工作"的左翼知识分子竟然也认可了这样的观念形态：将乐趣、享受看作资产阶级的专利，似乎左翼立场的人无论在物质上还是精神上都只能过严肃、刻板、清心寡欲的生活。③ 细究起来，这种政治态度的背后隐藏着一个道德优越感的选择：通常左翼自认为是劳动阶级的代言人，而劳动是高尚的，这种身份认同使其在面对"沉迷"于享乐因而堕落的资产阶级时，获得了一种高尚的自我意识，一种道德上的优越感。按照换喻的逻辑，既然资产阶级是堕落的，而享乐属于资产阶级，那么享乐也是堕落可耻的。拒绝享乐者因而就保证了自己道德上的优越感，保证了自己以居高临下的姿态谴责资产阶级的权利。为了不失去这种道德优越感和谴责的权利，就必须将拒绝享乐的逻辑贯彻到底，必须以清心寡欲、严肃刻板的禁欲主义要求自己，万一做不到，就要冒道德虚伪的危险，而那将比真正的堕落更为糟糕。由此付出的代价是，劳动与享乐被对立起来，劳动阶级从理论上被剥夺了享乐的权利。

二、业余主义与科学主义的对立

罗兰·巴特赋予业余性概念的第二个基本内涵，是将其看作一个能够把人文学科从科学主义统治下解放出来的有效手段。在1975年与《文学新闻》杂志（Les Nouvelles littéraires）记者让－路易·埃兹纳（Jean-Louis Ezine）的一次

---

① Roland Barthes. *Roland Barthes par Roland Barthes*. Paris：Seuil，1995，p.56.
② ［法］保罗·福塞尔：《格调》，梁丽珍、乐涛、石涛译，中国社会科学出版社1998年版，第199页。
③ 黄晞耘：《被颠覆的倒错——关于罗兰·巴特后期思想中的一个关键概念》，载《外国文学评论》2003年第1期。

谈话中，罗兰·巴特特别提到了"所指"概念（le signifié）与科学主义的问题。在他的词汇谱系中，所指与体系、专断、封闭性、中心、根源、独白、神学、单一真理、科学主义是属于同一范畴的概念。"所指总是构成威胁，尤其是在文学研究中的科学主义领域——甚至是以能指（le signifiant）的名义。符号学本身正在有些方面产生出某种科学主义倾向。要避免神学通过所指卷土重来的危险，就特别需要强调生产的愉悦，使自己成为一个生产者，即一个业余爱好者。一种能够自我解放的文明的卓越代表形象，就应该是业余爱好者的形象。"①

科学主义（或者唯科学主义）在今天已经被理解为一种"对科学与技术的过分信赖"，它"主张在科学领域行之有效的科学方法可以而且应当在非科学领域普遍使用"，因此，有学者将科学主义定义为"科学方法的超科学范围运用"。② 就罗兰·巴特所关注的人文学科而言，科学主义的弊端主要表现为将自然科学、实证主义的方法不恰当地照搬到人文学科领域，从而忽视或扭曲了人文学科的特点。具体而言，首先是强加给人文学科（语言学、符号学、哲学、历史学、人类学、考古学、法学、艺术史、心理学、精神分析学、艺术理论和艺术批评等）一种实证主义的、虚假的客观性和严谨性。③

人文学科与自然科学的一个根本区别在于，后者以自然现象为研究对象，而前者研究的却是人的精神现象。通常人们所说的人文科学与其说是一种对客观知识的发现过程，不如说是一种对精神现象的解释过程，这意味着解释者或研究者本人的主观性不仅是无法排除的，而且恰好是人文学科的特点与意义所在。针对人文研究者模仿实证科学而偏爱使用的"试验"（essai）一词，罗兰·巴特在接受《法兰西文学》杂志记者雷蒙·贝卢的一次访谈中指出："一般地说，我不太喜欢'试验'（essai）一词用于批评工作（在这种时候，'试验'显得像是一种虚假谨慎的从事科学研究的方式），但如果是将其理解为'在一个对象、一个文本上试验某种语言'，那么我可以接受这个词：试验某

---

① Le jeu du kaléidoscope. propos recueillis par Jean-Louis Ezine. *Œuvres complètes*, tome IV, p. 849. 关于"业余爱好者社会"的历史预言，罗兰·巴特还曾与让-雅克·勃劳希耶谈道："历史就像钟摆一样，不断往返于两极之间，如同统计学家们熟知的一种曲线。……目前，我们正处在历史钟摆的中间阶段。"参见 *Vingt mots-clés pour Roland Barthes*. propos recueillis par Jean-Jacques Brochier. Magazine littéraire, février 1975, *Œuvres complète*. Paris：Seuil, 2002, tome IV, pp. 861–862.
② 吴国盛：《让科学回归人文》，江苏人民出版社2003年版，第27页。
③ 关于罗兰·巴特对科学主义的反思，另请参见拙文《罗兰·巴特思想的转捩点》，载《世界哲学》2004年第1期。

种语言就像试穿一件衣裳,越是贴切,就是说越试得合适,就越令人高兴。"①这段话以罗兰·巴特蕴藏调侃与颠覆的特有口吻,从一个小小的字眼着手,瓦解了人文学科在形式上对实证科学的盲目模仿与崇拜:那是一种虚假谨慎的从事科学研究的方式,而罗兰·巴特自己宁愿以一个"业余爱好者"的身份,将"试验"一词用于"试穿一件衣裳"这样的"非专业"事情上,从而还该词以更为日常、更为亲切、更为真实的本来面目。

事实上,人文学科对实证科学的一种主要模仿,就体现在对"科学语言"的运用上。在模仿者看来,自然科学的语言描述和解释的是"客观存在"的自然现象,这种所指对象的客观性在很大程度上保证了语言本身的客观性。而人文科学既然与自然科学一样也是一种"科学"(这个词与"人文"的组合混用本身便是自然科学方法超科学范围运用的一个典型例子),那么仿照自然科学运用一种"科学的语言"就不仅是可能的,而且是必需的。与此同时存在的另一种信仰是,人对"科学语言"的使用也必定是客观的,即不带有使用者的个体性和主观性。潜在的逻辑当然是:首先因为"科学语言"本身是客观的;其次,相信人能够"客观地"使用语言。由此确立下来的"科学语言"如果在人文领域用于对其他语言(例如日常语言、文学语言)的研究,就被视为一种高级代码(code supérieur),一种"超语言"(métalangage):它拥有超越于对象语言(langage-objet)之上描述、分析对象的客观性质,因而也就具有了普遍性质和真理性质。②

然而,上述将自然科学语言移植到人文学科领域的依据包含着两个错觉。第一,并不存在一种纯粹客观的存在,即使在以自然现象为研究对象的自然科学领域,一切存在也都是作为个体的人所意识到的、人所理解的存在,因而只能是带有个体意识的主观性的存在。而作为人文学科研究对象的人的精神现象,个体性、主观性更是在所难免。这意味着对其进行描述、分析的"科学语言"失去了客观性的来源或依据。第二,语言的使用者并不能保证将客观性作为一种愿望转移到话语中,因为一切陈述必定都有一个主体的存在。在实证科学的话语中,通过使用第三人称和无人称、减少带有感情色彩的形容词和评价等,这个主体及其主观性从形式上被尽量排除了,但即便如此,实证科学的语言也不可能做到纯粹的客观。因为我们所能尽量排除的只是陈述者心理的、情感的、个人经历的方面因素,而话语的个体性质(出自一个特定的、

---

① Roland Barthes. Sur «*S/Z*» et «*L'Empire des signes*», Propos recurillis par Raymond Bellour. *Œuvres complète*. Paris:Seuil,2002,tome III,p. 663.
② Roland Barthes. De la science à la littérature. *Œuvres complète*. Paris:Seuil,2002,tome II,p. 1267.

个别的陈述者的性质，这种性质体现在陈述者对所有话语因素的选择和安排上）却是无法排除的，在话语的层面上（这是一切信息交流不可避免的层面），纯粹的客观性只能是一种想象之物，对于主要并不依赖科学试验的人文学科的语言而言，情况更是如此。基于上述思考，罗兰·巴特在《从科学到文学》（1967）一文中指出，"像求助于一种思维工具那样求助于科学话语，就等于假设存在一种语言的中性状态"①。

作为对科学主义的一种反拨，罗兰·巴特所提出的"业余性"概念也包含了对"科学语言"的自觉放弃。在标志其符号学研究达到一个新的高度的巨著《时装体系》问世的同时，罗兰·巴特在这部著作的序言（1967 年 2 月撰写）中宣称，他的符号学探险"已经过时"。此后，他多次以清醒的口吻将自己的符号学阶段称为"一种科学狂热"（une sorte de délire scientifique）②、一个"科学幻觉"（fantasme scientifique）③ 的时期。《时装体系》序言发表不久，巴特又发表了《从科学到文学》一文。针对人文学科领域的所谓"科学语言"，他阐明了一种具有"业余爱好者"性质的语言，即文学语言的价值。既然不存在纯粹客观的语言所指对象，既然不存在对语言的客观使用，那么也就不存在一种以两个条件作为依据的"超语言"（即"科学语言"），不存在一种作为研究对象的低于"科学语言"的"对象语言"。换言之，一切语言、一切对语言的使用都必定是个体的、非中性的、主观的，都只能是处于同一个水平上的、同质的、共处的。这意味着当人在使用语言谈论被视为对象的各种话语时，实际上所谓的"超语言"已经与各种"对象语言"交织在一起，共同构成了一个语言空间。如果说科学仍然抱有可以区分"超语言"与"对象语言"的幻觉，那么与之相反，对于文学和谈论文学的话语而言，根本就不存在这样的区分：没有作为文学研究的语言和作为研究对象的语言之区分，"文学乃是各种写作之间的对话"，而文学研究的任务，"就是使自己变为与对象完全一致，使科学变为文学"。

基于这样的认识，罗兰·巴特自 20 世纪 60 年代后期开始有意识地放弃了在人文领域的"科学研究"，放弃了"科学语言"，代之以具有非科学主义性质、非"专业"性质，因而更具人文性、个性的写作。从 1970 年的《S／Z》《符号帝国》，到 1973 年的《文本的愉悦》，再到 1975 年的《罗兰·巴特谈罗

---

① Roland Barthes. De la science à la littérature. *Œuvres complète*. Paris：Seuil, 2002, tome II, p. 1268.
② Voyage autour de Roland Barthes, Entretien avec Gilles Lapouge sur *Sade, Fourier, Loyola. Œuvres complète*. Paris：Seuil, 2002, tome III, p. 1050.
③ Roland Barthes. Pour la libération d'une pensée pluraliste. *Œuvres complète*. Paris：Seuil, 2002, tome IV, p. 482.

兰·巴特》和1977年的《恋人絮语》，这些文本的一个共同点就在于"难以归类"：我们很难说清楚它们究竟是属于传统的文学批评还是社会符号学，或者哲学、自传、精神分析。它们不属于我们所熟知的任何一门"学科"，一种"专业"。然而在一种趣味爱好的、愉悦的、个体化的、人文的、非科学主义的意义上，它们却都很符合罗兰·巴特所说的业余主义。这些文本彻底摒弃了学院式的、模仿自然科学而故作"科研"状的体系化思维模式，代之以一种片段写作（écriture fragmentaire）。在一篇题为《关于星象学》的访谈中，巴特曾经谈到自己为什么不喜欢体系："什么叫体系？体系就是按照一些装配规则、统一性规则、组合规则、转换规则，将不同的表达方式、不同的要素联系到一起。"① 在这一"装配"过程中，装配者所关注的主要是如何能够自圆其说，形式上的统一性和完整性比具体表达了什么内容具有更为重要的意义。与这种体系化的思维和表达模式相反，片断写作作为一种"有意味的形式"，不在专业术语和概念的定义上纠缠，不追求面面俱到无所不包，不在乎形式上的统一性完整性——那种看似自圆其说实则可疑、封闭、僵化的周全。正如我们在《S／Z》《文本的愉悦》《恋人絮语》等极具个性和独创性的文本中所看到的，罗兰·巴特的片段写作往往凭借敏锐的直觉洞察直奔主题、直指要害，由于不受体系化形式的束缚，运思得以自由、开放、鲜活，行文则收放自如，如警句般精炼又富于穿透力。米凯尔·杜夫海纳（Mikel Dufrenne）在谈到罗兰·巴特对科学主义的自觉反拨时曾说："巴特从事科学研究但又从来不使自己陷入科学主义。对于权力和一切统治形式他始终持怀疑态度。他否认某种真理道德的存在，我想他也没有接受某种将感性简约为智性的真理观，或者某种将现实简约为口头表达的语言观。"② 在运用片断写作的过程中，罗兰·巴特所摈弃的是科学主义那种从多样性和特殊性走向统一性、一致性、简单性的思维方式，张扬的是人文领域、精神现象所具有的独特性、个别性、复杂性和创造性，由此为文学作品和精神现象的创造与阐释打开了"复数的"、多元论的广阔空间，为每一个作为独特个体、作为业余爱好者的人自由进入被"研究专家"的话语霸权所垄断人文学科领域确立了合法权利。

三、业余主义与消费社会的对立

罗兰·巴特后期思想的一个重要维度，是致力于揭露和批判消费社会

---

① Roland Barthes. Sur l'astrologie. *Œuvres complète*. Paris：Seuil，2002，tome IV，p.1009.
② Mikel Dufrenne. *Du signifiant au référent*. Revue d'esthétique，hors série *Sartre et Barthes*，1991，p.89.

(资本主义社会)的种种弊端。1975 年,与让-雅克·勃劳希耶(Jean-Jacques Brochier)的谈话中,巴特谈到了消费社会与"业余爱好者的社会"之间的对立关系:"业余爱好者不是消费者。业余爱好者的身体与艺术之间的接触是非常密切的、在场的(présent)。这正是美好之处和未来所在。但在这一点上,我们会碰到一个文明的问题。技术的发展、大众文化的发展严重加剧了制造者与消费者的分离。我们今天所处的是一个消费社会,如果我敢说的话,是一个玩弄陈词滥调的社会,而完全不是一个业余爱好者的社会。"①

在文化和精神领域,消费社会的基本弊端在于对一切文化行为的"有用性"(utilité)和"赢利原则"(principe de rentabilité)的强调。为了实现最大的商业价值,文化生产的最终目的不在于创造,而在于将"有用的"产品进行机械复制、批量生产。在这种复制性的商业思维中,文化生产者的创造性和产品本身所包含的精神价值是被漠视的,它们的存在意义只系于其有用性或功利性,人的精神自由被窒息了——这正是现代社会异化的根源所在。② 因此,罗兰·巴特在《文本的愉悦》中一针见血地指出:"大众文化的驳杂形式是可耻的重复:人们重复着内容、意识形态模式、各种矛盾的胶着状态,却在表面形式上花样翻新:不断有新书出版,新的广播电视节目,新的影片,各种社会新闻,然而意义却总是同一个。"③ 在与生产者相对的另一方面,文化产品的接受者(读者)的精神自由同时也被阉割了,因为读者"不能亲自参与游戏,完全进入到能指的欣悦魅力之中,进入到写作的快感之中,对他而言剩下的只是接受或拒绝文本的可怜自由"④。针对消费社会和大众文化的上述弊端,罗兰·巴特思考了多种抵抗策略,其中既有《S/Z》中阐发的"复数"(le pluriel)思想,也有《文本的愉悦》中提出的"迷醉写作"(écriture de jouissance)⑤,而"业余爱好者"的概念则为他的抵抗策略提供了新的思想资源。

正如我们前面所提到的,罗兰·巴特在业余爱好者身上看到了诸多令他赞赏的品质。这是一类"爱好绘画、音乐、体育、科学但无意精通或参加竞赛的人",他们之所以着迷于某件事情纯粹,是因为出于喜爱,别无外在目的,例如在某个专业取得成功的目的,尤其是赢利目的。在罗兰·巴特眼中,业余

---

① Vingt mots-clés pour Roland Barthes, propos recueillis par Jean-Jacques Brochier, *Magazine littéraire*, février 1975, *Œuvres complète*. Paris: Seuil, 2002, tome IV, p. 861.
② Thomas Pavel. S/Z: utopie et ascèse. *Commnications*, No 63, p. 163.
③ Roland Barthes. *Le plaisir du texte*. Paris: Seuil, 1973, p. 57-58.
④ Roland Barthes. *S/Z*. Paris: Seuil, 1970, p. 10.
⑤ 黄晞耘:《被颠覆的倒错——关于罗兰·巴特后期思想中的一个关键概念》,载《外国文学评论》2003 年第 1 期。

爱好者"压根儿不是什么了不起的人（就创造、成就而言）。他优雅地（得不到任何结果地）安坐在能指之中："安坐在音乐、绘画直接的最终材料之中"①——这让我们想起席勒在《审美教育书简》中所说的"无目的消耗"②。因此，相对于资本主义的功利精神而言，业余爱好者无疑是一位"反资产阶级的艺术家"。

不仅如此，而且如前所述，在艺术行为本身的层面上，业余爱好者甚至也不考虑"表现性"的问题，不会去操心在绘画或演奏音乐时一定要"表现"某个主题或者"意境"，以及将会"展示给别人的自我形象"：他不用"表演给人看"，这就使他能够比职业艺术家获得更多的精神自由。罗兰·巴特将这种精神的自由状态称作业余爱好行为的"美好之处"，从中我们可以发现两个主要方面：首先，由于不受制于席勒所说的"任何目的的强制"，尤其是赢利目的的强制，业余爱好者无须被迫去从事精神产品、文化行为的机械复制，他的想象力、创造性因而不会受到窒息，这使他能够主动地（而不是被动乃至被迫地）投入某项艺术行为之中，作为一个生产者、创造者自由地实现自己的精神追求。这并不意味着他一定要取得什么成就，因为这里真正重要的不是某种具体的结果，而是他能够充分地享受到精神的自由状态本身。在这一过程中，他作为人的精神尊严得到了维护，他的精神价值得到了尽情的舒展。其次，由于业余爱好者与艺术的接触没有外在目的的侵扰，因此他能够专注于艺术行为本身，充分享受那种单纯的、当下的、在场的美好感受，从中得到一种纯粹的愉悦——这正是许多职业艺术家所丧失了的。正如罗兰·巴特所说，业余爱好者是一个不仅有爱好而且能够"保持爱好"的人。

以上两个方面的"美好之处"，都可以在康德和席勒的"自由游戏"概念中得到充分说明。在谈到艺术与手工艺的区别时康德指出："艺术是自由的，手工艺也可以叫作挣报酬的艺术。人们把艺术看作仿佛是一种游戏，这是本身就愉快的一种事情，达到了这一点，就算是符合目的；手工艺却是一种劳动（工作），这是本身就不愉快（痛苦）的一种事情，只有通过它的效果（例如

---

① Roland Barthes. *Roland Barthes par Roland Barthes*. Paris：Seuil, 1995, p.56.
② "狮子在不为饥饿所迫、又没有别的野兽向它挑战的时候，它闲着不用的精力就要给自己创造一个对象：它那雄壮的吼声响彻沙漠，在这无目的的消耗中，它那旺盛的精力在自我享受。……在这些动作中有自由，但不是摆脱了所有需求的自由，而是摆脱了某种特定的、某种外在的需要的自由。如果动物活动的推动力是缺乏的，它就是在工作；如果这种推动力是力的丰富，就是说，是剩余的生命刺激它行动，它就是在游戏。"（[德] 弗里德里希·席勒：《审美教育书简》，冯至、范大灿译，上海人民出版社2003年版，第229页。）

报酬），它才有些吸引力，因而它是被强迫的。"① 同样，在谈到人的理想状态时，席勒也言简意赅地指出："只有当人是完全意义上的人，他才游戏；只有当人游戏时，他才完全是人。"② "在人的一切状态中，正是游戏而且只有游戏才使人成为完全的人。"③

深谙自由游戏意义的罗兰·巴特因此而感叹，大众文化（消费文化）中的读者"不能亲自参与游戏，完全进入到能指的欣悦魅力之中，进入到写作的快感之中"（《S/Z》），"一切神奇的、诗意的行为都消失了，再没有（语言的）狂欢，人们不再游戏于词语之中：隐喻结束了，由小资产阶级文化所强加的陈词滥调占据了统治地位"（《文本的愉悦》）。作为一种可能的抵抗消费社会的方式，罗兰·巴特向让－雅克·勃劳希耶谈到了业余主义的话题："这一在实践层面非常重要的话题，我将其转换到理论上，因为我可以想象一个未来的社会，一个完全去除了异化的社会，在写作的层面只存在业余爱好者的活动。尤其是在文本的领域，人们为了愉悦而写作、而创作文本，享受写作的快感而不去操心他们会在别人心目中造成的形象。"④ 罗兰·巴特指出，封建社会的统治阶级内部曾存在过一种真正的业余主义，但他所憧憬的并不是那个时代的业余主义，因为那毕竟是"统治阶级"才有的专利。同理，我们也可以想象他不会憧憬保罗·福塞尔所描绘的当代社会"顶层阶级"的那种业余主义，因为那毕竟只属于一个特定的、享有特权的社会阶层。⑤ 在罗兰·巴特看来，今天所应该做的，就是在社会性的另外之处、在"精英阶层"之外重新找回这种业余主义。

这更接近于保罗·福塞尔描述的区别于顶层阶级乃至任何一个特定阶层的"另类"概念："从四面八方聚集到城市中来的年轻人，专心致志地从事'艺术''写作''创造性工作'—— 任何一件能真正将他们从老板、主管的监督下解放出来的事情。"另类是"自由职业者，从事着被社会学家成为'自主工作'的职业"，"他们思想独立，不受社会习俗的约束，举止和行为都自由自

---

① [德] 康德：《判断力批判》（上卷），宗白华译，商务印书馆1964年版，第149页。
② [德] 弗里德里希·席勒：《审美教育书简》，冯至、范大灿译，上海人民出版社2003年版，第124页。
③ [德] 弗里德里希·席勒：《审美教育书简》，冯至、范大灿译，上海人民出版社2003年版，第122页。
④ Vingt mots-clés pour Roland Barthes, propos recueillis par Jean-Jacques Brochier, *Magazine littéraire*, février 1975, *Œuvres complète*. Paris : Seuil, 2002. tome IV, p. 861.
⑤ "顶层阶级大体上是在大学之外的，因为他们并不需要这枚等级徽章。……他们的子女'被指望在一切方面都循规蹈矩，学业优异通常不被看作是一个区别于常人的标准。此种态度完全和这个阶级从来不去赚钱的清高相辅相成，他们只喜欢以业余身份做事情'。从事任何职业性的工作都是丢人现眼的。"（[美] 保罗·福塞尔：《格调》，梁丽珍、乐涛、石涛译，中国社会科学出版社1998年版，第199页。）

在。他们热爱自己的工作，有敬业精神，工作没完成便决不放手。他们的脑子里根本没有'退休'这个词，这个概念只对那些受雇于人、为挣一份工资疲于奔命的人有意义，而那些人通常都鄙视自己的工作"①。如果说这样的"另类"与罗兰·巴特思想中的业余爱好者有什么本质上的共通之处，那就是保罗·福塞尔所说的："自由的精神使他们成为一种特殊的贵族。"

业余爱好者的社会还只能是一种理想。这一点罗兰·巴特是很清楚的。他在接受让-路易·埃兹纳的采访时他谈到"眼下业余爱好者还没有地位、尚无法生存"。不过，20 世纪六七十年代欧洲的社会革命使罗兰·巴特有理由去"想象这么一个社会，在这个社会里渴望业余爱好者的主体们（les sujets）能够产生出业余爱好者来。那将是美好的"②。在理论层面设想这样一个未来的、更加美好的社会，一个乌托邦，意义何在？罗兰·巴特的回答是："乌托邦有何用？用来生产意义"，如果说"现实占据的是（一枚硬币的）反面"，那么"乌托邦占据的就是（这枚硬币的）正面"。③ 与"复数"概念和"迷醉写作"概念的性质相同，罗兰·巴特提出"业余爱好者社会"理想的意图也是显而易见的：他想借此设立一个商业社会的对立面，一个是交换原则、功利计算原则的对立面，另一个异化了的现代社会的对立面。这个乌托邦的意义当然不在于其既存性，它体现的是一种观照现实的标准或尺度。因为这个尺度的设立我们得以更为敏锐地看清当代社会和大众文化的面目，并且知道抵抗或者至少逃避它所应该选择的方向。④

---

① ［美］保罗·福塞尔：《格调》，梁丽珍、乐涛、石涛译，中国社会科学出版社 1998 年版，第 267－268 页。
② Le jeu du kaléidoscope, propos recueillis par Jean-Louis Ezine, Œuvres completes. Paris：Seuil, 2002, tome IV, p. 849.
③ Roland Barthes. *Roland Barthes par Roland Barthes*. Paris：Seuil, 1995, p. 76.
④ 当（不自由的）劳动与（自由的）艺术相对时，劳动即马克思所说的"异化了的"劳动。在这个意义上，我们可以说共产主义的理想社会也是一个业余爱好者的社会。事实上，一切真正的乌托邦构想都是殊途同归的。另请参读黄晞耘《被颠覆的倒错》第 2 节，载《外国文学评论》2003 年第 1 期。

第十四章 于丽亚·克里斯蒂娃符义思想概说

---

① 本章作者为中国社会科学院外国文学研究所史忠义教授。

于丽亚·克里斯蒂娃（Julia Kristeva）在《符义解析，符义解析探索集》（1969）和《小说文本》（1970）两部著作中曾经这样界定文本的定义："按照这一思路，我们赋予文本以下述定义：使直接瞄准信息的交际话语与以前或同时的各种陈述文发生关系并因此而重新分配语言顺序的贯语言实体。因此可以说，文本是一种生产力，这一定义意味着：①文本与其所处的语言的关系是一种破坏（建立型的）再分配关系，人们可以更多地通过逻辑类型和数学手段而非纯粹的语言学手段来解读文本；②文本是许多文本的排列与置换，具有一种文本间性：在一部文本的空间里，取自其他文本的若干陈述文互相交汇与中和。"①

在《符义解析，符义解析探索集》的另一篇文章《公式的产生》中，克里斯蒂娃再次强调"文本是意义生产的某种类型，在历史中占有具体的位置，属于一种尚待确定的特殊科学"②。

关于文本的上述定义有以下要点：文本是一种生产力，是一种生产程序；文本通过对语言持续不断的破坏和重建而重新分配语言内部的类型关系；文本间性是文本的突出特点；文本的生产活动以语言为工具，贯穿于语言内部，是一种贯语言的意义生殖活动；文本不同于所谓的"文学言语""诗的言语""科学言语""宗教言语""政治言语"等，具有自己的独特性；文本有自己独特的逻辑现象，对文本的解读更应采用逻辑手段和数学手段等。其中的数学手段是指解析代数（微积分）和解析几何。表面上只有几行文字的定义包含着非常丰富的内涵。下文中，我们将通过对克里斯蒂娃种种论述的阐释，加深对这一定义的理解，显示文本定义与传统作品观的巨大反差。

把文本看作生产力，意味着使语言进入工作状态（faire de la langue un travail）；使语言处于工作状态，则必须上溯到意义及其主体初露端倪时的萌芽状态。语言的"生产者"（马拉美语）不得不面对持续不断的诞生现象，或者更准确地说，"他自诞生之门，探索诞生前的内幕"。文本深入语言内部，代表着语言中最奇特的内容，即向语言提出问题、改变语言、使语言脱离潜意识状态及自发运行状态的部分。文本虽然没有处于语言的源头，却从话语的表面垂直向下挖掘出一个剖面，该剖面反映出意义形成过程（signifiance）中各种模式的求索过程。表现类和交际类语言并不披露意义形成过程中各种模式的求索过程。文本则通过强制表意手段（signifiant，我们把这个词译为"表意手

---

① ［法］于丽亚·克里斯蒂娃：《符义解析，符义解析探索集》，瑟伊出版社1969年版，第52页；《小说文本》，牧童出版社1970年版，第12页。

② ［法］于丽亚·克里斯蒂娃：《符义解析，符义解析探索集》，瑟伊出版社1969年版，第218页。

段",因为它不仅指语音,还包括语形)工作而达到并呈现出垂直剖面。克里斯蒂娃把语言实践中这种异化、成层、较量而向说话者提供一个供交际使用、语法结构清晰的意义链条的工作过程叫作成义过程(signifiance)。她所提倡的符义解析法①以研究文本中的成义过程及其类型为宗旨,因此,将透过(traverser)表意手段及其主体和符号、透过言语的语法结构,从而到达意义胚胎汇聚的区域。显然,这与传统文化视语言为意义载体的观念大相径庭。

  克里斯蒂娃认为,正是这种异化、成层和较量的工作过程,向既成言语的规律提出质疑和挑战,提供了一种生机,使新的言语可以从中应运而生。向语言禁区发动挑战,重新分配语言的语法类型;调整语义规律,无异于向社会禁区和历史禁区动手术。文本置身于产生它的语言材料的真实和社会历史的真实之中,是物质运动和历史运动这一巨大进程的组成部分。这样,她就把成义过程与社会发展进程联系起来,相比较,用社会发展理论来解释意义的形成过程,其目的在于强调意义生产的运动性。换言之,文本既不等于由语法规范的交际语言,也不满足于再现现实或表达现实的意义。凡是文本以成义后的效果语言表达现实时,即参与了它所捕捉到的现实的变化过程。文本不是把一成不变的现实堆积在一起,而是建立起现实运动的活动舞台,参与运动并成为运动的象征。通过改造语言魔方(语言的逻辑结构和语法结构),并把历史舞台上社会力量的关系反映在变化中的言语之中,文本因而与语言和社会保持着密切的双重关系,提供了从这两个方面解读的可能性。

  视文本为生产力的理论,承认成义过程是一个无限长的异化过程(une infinité différenciée),意素的组合变化永无止境。由物质运动无穷无尽的外部真实产生的文本,把自己的受述对象囊括在文本形态的组合之中,构建了包括无限标志(marques)和间歇(intervalles)的区域;上述标志和间歇的忠实记录呈现出不可能同一的多价性。文本中语言的上述实践活动使文本依赖于外部世界的玄学思想,如外部世界各种表现思想和目的论,也依赖于历史的进化,依赖于工具对现实的从属关系,然而文本并不因此而抹杀自己在历史舞台上的角色:显示历史真实和社会真实的变化,把这些变化付诸语言领域的实践之中。因此,文本的表意手段无异于一张由无限差异构成的网络(un réseau de différences),记录并且(或者)投入历史板块的变迁之中。这种观点与亚里士多德的"模仿说"是有很大差别的。克里斯蒂娃的分析还说明,进入现代社会以后,特别是20世纪以来,文本正在通过语言引入各种开放体系的多元化

---

① sémanalyse,前译"符义分析",现改为"符义解析";下文中我们将看到,克里斯蒂娃确实提倡采用解析代数的方法论解析意义的生殖过程。

进程，成为认识论、社会观和政治观实践和调整的阵地。文学文本正以言语的形式，穿过科学、意识和政治的表层，比较它们，展示它们，重新融会它们。因此，具有多元特点、多语言特点和复调特点的文本，截取无限长河中的某一点，正在使成义工作的结晶现代化。成义工作不断地超越交际言语的规律。文本中保留着不同时期不同年轮的成义进程留下的语言痕迹。文本是一项极其复杂的实践活动，要想建立成义行为的理论，必须捕捉这项复杂的实践活动的变化记录。正是在这一意义上，文本科学才与语言学描述具有某种相同之处。

在《公式的产生》一文中，克里斯蒂娃这样写道："文本不是一个语言学现象。换言之，文本不是言语汇集中出现的那种平淡无奇的意义结构。它是意义结构的生产（engendrement）本身，是记录在印刷文本这一语言'现象'、这一现象文本（phéno-texte）上的产生过程。然而只有纵向上溯，即语言类型的渊源和成义行为拓扑学的渊源，才能读懂现象文本。因此，成义过程将是双重的行为：①语言网络的生产；②处于介绍成义过程地位的这个'我'的产生。现象文本（语言学意义上）的生殖活动在纵向中展开。我们把这一活动过程叫作基因文本（géno-texte，或生殖文本）。这样，文本概念就可以分为现象文本和基因文本（表面与深层、意义结构与成义生产）两部分。"①

这种概念中的文本是一个生动的、具有活力的实体。符义解析的目的是分离出表现为表意手段的生动物质的类型。

"生产""现象文本"和"基因文本""生殖活动""生动物质"等是克里斯蒂娃文本思想中的重要概念。"现象文本（它的表意手段及语义）各个层次中实现表意体系的生殖程序的任何成义实践均应视为文本。"② 克里斯蒂娃特别强调现象文本/基因文本的两分法与乔姆斯基的生成语法中深层结构/表面结构的两分法有着根本的区别。

生成语法的理论基础的优点在于引入了综合观点，视话语行为为生成过程。代表生成活动的深层结构，只不过是英语语句（印欧语句）特有的联结关系的非语法化的反映。换言之，乔姆斯基的深层结构的目的仅限于生成语句，表示语句是非语法化的、非词法化的直线型的抽象结构，而绝不上溯并观察直线型语句结构之前可能出现的各种不同的结构阶段。深层结构的成分与表面结构的成分相同，无任何变化程序：乔姆斯基的生成模式中看不到任何一成分类型向另一成分类型、一种逻辑类型向另一逻辑类型的过渡。实际上，所谓的生成语法，并不生成任何东西，只是提出一种生成原则，假设出一个深层结

---

① ［法］于丽亚·克里斯蒂娃：《符义解析，符义解析探索集》，瑟伊出版社1969年版，第219页。
② ［法］于丽亚·克里斯蒂娃：《符义解析，符义解析探索集》，瑟伊出版社1969年版，第220页。

构，作为表面结构的原型。这种深层结构的理论结果，成了精神行为的"科学"论证，视精神行为为语言行为的直接原因，而语言行为是先前存在的意念和思想的表达形式。这种观念必然与17世纪的理性心理学思想联系起来，相信"移植于精神中的概念原则"，相信"大自然赋予灵魂的知性真理"。这种观念也与笛卡尔主张正常人具有"共同理念"的"大同"思想联系起来。

克里斯蒂娃心目中的"基因文本"是语言运作的一个抽象层面，绝不反映语句的结构，是先于并超越语句结构的语义生产过程，可以比喻为上述结构的"既往病史"。这种成义运行过程发生在语言之中，却不能浓缩为所谓正常交际活动中的表面话语。基因文本并非为现象文本生殖出现成的语句（主谓句），而是成义过程中不同阶段的表意手段。由变化中的表意手段构成的序列可能是现象文本的一个词、一系列词、一个名词句、一段、一个无意结构等。基因文本是不断异化、处于无限变化过程中的复数的表意手段，现象文本中已经格式化的表意手段只是无限表意手段中偶然采撷的一个。这种复数特征超越了现有格式和深层结构的两分法，也超越了现象文本中表意手段的单一性。用马拉美的话说，"转换"（transposition）是基因文本（生殖文本）的鲜明特征。

其次，基因文本与现象文本的区分迫使元言语（理论言语）持续不断地把任何陈述文区分为两个层面：属于符号、可以通过结构语义学予以描述的语言现象；不能归入符号范畴、由无数差异组成的意义生产（萌芽和发展）层面。任何表意产品都是语言（交际语言）中的语言（意义生产），文本是两种语言的汇聚。文本的双重性并不意味着一个理想的、非语言的或"精神的"深层结构先于交际话语而独立存在，可以成为超验性的哲学原型，并成为交际话语的原因。双重实质虽然隐藏在语言现象的背后，却并不先于它而存在或成为它的诱因。语言现象的生产行为存在于该现象之中，分化、强化、使语言现象空间化并具有活力，具有非物化的意义厚度。文本的每种成分都具有多元性，以各种有形无形的语言或言语为参照系，赋予它们一种象形意义。生殖是一种现象，正如现象也是一种萌芽发育过程一样。文本生产的生命力在于从基因到公式、从胚胎到种子的不断运动，它们的相互折射即构成文本。

克里斯蒂娃强调指出，基因（生殖）行为是自身内部的活动，是胚胎的孕育、积累和增长的过程，与生育后代、推出产品的思想观念南辕北辙。所谓的基因（生殖）公式是一种文本结构，表示生殖的频率和无穷的多元性，既非生产活动的效果，也非生产活动的诱因，而是一种标记，一种警戒线，警惕基因（生殖）活动变为子女，物化为具体的意义。公式不是一种物质，而是一种诱饵，诱使任何对象上钩，而又禁止它们心安理得地构筑自己的结构，把它们重新推入生产活动之中。公式是基因活动的固有特点，是它的影子、动力和开关。

需要说明的是,克里斯蒂娃之所以使用"公式"一词,正是要把文本中的成义程序与数理逻辑的推论过程联系起来,视文本为自然语言中的成义公式,为语言机制中不间断的修正和重组行为。这些公式在历史的构建和演变中,占有和数理逻辑平行和同等的地位,甚至超过后者。那么,研究人员的一项艰巨任务,即发现历史进程中文本扮演思想体系的演变媒介、把表意手段的重组效应带进意识领域的来龙去脉;只有文本和数理逻辑能够承担意义重组的生产活动。总之,文本中的成义程序是一个永不停息、永无止境而又不允许产生相对稳定的结果的生殖过程。

克里斯蒂娃随后还探讨了表意手段的数字功能(fonction numérique du signifiant),并提出了抽象数和表意微分(différentielle signifiante)等概念。

关于语言意义的现代科学视载意单位(entité porteuse d'un sens)为基本成分;载意单位可作为某结构的组合成分,结构最终赋予载意单位以意义。学者们试图把词看作载意单位,索绪尔的理论正是以此为出发点的。当代的结构语义学几乎主观随意地从某词素(lexème)中分离出若干意素(sèmes),这些意素不过是些没有任何物质支撑及其他存在理由的"意念",但是统计数字使说话者的直觉得到了满足(格雷玛斯)。分配分析(analyse distributionnelle)继续把词作为载意单位来保留,确定其意义时考虑它的背景关系以及句法结构(哈利斯及其继承者)。两种方法论均未对词的表意手段的完整性提出疑问。没有任何语义理论对此提出质疑。

尽管如此,20世纪曾经有过三次分解上述完整性的尝试。

第一次尝试来自布拉格的音位学学派。布拉格的音位学学派越过词的完整性和表意性等问题,分解词的发音,从中总结出作为语音区别功能的对立标志。他们把音位定义为"词的形象的语音标志",或主张"语言的音位不是声音,而是汇集在一起的语言形态"。诚然,音位研究并不以表意手段的理论为基础,也不试图建立一种意义理论。但是,词的分化、从语言中分解出语音的表示手段并把表音手段作为语言学的调查对象,说明他们曾把语言的运作作为出发点。雅各布森建立音位与决定音位的众多观念条件之间的关系的努力,即是这方面的尝试。结构主义根据推理,直接把音位学的某些原则转移到语义层面,认为意义是由互相对立的独立单位组合而成。这种方法排除了意义是发展过程的观点,也排除了复因决定论(surdétermination,即多层次的因素发挥作用),导致"部分组成整体"的静止论和机械论的产生。关于意义的这一观念统治着结构语义学,使结构语义学在文本面前显得软弱无力。

雅克·拉康的研究工作是对意义研究的一大贡献,可以视作第二次尝试。

拉康试图展示表意手段进入语义的形式，既然这种形式不是非物质化的，那么就提出了它在现实中的位置问题。拉康把字母定义为"具体言语向语言借鉴的物质支柱"，"基本上属于表意手段的局部结构"。[1] 拉康不仅强调表意手段对意义的"预示"作用，而且全新地界定了表意手段与意义的关系，它们的关系是一种相持关系（insistance），而非（一方坚固另一方的）坚固关系（consistance）。躲避在表意手段下面的不断出现的语义的相持点可能是以字母形式出现的表意文字，或以表意文字出现的字母，意即众多表意手段散落在文本之中。

第三次尝试来自索绪尔《易位构词》（Les Anagrammes）一书。索绪尔通过改变专有名词中的字母位置而组合出许多新词。克里斯蒂娃把表意手段的这种作用叫作扩词作用（paragrammatique）；扩词作用彻底打碎了语言物质的密封性，展示了它的双重性，使其进入基因文本的生产活动。所谓扩词，指的是由一两个字母或音位构成的最小的意义功能发展为超越语句的文本序列。其中的字母成了现象文本赋予基因文本的"物质支柱"，或"成义进程的聚焦物"、无限生产活动的"相持点"。扩词是法国新闻媒体上经常开展的一种游戏。

正是在这条线索的基础上，克里斯蒂娃评价索莱尔斯的《数》一书，并提出表意手段的数字功能、抽象数和表意微分等概念。

处于生产活动中的表意手段穿越并违反词、句、符号和结构的规律，拥有无限的意义单位，这些意义单位由书写符号和语音组成。无限意味着过去和将来的所有可能性，意味着各种语言及表意实践已经使用过和将会使用的无限的语言组合方式和意义资源。因此，表意手段作为生殖轴线而出现在现象文本中。

书写单位或语音单位拥有无限的表意的可能性，它们构成现象文本中最小的表意集（ensemble signifiant minimal）。表意集貌似单位，实际上代表着可测定的复合量（multiplicité）。表意集不表示某种实体或某种语义，而标志着无穷意义的一次偶然的分配，表示一个多元复合量。因此，克里斯蒂娃认为表意集具有数字功能，相当于象征体系中的"数"。文本并非建立在具有参照对象和参照义的符号之上，而是依赖于表意手段的数字功能；不断异化的表意集属于数的范畴。文本的表意手段是一种抽象数（nombrant）。数的运动超过了单纯的表意范畴，具有排列、组合和标志功能，其活动空间更广泛。在数论的发展过程中，莱布尼茨（Leibniz）的微积分概念恢复了表意手段的无限性。他的无限小量（infitésimal）赋予数作为无限标志（infini-point）的功能，恢复了数

---

[1] ［法］拉康：《潜意识中的字母机制》，见《手记》，瑟伊出版社1966年版，第495页。

作为象征媒介的特征。莱布尼茨的微分概念使表意手段的数字功能变得更加清晰。如果说文本的表意手段是抽象数,那么记录这一无限抽象数的书写符号或语音堪称表意微分。表意微分是符义解析法的无限小量,小于任何固定的意素。表意微分属于无限小数的范畴,无限表意手段概念的引进论证了表意微分的存在根据。它们是抽象数这一概念中记录下的无数个表意手段。

抽象数并不分离表意手段与语义,它离不开二者中的任何一方,它是两者之和。在抽象数的概念中,索绪尔关于符号分解为表意手段和语义的两分法变成了体积空间。在这一空间里,表意手段和语义互相转换,以至无穷。两者之间的关系对于文本运动而言并不重要,成义过程中上述体积空间向文本中的微分的转化更重要。微分也不分离表意手段与语义,因为微分仅表示无限数(运动中的语言)中的一瞬。因此,表意微分同时涵盖构成文本的符号成分和语音成分。微分把表意手段和语义熔为一炉,成为功能扩张的源泉,可以同时提供:

(1) 该语音集或符号集的表意手段所能涵盖的所有意义(它的同音异义词和同形异义词)。

(2) 与该集语义相同的所有意义(它的同义词)。

(3) 不仅包括既定语言中该集的所有同音异义词、同形异义词和同义词,还包括该集所从属的所有语言的上述词汇。

(4) 各种神话文集、科学文集、思想文集等文集中的所有象征义……

克里斯蒂娃运用上述概念对索莱尔斯的《数》一书进行了详尽的分析和阐释,并提出了表意组(complexe signifiant)的概念。

表意组的概念是在确定语句(phrase)概念的基础上提出来的。微分编织了文本,文本的语义单位是句子,与微分相呼应。语句的创造是千变万化的、不确定的。不能把作为语义单位的语句视为一个可分解为词汇单位、语义单位和语法单位的整体。语句也是一种行为进程,意义在这一进程中形成。因此,语句不是词汇意义的总和。语句的分解只能从支持它存在的生产程序的角度进行。从这一观点出发,克里斯蒂娃把文本中较大的单位称作表意组。作为文本单位的表意组具有如下特征:①它是两次停顿之间的产物;②呈半结束、半停顿式的起伏状;③不与后面的表意组联结,仅仅贴合在一起以构成文本。正如独立句(proposition)是交际言语的最小单位一样,表意组是现象文本的最小单位。表意组是一种句法组织,由修饰语(modifiant Ma)和被修饰语(modifiant Me)组成,后者是表意组的结构成分(membre constitutif)。表意组把自己的已确定成分(élément déterminé)伸向文本总体,并获得类似于从句的句法功能。然而,文学文本中该从句经常缺少主句,使表意组犹如依附在尚处于空白状态、暂时缺失、有待生产的无限表意手段之上。

在克里斯蒂娃看来，文本间性（互文性）是文本定义的重要组成部分。而对话原则是文本众多特殊逻辑现象的一个重要方面。我们将另辟小节介绍克里斯蒂娃的文本间性概念和对话观。

符义解析法是克里斯蒂娃在符号学的大范围下提出的一种批评方法，它以意义及其成分和规律为批评对象，突出科学性、哲理性和分析批评的特点，旨在建立唯物主义的认识论，亦即建立历史进程中表意体系的科学理论、视历史为表意体系的支离破碎的、阶段渐进的、不断异化的发展过程的史学理论。换言之，符义解析法要把各种学科的所有表意体系从它们的单义性和单一性中解脱出来，以批评的目光审视和分析表意体系，针对表意实践提出一系列大胆的具有"建设性"的见解。

如果我们由外及内、由表及里逐渐接近这种文本定义，优先考虑它所包含的规范意义，可以说文本论从实践上巧妙地否定了语言的描述工作，而代之以程序（procédure）；与描述论相反，程序充分调动和发挥了语言的生殖能力。这种程序观，在表意手段方面，表现为普遍采用易位构词类的分析和组合方法；在语义方面，主张多义性，直至像巴赫金的对话原则所揭示的那样，一个"词"由来自若干文化的众多声音所承担，但是也可能是一种空白文字，因系统破坏内涵、任意剪裁符号而失去了各个世界的所有厚度；在语法方面，呼唤奇特的表格规则或变化魔方，它们不是按照追求艺术真实的经典结构调节人物变化和时态变化，而是试图穷尽置换组合的所有可能性。这种程序观，或多或少地从上述各个方面，尝试从文字中反映讲述者与受述者、文字与解读的关系，视它们为两种互相交错的生产力、两个互相交错的空间。

我们的传统观念认为，人是世界之本，世界为人提供了解读客观世界的巨大空间；人的认识体系与符号体系是不可分割的。但是，当代的文本论认为文本始终是以违规场的方式而运作的。

针对意义先于表达而存在的理想主义，文本对之以表意手段的游戏产生意义效果的物质主义。针对言语因受表现内容的限制而处于相对静止的状态，文本对之以无穷无尽的游戏，这种游戏因表意手段永无止境的多种组合渠道以及这些渠道之间的相互交错而必然分解出多种变化不定的解读可能。针对可能独自承担全部言语的主体的完整性，文本对之以游移不定的空洞的陈述行为（énonciation vide），后者根据陈述文的重新组合而变化。针对有血有肉、声情并茂的人物形象，文本以其无头无尾、没有内心世界的表意手段的游戏，对之以关于文字的抽象思考或抽象的语法学。针对艺术作品乃历史产物、文学是精神文明的结晶的美学思想，文本把意义实践这一特殊的实践活动纳入社会变迁程序的总体之中。由此不难看出，这种文本理论一经建立，不仅在文学实践领域，而且在哲学传统或某种革命理论的动摇方面，立即具有自己的操作价值。也许只有回到克里斯蒂娃的关键术语——生产力，我们才能真正捕捉到这种文本定义的涵盖内容。生产力的提法意味着文本通过上溯到语言的起源之前，使语言成为一种生产活动，或者更通俗地说，文本论在以表现和理解交流为宗旨的自然语言和实用语言，在表现外部结构、表达个人或集体的主观世界的表面结构与意义实践的深层空间（le volume sous-jacent des pratiques signifiantes）之间，挖下了一道鸿沟；意义实践活动的每时每刻，意义及其主体破土而出，意义萌发于语言内部、萌发于语言的物质性，其模式及组合规则是交际语言完全陌生的。变语言为作业，意味着挖掘语言是如何工作的，说明表面的表意形式与深层的生产方式是不同的。

由于不受单一意义的调节，表意体系的生殖程序不是单一的，而是多元的，并且无限制地异化：它是动态的，把胚胎集合于一个非封闭性的生产和自我摧毁空间。就表意手段和语义而言，它既是语言材料又是语法形式，既是语句又是言语结构（及其主体），是意义生殖组合可能性的游戏，该游戏既无界限又无中心。"无限的异化过程，永无止境的组合可能"，最能说明成义过程的独特性。任何组合方式绝不优越于其他组合方式。

"能动的无限性"（infinité dynamique）从各个层次反映了文本的特征，文本被重新定义为积淀着成义过程的文字。成义过程与常用语句相异化，为其增加了贯穿语言（translinguistique）的运行功能。文本重新分配语言的类型：以最小的表意集（ensemble signifiant minimal）代替符号的完整性，因为表意集的组成常常分解词汇，或不尊重词汇的界限，或者把两个词素溶为一体，或者把其中一个分解为音位；而分解符号的表意集仅仅表示成义过程中的一次偶然分配，必将解体并发生新的变化。因此，把文本单位叫作表意微分似乎更准确；或者以表意组（complexe signifiant）代替语句，表意组之间绝无平行联结的关系，而是像逻辑现象一样堆积在一起；表意组绝不陈述某事某物，而是建立在名词式变化魔方（matrice de modification nominale，词汇变化矩阵）的基础上，其成义过程因不断变化的生殖活动（基因活动）而开辟了无限脱钩、无限组合的无穷空间，除意义活动本身的无限渊源之外，并未完成并提供任何建设性的产品；成义过程中的完成形象是不彻底的，因为意义始终处于形成过程之中。文本绝非仅仅调整了句法规则和语义规则等语法规则，它以次序（ordre）概念代替了语言规律，互相依存的次序的各个部分根据使用条件的变化而相继占据内部等级不断变化的多元连接网络的上风。文本亦改变了关于言语的观念，言语不再是一个封闭的整体，而是不断受到其他文本冲击、接受文本间性的补充和修正的开放体,"任何文本都吸收和改编众多其他文本"①。

所有上述层次的变异,意味着文本结构功能的膨胀,因此,文本论者把索绪尔的易位构词法推而广之,变成一种地地道道的扩词法(泛表格构词法)。"我们把构建文本语言的表格模式(非线性模式)叫作扩词网。""网络术语代替并囊括了单一性,意味着每个表意集(或序列)都是多元关系的结局和开端。"② 泛表格构词法表示每个成分都是具有活力的标志,像变化中的表格一样,其目的是构图而非表意。

无疑还应该谈到文本逻辑。文本逻辑包容着符号逻辑(即亚里士多德提出的符号逻辑)。文本犹如一部有序排列的无限规约(code infini ordonné),所有其他规约,尤其是线性逻辑,只不过是它的子集。文本逻辑的两大特点如下:强调表意集理论的突出地位,只有集论能够促成如泛表格构词法那样的膨胀运动的形成;文本逻辑挑战所有传统禁律而不废除它们,否定而不分离(négation sans disjonction),超越、包容而不综合:单一言语(monologisme)与摧毁单一言语的言语共存,这便是巴赫金对话原则(dialogisme)的最终含义。

上面列举的系列差异使交际语言与成义过程的第一对立转移为文本中现象文本与生殖文本的第二对立。文本是一种二元文字。从某种意义上说,现象文本是成义行为的现象化,把成义过程展示为平庸的意义结构,后者犹如前者的荧屏;从另一种意义上说,交际语言标志和昭示着成义的生产力,生产工作的厚度记录、表现或积淀在交际语言的结构上。基因文本(生殖文本)即生产活动本身,是现象文本在语言组织和分类中的孕育和培植活动。文本的特点在于现象文本是基因文本的表述形式。现象文本与基因文本的定义虽然不能独自成立,然而它们之间的关系并非乔姆斯基生成语法中深层结构与表面结构那样的关系,试图从基因文本(生殖文本)中寻找交际语言结构的原型式反映是徒劳的。生殖文本是表意手段的无限异化,言语主体的格式化表意手段只是其中一瞬的表现形式。现象文本位于基因文本之中,后者全面超越了前者,前者只是后者在一定时间的一个切面,反映在语言内部的结构方面。前者是后者这一生殖历程中的一次痕迹。

最后,彻底区别文本定义范畴内表意手段的作业(le travail du signifiant)概念与雅克·拉康关于意义链条(chaîne signifiante)的概念是有必要的,因为两种概念都超越符号语言学和交际语言学的范畴,呼唤表意手段的分解,

---

① [法] 于丽亚·克里斯蒂娃:《符义解析,符义解析探索集》,瑟伊出版社 1969 年版,第 85 页。
② [法] 于丽亚·克里斯蒂娃:《符义解析,符义解析探索集》,瑟伊出版社 1969 年版,第 123 页。

可能产生某种混淆。雅克·拉康以意义链条取代言语定义，旨在重新界定主体及其对象的结构（陈述主体及其对象的结构组织），填补意义链条这一大单位内部的空白。克里斯蒂娃的文本论思想已经使主体"雾化"，主体的对象也就无从谈起。对于克氏而言，表意手段的研究的合适领域不再是某种意义单位，而是一个能动的、活跃的程序，其间，意义的生殖单位产生、发展、解体、再产生，以至无穷。整个生产进程，从极其细小的表意微分，到无穷无尽的组合，无固定的联结方式，无明确的规律可言。两人的关键术语也有明显的区别。雅克·拉康谈论说话主体的结构（structure du sujet parlant），而克里斯蒂娃则醉心于文本的生殖过程（germination du texte）。

那么应该怎样看待克里斯蒂娃的文本思想呢？我们知道，克里斯蒂娃1941年生于索菲亚，20世纪60年代赴法国求学，后定居巴黎。到法国后，她曾如饥似渴地吸纳西方的多种人文社会学科的成果，但是，她熟悉马克思主义，曾经读过马克思、恩格斯和列宁的某些经典著作。她的文本论思想是在吸收和总结了古希腊以来许多学者的思想之后提出来的，尤其是莱布尼茨、马克思、恩格斯、索绪尔和弗洛伊德的许多重要思想。她试图用社会发展史、生产力与生产关系的变革，用恩格斯关于人类起源和语言诞生发展的思想解释某些文学现象和语言现象。她所提出的"文本即生产力""成义过程""现象文本与基因文本"、讲述者与受述者、文字与解读两种互相交错的生产力和空间、多义性、表意手段发展变化的多元程序、文本处于社会整体这一大文本之中等思想，其目的在于强调表意手段即语形和语音的变化性和发展性。第一，每一个表意手段的背后，都有一个漫长的发展历史，这一历史将永远继续下去。这些思想体现了一定的辩证法，在语言历史学研究方面，特别是语形、语音的发展史的研究方面，具有一定的理论指导意义。作品或文本的内涵是非常丰富的，把作品或文本仅仅浓缩为表意手段的不断变化，是认识论上的片面性。表意手段只是作品或文本内涵的一小部分，文本论即表意手段论是对文本整体或作品整体的曲解。第二，运动与稳定、动与静是事物发展变化的两个方面，是对立的统一。语形、语音和语义是不断发展变化的，经历并且还将经历一个漫长的演变过程，变化是绝对的，稳定是相对的。这是玄学方面揭示的基本规律。但是，语形、语音和语义并非每时每刻都处于加速度的运动之中，在某一历史阶段，特别是和平时期，又具有相对的稳定性。因此，成义过程和生产力的概念与基本的语法学、语义学和描述论的方法论应该是辩证统一的、并行不悖的。诚然，从语言发展史的角度看问题，表意手段变化历程中的许多现象有可能与当时或现行语法和语义规则相抵触，但是，作为对交际语言的规范和指导，语法学、语义学和描述论只能以相对的低速度发展,在发展中得到补充和修订。所谓文本始终是以违规场的方式而运转的思想是对语法学和语义学的彻底否定。克里斯蒂娃受索绪尔的易位构词法（anagrammes）的启发,提出泛表格构词法（paragrammation）的膨胀是文本运作的基本现象,从表意微分（différentielle signifiante）的运作中总结出适用于多种关系的若干"万用"表格（grilles）和变化魔方（matrice de modification,变化矩阵）,认为意义来源于语言内部的物质性,把文学创作变成了表意手段的符号游戏,把人类生活中的非主流语言现象奉为楷模,绝对化、极端化、普遍化,把发展性和变化性庸俗化。用游戏来概括意义发展和语言发展的普遍性,则显得不够严肃。

归根结底,意义来源于人类的社会实践,是文化的积淀。意义本身也是在不断发展变化的。意义的发展变化与大文化背景密切相关。变化中的语言是社会变化和文化变化的表现形式和表达工具,因此,意义不是表意手段的游戏结果。泛表格构词法和变化魔方是与艺术真实的宗旨相违背的,是对文学的庸俗化。总而言之,对言语主体的"雾化",对内容、人物及作品或文本丰富内涵的漠视,是克里斯蒂娃文本论思想的主要缺憾。那么,可否把克里斯蒂娃看作一个解构主义的文论家呢?表面看来,她主张的符义解析可能与解构有某些相似之处,二者又都置作家及故事情节于不顾,很容易造成如出一辙的误解。大概正是出于某种误解,1992年3月,克里斯蒂娃和德里达等人一起被请到牛津大学谈论阐释的自由。① 其实两者有着根本的不同。解构主义者说明编织文本的全部修辞手段与文本南辕北辙,批评亦无法逃避自相矛盾的规律,永远不可能达到澄明的境界。

判定克里斯蒂娃是不是解构主义者的问题,涉及这位哲学家的思想定位。她的学术成就和特色都与之有关。解构主义者总是分解形式的统一性、分解结构与意义的完整性,对结构和文本持怀疑主义的态度。克里斯蒂娃更注意否定文本的封闭性和静止性,尽管她的论述的知识容量和概念令人头晕目眩,但简而言之,是以论述表意手段的发展性和变化性、突出文本的活力为中心的。这与解构主义者的怀疑主义是大异其趣的。因此,我们赞成法国批评界的做法,宁肯把克里斯蒂娃看作反结构主义或后结构主义的批评家而反对把她与解构主义者相提并论。至于最小表意集、表意微分、表意组等概念和术语是否准确,则留待学者们的进一步探索。

---

① 陆建德:《麻雀啁啾》,生活·读书·新知三联书店1996年版,第192–193页。

第十五章 借助母性的象征言说[1]

---

[1] 本章作者为华南理工大学外文系李昀教授。

以"女人"这一概念为核心，围绕着女人和象征以及母性之间的关系探讨女性主体性问题，有助于我们理解克里斯蒂娃建构的有关女人的新话语。它涉及女人—母亲之间的同性恋关系，解构了有关女人和母性的传统再现，通过重构女性主体性——借助母性在象征中言说的过程中的主体——赋予女人在全球化的后现代景观中拯救僵死的资本主义再现的任务。

女人在后现代景观中面临着一个两难困境，就是主体性建构与否的问题。女人的特殊性在于她相对于男根和法则的陌生性，但是这也意味着她与象征法则的距离。保持这种距离，她保持了自己的差异，但是也丧失了运用象征"言说"的机会。而要在象征法则中"言说"，她又面临着丧失特殊性的风险。对于这个问题，克里斯蒂娃有着清醒的头脑，借助"母性"，她建构了一种女人和法则之间的否定性辩证法。然而，由于这种关系的复杂性也导致了诸多误解。本章将以"女人"这一概念为中心，力图澄清克氏理论中女人和法则以及母性之间的关系，理解克氏在消解了同一的主体之后重建的女性主体性：借助母性在象征中言说女性特质的过程中的主体。

一、面临言说悖论的女人

女性主体性的问题之所以重要，是因为克里斯蒂娃认为在当代只有承担再生产任务的"女人"可以拯救全球化带来的再现同质化的问题，因为她和"母亲"的亲密关系让她可以传承母亲相对于法则的特殊性。然而，这种传承却危机重重。一方面，如果女孩继承了（传统的）母亲的角色，她就是在维护现有制度，完成社会法则交给她的繁衍和养育工作，根本不会带来对法则的挑战。另一方面，如果她脱离母亲，父性法则中也没有她的位置，因为那个法则是压抑女人的。因为"女人"所处的这种危险位置，克里斯蒂娃的理论受到质疑。一方面，女性特质的欲驱或符号要进入象征才能言说，其颠覆性就受到质疑："如果欲驱必须首先被压抑才能让语言存在，如果我们只能为语言中可再现的因素赋予意义，那么要为还未浮现在语言中的欲驱赋予意义就是不可能的。同样，要为欲驱赋予一种诱因，促使它们转化为语言，并用以解释语言，这都无法合理地在语言本身的局限中完成。"[①] 另一方面，由于在克氏的文本中，母性的因素主要用于分析（生理上的）男性先锋派文本，所以这种"母性"和现实中的女人的关系也受到质疑："克里斯蒂娃的母性是有问题的。它只是作为僭越的隐喻在运作，几乎与现实中的母亲没有什么关系……像拉康

[①] Judith Butler. *Gender Trouble*. New York & London: Routledge, 1999, p.112.

一样，她关注母性因素的语言维度，最终切断了它与女人所有的策略性联系。"①

回答这些质疑的关键在于女儿与母亲和法则之间的关系。精神分析学认为，女孩比男孩更难与母亲分离而进入象征秩序，完成主体构形。因为象征秩序是由建构父性功能的缺失和分离决定的，所以一旦与母亲分离，女孩将再也无法重建与母亲的联系，那种男孩可以通过与另一个女人的关系重新找到的联系。除非她自己也成为母亲，即借助孩子的到来，或者艰难地借助一种无法被社会接受的同性恋机制。还有一个更重要的问题：为何她要与母亲分离，去迎合对她而言十分陌生的象征体系？这种痛苦的关系让女人渴望摆脱社会契约中的牺牲性因素，为父权制的资本主义社会提供一种更加灵活和自由的话语，"去命名迄今为止尚未成为社会中的流通对象的因素：第二性的身体之谜、梦、隐秘的快乐、愧疚、怨恨"②。

女人与象征秩序的距离阻碍着她的言说，也阻碍着她成为主体，因为她的"言说"无法在象征秩序中得到理解，无法得到另一个主体的承认——《精神现象学》中两个自我意识之间相互的承认。一方面，在这种结构性关系中，因为没有牺牲自己身体的异质性，她没有被认可为男性特质的主体。因为在现存秩序中缺乏适当的言说方式，所以"女人"的言说无法被听见。现存秩序没有为这个他者制造或留出生存的空间，这就决定了她的"言说"无法吐露，无法被听见，无法得到交流。另一方面，"女人"的"言说"无法被听见，这也并不意味着就可以如早期女性主义那样，为她寻找一个代言人，而是需要她自己言说。因为从外部为女人赋予声音，无疑会导致在异质的人群中寻找文化一致性的逻各斯中心主义。这样只会重新铭写女人在社会中的从属地位，即便这个代言人是女性主义团体，因为这种集体性根本无法包含女人的身体或欢愉的异质性。这是一种悖反的状况：一方面女性特质的"言说"无法在象征中加以理解，另一方面用男性特质的象征"替"女人说话则意味着女人再一次被"噤声"。这是克里斯蒂娃早在《女人的时间》中就已提出的问题。

为了解决这个悖论，克氏主张一种超越现存文化中严格的"男人"和"女人"的界限的思维模式，虽然这种方式——对于女性主义而言——可能存在着让经验中的女人再次被噤声的风险：一个女性主义者可能会质疑克里斯蒂娃突出男性反叛的用心和含义，指责她忽视那些伟大的女作家的作品。然而，

---

① Michelle B. Walker. *Philosophy and the Maternal Body*. London & New York: Routledge, 1998, p. 125.
② Julia Kristeva. Women's Time. *Feminism*, Vol. 2, ed. Mary Evans, London & New York: Routledge, 2001, p. 43.

克里斯蒂娃并非只关注男性艺术的自由。事实上，她认为在后现代景观中，只有女人才真正占据着激进的颠覆场所。因为男人更容易在附和法则中获得利益，但是女人，她是否定性的场域。在这个全球化的时代，"是女人在制造这种联系。这非常重要。因为在社会、性和象征经验中，作为女人总有方法通向另一端，成为另一种东西，形成中的主体，过程中的主体"①。所以，在资本主义再现的同质化效力受到抨击之时，她呼吁女人承担一种否定性功能，抛弃现有的结构，把女人置于"用革命的环节突破社会规范的那一边"②。

当然，关于"女人"这一隐喻与经验中的女人的关系问题依然不明。克氏的作品很少提及这个问题，反而把自己的作品建立在这种模糊性之上，置于一种矛盾的场所中。她时而讨论女人，时而否定"女人"这一范畴，尤其是早期女性主义所言的女性团体，认为这是一种十足浪漫主义的身份或本质幻觉。她认为"女人"这一概念是一种矛盾："认为'我是女人'的信念和认为'我是男人'的信念一样荒谬和蒙昧。"③ 她既设置又移置"女人"这一范畴，蔑视无法容忍任何不确定性、分歧和冲突的逻辑。在其理论中，"女人"这一概念所隐喻的女性特质是现实中的男性和女性都拥有的，这种模糊性把男女二分法留给了形而上学。"女人"由于其与象征法则的距离，很难形成法则带来的同一性，而把现实中的女人结成一个统一团体也是在压抑这种特殊性。

此外，克里斯蒂娃也认为，虽然（现实中的）女人和象征很陌生，但是她并没有放弃自己的言说尝试。女人在书写，而且她的书写或言说占据着象征秩序中被压抑的否定性场所，向其中注入欲驱经济，吐露原本只是痛苦的身体："在女人的书写中，语言似乎是从一块陌生的土地被看到的，那是否是一种非象征、痉挛的身体的视角？"④ 女人的书写关联被压抑的欲驱符号，并因此威胁到社会象征契约。它再次并入象征无法忍受的因素——与母亲身体的联系。在这一过程中，它释放出强大的干扰性异质性，因此，女人的话语是一种

---

① Julia Kristeva. Oscillation between Power and Denial. Interview with Xavière Gauthier, trans. M. A. August, *New French Feminism*: *An Anthology*, eds. Eliane Marks & Isabellede Courtivron, Cambridge, MA: University of Massachusetts Press, 1980, p. 167.

② Julia Kristeva. Oscillation between Power and Denial. Interview with Xavière Gauthier, trans. M. A. August, *New French Feminism*: *An Anthology*, eds. Eliane Marks & Isabellede Courtivron, Cambridge, MA: University of Massachusetts Press, 1980, p. 166.

③ Julia Kristeva. Woman Can Never Be Defined. Interview with "Psych et Po", trans, M. A. August, *New French Feminism*: *An Anthology*. p. 137.

④ Julia Kristeva. Oscillation between Power and Denial. Interview with Xavière Gauthier, trans. M. A. August, *New French Feminism*: *An Anthology*, eds. Eliane Marks & Isabellede Courtivron, Cambridge, MA: University of Massachusetts Press, 1980, p. 166.

打断文明教化的"暴力、谋杀、血洗行动"①。借助女人的表达,那个作为女性特质/否定性的隐喻的"女人"得以书写。这种书写是如何发生的?要了解这一点,需要理清克里斯蒂娃对女人和母亲的关系的看法,探寻她重构女性主体性的尝试。

二、在母性中言说的女人

我们首先需要考察克里斯蒂娃理论中女人、母性和象征三者之间的关系。克氏指出女人占据着一个充满张力的场所,她就是异质性之场。她与父性的象征权威关系密切,在象征再生产中扮演着重要的角色。然而,女人只是暧昧地处于象征中。她与生育的关系不仅确保了她在象征领域的位置,还悖论性地把她与之分离。对于克氏而言,女人的书写就如同一场孕育,是一个既推进又毁灭的过程,是一种既支持又消解(父性)象征秩序的不可能的状态。在孕育中,女人蕴含了一种分裂的同一性,既多元又统一。她拥有双重的身体:自己和孩子,自我和他者、意识和自然、言说和身体既共存又分离,构成了"对同一性的根本挑战",这种挑战又伴随着一种总体性的幻觉,一种自恋的完整性。这是一种"制度化的精神症……一种分裂、反攻自己又无须变成它者的同一性"②。由于孕育的否定性,如果女人试图跳出象征法则的支配,她就会面临(象征)死亡的危险。她只能把自己局限在母性的(再)生产功能内,因此确保了象征秩序的持续存在。尽管克氏认识到强加在女人身上的束缚,她还是大胆地把女人置于破坏社会法则的位置上,置于"革命"的环节中。而一旦女人确实开始尝试颠覆象征法则时,她就处于一种十分有利的位置,即处于那种把她和母亲的身体联系起来的力场中,女人与象征的关系必然受到她与前语言符号关系的中介。

克里斯蒂娃讨论了母亲和其怀孕的、陌生的身体之间的关系,并且把母性经验视为(男性)主体自我分裂的模板。同时,就这种经验和女儿的言说之间的关系而言,克氏把母性和前俄狄浦斯的母亲的欲望联系起来。她称之为母性的同性恋—母亲的层面,认为这一层面将干扰母亲在象征关系中的异性恋—父亲的定位:"同性恋—母亲的层面是言辞的混乱,是意义和洞见的完全缺

---

① Julia Kristeva. *Tales of Love*. trans. Leon S. Roudiez, New York:Columbia University Press, 1982, p. 235.
② Julia Kristeva. *The Kristeva Reader*, ed. Toril Moi, Oxford:Blackwell, 1986, p. 297.

失,是情感、移置、节奏、音韵,以及幻想的依附作为冒险的屏障的母性身体。"① 这种女人—女人的关系被传统的精神分析学压抑了,因为它会动摇俄狄浦斯情结的权威性。由于非象征、非父性的因果性的作用,女人—母亲发生了"和她的母亲的身体的重新结合":"通过生育,女人与她的母亲发生联系,她成为、她就是她自己的母亲,她们是自我区分的连续体。她激活了母性的同性恋层面。这样,女人也更加接近她的本能记忆,更加敞开面向自己的精神症,也因此更加否定社会、象征契约。"② 沃克尔读到此处时指出:"当她占据了母亲的位置时,这种同性恋层面把女人置于完全不同于男人的位置。"③ 因为女人—母亲在此获得了一种与母性身体的感性(再)联系,这种获得否定了父亲的法则,陷入一种精神症中。克氏的同性恋—母亲的层面是对父权话语的公然抵制,重新扬起了被弗洛伊德压抑的母亲—女儿的爱。

克里斯蒂娃认为,必须言说隐藏在母亲—女儿的纽带中的女人互爱的语言,因为这种"她教"(herethetic)④ 可以扰乱男根逻各斯的再现,复兴这种私密性。她呼吁西方文化直面女儿—母亲的联系,因为"一种伴随着快乐的痛苦……让她拥有一种隐秘、根本的倒错行为,成为社会的最终保障。没有这种保障,社会就无法再生产,无法维持标准化家庭的延续性"⑤。但是,坚持否定性辩证思维的克里斯蒂娃始终认为这种母亲—女儿的私密性必须经过父性象征的中介:"难道不是如此吗?为了接近这个不断变换的一,为了达到要求阉割和对象的象征—命题的层面,她必须使自己脱离女儿—母亲的共生体,放弃尚未区分的女人间的社团,承认父亲和象征。"⑥ 对于克氏而言,同性恋—母亲的语言构成了对父性法则的威胁。但是,父性法则的介入又让这种母女间的私密性有了表达的途径。女性书写者的经验是一种符号和象征模态之间的游戏,把一种被象征压抑的"言词肉身"(word flesh)⑦ 带入意指过程。从母性

---

① Julia Kristeva. *Desire in Language*, trans. Thomas Gora, Alice Jardine & Leon S. Roudiez. New York: Columbia University Press, 1980, pp. 239–240.
② Ann Rosalind Jones. Julia Kristeva on Femininity: The Limits of a Semiotic Politics. *Feminist Review* 18 (Winter 1984), p. 239.
③ Michelle B. Walker. *Philosophy and the Maternal Body*. London & New York: Routledge, 1998, p. 147.
④ Julia Kristeva. *Tales of Love*, trans. Leon S. Roudiez. New York: Columbia University Press, 1982, p263.
⑤ Julia Kristeva. *Tales of Love*, trans. Leon S. Roudiez. New York: Columbia University Press, 1982, p. 260.
⑥ Julia Kristeva. *Desire in Language*, trans. Thomas Gora, Alice Jardine & Leon S. Roudiez. New York: Columbia University Press, 1980, p. 279.
⑦ Julia Kristeva. *Tales of Love*, trans. Leon S. Roudiez. New York: Columbia University Press, 1982, p. 235.

身体向语言过渡,不仅让女性书写者可以脱离男性特质的想象,而且可以有意识地选择支持社会法则。而这一点则是巴特勒等人在批判克里斯蒂娃时没有考虑到的。

三、在象征中僭越的女性主体

巴特勒的问题在于她误解了克氏理论中母性和女性特质的关系。在巴特勒眼里,克氏把母性身体或符号还原为纯生理的、原初的身体和感官快乐,要么根本不存在,要么最终会被象征秩序压抑。然而,克里斯蒂娃绝非还原主义者或者生物决定论者,她始终关注再现的问题。符号作为一种"记忆"或欲驱的"踪迹",早已与意指密切联系在一起,而非某种前意指的经验。她相信我们可以通过改变再现来改变社会结构。要理清这种意指革命与现实中的女人的关系,则需要进一步甄别母性和女人(女性特质)以及两者间的关系。当生长在盎格鲁－撒克逊环境中的巴特勒等人批判克氏不应该把女人的革命性赋予母性时,她们忽视了自己和法国女性主义者之间在"女性特质"这一概念上的分歧。例如,琼斯曾经批判克里斯蒂娃把"象征秩序等同于父权,理解为文化总体"①,叹惜她拒绝赋予女性特质在象征秩序中的地位:"当克里斯蒂娃确实要定义女性特质的特殊性时,她始终把生物的特殊性铭记在心:女人在繁衍中的职能。"② 琼斯认为,这种"女人的职能"表明"克里斯蒂娃依然相信男人创造权力和再现世界,女人则创造孩子"③。她在这样说时,和巴特勒一样,误解了在法语语境中书写的克里斯蒂娃。

对克氏而言,母性不只是生物因素,"女人"也不是用繁衍定义的。她关于母性的探讨总是设定在有关母性的话语的框架中,关注对母性的再现。因为一直以来,人们对母性的看法总是受制于社会文化中各种有关女人的话语,这些话语制约和损害着女人,所以克里斯蒂娃要提出自己关于母性的话语。但是此举并不能得到女性主义者的赞同。因为,至少是自波伏瓦之后,生育似乎被视为女人独立的障碍:《第二性》中的"新"女性就是拿笔而不是喂奶的女性。早在1977年的一次采访中,克里斯蒂娃就抱怨道,"知识"女性是不愿

---

① Ann Rosalind Jones. Julia Kristeva on Femininity: The Limits of a Semiotic Politics. *Feminist Review* 18 (Winter 1984), p. 58.
② Ann Rosalind Jones. Julia Kristeva on Femininity: The Limits of a Semiotic Politics. *Feminist Review* 18 (Winter 1984), p. 62.
③ Ann Rosalind Jones. Julia Kristeva on Femininity: The Limits of a Semiotic Politics. *Feminist Review* 18 (Winter 1984), p. 63.

无条件地接受女性主义的,她更不能接受存在主义女性主义,因为它让女人为自己想要孩子的想法而内疚。她争辩道:"真正的女性革新(无论在哪个领域),只有在我们更好地理解了母性、女性创作及其关系之后才会产生。"①

克氏要挑战关于母性的传统话语。受基督教把母性等同于温顺、被动的天使的迷思的影响,母性被女性主义抛弃了。为了挽救母性,克氏要用一种世俗的母性话语取代正在崩溃的圣母神话:"圣母的形象——一个以空洞的身体传递父性言辞的女人——精彩地掩盖了必然是内心的母性'卑贱物'。缺乏那个安全锁,女性特质的卑贱把自己强加于社会再现上,导致了对女人实际的贬抑。这又导致了日益增长的反女性主义倾向,更导致了某些女性的强烈敌视,这些女人十分自恋,无法忍受有关她们抛弃自己的母性的再现,因为目前没有任何可行的世俗代码可以确保这种再现。"② 克里斯蒂娃认为缺乏任何可以吸收卑贱(abjection)的世俗话语或母性神话,卑贱被错置到女人身上。这还导致了女人为了自己而抛弃母性,因为她们强烈认同自己对母性的拒绝。孕育会让她们变成她们所拒绝的"卑贱物"。换言之,缺乏可以包容卑贱的有关母性的话语,她们把母性卑贱化了。

奥立佛在解读克里斯蒂娃时指出,克氏所言的儿童(为了自我构形)对母亲的卑贱化与女人对母性的抛弃是不同的。孩子必须抛弃的其实是"母性的容器"(maternal container):母亲的子宫和乳房,因为它们威胁到主体的存在③,而不是作为女性身体的母性身体(包括孩子自身的女性特质)。但是在基督教文化中,由于没有区分母性功能和对女人(女性特质)的再现,女人本身成了文化中被卑贱化的因素。因此在现实生活中,被视为威胁的与其说是"母性容器",还不如说是女人。对"母性容器"的依赖必然会威胁到主体的独立,但是对于克里斯蒂娃而言,由于缺乏必要的想象手段,把这种威胁转变为母亲作为他者的再现,基督教文化把女人变成了他者。因此,问题的关键是分清母亲和女人之间的区别。克氏理论中母亲和女人并非同一的,她说母亲"独具性别",从理论上讲,男人和女人都可以承担母性功能。④ 在克氏的理论中,有关母性的再现提供了一种同一性中的异质性。这是有关女人的再现无法做到的。她呼吁把母性功能和女人以及个体的母亲区分开:如果主体能够把母性功能卑贱化,并且通过这种卑贱发挥自己的功能,同时还无须把母亲作为女

---

① 转引自 Kelly Oliver. Julia Kristeva's Feminist Revolutions. *Hypatia* 8.3 (Smmer 1993), p. 103.
② Julia Kristeva. *Tales of Love*, trans. Leon S. Roudiez. New York: Columbia University Press, 1982, p. 274.
③ 例如,在克莱因的理论中,母亲的乳房对主体是一种威胁。
④ 转引自 Kelly Oliver. Julia Kristeva's Feminist Revolutions. *Hypatia* 8.3 (Smmer 1993), p. 104.

人而卑贱化，那么不仅对女人的再现会得到改观，对于母性的再现也会发生变化。

克里斯蒂娃主张在人类再生产的领域重构女人的身份。对她而言，繁衍不仅是人类生存的重要手段，还是女人可以享有的特殊经验。母性提供了一种激进的同一性中的异质性，提供了一种作为自我的他者和作为他者的自我的范本，可以为伦理提供一种统一中的分裂模式。换言之，孩子必须与母亲分离，但是母亲却表明他者或分裂是内在的："把母亲再现为过程中的主体，再现为包含他异性的开放主体性，将会建立一种自主性的模式，这种自主性能够容纳联系、同一、伦理和爱。但是作为激进他者的女人则不能，她完全外在于自我，无法触及、无法被爱，甚或无法识别，更不可能是'同一'的。"① 这是被排斥在文化之外的女人的特殊性，也是女性特质相对于象征的异质性。但是如上所述，这种异质性只有借助象征才有言说和交流的可能，或者说，女人的僭越需要一种同一性对异质性的中介才可能发生。有了这种中介才能让经验中的女人言说自己的特殊性，才能让她可以暂时称"我"，才能进入现有的社会象征契约，而母性恰恰提供了这种同一性和差异性相互中介的模式。

克里斯蒂娃再现母性中的非同一性，是为了重构女性主体性，寻找新的伦理或政治的可能性。她所提出的是一种在法则和僭越之间摇摆的政治。把政治和否定性相结合，既是为了避免附和现有秩序，也是为了避免完全的倒错。在她对女儿—母亲的关系的描述中，她认为必须安插一个第三者、孩子、神，这样才不会导致对他者（另一性别）的排斥。没有否定性，伦理就堕落为纯粹的附和；没有伦理，否定性就是纯粹的倒错。或者也可以说，没有否定性，政治就成了独裁；而没有法则，否定性就沦丧为精神错乱。克里斯蒂娃就是这样拆解身份的双重界限并重构女性主体性的。她在统一、稳定的身份/设置与消解同一性之间前进。消解同一性是为了吸收被社会象征契约排斥的他者，而这种消解仍然需要在重建同一性的逻辑中运作。这种同一性也把克氏带回了社会政治层面："她并不满足于只是在无意识结构中分析意指系统，包括政治制度。她也不愿把政治简约为政党、阶级或集体斗争。"② 在一种女人—母亲的私密性中，女人开始承担拯救资本主义再现的任务。

---

① 转引自 Kelly Oliver. Julia Kristeva's Feminist Revolutions. *Hypatia* 8.3 (*Smmer* 1993), p.105.
② 转引自 Kelly Oliver. Julia Kristeva's Feminist Revolutions. *Hypatia* 8.3 (*Smmer* 1993), p.107.

 第十六章　热奈特的文本理论[①]

---

① 本章作者为中国社会科学院外国文学研究所史忠义教授。

在热拉尔·热奈特（Gérard Genette，1930—2018）和克里斯蒂娃之间，有一个惊人的相似之处：克里斯蒂娃在"文本间性"的名义下，通过上溯，详述了小说体裁的诞生、内涵及意义；热奈特则在"广义文本"的名义下正本清源，准确地介绍了西方主要文学体裁的发展史以及体裁建构的种种指导思想。他的小册子《广义文本之导论》短小而又翔实，堪作一部体裁发展史来读。①

一、诗学的正本清源

诗学的研究对象不是狭义文本，而是广义文本，即"每部具体文本所从属的一般类型或超验类型的总和，包括言语类型、陈述方式和文学体裁等"。自亚里士多德起，西方诗学界通过多种不同的努力，试图把上述文学体裁建立成一个覆盖全部文学场的统一体系。诗学家们的努力产生了诸多混淆和歧义，最显著的莫过于抒情诗、史诗和戏剧的三分法，把文学场划分为三种基本类型，所有体裁和文类都从属于这三大类型。自 18 世纪末以来，人们广泛接受了三分法，并把它不恰当地归功于西方诗学的鼻祖亚里士多德。在《广义文本之导论》的第一部分，热奈特首先介绍了斯蒂芬、艾琳·贝伦斯、奥斯汀·沃伦、诺思罗普·弗莱、茨维坦·托多罗夫、巴赫金、18 世纪的巴脱神父等人对三分法的论述。他们普遍接受了三分法，但是理解有着明显的差错和偏颇之处。

热奈特的伟大贡献正在于指出多少世纪以来人们已经习以为常的错误，把柏拉图和亚里士多德的诗学思想准确地展现在读者面前。在《理想国》的第三卷，柏拉图决定把诗人逐出城邦时有两大论据。其一涉及作品内容（逻各斯），作品应该有教育意义；诗人尤其不应刻意表现神灵及英雄人物的缺点，更不能以善者受罪邪恶升天而助长缺点。其二涉及表现方式（lexis）。诗是对过去、现在和将来的事件的叙述。广义的叙述有三种形式，即纯叙事形式、通过舞台及人物对话的模仿形式以及叙述与对话相交替的"混合"形式。模仿形式相当于后来的悲剧和喜剧，混合形式相当于后来的史诗，而纯叙事形式相当于后来无任何插图的酒神赞美歌（dithyrambe）。柏拉图谈论的是广义的叙事诗的形式，亚里士多德之后，人们更喜欢使用"模仿说"或"表现说"（再现说）等词。总之，柏拉图断然把非表现类诗如抒情诗以及其他任何文学形式排除在外，又如表现类散文，或我们现代意义上的小说和戏剧。对事件的表现

---

① ［法］热拉尔·热奈特：《广义文本之导论》，瑟伊出版社 1979 年版。

构成诗的意义，只有表现过去、现在和将来的真实的或虚构的事件的作品，才能称为诗。这一思想经亚里士多德的发挥，成为后来古典诗学的基本思想。

其实，《诗学》的第一页即明确地把诗定义为以诗体形式出现的模仿艺术，明确排除了模仿类散文和非模仿类诗，甚至不屑提及非模仿类散文。尽管恩倍多克勒（Empédocle）等科技诗（poésie didactique）的作者与荷马使用同样的格律，亚里士多德宁愿称他们为自然主义者而不愿把他们奉为诗人。至于抒情诗，《诗学》从头到尾根本没有提及。一如柏拉图，亚里士多德显然也把抒情诗排除在诗之外。

在此，我们顺便说明，中国古代诗论崇尚言志，西方古代诗学崇尚表现（模仿），这是中西方诗论起源时期的主要区别之一，也是源远流长、延续至今的中西方传统诗论的根本区别之一。《尚书·尧典》里有"诗言志"一说。朱自清先生认为这是中国历代诗论的"开山的纲领"（《诗言志辨·序》），对后来的文学理论有着长久的影响。与"诗言志"这一特点相联系的，则是诗的教育作用。"志"既然是诗人的胸怀和思想感情，言志的诗必须具有从思想感情上影响人和对人进行道德规范的力量。古人把这种思想概括成诗能"持其性情"。孔子提倡诗"无邪"，《诗大序》又主张"发乎情，止乎礼仪"，以至提倡"温柔敦厚"的儒家诗教，说明诗之"志"必须符合当时的道德规范。这与柏拉图以及亚里士多德的诗学思想又有相通之处。区别在于，中国诗以言志教育人，柏拉图和亚里士多德则主张诗以叙事、模仿和表现现实教育人。

亚里士多德认为，模仿对象（objet imité）可以包括高于我们、与我们相当和低于我们的人，但是他几乎不谈与我们相当的人；那么，内容标准就局限于高于我们的英雄人物与低于我们的人物的对立。至于模仿方式，有叙述方式，即柏拉图的纯叙事方式，还有舞台表现方式，亦即柏拉图的模仿方式（mimésis）。柏拉图谈到的混合方式在亚里士多德的《诗学》里消失了。

在《诗学》第一章里，亚里士多德从模仿对象、模仿方式（mode）和模仿形式（forme）三个方面去区分模仿艺术，然而他几乎没有真正谈到形式问题。那么，两类对象与两种方式的交叉确定了四种模仿类型，即通常所说的体裁。诗人可以叙述高级人物的行为或把他们搬上舞台，也可以叙述低级人物的行为或把他们搬上舞台。高级人物的戏剧故事即悲剧，高级人物的叙事故事即史诗；低级人物的戏剧故事即喜剧，低级人物的叙事故事可以叫作滑稽模仿（parodie）。这样，亚里士多德的体裁体系如下所示：

方式 对象	戏剧	叙事
高级人物	悲剧	史诗
低级人物	喜剧	滑稽模仿

后面的论述中,喜剧和滑稽模仿黯然失色,史诗也逐渐让位于悲剧。一部《诗学》,基本上成了悲剧一枝独秀的天下。作者有意抬高悲剧是十分明显的。在亚氏看来,戏剧方式高于叙事方式(柏拉图则把叙事排在首位);荷马的功绩之一,就是尽量不以叙述者的面目出现,尽可能扮演模仿者亦即剧作家的身份,把话语让给人物;格律形式多变、音乐和戏剧场景的优越性、解读和表现清晰的优越性、紧凑、统一的美学特长以及悲剧对象在题材方面的优越性,是作者偏爱悲剧的主要理由。那么,模仿高级人物作为悲剧和史诗的共同定义就显得不够了;亚里士多德在《诗学》中的补充定义如下:"悲剧是对崇高而又完整、具有一定规模的行为的模仿,悲剧语言是根据各个不同部分特别调配的崇高语言,由人物行为而非叙事完成的模仿能够激发同情和恐惧,完成这类激情独有的净化作用。"这一定义在若干世纪中一直具有权威性。

二、亚里士多德悲剧理论辨析

热奈特认为,亚里士多德关于悲剧的"陶冶"作用的理论并非很清楚,后来曾多次引发了许多有害无益的解释。相反,亚氏概括的激发上述两种感情的悲剧特征更重要。它们是:事实的出人意料的完美编织,情节的曲折或突变,人物真实身份的最终显露既非天真无邪又非完全无罪的英雄人物的苦难,英雄人物并非真正犯罪,然而他的过失带来了致命的后果,亲朋好友之间,特别是具有血缘关系的人物之间因不知底细而发生的暴烈行为等,这些特征和标准实际上构成了悲剧的真正定义。按照这些标准,《俄底浦斯王》堪称最完美的悲剧,而索福克勒斯无疑是最优秀的悲剧诗人。

批评家们发现,悲剧不悲(des tragédies sans tragique)和悲剧之外有悲情(du tragique hors tragédie)的现象是存在的。那么,如何解释这一现象呢?罗博尔泰罗(Robortello)在1548年的评论中指出,只有《俄底浦斯王》完全符合《诗学》规定的条件,因此他认为,《诗学》规定的某些条件并非悲剧品位的必要条件,而仅仅是完美悲剧的必要条件,算是解决了一个理论难题。热奈特对《诗学》做了更细致的解读。他以为《诗学》谈论了两种互有区别的现实：最初几页从方式和题材方面谈论的是高雅戏剧（drame noble），或称严肃剧，与高雅叙事（史诗）以及低俗或欢快的戏剧（喜剧）相对立。人们一般把这种高雅剧或严肃剧称为悲剧，亚里士多德显然没有表示异议。另一现实属于纯题材方面的现实，更具有人类学的色彩，即悲剧性（le tragique），亦即对命运的嘲讽之情，或对神灵的残暴的抨击之情。《诗学》第六到第十九章主要论述悲剧性。两种现实的交汇部分，才是亚里士多德心目中真正能够产生恐惧和同情或两种感情混杂在一起的严格悲剧。如下所示：

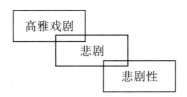

从体裁体系的角度来看，悲剧是高雅剧的一种特殊的题材形式，正如讽刺剧是喜剧的特殊题材形式、侦破小说是小说的特殊题材形式一样。自狄德罗、莱辛和施莱格尔之后，这种区别日渐明显，并为大家所接受。亚里士多德显然先后采纳了广义悲剧和严格悲剧的思想，未曾留心二者之间的区别。他的不慎引起了文艺界若干世纪的混乱。

热奈特补充说，亚里士多德完全承认并重视史诗方式的混合性，从《诗学》里真正消失的，是无插图的纯叙事方式（dithyrambe）以及区分纯叙事与非纯叙事的必要性。对柏拉图而言，史诗属于混合方式；而在亚里士多德看来，史诗属于叙事方式，尽管实质上属于混合型的或非纯粹型的叙事方式。显然，纯粹标准已经失去了它的意义。亚里士多德轻视纯叙事方式是有道理的，一部作品、一种体裁、一部小说，甚至一篇短篇小说，都不可能无对话形式，人们似乎找不到纯叙事的典型作品。因此，并不可能存在的纯叙事方式从亚氏的理论体系中消失了，他虽然没有谈到混合方式，其实是用叙事方式的术语代替了混合方式的实质内容。

三、古典主义诗学疏证

柏拉图和亚里士多德把诗局限于表现（再现）的诗学理论对后世产生了巨大影响，但是若干世纪的体裁理论处于混乱状态。精明的批评家们绝非无视抒情诗的存在，而是没有把抒情诗与史诗和戏剧相提并论，仅仅从技术角度界定抒情诗，即由里拉（古希腊一种竖琴）伴唱的诗。公元前3世纪与2世纪之交，雅里士塔尔克（Aristarque）曾经列出一份包含九位抒情诗人的名单，成为长期具有权威性的经典名单。身为抒情诗人兼讽刺诗人的贺拉斯，其《诗艺》只是一味赞颂荷马和论述戏剧诗的规则。昆体良（Quintilien）为未来的演说家开列的古希腊罗马的读物中，除历史、哲学、雄辩术之外，还有七种诗体的读物，如史诗、悲剧、喜剧、哀歌、抑扬格（iambe）、讽刺诗和抒情诗。不过，昆体良把抒情诗局限为颂歌一种形式，仅举品达（Pindare）、阿尔琴（Alcée）和贺拉斯为例。古代末期和中世纪时期，批评家们在不改动柏拉图和亚里士多德的体裁类型的基础上，竭力把抒情诗归入他们的诗学体系。4世纪末的迪奥梅德（Diomède）把柏拉图的三种方式重新命名为体裁，即戏剧体裁，包括悲剧、喜剧以及柏拉图和亚里士多德未曾提到的古希腊四联剧（tétralogie）中的讽刺剧；叙事体裁，除各种叙事体以外，还包括格言诗和科技诗；混合体，包括史诗和抒情诗。5世纪的普罗克洛斯（Proclus）则像亚里士多德一样，取消了混合方式，把抑扬格、颂诗和抒情诗与史诗统统纳入叙事体裁。11、12世纪之交的让·德·加尔朗德（Jean de Garlande）又重回到迪奥梅德的分类体系。

　　16世纪的诗艺一般放弃体系化的努力，仅满足于把各种类型并列起来。如佩尔蒂埃·德·芒斯（Peletier de Mans, 1555）分为讽刺短诗（épigramme）、十四行诗、颂歌、书简诗（épitre）、哀歌、讽喻诗、喜剧、悲剧、英雄类作品等；沃克兰·德·拉弗雷内（Vauquelin de La Fresnaye, 1605）则分为史诗、哀歌、十四行诗、抑扬格、歌、颂歌、喜剧、悲剧、讽喻诗、牧歌、田园诗等。从维达（Vida）到拉潘（Rapin）等古典主义的大诗学家基本上囿于对亚里士多德的评说，不知疲倦地比较和争论悲剧与史诗的优点，16世纪的新体裁如英雄传奇诗、田园小说、田园剧或悲喜剧，都没能真正改变亚氏的体裁格局。一方面承认各种非表现类形式的存在，另一方面又坚持亚里士多德的律条，他们便以"大体裁"与"其他体裁"来调解这一矛盾。布瓦洛的《诗艺》（1674）堪称这种态度的缩影，第三章讨论悲剧、史诗和喜剧等体裁，第二章则不加分类地讨论其他"小体裁"。同年，拉潘突出了大小体裁的区分。他认为史诗、悲剧和喜剧三大体裁可以浓缩为戏剧和叙述两大类，喜剧属于戏剧诗，讽喻属于喜剧；颂歌和田园诗属于英雄史诗。而十四行诗、情诗（madrigal）、讽刺短诗、十三行回旋诗（rondeau）、三节联韵诗（ballade）只不过是一些不完美的诗体。总之，非表现类诗体只能接受依附大体裁的命运，或被逐出诗的殿堂。理论家们对小体裁的歧视由此可见一斑。

　　古典时代并非不曾有过把所有非表现类诗体组合成第三类并冠之以抒情诗的思想，然而这种思想只能是一种边缘思想，或被视为异端（hétérodoxe）。最早的努力来自西班牙人弗朗西斯科·卡斯卡勒斯（Francisco Cascales）。他在《诗目》（*Tablas poeticas*，1617）和《文献学图志》（*Cartas philologicas*，1634）里谈到十四行诗时曾说，正如史诗和戏剧的主题是行为（action）一样，抒情诗的主题是思想。思想可以作为主题（作为内容、秘索斯）的见解《诗学》里是没有的。对亚氏而言，主题乃"行为的组合"。思想和感情作为主题的思想一直被拒绝，因为理论家们无法把它们纳入模仿的律条。

　　古典时代的最后一次努力来自巴脱。他在坚持模仿是诗和一切艺术的唯一原则的同时，巧妙地把这一原则扩大到抒情诗。他说，表面看来，抒情诗比其他文类离模仿的基本原则远一点，诗人抒发自己的感情而并不模仿什么。其实，这种什么也不模仿的真诗来自圣殿，来自上帝的授意，而上帝无须模仿，上帝创造一切。诗人的感情来自天性，艺术应该滋润和保持这种感情。诗人所表达的感情部分是虚构的。戏剧和史诗里也有抒情。抒写情节发展的是史诗或剧诗，而情节的中止部分，诗则描写灵魂的状态和感情，这时它本身又变成抒情诗。波利厄克特（Polyeucte）、卡米耶（Camille）和希梅纳（Chimène）的独白属于抒情段落，为什么剧诗可以抒情而颂歌不能抒情呢？所有诗人的共同目的都在于模仿自然，抒情诗也是一种模仿，它模仿感情。因此，抒情诗理应进入模仿范畴，唯一的区别在于它的特殊的模仿对象。这样，巴脱就把抒情诗纳入了古典诗学，把亚里士多德的行为模仿篡改为广义的模仿，并认为这一理论符合亚里士多德的诗学理论。巴脱的方法并不难理解，他从风格分析中找出三种体裁即无插图叙事、史诗和剧诗的痕迹，把亚里士多德拉回到柏拉图的起点，然后把无插图叙事诗解释为抒情诗的例证，最终把抒情、史诗和剧诗的三分法强加给柏拉图和亚里士多德。热奈特认为，这种篡改可以从方式方面找到论据：纯叙事方式的最早定义强调诗人是唯一的陈述主体，绝不把叙事的权利让给人物。这一点与抒情诗的原则颇为相似。如果我们忘却叙事与抒情这一唯一区别，单从陈述方式方面看问题，柏拉图的三种方式可以表示如下：

　　　诗人的单独陈述　　　　交替陈述　　　　陈述由人物完成

　　其中"诗人的单独陈述"一栏既可指叙事，也可涵盖抒情，或二者兼而有之。既然纯叙事体裁并不存在，于是向抒情和表意开放也就顺理成章了。于是也就得到了期盼已久的抒情诗、史诗、剧诗的三分法诗学体系了。

　　巴脱并没有从陈述方式方面寻找论据，他根本不关心方式。从陈述方式方面寻找论据的是20世纪的诗学家们，20世纪陈述方式成了备受重视的研究热点。热奈特指出，上述"调和"只能应用于戏剧舞台上罗德里格（Rodrigue）式的独白抒情形式，而独白的陈述主体不是诗人，而是人物。就其方式而言，罗德里格一直唱独角戏，或赞美爱情，或激发对方的反应；从体裁角度而言，前者属于抒情，后者属于戏剧。独白并非都是抒情，相反，对话也可能属于抒情。决定抒情的主要标准是内容。

四、浪漫主义诗学反思

真正放弃古典主义正统诗学而建立真正的体裁理论的是德国浪漫主义。1751 年，德国浪漫主义两大理论家施莱格尔兄弟的父亲、巴脱作品的翻译者 J. A. 施莱格尔首先提出，模仿原则并非诗的普遍原则。如果自然可以直接成为诗的对象而无须模仿，那么模仿不能成为诗的唯一原则。巴脱和老施莱格尔一致认为，抒情诗里的感情有真假之分。对于巴脱而言，只要这种感情是虚构的和模仿的，那么整个抒情诗体裁仍然服从于模仿原则；而施莱格尔则以为，只要它们是真情实感，那么整个抒情体裁就摆脱了模仿原则，而模仿原则也因此而失去了它的唯一权威性。自此，真正的三分理论统治了德国浪漫主义并超出浪漫主义的范畴。

德国浪漫主义内部对三分理论还有过一些新的解释和调整。弗·施莱格尔赋予柏拉图的三种方式以新的意义：抒情形式是主观的，戏剧形式是客观的，而史诗形式则主观和客观兼而有之（1797）。它们包含的意义与柏拉图的说法相似，然而形容词的选择明显转移了重心，从柏拉图单纯谈论陈述方式的纯技术层面转向心理和存在层面。另外，柏拉图与亚里士多德的诗学中无贯时性概念，从原则上讲，三种方式也无高低贵贱之分。弗·施莱格尔则认为混合方式明显晚于其他两种方式，史诗方式优于其他两种方式。同时期的荷尔德林（Hölderlin）不同意弗·施莱格尔的意见，他似乎倾向于戏剧，但又认为抒情诗是史诗的表述与悲剧激情的结合而略胜一筹。弗·施莱格尔与荷尔德林的继承者们对于戏剧是综合形式因而优于其他两种形式没有异议。但是，谢林（Schelling）不同意弗·施莱格尔提出的史诗（抒情诗）剧诗的发展顺序，认为主观抒情诗首开诗歌之河，然后上升到客观的史诗，最后达到戏剧这一综合形式。① 这一见解在 19 世纪和 20 世纪占了上风。雨果和乔伊斯都表达了同样的意见。

抒情诗、史诗和剧诗是三个广义体裁。历史发展过程中还形成了许多子体裁。浪漫主义之后的许多现当代诗学家们，或者试图以方式解释体裁，或试图准确地确定各种子体裁与广义体裁的隶属关系，或者从各种体裁的对象方面论

---

① 谢林的《艺术的哲学》，写于 1802—1805 年，发表于 1859 年。

述它们的优劣，提出了众多新鲜而复杂的见解。然而他们的学说很难自圆其说。例如，以方式解释体裁的做法。体裁是文学类型，而陈述方式属于语言学的范畴，更属于现代的语用学范畴。把小说列入史诗的子体裁仅仅是因为小说采用了叙事方式，而小说的散文体形式与史诗大相径庭。体裁与方式的关系要复杂得多，绝不是简单的隶属关系。体裁可以跨越方式，《俄底浦斯王》既是叙事，又是悲剧，正如文学作品可以跨越体裁一样。不能以单向的隶属关系和阶梯关系界定体裁。每种体裁同时与方式和题材相关。热奈特倾向于把题材、方式和形式三方面的稳定因素作为体裁体系的重大参数，建议识别与陈述方式以及若干大的题材如英雄主义、情感主义、喜剧性等相关的"超越历史阶段的稳定因素"："某些题材方面、方式方面和形式方面相对稳定的超越历史阶段的决定因素……在一定意义上描画了文学领域演变的风貌"，并且决定了"隶属关系的潜在空间"。与体裁相关的题材、方式和形式方面的决定因素的总和构成"广义文本"（architexte）；诗学的研究对象不是具体文本，而是广义文本，因为广义文本是"每部具体文本所从属的一般类型或超验类型的总和"。用文本类概念能够更准确地表达体裁间、体裁与方式和形式之间、作品与体裁、体裁与题材之间的错综复杂的关系。

五、文本结构审度

在《隐迹稿本》（*Palimpsestes*, 1982）① 一书中，热奈特介绍了他的系列文本概念：跨文本性，亦即文本的超验性，这一定义包括所有或明或暗地使一文本与其他文本发生关系的所有成分。跨文本性大于并包括广义文本性，更应该成为诗学的研究对象。1981年10月，热奈特共观察到五类跨文本性，按抽象程度逐渐上升的顺序来看，它们依次为：

（1）文本间性，热奈特赋予这一术语一个比较狭义的概念，即两部或多部文本的互文性关系，最常见的互文性形式是一部文本在另一文本中的实际出现。最明显、最准确的形式是传统意义上的引语（带引号、说明或不说明出处）；其次为剽窃，剽窃是一种不公开的忠实借鉴；再次为寓示（allusion，又译喻示、暗示）。文本间性这种朦胧状态是米哈伊·利法泰尔颇为青睐的研究领域。然而，利法泰尔赋予文本间性的定义却要大得多，相当于热奈特心目中的跨文本性。利法泰尔曾经说过："互涉文本，即读者发现一部作品与该作品

---

① 前译《变化文本》或《隐形文本》，现遵作者原意改译为《隐迹稿本》。作者确实强调擦去原来字迹写上新的文字后还可隐约看到原来文字的痕迹这一现象而用其引申义。

以前或以后的作品之间的关系。"① 利法泰尔几乎要把文本间性与文学性相同一:"文本间性是文学阅读的特有机制（mécanisme）。只有通过文本间性才能了解表意程序，而文学文本与非文学文本所共同具有的直线型阅读方式只能产生意思。"② 然而，概念上的广义却伴以狭隘的实践，利法泰尔本人的研究对象几乎总是句子、片段或短诗语义风格方面的微观结构。在利法泰尔看来，文本间性的痕迹更多地表现在细节而非宏观结构上。哈罗德·布鲁姆（Harold Bloom）关于影响机制的研究完全出于另外的目的，但其研究方法与利法泰尔类似，关注互文性的细节胜过承继现象的关注。③

（2）副文本性（前译泛文本性）是指文本与其副文本亦即标题、副题、互文性标题、前言、后记、告读者语、序、跋等以及边注、页注、文末注释、题词、插图、请予刊登类插页、磁带、护封以及笔迹或其他痕迹等附属部分的关系。这些附属部分是对读者产生影响的语用领域的重要组成部分。菲力浦·勒热纳把它们称作体裁性合同或体裁性协议（contrat génétique 或 pacte génétique）。草稿的前言、各种梗概和提纲等也可以发挥副文本的功能。有时一部作品甚至可以成为另一部作品的副文本。通常副文本性提出了一大堆问题，而等待解答。

（3）元文本性，又可叫作评说文本性，指一部文本对另一文本的评说关系、批评关系，可以指明并引用对象文本，也可以暗示。黑格尔的《精神现象学》就曾暗示过狄德罗的《拉摩的侄儿》一书。人们对于元文本性未能给予足够的重视。

（4）承文本性是跨文本性的第四种类型，指文本 B（理应叫作承文本）与以前的某文本 A（应该叫作蓝本）的非评论性关系。《埃涅阿斯纪》和《尤利西斯》是《奥德赛》的两个程度不同、书名各异的承文本。两个承文本的区别在于改造的类型不同。从《奥德赛》到《埃涅阿斯纪》的改造是一种复杂的间接改造，是受荷马启示的一种模仿，模仿是一种复杂的改造。从《奥德赛》到《尤利西斯》的改造则属于简单的直接改造，把原作的情节搬到 20 世纪的都柏林。

（5）广义文本性是最抽象、最隐晦的第五种类型。对体裁的认知在很大程度上引导和决定着读者的期望区，亦即决定着作品的接受情况。

跨文本性的五种类型并非五种封闭的、铁板一块的类型，它们之间存在着

---

① ［法］热奈特：《隐迹稿本》，瑟伊出版社 1982 年版，第 9 页。
② ［法］热奈特：《隐迹稿本》，瑟伊出版社 1982 年版，第 9 页。
③ ［美］哈·布卢姆：《影响的焦虑》，牛津大学出版社 1973 年版。

众多的联系。跨文本性不是一种文本类型，而是文本的一种状态，用利法泰尔的话说，是文学性的一种特征。同样，承文本性也是文学性的一种普遍状态。任何文学作品，不同程度地都会提到其他作品，从这个意义上来讲，所有的文学作品都具有承文本性。

行文至此，笔者对互文本一词有一个学术性的辨析。在保留克里斯蒂娃、利法泰尔以及热奈特分别赋予文本间性和跨文本性的不同定义的基础上，为了表述的方便和意义的准确性，在某些特定语言环境下，把同学科不同文本之间的互文性叫作文本间性，而把不同学科间不同文本的互文性叫作跨文本性。这是我们赋予"文本间性"和"跨文本性"两个术语的新含义。①

给热奈特的文本理论下断语是艰难的事情。比较贴近情理的方式是看看他如何锲而不舍地继续为之探索。在《隐迹稿本》后边500多页的冗长篇幅中，热奈特从滑稽模仿的诞生开始，以作品分析为佐证，展示文学史上承文本性的一系列现象和形式的起源、发展和异变过程，并总结常见的承文本性的种种手法，如改写、翻译、诗化、散文化、格律变化、风格异变、缩写与增写、删节、简化、浓缩、题材的外延、风格的扩张、扩充（amplification）、方式的转换与改变（transmodalisation intermodale et intramodale）、改换故事（transposition diégétique）、改变情节（transposition pragmatique）、改变时间和空间（proximisation）、增加立意（motivation）、取消立意（démotivation）、改变立意（transmotivation）、引入新的价值观（valorisation）、取消某些价值观（dévalorisation）、改变价值观，以及增加、删除或改变审美观念等，其翔实、细腻、有根有据，确实令人叹为观止。作者永不停息地分解并寻求恰如其分的术语，没有人像他那样关心这些尽人皆知而又皆不知的问题，然而不免有冗长和累赘之嫌。

---

① 参阅拙作《关于"文学性"的定义的思考》（代译序），见［加］马克·昂热诺、［法］让·贝西埃等主编《问题与观点：20世纪文学理论综论》，史忠义、田庆生译，天津百花文艺出版社2000年版。

第十七章 德里达的解构性诗学[①]

---

① 本章作者为西安外国语大学中文学院冯晓莉副教授。

德里达（1930—2004）是蜚声西方学界的法国著名思想家。赞扬者称其为后现代主义的翘楚，贬抑者则视之为传统文化的杀手。无论人们怎么评价，谁都不能否认他是解构主义大师。其理论思想堪称人文学术的奇葩。德里达的解构主义学说不仅在哲学领域与众不同，在文学方面也是一枝独秀。循其理路探索，则可领略德氏学术与传统文思艺理迥然不同的诗性智慧。

德里达对各种文学艺术的创作和评论都很关注，经常与哲学家、作家和艺术家一起探讨有关文本和创作的具体问题。他的哲性诗学可以用"解构"（deconstruction）一词予以概括。他以"文字学"作为基本的实践方式，以"延异"（différance）、"增补"和"痕迹"等举措为辅助手段，由之拓展出前无古人的诗学天地。国内外学界将其理论列入破解性学说一类，这当然有一定道理，但是如此归类尚不足以涵摄其诗学思想的总体风貌。剀切地讲，他的诗学要义不仅仅是解构，其中也包含着建构的深旨。

一、"解构"直击诗学根本

德里达对学术界的影响，可用强烈的冲击波来比喻。这一冲击波对文学根本处的震撼，远远大于梅洛-庞蒂、萨特、福柯、德勒兹等思想巨子。他是在颠覆传统形而上学和传统文化观念的基础上，阐述自己的哲性诗学。

从总体上讲，他的诗学思想与西方传统审美理念有着重大差别。对逻各斯中心主义尖刻的解构和对语音中心基轴的否弃性审视，是其重要的批判性切入点。在德里达那里，文学不再是狭隘意义上的文学，哲性诗学也不同于传统意义上的文学批评。从思维艺术方面来说，其《立场》（Positions）是对抗西方逻各斯中心主义的力作，《声音与现象》（La Voix et le Phénomène）是挑战西方语音中心主义的重拳，《书写与差异》（L'Ecriture et la Différance）是其写作方式的"游于异"，《论文字学》（De la Grammatologie）是其建构书写理论的"立于字"，《文学行动》（Acts of Literature）则是其逆袭传统文学理论的"兴于解"。他的确在不断解构，其笔触所到之处，既成的固态理论都有分崩离析之势。[1]"解学大师的笔走龙蛇，形成了一种'在场'亦'遁形'的哲性诗学。"[2]"解构"行为，揭橥抗击和消解，同时也触发奠基和新生。《立场》《声音与现象》等著作阐发了抗击"体制性存在"（institution）的文学思想。

---

[1] 本章关于德里达诗学的解析，得益于栾栋先生对德里达的评介。此处以及本章所引述德氏"游于异""立于字""兴于解"等观点，均出自栾栋的《诗学讲义》（未发表手稿，见《德里达篇》）。

[2] 栾栋：《德里达篇》，见《诗学讲义》（未发表手稿）。

正是这种质疑和否定"文学体制"的研究，为学界开启了对柏拉图形而上学以来各种文学实质理论的独特批判。

德里达诗学思想的东渐，在中国学者中有一个从不理解到理解的过程。在国内也有一些评判德里达文学解构的哲性诗学著作。如盛宁的《人文困惑与反思——西方后现代主义思潮批判》①、陈晓明的《无边的挑战：中国先锋文学的后现代性》②、王岳川的《二十世纪西方哲性诗学》③、尚杰的《解构的文本——读书札记》④、汪民安的《后现代性的哲学话语——从福柯到赛义德》⑤、王宁的《超越后现代主义》⑥等。这些著述也为我们认识德里达的哲性诗学提供了不同视角。国人是在评介、借鉴和模仿的研习中，或曰在"拿来"加"审度"中，扬弃德氏思想，同时开始构建"具有中国经验"的诗学理论。在某种意义上，可以说中国当代文坛"解构主义"的文学批评方法，其内质主要源于德里达的文学批评理论。德里达关于文学解构的哲性诗学，为中国本土语境的"文学"和"诗学"以及"文学批评"提供了新的思维方式和丰富的思想资源。

从全世界范围来看，德里达文学解构的哲性诗学对文学的冲击也相当广泛。美国著名学者乔纳森·卡勒（Jonathan Culler，1944— ）在《论解构》一书中列举了四个方面：其一是解构主义影响了一系列有关文学和文学批评的概念，包括文学本身这一概念；其二是重新确认了文学批评的变革性主题；其三是德里达本人的解构批评实践为学界树立了范式；其四是德氏理念改变了文学批评的性质和目标。应该说这几点评价都比较准确。显然，德里达本人的阅读方式给哲性诗学和文学批评带来的启示，不仅发生在德里达所勘定的哲学文本方面，在其他领域也有批评学和发生学的重要启迪。可以说，称德里达的"解构"思想已在人文和社科的一切领域中都有其深刻的意义。⑦

二、"消解"牵动文本深读

"解构"的直接作用是"消解"效应。这一点突出地体现在德里达的文本

---

① 盛宁：《人文困惑与反思——西方后现代主义思潮批判》，生活·读书·新知三联书店1997年版。
② 陈晓明：《无边的挑战：中国先锋文学的后现代性》，时代文艺出版社1993年版。
③ 王岳川：《二十世纪西方哲性诗学》，北京大学出版社1999年版。
④ 尚杰：《解构的文本——读书札记》，中国社会科学出版社1999年版。
⑤ 汪民安等：《后现代性的哲学话语——从福柯到赛义德》，浙江人民出版社2000年版。
⑥ 王宁：《超越后现代主义》，人民文学出版社2002年版。
⑦ 陆扬：《后现代性的文本阐释：福柯与德里达》，上海三联书店2000年版，第194页。

研读方面。青年德里达阅读了大量法国现代思想家萨特的著作。他从萨特的《什么是文学》中获益极多。栾栋先生在其《人文学举要》讲义中这样评说萨特对德里达的影响:"人文思想家当中不乏将文学和哲学结合起来的作家,萨特、波伏娃、加缪等人就是这样的人物。特别是萨特,他既是'哲学家',也是'文学家',其'存在主义'可谓'栖居两科'的文化典型。萨特将文学和哲学集于一身的人文气质,深深地吸引了青年德里达。如果说萨特时而文学写作,时而哲学著述,尚未摆脱两大领域之间的跳荡,那么,德里达的'大文学'观念在很大程度上是得自萨特思想的启蒙。"① 西方的哲学是柏拉图驱赶了"诗人"(文学)的产物,此即西方逻各斯中心主义乃至西方逻辑和形而上学的命门所在。德里达质疑西方哲学的这个吃紧点,实际上是在努力恢复被阉割和被遗忘的"人文诗性",或曰重启有情有义、有文有理的人文生态基础。② 德里达与萨特思想是大相径庭的,然而,在法国20世纪的人文演进脉络上看,前者对后者的学习和扬弃是有着内在联系的。德里达后来谈及自己的思想形成时,总是以充满敬意的口吻引述萨特的作品。

德里达的解构诗学剑指同一性。一方面,他在"文学是什么"这样的问题上,对同一性的进攻是不遗余力的。自柏拉图、亚里士多德以来,人们大都是在文学是文学的"文学性"出发,构建同一的文学家族。这个家族之认同或被认同,都是根据是否符合既定的"文学性"理念来判定。德里达站在反形而上学的立场上,对基于"文学性"的统一性理念,做了大幅度的消解。另一方面,又从非本质主义的视点,深层次揭示了"同一性文学思想"的荒诞特点。他认为"文学是什么"的提问,本身就堕入了本质主义的深坑。这个"同一性文学"的提法如同绝对真理和其他同一性的命题一样,是没有价值的思想。因为人们可以阅读大量的文学文本,提出若干假设,但作品的产生永不止息,对文学预设的回答只能是徒劳的。德里达的理论看似悖谬,但"似非而是":文学是在现实的文学作品规定好的模式中不断嬗变的结构,与此同时又不断地打破这种结构,在结构和解构的交替中生成。这就像一种不完整的圆的轨迹运动,圆在时间中不停前移,在空间中自我充实,只重现而不重复。德里达以阅读法国现代作家莫里斯·布朗肖为例,阐发了另类文学。莫里斯·布朗肖的《黑暗托马》(*Thomas l'Obscur*)晦涩难解,作者浓缩了自己钟爱的母题。凝视、欲望、空无、出神、超现实主义方式,等等,写作艺术变幻莫测,令人目不暇接。尸体、夜、梦与趋向死亡或死后的感受,置身深渊之不

---

① 栾栋:《德里达篇》,见《诗学讲义》(未发表手稿)。
② 栾栋:《德里达篇》,见《诗学讲义》(未发表手稿)。

可能的经验——绝对经验，内在经验，神魂颠倒，异响纷呈。整部书就如同一个为了吸收夜之光而过度放大了的、摊展在地平面的瞳孔内的影像。他将那使他什么都看不见者作为实物，当他的目光被视为如同一切影像之死时，这道目光却以一个影像的形式进入他自身内部。在这样的叙述空间里，几乎没有外部形式写实主义界定的逼真性，而是纯粹的符号在浮沉，或曰飘荡的能指在流动。于是不论是托马还是安娜，不论是他还是她，都是纯粹的人称代词，都是戏剧演出的面具（persona），他们的位格可以互换。上帝死亡后，主体失却自我的同一性，于是在时间性里与物转换，类与非类，存在与死亡，这些早先明确的既成边界，如今却暧昧。"死亡实存着"，这个混杂着死与活、虚与实、无与有、亡与在，最终抵达与笛卡尔意识哲学"我思故我在"迥然不同的反命题："我思，故我不在。""我思想，我的实存完全变成一个缺在的无者。"哲学冥想的宏大声乃从梦寐的幽黯中如一朵黑花绽放。

过去两百年中，人们关于语言的脑区意识归类、心理反映归类、心物契合归类等解说，在布朗肖笔下被悬置，被消弭，代之而起的是黑暗之黑暗，就像矿井深处掌子面壁上的岩石断层和地壳纹理，凸显出很难被眼睛捕捉，很难用笔尖描摹，然而毕竟可让人摩挲的"绝对物质性"。于是，语言开启了它特有的空间，可称之为死亡与夜之居所。它处于意识的外边，闪烁着蓝幽幽的磷光。一如罗兰·巴特所说的"写作的零度"。布朗肖这样的书写实践，和他对于文学与疯狂、虚无的思考，在现代文学以来实属罕见。福柯的《外边思维》是关于布朗肖文学创作的评说，该文似可作为《黑暗托马》的引论来看。尽管有此导读，布朗肖的这个作品虽说耐人寻味，可是仍然不易理解。试想，一种疯狂的存有论，岂非旷古罕见？

法国文学家巴塔耶、法国剧作家阿尔托（Hugo Alvar Herik Aalto，1898—1976）等人的文艺作品，也是德里达阅读的对象。他顺着萨特的哲学思路，很快接触到马克思主义、精神分析学、结构主义，特别是胡塞尔的现象学和海德格尔的基础存在论。这些阅读对德里达的影响很深，甚至可以说奠定了德里达后来思想和写作的基本风格，文学与哲学交织的创作。随着阅读的深入，德里达不再满足于这种状况。他发现萨特式的提问有缺憾，一是过于形而上学化，二是思想并不充分，三是尚未达到自己追求思想创造的初衷……而且忽视了20世纪的其他作品。萨特从未谈及阿尔托，对马拉美、热内（Jean-Pierre Jeunet）等人也谈得很少。

于是，德里达开始独立地提出问题，"文学"成为他真正研究的重要领域。可见，德里达的身世与学习经历给其文学批评思想的形成提供了一种可能，特别是向内的和潜意识的熏陶；然而，德氏思想及其方法的真正形成，主要还是建立在对胡塞尔、索绪尔、海德格尔等人的批判性吸收上,思想实践、批判精神和外向拓展的张力由此激发。

三、研读见出他化精神

德里达的各种著作都贯穿着其阅读的解构原则,也就是在阅读文本基础上进行的阐释性解构。德里达自嘲是"无家可归"的思想家。栾栋先生对此有这样一种评价:"德里达自称是一个'无家可归者',其实他处处为家,即我本人非常赞赏的'他化'精神。这种出入群科的'他化'气象,既得益于他所处的开放性的时代,也得益于其不同俗常的人文胆略和学术器识。人们着眼居多的是德里达解构的涤除玄鉴的一面,往往忽略了其吸纳性和整诠性的潜在运动。比如说,他对古今文化几乎都很有兴趣,大量的阅读好似即海煮盐,破壁性的思考犹如烧汤泼雪。在一个全球性的阅读退潮的时代,提倡他那样的海量阅读,是避免文教浅俗化的重要经验。不少德里达的研究者都看到了他永远流动和浪迹群科的现象,其实这个现象后面蕴含着这位杰出思想家刻苦阅读和取精用宏的精神。"① 栾栋先生的这个见解是相当深刻的。德里达在人文群科间的"他化"风范,正是从大规模的阅读开始的。

德里达在孜孜不倦地寻求突破传统哲学限制的思想自由。阅读就是实现这一目的的重要途径之一。他除了阅读上述哲学著作和法国近现代文学作品外,还把阅读范围扩大到古典作家作品方面,如赫拉克利特、德谟克利特、苏格拉底、柏拉图、卢梭、马克思、尼采、马拉美、索绪尔等人的著作,均属他的喜好。此外,对艾略特、庞德、乔治·巴达耶等现当代人的文艺作品研读,展示出的则是他与福柯、利科尔和利奥塔等人的不同旨趣。这使他的思想五彩缤纷,著述论域宽阔,举凡戏剧、诗歌、绘画、电影、建筑、邮件等作品,都是其笔端色素。如果说他通过阅读古典完成自己对结构的突破,那么欣赏同时代思想家和文化人的文本和作品,正是其文思泉涌的另一个奥妙所在。2004年10月14日的《纽约时报》有这样的评论:德里达通过阅读内容极其广泛的西方文明经典著作,揭示了其中许多含而不露的意义,这些意义为想象性的表达创造了新的可能性。德里达所揭示的手法就是"解构"。这个词经常被人引用但很少让人理解,它在最初形成时,是用来说明对复杂难懂的文本和可视作品的一种解释策略,解构已经进入日常语言。②

---

① 栾栋:《德里达篇》,见《诗学讲义》(未发表手稿)。
② [英]斯图亚特·西姆:《德里达与历史的终结》,王昆译,北京大学出版社2005年版,第7—8页。

这样的阅读历程，为我们研究德里达哲性诗性思想提供了可能。德里达与福柯不同，他借助于阅读各种文本并在不同文本的穿梭中进行自由创作。是什么力量促使德里达对文学产生了如此浓厚的兴趣？从其对形而上学的解构中可以见出端倪。他认为，真理往往存在于哲学和文学之间，常常是在有些文学作品中，较之某些哲学著作更有思想内容。因此，也比这些哲学著作蕴含着更多的解构力量；文学书写比某些哲学文本更有活力，更有理想热情，因而文学作品更容易地感染人。鉴于这种认知，他利用文学文本或对文学的分析来展开一种哲学批判，利用哲学文本或对哲学的分析来探讨文学。这样的学术实践，使得德里达有了重大发现——文学或哲学本质上都是一种"踪迹式"（traces）的书写。由于这种书写本质上总是想抵达他者、召唤他者、由他者来确认，因此，书写或文学就成了一种独特的建构着的存在；文学是一种奇怪的建制。[①]德里达一直主张"双重阅读"（Double reading），并将自己的这一方法付诸实践。所谓"双重阅读"，就是两种阅读方式，一种是"重复性阅读"，一种是"评论性阅读"。前者是一种传统的阅读方式，阅读的过程就是对作者原意进行追寻的过程；后者是一种解构的阅读方式，它不追求思想和表达的连贯性，也不追求传统意义上的阐释或说明，只在原文的"边缘"或"盲点"对文本进行肢解和增补。阅读的过程就是"意义播撒"的过程，也是文本增殖的过程。德里达的"评论性阅读"，是一种"阐释"的创造性阅读。德里达阅读思考的触角不仅伸展向政治学、法律、建筑、文学和绘画等领域，而且伸向因特网等科技现实世界。他认为，电子超文本的出现使"评论性阅读"很轻松地变成了现实。因特网给我们带来了电子超文本，它颠覆了我们的传统阅读方式。

四、大师交流的诗哲火花

在大师级人物处引入火种，是德里达思想形成的重要特点。他与勒维纳斯（Emmanuel Levinas）的交流便是一个显例。勒维纳斯是与德里达齐名的法国思想家。他是最早将现象学引入法国的学者之一。德里达在论题、方法和策略方面受到勒维纳斯的持久影响。而在学术交流的过程中，德里达也以其独具一格的解构策略，对勒氏思想产生过一定的影响。他对勒维纳斯的温和批评促进了后者思想的转变。

德里达的《暴力与形而上学》（1964）一文，无疑是第一篇真正有分量的

---

① ［法］德里达：《文学行动》，赵兴国等译，中国社会科学出版社1998年版，第33-35页。

研究勒维纳斯的著作。德里达曾明确地表示,自己在广泛而深入地研读海德格尔的著作(主要是晚期著作)时,受到了"勒维纳斯思想的震撼"。该"震撼"可从多方面解读,笔者赞同栾栋先生的看法:"这种震撼源自中东和欧洲文化的深层。它不是勒维纳斯的胡塞尔解读对海德格尔的反驳,也不是黑格尔幽灵在法国思想界的重现,而是希伯来思想对希腊思想的反动和抗议,是伦理哲学对形而上学为代表的思辨哲学的颠覆。与这种彻底的颠覆相比,海德格尔对胡塞尔乃至对传统形而上学的超越充其量只是希腊思想内部的一场对话而已。"[1] 在《暴力与形而上学》中,德里达引用了勒维纳斯的一段话,并做了自己的引申:《存在与时间》可能只支撑了一个论题,即存在的前提性。"作为时间展开的赖以显见之理:'要认识在者,就得已经理解那种在者之存在。'肯定存在对于在者的优先性,就已经对哲学的本质做了表态,就是将与某人这种在者的关系(伦理关系)服从于某种与在者之存在的关系,而这种无人称的在者的存在,使得对在者的把握和统治成为可能(即服从于一种认知关系),就是使公正服从于自由,一种在大写的他者核心处保持大写的同一的方式。"[2] 显然,这段话触动了德里达。对既成性的质疑,已经是德里达批判精神的一个重要指向。德里达很善于学习,尤其是与勒维纳斯这样的大师级人物的交流,思想火花格外耀眼夺目。他们的相互欣赏发自内心,相互切磋近乎"神交",相互间的学术共鸣影响了整个欧美学界。这一点,从其另一篇论文《人文科学话语的结构、符号和嬉戏》(Structure, Sign, and Play in the Discourse of the Human Sciences)中也可以看出,他从结构主义向后结构主义(解构主义)的转变。那是一篇向结构主义发难的檄文。

从文化怪杰那里领悟奇谲,是德里达诗学取火且借力的又一个亮点。诚如栾栋先生所言:"德里达在乔治·巴达耶和莫里斯·布朗肖那里获益匪浅。巴达耶和布朗肖可谓法国现代文坛巨匠。他们继承了尼采、柯耶夫诠释黑格尔和东西方神秘主义的思理和文风,在酌奇出新方面对德里达影响甚深。德里达以其不同凡响的洞察力和透视事物的独特角度,每每见出两位怪异思想家的影子,这些影子有时如幽灵,有时像夜火,给西方学界散发出奇特的诗学光芒。"[3] 其实,不止德里达受到上述几位前辈怪杰的影响,后结构大师如罗兰·巴特、米歇尔·福柯等人也都从他们那里得到这样或那样的启发。尤其是俄裔法国人柯耶夫对黑格尔辩证法充满当代法国特色的深入阐扬,为未来诸多

---

[1] 栾栋:《德里达篇》,见《诗学讲义》(未发表手稿)。
[2] Jacques Derrida. *L'Ecriture et la Différance*. Paris: Editions du Seuil, 1967, pp. 164–165.
[3] 栾栋:《德里达篇》,见《诗学讲义》(未发表手稿)。

流派的他者理论的生成提供了契机，擘画出了新的空间。如欲望主题在萨特、德里达、福柯、拉康、德勒兹等人那里得到了极其绚烂的发挥。死亡主题使海德格尔通向法国成为可能，进而在勒维纳斯那里得有最强有力的回应。有些主题传播得很远，流行于英语世界的后殖民理论思潮，也都能见到他们的思想闪光。

德里达通过阅读产生的对西方逻各斯中心论的怀疑与否定，不过是解构一种可以被解构的意识形态，解构一种可以被解构的优越心理，解构一种西方世界由来已久的对解构的不宽容态度。所谓"解构"，并不仅是把任何成见肢解得支离破碎，而是指出事情永远还有另外的方面，另外没有想到的作用。当"解构"批评（或解构）某一理论时，其实是说，这种理论不适当地排除了它不应该排除的其他可能性。事情永远有另一种可能性，甚至不可能性也是一种可能性。"解构"可以使我们无限增加看问题的角度，使世界更加丰富多彩，更加新意迭出。要支持疑义、异议，支持不同见解，支持批判的态度。作为阅读对象的特定文本是在场的，但它的意义不能由自身指涉获得，而只能在与不在场的其他要素的联系中赋予。如果不是着眼于单一的文本，而是瞩目于多个作为要素的文本或者由这些要素组成的系统，那么，在场与不在场的划分便失去了严格的界限，因为二者可以轻易转化。

五、"延异"意味游戏活动

德里达在阅读中的文学解构活动，采取了多种多样的游戏消遣策略。除了前文提到的针对传统的古典文本和现代文本之外，还针对书写文本的封闭结构，进行开放的书写文字的"延异"（différance），即"立于歧"的创造游戏。德里达在《哲学的边缘》中解释了这种"延异"（动词 différer）在词源学上的两个基本含义：一是"延时"，有意识或无意识地诉诸那种迂回延时的中介，这中介能够延缓欲望之达成；二是"（与）不同一、（作为）别样、可（与）区分"。这当然就是德里达想要表达的在追随胡塞尔的现象学关于本原的探究中所发现的那个东西的特征。显然，现有法语中相应的名词形式"différence"（差异）已经不能完全地覆盖上述特征。德里达因而生造出"différance"（延异，也有译作延宕）一词，以指称自己的哲学发现。可见，德里达是一个带有某种辩证法意识的胡塞尔现象学的分析批评家。德里达的"延异"概念，是借助于在胡塞尔那里已经存在的哲学"语言转向"的力量，创立了一种作为西方以往一切"在场形而上学"（metaphysics of presence）的对立面，设计了一种首先是对于一切文本形式的存在物——具有本体论意义的

"书写学"（la grammatologie）。"延异"是深刻的和耐人寻味的。索绪尔关于语言的能指功能仅仅在于差异的经典教条，给德里达提供了一个深刻而直接的突显"延异"的书写学本体论形象的借口。而从"différence"到"différance"的"e"到"a"的替换则更加具有了一种本体论革命的象征性，因为在这两个词的法语读音规则中，"e"与"a"发音是相同的，由此，过去形而上学的"语音中心主义"被颠覆了。"延异"作为德里达的一种解构策略和书写活动，它首先要担当的一个重任就是颠覆西方的语音中心主义传统，即颠覆西方根深蒂固的"在场的形而上学"或"逻各斯中心主义"（logocentrism）以及传统的语义学系统。解构、崩塌、离散（dispersal），既不是"有"（entity），也不是"无"（void），而是德里达所谓的"延异"（différance）、"游荡"（errance）、"痕迹"（trace）、"播散"（dissémination），即属于当代风格的"后现代主义的不断演化"（going-on of the post-modern）。其中的"延异"一方面论述有机统一论的"补苴"（mend），旨在瓦解有机统一论，另一方面也在"修改"（mend），一如生物科学在基因链中爬梳剔抉的工作。在这里，"延异"式地"游荡"多少让人们感受到德里达的一个理念，即不愿被命运摆布的遁逸。①

德里达借用了索绪尔提出的"在语言中只存在差异，不存在绝对项"的核心观点。比如"红"能被我们辨识不是它本身的缘故，而是因为我们已经知道这个词同别的诸如"蓝""绿""紫"等词在用法上不同。这一方面打破了语言文本的形式结构，另一方面创造出提供自由创作所需要的新文字词句，并在创造的文字词句中扩大其自由创造的纬度。例如在英语里，"热"（hot）这个词的差异性，可以沿着诸如"帽子"（hat）、"打击"（hit）、"跳"（hop）、"猪"（hog）等无限地推进下去。这样，任何一个语词的意义都构筑于差异性的前提下，而这种种差异性从来都不形成一种"在场"，即它总是处于一种"由此及彼"的转换状态中，而无法像歌德《浮士德》里的主人公所希望的那样，由于"美"而希望"停一停"。这种创造的文字、词句不同于索绪尔"由差异至确定"的做法，德里达将这种差异做进一步强化，从而彻底取消了任何确定性的可能。对于德里达来说，词义关系方面的这种"差异"造成的结果，是意义确定的无止境地"延"，也是一种游戏消遣。中国有"歧路亡羊"的寓言，德里达是歧路求异。他试图以"歧"之"异"，而让以"在场"为前提的事物"同一性"名存实亡，从而完成海德格尔想做而未能做成的事，成为第一个后形而上学思想家。

德里达发现西方形而上学把存在看作绝对的，认为所有的实体都有它们的

---

① "遁逸"也是栾栋先生解读德里达"延异"说的一个词语。参阅其《诗学讲义》（未发表手稿）。

起源和中心，而语言符号与现实具有明确对应的关系，透过语言符号即可看到真实。在这一点上，他从结构主义语言学的奠基人索绪尔那里获得了解构的灵感：每一个符号与它所表示的事物之间的关系都是任意的，这种任意性就意味着符号没有一个固定的位置，符号系统是没有特殊对应物的系统。根据海德格尔的说法，"语言是存在之家园"，而按照德里达的理论，接受这个前提便只意味着"无存在可言"，因为一切表述都是一种不断地自我实施着的"解构——背叛"。其结果适得其反，唯一的意义便是无意义。所以，"解构"意味着"意义"的死亡，解构理论所到之处，任何意义都无藏匿之地。虽说德里达及其追随者从未直接地、明确无疑地宣称过这一点，但让每个认可解构主义的读者心照不宣。

德里达一贯的策略是在书写的"延异"中创造游戏。一方面以意义的多元化作为诱饵，要人们相信一元主题的书写或解读总是急于将自己固定在限定的意义、文本的主要所指上。与这种直线性展开的主题相比，把注意力集中在多元意义或多元主题论上无疑是一种进步。另一方面却又重申，不同于一种有目的的和完整化的辩证法在一个既定的阶段上必须允许文本在整体上重新聚合成它的意义真理，将文本构成为"表达"和"说"；作为解构的播撒不能还原到一种现实性上，而仅仅表示一种不可简约的和有生殖力的多元性。德里达通过这种既进又退的辩证的游戏策略，让解构活动巧妙地立于不败之地。德里达在书写的"延异"中创造游戏就像是重演那出著名的荒诞戏剧《等待戈多》，作为主人公的戈多（意义）永远不会在舞台上现身，那是永无兑现的空头许诺，是一场"同意义调情"的游戏。另外，德里达沿着胡塞尔的现象学，对于确定性有不懈追求，认为这是一种哲学的"无限定"（apeiron）。他认为这种哲学论说的滞后乃是作为论说的思想本身的命运，这一点唯有现象学才能说道并使之在哲学中显现出来。哲学所追求的绝对，对于哲学自身来说，总是才相即，便相离。哲学在当下反思世界的本原，但这个本原却只有在不懈地自我延异中才能成为当下。"立"于"歧"，"延"于"异"，少了什么？少了"化感通变之祥和，通和致化之融会，舍此无法臻达和而不同境界"。

德里达在漫长的写作生涯中，绝大多数作品是用解构主义手法写的；在书写的"延异"中创造游戏，往往晦涩难懂，给理解带来很大障碍。西方正统主义阵营对德氏横加指责，甚至视之为诡辩式的胡言乱语。其实，对德氏"延异"论高估或低评乃至攻讦都不妥当。笔者还是赞同栾栋先生的开放性诗学观点，他将德里达的"延异论"看作"浪漫的哲性诗思"，称之为"德氏

'游于异'"的诗学畅想,这个评价可谓切中肯綮。① 用《文学通化论》的思想解读德里达,就会看到德氏学术本身,其实是代表了一种摆脱西方形而上学思想的思潮。说到底,德里达的诗学是在"遁逸",是一种后现代的理论求索。"中国古代哲人庄子看好'进乎技'的游戏,德里达的诗学也触摸到了这一点。他以'延异论'逍遥于人文群科,也以哲学非哲学的思想艺术开拓文化天地。"②

---

① 栾栋:《德里达篇》,见《诗学讲义》(未发表手稿)。亦可参阅栾栋《文学通化论》,商务印书馆,2017年。其中"文学天地""文学辟思""文学他动"和"文学启蔽"等章节,对于研究德里达的文学观颇具启发意义。
② 栾栋:《德里达篇》,见《诗学讲义》(未发表手稿)。

第十八章　勒克莱齐奥《宝藏》的叙事艺术

① 本章作者为暨南大学外文学院黄晞耘教授。

自 1966 年勒克莱齐奥接触到美洲印第安文明开始,"另一个世界"就成了他笔下最重要的创作母题。小说《宝藏》所讲述的故事,是作者心目中"另一个世界"的又一次变奏:用世界文化遗产佩特拉峡谷所象征的"另一个世界"来对照反衬当下的现实。这次变奏最具价值之处,无疑是勒克莱齐奥独特的叙事艺术。

一、"宝藏"的五重寓意

勒克莱齐奥小说《宝藏》的故事发生地在佩特拉(Petra),这是一处古代穴居城市的遗址,位于今天约旦首都安曼以南 200 千米,1985 年被列入世界文化遗产名录。

佩特拉遗迹的奇特之处在于整座古城都修建在一条狭窄的峡谷之中,峡谷两侧的崖壁上,修建有大量的洞穴住宅和神殿、墓穴等各类建筑。这座穴居古城于公元前 8 世纪末由游牧部落埃多姆人(les Edomites)建立,公元前 6 世纪起纳巴泰人(les Nabatéens)在此定居。由于佩特拉位于连接埃及、叙利亚以及阿拉伯半岛南部和地中海地区的多条商旅线路的交汇处,这里成了贩运香料、丝绸、象牙、珍珠的沙漠商队的一个重要驿站,从公元前 5 世纪到公元 3 世纪,在将近 800 年里一直是个繁荣兴旺的贸易中心。到了公元 106 年,纳巴泰王国被罗马帝国军队攻陷,沦为罗马帝国的一个行省。

纳巴泰人时期,佩特拉大量修建了各类石壁建筑,包括洞穴住宅、岩石雕刻、罗马石柱、神殿、教堂、罗马式的露天剧场,岩壁上神殿及墓穴入口处的石壁,往往雕刻有希腊化时期和罗马时期风格的精美装饰。公元 8 世纪,由于商路的改变以及地震等,佩特拉的居民逐渐迁离,古城遂被废弃遗忘,直至 1812 年瑞士旅行家布尔克哈特(Johann Ludwig Burckhardt,1784—1817)发现后向西方世界介绍。

在勒克莱齐奥的小说《宝藏》中,关键词"宝藏"的第一层含义无疑就是指这座被列入世界文化遗产名录的古代穴居城市遗址。然而如果我们细读这篇小说,"宝藏"的含义还远不止此。

小说的开篇提到了"从前的时光",提到了曾经居住在佩特拉的贝督因人的传统生活方式:"孩子们在山坡上放牧,男人们收割着阿尔贝达泉水前方的原野上自然长出的柔嫩的小麦,女人们去那里汲水,清澈的泉水自由地涌出,源源不断。上了年纪的妇女们则在峭壁上开凿出的墓穴里点燃篝火。当夜幕降临时,整个山谷都弥漫着当地人家的袅袅炊烟。"

这一派让人憧憬的田野风光,是叙述者在回忆曾经居住在佩特拉峡谷中的贝督因人那种简朴自然、宁静平和的生活：他们与大自然曾经有过的和谐相处。那时的贝督因人身居古代宝藏如此众多的峡谷中，却祖祖辈辈对外界保守着墓穴和神殿的秘密。他们相信一旦向外人透露，就会招致神灵的愤怒而被赶出峡谷。这是另外一种意义上的和谐：贝督因人从未想到要去打扰峡谷中的那些墓穴和神灵，人与亡灵、人与神灵安宁共存，和谐相处。贝督因人曾经有过的这种传统生活方式，可以说是佩特拉峡谷的另外一笔"宝藏"。

细读勒克莱齐奥的这篇小说，我们会发现"宝藏"还有着更多的寓意。

1990年岁末之冬，小说的叙述者之一"我"来到佩特拉旅游，而佩特拉的地理位置靠近伊拉克，时间正值第一次海湾战争爆发的前夕。"再过一阵飞机就将密布伊拉克的天空，开始地毯式的轰炸。"面对一触即发、全世界都在关注的战争，正沉浸在佩特拉所代表的"另一个世界"（un autre monde）的叙述者心情沉重，感到一种与现实世界格格不入的孤独。这时他在峡谷中遇到了一个贝督因哑女，一个来去无踪、似真亦幻、如精灵一般的哑女。在旅行者"我"的眼中，这个哑女仿佛就是佩特拉、贝督因人或者"另一个世界"的化身。哑女将佩特拉峡谷的一块红色石头放到"我"的手心，石头在"我"的手中灼热发烫，这块红色的石头仿佛让"我"触摸到了佩特拉峡谷或者"另一个世界"的灵魂："这是我对付战争厄运的唯一辟邪物。"

与哑女和红色石头有着相似"魔力"的还有佩特拉峡谷中的水源。叙述者"我"一度沉浸在佩特拉峡谷令人追思的过去时光中，沉浸在"另一个世界"中，然而战争的爆发让幻觉顷刻间烟消云散，心中"空荡荡"的"我"说不清是为什么，固执地想要找到西亚格溪流的源头。沿着干枯的西亚格溪谷跋涉上溯，他终于在一片荆棘丛中发现了那处水源。他俯下身来，"久久地啜饮着那冰凉的""酝酿着生命的水"。这时虽然夜晚已经降临，旅行者却不再有战争带来的孤独感，而是"仿佛因为这水而微微陶醉"，感觉自己是"快乐的"。

再来看"宝藏"的第四重寓意。小说的另一条故事线索以一个贝督因人萨马韦恩为主人公兼叙述者。萨马韦恩是曾经居住在佩特拉峡谷的一个贝督因家族的后代，一出生就失去了母亲，很多年里由父亲独自抚养他，后来父亲也死在了遥远的异国他乡，父母双亡的萨马韦恩成了孤儿，成了家族的最后一个人。

当萨马韦恩还是一个孩子的时候，有位金发碧眼的白人女子在一个寒冷的冬天来到佩特拉峡谷探访那些岩壁上的宝藏，她挑选了孤儿萨马韦恩作为自己的向导。日复一日，萨马韦恩陪同白人女子在峡谷里寻访一处又一处的遗迹。某一日，峡谷里突然狂风大作，暴雨倾盆而下，白人女子因为害怕而呼喊萨马韦恩的名字，男孩萨马韦恩将她带到岩壁上的一个墓穴躲避。此时荒凉的峡谷里狂风暴雨，而墓穴内只有白人女子和萨马韦恩，让人感觉仿佛回到了远古的时代，世界上只剩下他们两个人，一切都变得非常的简单：一个感到害怕、生病发烧的女人，一个正在帮助她的男孩。"你的手臂抱着我，抱得紧紧的。"

在这个特殊的地点和时刻，现代社会人与人之间的复杂关系突然消失了，那些阻碍人与人之间彼此简单真诚相待的因素，那些年龄的、贫富的、种族的、国别的、宗教的差异，突然间都变得不再重要，虽然萨马韦恩是个贝督因人，而白人女子是个金发碧眼的"外国人"，而且还是"基督教徒"。

男孩让居住在隔壁墓穴的当地老妇人阿伊莎为白人女子煮了热茶，又给她吃了东西，然后铺开一张毯子让她睡下。在那个漆黑的夜里，外国女子昏昏沉沉地睡着了，男孩萨马韦恩一直守候在墓穴的洞口，直至天明。此刻的岩洞，仿佛回到了人心纯真未凿的远古时代，人与人之间，只剩下最单纯的互助与友善。发生在岩洞里的这一幕，仿佛在向读者诉说着佩特拉峡谷所象征的又一种"宝藏"。

最后，同样是萨马韦恩的故事线索，还为我们揭示了"宝藏"最重要的一种寓意。那是萨马韦恩珍藏的一个箱子，贯穿了整个故事线索。箱子里并没有像别人想象的那样藏着美钞，有的只是一些信件和照片，然而萨马韦恩却将那些信件和照片视为宝物，因为信件是他父亲生前从遥远的异国他乡寄给他的，它们寄托着萨马韦恩对父亲的思念。在一张照片上，一个来自瑞士的金发女大学生怀里抱着还是婴儿的萨马韦恩，她的名字叫萨拉。她在怀抱着婴儿萨马韦恩的那张照片的背面写着"爱你的萨拉"。"它们（这些文字）在他的眼中沉甸甸的，让他的心剧烈跳动。"

很久以前，来佩特拉峡谷旅游的萨拉与萨马韦恩的父亲相爱，将他带去了欧洲。一出生就失去母亲因而渴望着母爱的萨马韦恩懂事以后，将照片上的萨拉当作自己的母亲。孤儿萨马韦恩对父亲的思念和对母爱的渴望，是勒克莱齐奥这篇小说最令人心酸和感动的地方。后来，萨马韦恩的父亲在瑞士的山中伐木时受了致命伤，死在了遥远的异国他乡，那个箱子里珍藏的信件和照片，就成了孤儿萨马韦恩在这个世界上最珍贵的"宝藏"。

二、两条故事线索的交织与时空的特定交叉点

《宝藏》只是一个短篇小说，但是在有限的篇幅里却蕴藏着非常丰富的意蕴，这显示了作者勒克莱齐奥通过叙事营造寓意的高超艺术。具体而言，这种高超的艺术首先体现在两条故事线索的紧密交织上。线索之一是以旅行者兼叙

述者"我"为中心,线索之二是以另一个叙述者贝督因人萨马韦恩为中心。旅行者"我"的线索涉及小说的第一和第三重寓意,萨马韦恩的线索涉及小说的其他三重寓意。

先来看旅行者兼叙述者"我"的故事线索。

作为世界文化遗产,佩特拉吸引了各国的旅游者前来"探宝",然而小说的叙述者之一"我"却是一个具有特殊身份的游客,因为小说告诉我们,他的姓氏是"布尔克哈特",换言之,他应该被看作1812年首次发现佩特拉峡谷"宝藏"的瑞士旅行家布尔克哈特的一名后代。究竟是否有过这么一位布尔克哈特的后代,究竟这位很可能是小说作者虚构的人物是否于1990年岁末之冬到过佩特拉旅游,这些对于小说的读者而言并不重要,因为小说并不讲述历史意义上的真实。重要的是,这位似真似幻的主人公兼叙述者的设置,使小说《宝藏》具有了更加丰富的意味。

叙述者"我"于1990年岁末的冬天来到佩特拉峡谷。他的目的是在佩特拉峡谷"在山脚下找个地方,感受一下前尘旧痕……捧一把泥土抹到脸上",是为了在实地感受中、在想象中重温先辈的那次发现之旅。然而,这个叙述者同时也是一个"正在思考着的"内心意识。佩特拉峡谷的宝藏让他产生了许多联想,而他在峡谷里的经历,又使他对"宝藏"的理解变得更加丰富和深刻:这里既是一处独一无二的世界文化遗产(宝藏的第一重含义),同时又象征着已经消失的"另一个世界",一个与当下战争一触即发的世界、迥然不同的世界。峡谷中的那个哑女,仿佛意味着另一个世界的沉默或消失,然而那枚红色的石头以及西亚格溪流的水源,却作为大自然的象征寓意着另一个世界以及生命的永存。

同样是以佩特拉峡谷为背景,萨马韦恩的故事线索为读者揭示了"宝藏"的另外三重寓意。首先是小说开篇描述的曾经居住在佩特拉峡谷的五个贝督因家族的传统生活方式:人与大自然的和谐共处,人与峡谷中亡灵和神灵的和谐共处,那种简朴自然、宁静和平的生活,就是我们前面提到的佩特拉峡谷所象征的第二种宝藏。紧接着出现了萨马韦恩故事线索的核心:那个被他珍藏的箱子。箱子里的信件和照片寄托着孤儿萨马韦恩对父亲的思念和对母爱的渴望,是他活在这个世界上的精神支撑,也是"宝藏"最重要的寓意。此后萨马韦恩与外国女游客之间的故事,在强化上述寓意的同时又赋予了"宝藏"以新的意蕴:贝督因人的后代萨马韦恩身上那种朴素的友善,犹如佩特拉峡谷的另一种宝藏,仿佛将读者带回到人心单纯未凿的过去时代,带到了"另外的一个世界"。

除了两条故事线索浑然天成的交织和相互映衬以外,小说作者营造寓意的艺术功力还体现在对特定时空的选择上。特定的地点是佩特拉峡谷，特定的时间是 1990 年岁末的那个冬天。就地点而言，前面提到的两条线索的故事都发生在佩特拉峡谷；就时间而言，1990 年岁末的那个冬天，是引发读者深思的关键时刻。而上述特定时间与特定地点的交叉点，则构成了汇集小说五重寓意的焦点。

1990 年岁末之冬，旅行者兼叙述者布尔克哈特来到佩特拉峡谷，目的是追思凭吊先辈 1812 年的那次发现之旅，那次发现之旅一百多年后，佩特拉峡谷作为世界文化宝藏而闻名于世，这是 1812 年与 1990 年这两个时间的关联之处。小说以叙述者的意识为中心，让读者进入叙述者的内心世界，身处 1990 年却将自己想象成一百多年前的那位先辈，恍若时光倒流般地追忆重温 1812 年那次发现之旅，由此营造出一种亦真亦幻的效果：时光仿佛停滞不动或者永恒不变，他感觉自己与先辈是同一人，是一个"永恒的旅行者"，与此同时，那个如精灵般来去无踪的哑巴少女也是一种超越了时间的永恒存在。"她从来就在那里，年轻、瘦削、野性，正是她统治着这座精灵的城市。当从前那位旅行者和扛着山羊的利亚泰那族向导进入峡谷时，她就站在山崖上注视着他们。"哑女、石头、水源，都象征着佩特拉峡谷，象征着这里的"宝藏"，都象征着"另一个世界"的永恒价值。

与旅行者兼叙述者"我"的故事线索相关联的还有另外一个时间：叙述者儿时在苏黎世祖父的书房阅读那位先辈的著述时留下深刻记忆的时刻。这个孩提时代的时间、当下（1990 年岁末）的叙述时间，以及先辈那次发现之旅的时间（1812 年），使得历史的脉络变得真实、连贯而生动，三个时间在叙述者的意识中似真似幻地重叠在一起，强化了读者对于永恒的感受。不仅如此，1990 年的岁末之冬还有一层格外特殊的意味：前面我们提到，佩特拉的地理位置靠近伊拉克，当叙述者"我"来到这里时，正值第二次海湾战争即将爆发之际。叙述者一方面感受着佩特拉峡谷的宁静与和平，感受着"另一个世界"的永恒价值，另一方面又真切地明白自己生活在即将发生战争和杀戮的当下，在"此时此刻"的特定时空里，"现实的世界"与"另一个世界"相遇了，佩特拉峡谷里象征着"另一个世界"的哑女、石头和"充满生命的"水源，成了叙述者对抗现实世界、对抗战争与死亡的充满寓意的精神源泉。

在另一条故事线索上，佩特拉峡谷这个特定地点与萨马韦恩叙述的当下时间，同样构成了小说多重寓意的交汇点。佩特拉峡谷这个特定地点自不待言，就时间而论，萨马韦恩的故事线索主要涉及五个阶段：①佩特拉峡谷里五个贝督因家族过去的生活，由萨马韦恩的父亲在他儿时向他讲述；②父亲与萨马韦恩相依为命，直至父亲远赴他乡的时间；③宝箱的来历与结局，跨度从父亲在他乡之死直至萨马韦恩与白人女游客的故事结束;④萨马韦恩与白人女游客的故事时间;⑤萨马韦恩成年后在内心给白人女游客写信的时间,也就是他进行回忆和叙述的当下时刻。前四个时间与最后一个时间均构成对比关系,而每一种对比都和"宝藏"的寓意相关。

在萨马韦恩叙述之时,五个贝督因家族已经迁离佩特拉峡谷,搬进了"政府为他们建起的水泥房子"。小说开篇描述的那种人与自然和谐相处的传统生活方式已经消失。同样,在萨马韦恩叙述的当下时刻,他的父亲早已亡故在异国他乡,曾经到过佩特拉峡谷的白人女游客也一去不再复返,仿佛预示着萨马韦恩心目中的异国"母亲"萨拉也永远不会回到他的身边。不再是"宝藏"的箱子被萨马韦恩送给了居住在峡谷墓穴中的老妇人阿伊莎。在孤儿萨马韦恩叙述的当下时刻,他已经成了萨马韦恩家族的最后一人,成了孤独活在世界上的"最后的萨马韦恩",他已经失去了一切宝藏,无论是宝箱、亲人、希望,还是祖辈在佩特拉峡谷的传统生活方式。

三、叙述的两种当下时刻

小说《宝藏》的结构分为三个部分,分别由三个叙述者讲述。开篇是一个超故事的叙述者,叙述内容是萨马韦恩儿时听父亲讲过的曾经居住在佩特拉峡谷的五个贝督因家族的传统生活方式,以及后来萨马韦恩与那个宝箱的故事。小说的这一部分属于读者熟悉的传统全知全能型叙述,除了时间跨度的跳跃(从萨马韦恩儿时与父亲在一起的故事时间跳到后来萨马韦恩与宝箱的故事时间),以及相应的时态转换(从过去时态转为现在时态)之外,没有让读者感觉到有别于传统叙述的陌生特别之处。

然而小说后两部分的叙述却十分独特:它们都是身处故事之中的叙述者(一个是旅行者"我",一个是萨马韦恩)用现在时态讲述他们"当下"正在意识到的内容,无论是外在的经历还是内心的感受、回忆和思考。这种叙述方式也就是热拉尔·热奈特所说的"即时话语"(discours immédiat)。

旅行者"我"的叙述有明确的时间标志:1990年岁末之冬的某一天,此时离第二次海湾战争爆发的1991年1月15日已经很近。叙述的主导时态为法语的直陈式现在时,换言之,随后的叙述文字可以被看作叙述者"我"讲述自己在那个特定时刻"正在体验"的外在和内心经历的即时话语。"于是,我,约翰·布尔克哈特,现在再次走进了时间的奥秘之中。"这样的叙述带来一种特殊的阅读体验:读者面对的不是某个遥远的已经成为过去的事件,而是仿佛置身于叙述者的内心,跟随他的意识活动,与他一起感受、思考,一切都

"正在发生",具有一种即时感和身临其境的现场感。

其次,旅行者"我"是一个特殊的叙述者。较之一般游客,佩特拉峡谷对于他来说有着特殊的意义:他是一百八十年前年首次发现佩特拉宝藏的瑞士旅行家布尔克哈特的一名后人,这个特殊身份决定了他在佩特拉峡谷的感受与思考不同于一般的游客:他会更为投入地沉浸在对往事的遥想与追思之中。布尔克哈特后人这一身份意识使他时刻都将自己想象成 1812 年 8 月 22 日走进峡谷的那位前辈,仿佛时光倒流,他将自己当下的感受想象成前辈当时的感受,过去与当下这两个时刻在他的意识中似真似幻地混同在一起,既像是他在遥想先辈当年的那次发现之旅,又像是那位先辈本人在回忆自己曾经有过的经历:"于是我又重新回到了事情最初开始的 1812 年那个 8 月。"

时间变得空灵而难以捉摸,在写这一段幻觉时,作者勒克莱齐奥的小说技巧在达到了一种出神入化的境界。两个相隔一百多年的名叫布尔克哈特的旅行者混同成了一个超越时间的"永恒的旅行者",现在时态和过去时态在不知不觉间巧妙置换,将读者带入了一个梦幻般的世界。"现在,我也正向那秘密走去。昏暗中我看见了那个向导瘦削的身影。""我仿佛是又回到了很久以前走过的道路上,仿佛是行走在梦中。"

然而,正当叙述者沉浸在追思往事、沉浸在"另一个世界"之中时,"1月17日,当夜空充满了轰炸机的轰鸣时……旅行者和他的向导重新变成了难以接近的幽灵。……一切都消失了,一切都回到了精确的现实"。战争打破了叙述者的幻觉和佩特拉峡谷的宁静,佩特拉峡谷所象征的"另一个世界"与当下轰炸机的轰鸣声在此时此刻构成了一种对立。与别的游客不同("伊拉克的战争并没有引起他们的关注。他们在大声地说话,拍着照片。"),当追思往昔的幻觉被轰炸机的轰鸣声惊醒时,叙述者对于佩特拉峡谷这处"宝藏"的意义有了更为丰富的理解:它不仅仅是一处历史文化名胜,还代表着与当下世界相对的一个失去了的世界的价值。

在小说的另一条故事线索上,叙述者萨马韦恩也是一个特殊的人物:一个从小在佩特拉峡谷长大的贝督因人的后代,一个一出生便失去了母亲、后来又失去了父亲的孤儿。这种特殊的人物视角(意识)比超故事视角或一般人物视角更容易产生出特定的感受、联想与思考,更有助于丰富和深化"宝藏"的寓意。对萨马韦恩来说,"宝藏"意味着更多,因而他失去的也更多。首先是佩特拉峡谷本身,因为小说中提到的五个贝督因家族已经迁离峡谷,搬进了"政府为他们建造的水泥房子",随之消失的是贝督因人的传统生活方式。萨马韦恩还失去了自己的亲生父母。他在世上唯一的希望,是那个带走他父亲、被他视作母亲的欧洲女子能够回到自己的身边,尽管除了在照片上,他甚至从未亲眼见过她。然而,即使这最后一点希望也只能是一种梦想,因为长大后的萨马韦恩明白,她"不会回来"了。

萨马韦恩叙述的内容,就是这种特定的内心意识。他在给很久以前来过佩特拉峡谷的那位白人女游客写信,向她诉说自己对往事的回忆,对她的眷恋,以及希望的破灭,因为在内心深处,他将金发碧眼的白人女游客认同为照片上自己的那位"母亲",那位带走了他的父亲而且再也没有回到过佩特拉峡谷的"母亲"萨拉。萨马韦恩在信中向白人女游客的倾诉,间接地也就是向自己心目中的"母亲"倾诉:"我在给你写信,给生活在大海彼岸的遥远国度、不会再回来的你写信。我在写下这些文字时明白它们永远也到达不了你那里。"这是一封注定寄不出去的信,因为萨马韦恩不知道白人女游客的下落,就像他不知道心目中的"母亲"的下落一样,这种清醒的绝望让读者尤其感到难过。

写信的萨马韦恩既是在叙述,也是在倾诉。对于阅读这一段文字的读者而言,萨马韦恩此时此刻"正在写信",就像前面提到的旅行者"我"的叙述一样,读者面对的不是某个遥远的已经成为过去的事件,而是正在进入萨马韦恩的意识之中,正在跟随他的内心世界活动,陪同他一起回忆,一起倾诉。由于一切都"正在发生",读者在阅读时会产生一种感同身受的微妙心理,而"即时话语"的叙述效果正在于此,这种效果所依赖的,便是叙述行为发生的"当下时刻"。

小说《宝藏》的基本写作手法,是将佩特拉峡谷所象征的"另一个世界"与如今的世界进行对比,从而凸显"宝藏"的丰富寓意。"另一个世界"简朴自然、宁静和平,人与大自然、与峡谷中的墓穴亡灵和谐相处。与之相对,如今的世界已经不再有与大自然和谐的传统生活方式,贝督因人离开峡谷住到了水泥房子里。"另一个世界"善良而富于人性,没有贪婪:"在过去那个年代,当马匹老得不能再供役使时,人们不会宰杀它们,而是将其放归山里,任凭它们在自由的怀抱中沉醉,等待与死神的相会。"如今的世界人性残忍贪婪,将马匹役使至死,最后还要剥取皮骨:"如今人们不会再将垂死的老马放归山里,而是要继续役使,直到它们倒在路上的那一刻,然后把它们送到牲畜肢解场。""另一个世界"充满生命和灵性,就像佩特拉峡谷中的石头和水源,而今天,精灵们已经不住在佩特拉峡谷,"它们已经被游客所取代"。不仅如此,如今的世界正充满战争的喧嚣,正在对生命进行杀戮。"另一个世界"有爱,有父亲对萨马韦恩的爱,有女大学生萨拉抱着婴儿萨马韦恩的温暖怀抱,有萨马韦恩对母爱的憧憬希望。如今的世界父母已经离去,甚至对母爱的憧憬希望也已不复存在。总之,如今的世界已经失去了许多曾经有过的"宝藏",这就是"最后一个萨马韦恩"将宝箱送给老妇人的象征意味。

小说《宝藏》整体上的表达意图是显而易见的：用佩特拉峡谷所象征的"另一个世界"，一个天人合一、人心纯真未凿的世界来反衬当下的现实。这当然并不是一个新颖的主题，但是我们也可以说，这是文学的一个永恒主题。事实上，经过千百年的发展，文学已经很难再有真正崭新的主题，它的基本主题其实是有限的、不断重复的，从另一个角度说也就是永恒的。真正重要、能够提供新意的，已经不是文学在表达什么，而是文学在如何表达。事实上，自1966年勒克莱齐奥接触美洲印第安文明开始，"另一个世界"就成了他笔下最重要的创作母题，小说《宝藏》所讲述的故事，是作者心目中"另一个世界"的又一次变奏：在世界文化遗产佩特拉峡谷的变奏。这次变奏最具价值之处无疑是勒克莱齐奥独特的叙事艺术：在一个短篇小说里赋予"宝藏"以如此丰富的寓意，这已经让人由衷赞叹，而如此丰富的寓意又是那么自然巧妙地融汇在特定的地点、特定的时间以及两条紧密交织、相互映衬的故事线索上，整个叙述过程轻松从容，自然天成，丝毫没有人为造作之感，这更是一种令人折服的写作艺术。

第十九章 勒克莱齐奥笔下之灵肉博弈[1]

---

[1] 本章作者为中国地质大学（武汉）张璐博士。

勒克莱齐奥是很注重另辟蹊径的法国当代作家。他在文明与自然、欧陆与异域、心灵与肉体之间穿行的功力，给欧洲文坛灌注了他种文化的缕缕生气。他的短篇小说《波蒙初识疼痛的日子》（以下简称《波蒙》）是此类创作的代表作之一。其中讲述了一个中年男人在疼痛的侵袭下陷入孤独、恐惧、焦虑的精神困境，最终被挥之不去的疼痛折磨得无所适从的荒诞故事。疼痛和主人公的关系被作家戏谑地演绎成两个敌对者之间的博弈。在作者笔下，意识与肉体的纠葛，与传统关于欲望与理性的道德或宗教书写有明显不同。疼痛象征着身体，疼痛和人物的抗衡可以被视为身体和理性意识之间的博弈，二者之间荒诞的争斗隐喻着西方认识论中将身体和精神横加分割的身心对立思想。在此意义上，小说含蓄地批判了身心二元论对身体经验的遮蔽与降格，对理性意识的过度推崇，揭示了由此导致的人物孤独、恐惧、焦虑的精神困境。深一层看，小说借助人物对自我身体的全新体悟，表达了一种精神和肉体之间相互融合的"物质的迷狂"，其中披露出渴望和超越"他者""他在"的人文思想。①

勒克莱齐奥曾经鲜明地指出"身体"在文学创作中的重要性。他认为"文学不能长久地佯装脱离人类的身体"②。在墨西哥印第安原始部落度过了四年群居生活，这段与现代身体体验迥然不同的生活经历给这位西方作家的作品打上了深深的"身体"印记。诚如布德里亚尔所言，身体成为"一种文化事实"③。可以说，这个文化事实是勒克莱齐奥创作整体中的一个重要主题。在他的作品中，相较于非西方异域文化中自由、原始、感官敞开的野性身体，西方社会背景中的人物身体则被描绘为理性和科学的认识对象，即被精神和意识宰制的工具。

作者的多部重要作品都表达了西方文化语境中身体体验的麻木与压抑。小说集《发烧》（1965）是作家明确表示以身体为主题创作的九个短篇故事集，在其中形形色色的人物身上，精神困境通过发烧、疼痛、疲乏等身体症状呈现出来，表现了现代社会文化机制对身体体验的遮蔽和对理性精神的过度追求。小说《战争》（1970）以碎片化的、备受暴力侵犯的身体形象描写达到一种巴洛克式的语言效果，讽刺了"景观社会"（la société du spectacle）中沦为符号和消费品等价物的身体。小说《沙漠》（1980）通过主人公在北非故乡的幸福生活和在法国大都市中苦闷生活的强烈对比，折射出西方现代文化以理性压抑肉体、以资本的逻辑算计肉体，从而使身体在消费社会中隐退、缺席和工具化

---

① 栾栋：《文学通化论》，商务印书馆 2017 年版，第 153–210 页。
② Jean-Marie Gustave Le Clézio. La révolution carnavalesque. *La Quinzaine Littéraire*, (1971) 2.
③ Jean Baudrillard. *La société de la consommation*. Paris: Editions Denoel, 1970, p. 200.

的严酷事实。作家对身体主题的深入思考更加清晰地呈现在其重要哲理散文集《物质的迷狂》(1967)中，其中作家反复探讨了关于身体和意识孰轻孰重的话题。上述作品中麻木、压抑的现代"身体"体验共同指向一个同一的思想源头：西方思想中的身体/意识二元论（或称身体/精神、身体/灵魂二元论）。

《波蒙》是短篇小说集《发烧》中颇具代表性的一篇。这个文本突出地体现了勒克莱齐奥对西方身心二元论的批判。在以往对小说集《发烧》的研究中，学者们集中探讨了与小说集同名的短篇小说《发烧》中的身体主题[①]，也有学者从"他者"的角度对《波蒙》进行过解读[②]，然而很少有研究涉及《波蒙》中"身体"的"他化"问题[③]。"他者"说的进步在于换位思考，"他化"论的突破趋于"通化"深旨。"他化"的思想是本章贯彻在字里行间的基本精神。从文学"他化"的角度看，《波蒙》比《发烧》更具启示意义。《波蒙》中的"身体"不仅是疾病描写中的身体形象和身体体验，更重要的是代表着西方身心二元对立思想中久受压抑的"身体"维度。"他者"角度如何进入"他化"，成了一个神经元开放的多重话题。肉体、感觉、心性、理智、自然、社会、人文、科技，诸如此类的思绪无不溢出"他者"，无不呼唤"他化"，无不渴望"通化"。小而言之，《波蒙》通过意识与身体这对哲学反题在人物身上的二元博弈，含蓄地表达了现代社会对身体经验的遗忘与遮蔽。小说讲述了一个中年男人深夜被牙痛惊醒，用尽各种方法不能将其摆脱，在牙痛的纠缠下，主人公的身体之痛转化为面对孤独、死亡和空虚的深刻恐惧，使他陷入了一种癫狂的状态：他在深更半夜向陌生人打电话倾诉自己的苦衷；他穿着

[①] Marina Salles. *Le Clézio*, *Peintre de la vie moderne*. Paris：L'Harmattan，2007，pp. 220 – 224；Gérard Danou. *Le corps souffrant*：*littérature et médecine*. Seyssel：Editions Champ Vallon，1994，pp. 59 – 74.

[②] Maan Alsahoui. *La question de l'autre chez J. M. G. Le Clézio*. Saarbrucken：Editions universitaires européennes，2011，pp. 57 – 63.

[③] "他者"解读是一种有意义的开掘，揭示出不同于欧洲文化的"他者"问题，无疑是一种进步。不过也应看到，"他者"解读仍然囿于纯文明价值的剖析，其价值判断尚未突破政治性和道德性的衡量。正如栾栋所言："他者理论止痛于此刻，却不能解毒于深根，更不能防患于未然。""'他者'理论中推重'他者'是很值得赞赏的，但是如何防范'他者'的自我膨胀，如何克制'他者'的坐大或垂帘听政，如何不让'他者'变成另一个上帝……这些问题的解决，有必要超越'他者'理念，倡导'他化'思想。'他化'说是'通化'的一个环节。'通化'是宇宙观和自然观方面的化感通变，是人生观和价值观方面的通和致化。'通化'意味自然文化和文明文化的相互滋养，也是对中外哲学史上'崇一'和'尚圆'思维的突破。"（见栾栋《文学通化论》，商务印书馆 2017 年版，第 153 – 210 页。）本章采用栾栋的文学"他化"理论。该理论重视文学"他化"的拓展，吸纳了"他者"研究的优长，同时也对"他者"言说做了"他在""他动""他兼"的通化性运演。这个思想对于本章解读勒克莱齐奥的小说《波蒙》是很有启发的。疼痛深彻身体与意识，超越我思与他者，贯穿自然与人文，融解了理性与感性，每一个神经都给人一种从"他者"向"他化"的转变。

雨衣和睡衣坐在房顶上的一堆鸟屎中间，幻想自己潜入到那颗疼痛的牙齿里面。本章从短篇小说《波蒙》出发，结合作家早期其他叙事作品以及著名哲理散文集《物质的迷狂》中的思考来探讨作家对身体/意识二元机制的反思和批判，揭示作家关于"身体"所表达的独特思想。

一、身体与意识的博弈

在西方的认识论中，对于身体的观念一直存在着一种二元割裂，这种割裂在人的意识和身体之间横加阻隔，使得在西方哲学里，"身体和意识成为一对反题（antithèse）"①。尽管西方思想中将身体、心灵区分的传统可以追溯到更早的古希腊时代，笛卡尔哲学中的身心二元论思想却最有影响力。在《沉思集》中笛卡尔写道："我对于肉体有一个非常分明的观念，即它只是一个有广延的东西而不能思维，所以肯定的是：这个我，也就是我的灵魂，也就是说我之所以为我的那个东西，是完全、真正跟我的肉体有分别的，灵魂可以没有肉体而存在。"② 笛卡尔一方面将人的意识和身体进行了截然不同的区分，另一方面又把存在的意义完全划归于作为"我思"（cogito）的意识："我思故我在"意味着人的存在完全取决于精神的思考，它遮蔽了"物质肉身"在认识中的作用，在存在中的意义。"笛卡尔认为人的心灵和身体是两个彼此独立的实体。只有心灵能够赋予人的存在以价值。身体则可以被化约为作为广延的物质：它是被看的物体，它只能在被精神召唤时表达自己。"③ 法国哲学家梅洛-庞蒂如此总结主体哲学对身体与主体的区分："当有生命的身体成了空洞的外壳时，主体就成了无外壳的内核，一个无偏向的旁观者。……在有构成能力的我（Je）面前，经验的诸我（les Moi）是物体。"④ 在"我思故我在"的反思哲学中，人被理解成了一种纯粹的"意识主体"（le sujet conscient），而身体也就沦为"主体"的附属物，一种被对象化了的客体。

法国学者勒布乐冬在《身体人类学和现代性》中提出："笛卡尔为身体在社会生活各个领域的工具化运用做出了哲学上的保证。"⑤ 现代社会的生活方式，汽车与家用电器等现代发明对体力劳动的取代，工作带来的高强度的精神

---

① Michela Marzano. *La philosophie du corps*. Paris：PUF, 2007, p. 14.
② René Descartes. *Méditations on the first philosophy*. Trans. Pang Jingren. Beijing：The Commercial Press, 2014, p. 85.
③ Michela Marzano. *La philosophie du corps*, Paris：PUF, 2007, p. 15.
④ Maurice Merleau-Ponty. *Phénoménologie de la perception*. Paris：Gallimard, 1945, p. 68.
⑤ David Le Breton. *Anthropologie du corps et modernité*. Paris：PUF, 1990, p. 100.

压力，城市居住环境的高度集中等趋势，往往驱使人们越来越忽略自己的身体诉求，使人脱离作为自己存在本源的身体，转而投入一种虚拟的生活方式。社会学家莱德则将这种现象称之为"缺席的身体"（the absent body）。莱德认为，身体在高度理性化的社会中被严重地工具化了，工具主义的价值观特别推崇身体在有目的的行动中的"隐退"和"不显"，因而身体的感性体验被人们遮蔽和遗忘，人们只有在患上疾病或感到疼痛时，才能感到身体"病显"为存在的体验焦点。①

在波蒙的故事中，在疼痛的作用下"病显"的身体和惯于理性思考的"意识主体"（le sujet conscient）② 之间，形成了尖锐的戏剧性冲突。和许多勒克莱齐奥早期作品的主人公一样，波蒙也是一个过度放大理性的作用，在孤独的思考中自我封锁的人物。③ 半夜突发牙痛的波蒙，在半睡半醒的朦胧之中，感觉到"一种精神的不适，在他的意识中扩散"，他的思想变成"一条惊愕的虫子，围着自己打转，寻找着痛苦的来源"④。在肉体的疼痛面前，波蒙却拼命地在意识中寻找不适的根源，这说明主人公用理性思考的习惯远胜于感性体验。当对着镜子寻找疼痛的根源时，他冷冷地审视着镜中的那张脸，就好像他的意识在从外部观察一具陌生的皮囊："这张憔悴的、黝黑的皮肤，这个长满粉刺、发着炎的组织，这个属于他的特别的卡片，是他寄予存在的地方。"⑤在波蒙的观念中，自我归根结底是一种理性的存在："波蒙突然明白了这个在他脑袋里扭动着的、棉花般的虫子就是他的大脑，是他的智力，是他自己。"⑥在这些描写中，主人公将自我与意识紧密联系，他对于疼痛的体验过程，是一种意识逐渐明晰的认识过程，自我的身体在这个过程中作为认知的客体被置于理性的凝视之下。而现在，那个许久以来被遗忘在"存在"（l'existence）角落里的身体，渐渐"复显"出来了，并且通过顽固的疼痛表达着它的抗议。

在小说随后的情节发展中，疼痛获取了一种更加鲜明的拟人化的角色，在情节的跌宕起伏中和主人公波蒙演起了对手戏，而身体的"他者"（l'autre）

---

① Drew Leder. *The absent body*. Chicago：University of Chicago Press，1990，p. 84.
② "意识主体"的概念来自笛卡尔的名句"我思故我在"（Cogito，ergo sum）。由于在对人的存在的考察中唯一不能被怀疑的就是正在怀疑和思考这个事实，因此人的存在的意义是由思考赋予的，人是一种意识主体。
③ 勒克莱齐奥早期的寓言小说塑造了众多深刻认同"我思故我在"的意识主体。在《诉讼笔录》中，主人公亚当·保罗认为"存在就是我思，是思考的起点和终点"；在《Terra Amata》中，尚思拉德生活在"浩瀚无垠的意识之中"。
④ Jean-Marie Gustave Le Clézio. *La fièvre*. Paris：Gallimard，1965，p. 62.
⑤ Jean-Marie Gustave Le Clézio. *La fièvre*. Paris：Gallimard，1965，p. 63.
⑥ Jean-Marie Gustave Le Clézio. *La fièvre*. Paris：Gallimard，1965，p. 62.

地位，也就在彼此的对立中昭然若揭。当波蒙彻底清醒，并发现他正在遭受牙痛的侵袭之时，他立刻采取了日常生活中人们常用的应对措施——服药。然而一次又一次的服药后，牙痛不但没有缓和反而有愈演愈烈之势，波蒙只好一次又一次地加大剂量。偏偏疼痛每次都在短暂的缓和后以更加暴戾的姿态卷土重来。在这一来二去的过程中，波蒙和疼痛的关系被作家戏谑地演绎成两个敌对者之间的搏斗，他们之间充满了紧张和敌意。为了降服对方，波蒙先后吞食了一管阿司匹林，两片安眠药，一管对乙酰氨基酚和一整瓶烧酒。在服药的过程中，他一次比一次着急，一点也没有顾虑药物对身体的副作用，甚至在这些药物全部不起作用以后，他还念叨着"要来点更猛烈的，吗啡或者鸦片"[1]。波蒙的这种对身体的压制态度再次反映了莱德关于"缺席的身体"的理论：受到一种潜移默化的理性思想支配，波蒙将身体视为理性的附属物，一种保证其工作、生活平稳进行的劳动工具，当它安静而恭顺地为意识服务时，它是无声的，不被觉察的，而当它胆敢用疼痛的方式发出自己的声音时，意识主体就要采取措施将它限制在无声的状态，确保它的"缺席"和"不在场"。而这样的思维方式，往往伴随着严重的精神危机。

在西方的认识论中，对于身体的观念一直存在着一种二元割裂，这种割裂横亘于精神和身体之间。波蒙对待自己身体的方式，以及两者之间上演的近乎荒诞的对手戏恰如其分地表达了此种二元思想的荒谬性。以病痛形态出现的身体，在叙事的进程中俨然被勾画成一个人物，它是被主人公遗忘的奴仆、愤怒的反抗者，又是引导主人公进行"存在"追问的启蒙者。正是在身体和将自己等同于意识主体的人物之间较量的基础上，小说的叙事实现了饱满的戏剧张力，将身体/意识二元对立这样一个沉重晦涩的哲学问题演绎成一个短小精悍的短篇故事。

二、对意识主体的解构

作为一个迷信理性思考力量的"意识主体"，波蒙理解问题的方式是通过理性。一旦事物的发展超过理性的理解范围，主人公就变得脆弱无助、不堪一击。那个在众多麻醉药物的作用下竟然愈演愈烈的疼痛，早已超过了普通牙痛的范畴，它让波蒙失去了对事物的掌控感，搅乱了波蒙作为一个"意识主体"所自信具有的存在的圆满感（la plénitude），使他发现理性的大厦可以在顷刻之间被颠覆。在此意义上，尽管波蒙的疼痛没有任何好转，然而他对疼痛的体

---

[1] Jean-Marie Gustave Le Clézio. *La fièvre*. Paris: Gallimard, 1965, p. 71.

验却变化了,正如萨特笔下主人公罗冈旦反复发作的"恶心"是一种对存在焦虑的持续体验,波蒙的牙痛现在也慢慢蜕变为一种对孤独、恐惧、空虚的焦虑感的隐喻。

面对顽固的身体疼痛,波蒙的形象陡然从一个沉着冷静的成年男人,转变成一个孩童般的、完全失去理智的可怜虫。他打电话哀求自己的朋友在深夜中立刻来陪伴他。当他的朋友拒绝了这种小孩子般、无理取闹的要求后,他开始凭空乱拨电话号码,向陌生人打电话倾诉自己的苦衷:"孤独,肯定就是孤独。我一个人在这巨大的空房子中,这是没法忍受的。"① 波蒙在此所体验的强烈孤独感实际上是唯理性独尊的意识主体共同的困扰,只是在疼痛中鲜明地凸显出来了,正如德里达所说:"唯我论乃是理性的结构本身,因此存在着理性的孤独。"② 随后,波蒙的疼痛体验从孤独进一步发展为对死亡的恐惧。波蒙这样说:"突然间我好像要死了。好像马上要发生一场不可避免的大灾祸。然而我无能为力。我害怕。鲍尔,我害怕。"③ 最后,波蒙对身体疼痛的体验演变成了一种在物质面前产生的焦虑感:"一种迂回的恐惧在他的脑海中驻扎下来,这是一种他自以为已经遗忘多年的焦虑,在每一个窗帘,每一条羊毛挂毯,每一个折缝的阴影处和每一处污迹的面前这种神秘的焦虑感都将他牢牢地攫取。"④

乍看起来,波蒙的"疼痛"和萨特笔下罗冈旦的"恶心"有着明显的相似之处,两者都是"存在"的焦虑感在身体上的反应,而波蒙面对窗帘、挂毯等物体陷入焦虑那一幕尤其容易让人想起罗冈旦面对栗子树根产生恶心感觉的著名文学场景。很多批评者都对勒克莱齐奥主人公面对物质(la matière)陷入沉思的场景与罗冈旦面对栗子树根的场景进行过互文性的对比。例如,萨勒探讨了《洪水》中贝松面对玻璃杯陷入异想的场景,指出"勒克莱齐奥早期的人物时常在物质那令人质疑的生动性面前遭遇(和萨特人物)同样的恶心"⑤;雷惹则通过比照罗冈旦栗子树根场景和亚当面对卵石遐思的场景,认为"《诉讼笔录》是对《恶心》的改写(réécriture)"⑥。

---

① Jean-Marie Gustave Le Clézio. *La fièvre*. Paris:Gallimard, 1965, p. 62.
② Jacques Derrida. *L'écriture et la différence*. Paris:Editions du Seuil, 1939, p. 136.
③ Jean-Marie Gustave Le Clézio. *La fièvre*. Paris:Gallimard, 1965, p. 79.
④ Jean-Marie Gustave Le Clézio. *La fièvre*. Paris:Gallimard, 1965, p. 69.
⑤ Marina Salles. *Le Clézio, notre contemporain*. Rennes:Press Universitaires de Rennes, 2006, p. 260.
⑥ Léger Tierry. La nausée en procès ou l'intertextualité sartrienne chez Le Clézio, in Sophie Jollin-Bertocchi et Thibault Bruno, ed., *Lecture d'une oeuvre:J. M. G. Le Clézio*, Nantes:Editions du temps, 2004, p. 69.

然而形式上的近似背后，隐藏着思想上的巨大差别。在波蒙的疼痛所象征的思想和罗冈旦的恶心所代表的问题之间，有着截然的不同。在小说《恶心》里，罗冈旦面对物的世界陷入恶心，他认为物的世界多余的、荒谬的、偶然的；而他自己也是以物（身体）的方式存在着，因此他的肉身存在也是"多余"（de trop），这样的思想方式使罗冈旦产生了一种厌弃自我的虚无主义念头："我是永世的多余。"① "恶心没有消失，我想它也不会很快消失，它不是一种疾病也不是临时的阵咳：它就是我。"② 在萨特的哲学中，包括身体在内的物质世界是"自在"（l'en-soi）的存在，它们只是在那里，没有意义；只有作为自为（pour-soi）存在的意识能够给予世界以意义，人只有作为意识主体存在，才能获得自由和意义，换句话说，"意识构成了世间万物的意义"③。笛卡尔认为意识可以脱离身体而存在的思想和萨特对"自在"世界的恶心都是一种意识主体的骄傲，这种骄傲使作为意识主体的"我"自认为凌驾于自我的身体和物质的世界，自认为具有意义、理性和选择的特权。诚然，波蒙像罗冈旦一样，也被塑造成了一个迷信理性思考的意识主体，然而勒克莱齐奥要着力表现意识主体那种"唯意识独尊"的思维方式，所必然导致的各种无法治愈的精神痼疾——孤独、恐惧、空虚；这些精神痼疾，究其原因，正是那种在意识和物质之间横加切断的二元思想。

勒克莱齐奥的人物继承了笛卡尔式意识主体的骄傲，甚至顺应这种骄傲的逻辑将之放大为一种虚无主义（le nihilisme）；而在这种虚无主义造成的困境面前，身体、意识二元分割的荒谬性也就暴露无遗了。勒克莱齐奥的早期主人公们喜欢用"蠢蠢蠕动"（grouiller）这个词表现物的世界；蠢蠢蠕动，即如蚁群般毫无目的朝各个方向运动，活着、存在着，忙乱而无意义。意识主体忽然意识到，生命的轨迹在很大意义上就是蠢蠢蠕动，就是以物质肉身的方式，陷入日常生活那琐碎而劳碌的泥沼。在短篇小说《发烧》中，主人公浩克观察操劳忙碌的同事，不由地怒上心来，认为他们的忙碌和苍蝇的忙碌之间没有本质的区别，都是在蠢蠢蠕动中消磨生命，"我们和那些嗜好生活的微小族群一样，无知地承载着生命的重量"④。短篇小说《老去的一天》中的少年约瑟夫目睹了邻居老妇的垂死，联想到了自己的未来："对约瑟夫来说，生命还很长久；这个没有未来、没有乐趣的负担，恐怕还会持续五十多年。大限之日未

---

① J-P. Sartre. *La nausée*. Paris：Gallimard, 1938. p. 183.
② J-P. Sartre. *La nausée*. Paris：Gallimard, 1938. p. 183.
③ Samuel E. Stumpf et al. *Socrates to Satre and beyond：a history of philosophy*. New York：McGraw-Hill, 1966，p. 437.
④ Jean-Marie Gustave Le Clézio. *La fièvre*. Paris：Gallimard, 1965, p. 31.

到，来日方长，身体还会渴望食物和运动。无聊的事情等着他，工作、空虚的谈话、金钱、女人，所有这些可憎的疲倦将在未来的时日与他相伴。"① "蠢蠢蠕动"的生活没有意义，没有存在的理由，这就是理性对作为物质肉身的存在做出的虚无主义判断。意识主体的傲慢于是使他开始厌弃自我的肉身，憎恨自己出生的事实："我曾经梦想着从未在那可憎的一天被人唤醒，被人抛入一具皮囊和白骨，来承受那可感世界短暂的疯狂。"② 然而理性由此作茧自缚，陷入了不可自拔的虚无。正如波蒙在孤独、恐惧、焦虑等虚无思想面前表现得无能为力、不能自拔，意识主体的骄傲导致了虚无，而他又在虚无面前全盘溃败；《诉讼笔录》中主人公亚当的一句话精辟地概括了勒克莱齐奥早期主人公的共同处境："我被沉重的意识压垮"。③ 因此，勒克莱齐奥说"意识就像那分泌出毒液的腺体，反过来却被毒液所侵蚀"④。

由以上论述可以看出，勒克莱齐奥质疑唯意识独尊的二元论思想，向意识主体发难，揭示剥离了存在的身体维度的主体性思维让人陷入的精神困境，所有这些都是为了力图凸显身体在存在中的不可或缺的地位。

三、"物质的迷狂"：实现身体与意识的和谐统一

故事的题名"波蒙初识疼痛的日子"是非常具有启示意义的。波蒙被意识禁锢在了狭隘的主体性中，疏离了自己的身体体验，作家因此戏谑地将小说的题目命名为"波蒙初识疼痛的日子"。声称一个中年男人第一次遭遇疼痛自然是荒谬的，因此他所初识的，与其说是疼痛，不如说是久违的、自我的身体体验。波蒙在疼痛中渐渐加深了对自我身体的感性体验，于是就在他被疼痛打败，在与身体的对决中败下阵来的时候，他却出人意料地向陌生人倾诉道："有一个状态本是不应该被逾越的，而我逾越了。现在我需要我的疼痛，没有它我什么都不是。我爱它。"⑤ 波蒙渐渐地习惯了身体经验的"在场"，并且最终宣称爱上了身体的疼痛，这说明他放下了意识主体的骄傲，开始接受和向往身体和意识之间的和谐共生。波蒙在故事的结尾对生命的意义做出了如此阐释："生命就是这样，什么也不是，只是一个单一而模糊、可以被轻易化约的现象；生命是一株双生的植物，具有两棵根系，一颗植根于人的肉身躯体，另

---

① Jean-Marie Gustave Le Clézio. *La fièvre*. Paris：Gallimard，1965，p. 220.
② Jean-Marie Gustave Le Clézio. *L'extase matérielle*. Paris：Gallimard，1965，p. 227.
③ Jean-Marie Gustave Le Clézio. *L'extase matérielle*. Paris：Gallimard，1965，p. 56.
④ Jean-Marie Gustave Le Clézio. *La fièvre*. Paris：Gallimard，1965，p. 223.
⑤ Jean-Marie Gustave Le Clézio. *La fièvre*. Paris：Gallimard，1965，p. 82.

一头陷入物质世界。"①

波蒙的感悟涉及勒克莱齐奥创作中的一个重要思想：物质的迷狂。在《波蒙》所在的小说集的前言中勒克莱齐奥写道："发烧、疼痛、疲乏、困倦，这些是和爱情、折磨、仇恨、死亡同样强烈和绝望的激情。在感觉的袭击下，精神（l'esprit）不得不屈服，形成一种物质的迷狂。"② 由于小说《波蒙》的构思与以上表述完全吻合，因此整篇小说的创作都可以被看作反映了"物质的迷狂"的主旨。实际上，"物质的迷狂"又是作家重要散文集《物质的迷狂》的题名，时常被用来代表作家哲理思想的浓缩和精华。日本学者铃木将"物质的迷狂"定义为"（精神）与物质的融合"③；法国学者萨勒则将其理解为"（精神）在唯一的、鲜活的、永恒的物质内部的神秘经历"④。同样，许多学者都把"物质的迷狂"的基本意义理解为"精神与物质的融合"。而实际上，在适当的语境下，"精神与物质的融合"也可以被理解为"意识与身体的融合"。首先，法语中身体（le corps）和物质（la matière）这两个词语本来就具有双关性和互换性：身体包含物质的意思，而哲学语境中的"物质"又可以等同于身体。⑤ 其次，作家在散文集《物质的迷狂》里多次表达了精神与身体二元统一的思想："我们从来没有，也永远不会离开自我的身体而存在。"⑥ "我们的世界在那里，物质在那里；我们的身体、指甲、头发、皮肤、眼睛和手都在那里；精神从它们的存在中吸取养料，是肉体的结果。我们的想象和思考都离不开肉体的包围。"⑦ 因此，"物质的迷狂"意味着"身体和意识的和谐统一"，用现象学家梅洛-庞蒂的话说，"意识是通过身体以物质方式的存在"⑧。从很大程度上来讲，勒克莱克奥上述观点中所包含的身体思想与梅洛-庞蒂的身体观念是一致的，对他们来说，"身体是我们立身于世的根本"⑨。

---

① Jean-Marie Gustave Le Clézio. *La fièvre*. Paris：Gallimard, 1965, p. 75.
② Jean-Marie Gustave Le Clézio. *La fièvre*. Paris：Gallimard, 1965, p. 7.
③ Masao Suzuki. *J. M. G. Le Clézio, évolution spirituelle et littéraire. par-delà l'Occident moderne*. Paris：L'Harmatta, 2007, p. 56.
④ Salles, Marina. *Le Clézio, Peintre de la vie moderne*. Paris：L'Harmattan, 2007, p. 234.
⑤ 《拉鲁斯法汉词典》，外语教学与研究出版社1991年版，第449页"身体"（Corps）释义的第四条为：所有的物体，物质实体［tout objet, toute substance matérielle］。"物质"（Matière）释义的第二条为：［哲］身体，（对立于灵魂、精神的）物质现实［PHILOS. Corps, réalité matérielle（par oppo. à âme, à esprit）］。
⑥ Jean-Marie Gustave Le Clézio. *L'extase matérielle*. Paris：Gallimard, 1965, p. 287.
⑦ Jean-Marie Gustave Le Clézio. *L'extase matérielle*. Paris：Gallimard, 1965, p. 227.
⑧ Maurice Merleau-Ponty. *Phénoménologie de la perception*. Paris：Gallimard, 1945, p. 161.
⑨ Maurice Merleau-Ponty. *Phénoménologie de la perception*. Paris：Gallimard, 1945, p. 169.

"物质的迷狂"这一概念的提出,既是对西方传统意识/身体二元论的挑战,又为超越过度放大理性思考的虚无主义倾向,提供了解决办法。在物质世界所引起的焦虑面前,唯有意识与身体的融合,才能解驱散虚无的阴影。意识在自我和物质世界之间强加区分,使自我在物质中孤立出来,造成了"思想和物质痛苦的联结"①,于是意识主体陷入了烦琐的生命不值得存在的虚无主义思想,"过度的意识导向异化和疯狂"②;意识是这样一种力量,"它不但不加强生命的欲念,反而将它引向无底的深渊,让未完成的现实,染上虚无的色彩"③。因此,只有把身体的重要性重新纳入对人的存在的理解,才能摆脱这种虚无的思想。作家在散文中写道:"如果我们的肉体像意识一样懦弱,我们可能早就化入泥土了。而我们的肉体是坚强的,她拼搏着。她以坚强的意志,在七十到八十年间与死亡斗争,不做妥协。这不是理性的意志,而是生命的洪流。生命之美、生命的活力不在于精神,而在于物质。我只知道这一点:我的身体,我的身体。"④

　　汪民安在《身体转向》一文中称:"意识和身体,知性和感性,如果真的存在着一种较量的话,那么,二者的关系就是此消彼长的残酷竞技关系。"⑤勒克莱齐奥的小说以寓言的形式让人看到,对意识和身体的生硬区分,以及两者之间的"竞技关系"给西方现代个体带来了各种困扰。人不应再被抽象为精神和理性的动物,身体是存在的起点和归宿,必须把"身体"纳入对人的本质的理解。生命不应该再是意识与身体的博弈,而应该回归两者之间原初的混沌,沉醉于"物质的迷狂":"思想最绝对的秘密无疑是这种永远难以忘却的欲望,那就是想要投身于与物质最令人沉醉的融合。"⑥

---

① Jean-Marie Gustave Le Clézio. *L'extase matérielle*, Paris: Gallimard, 1965, p. 84.
② Jean-Marie Gustave Le Clézio. *L'extase matérielle*. Paris: Gallimard, 1965, p. 95.
③ Jean-Marie Gustave Le Clézio. *L'extase matérielle*. Paris: Gallimard, 1965, p. 80.
④ Jean-Marie Gustave Le Clézio. *L'extase matérielle*. Paris: Gallimard, 1965, p. 47.
⑤ 汪民安、陈永国:《身体转向》,载《外国文学》2004年第1期。
⑥ Jean-Marie Gustave Le Clézio. *L'extase matérielle*. Paris: Gallimard, 1965, p. 53.

第二十章 乌埃勒贝克的《基本粒子》解析[1]

---

[1] 本章作者为暨南大学外文学院马利红副教授。

《基本粒子》（*Les particules élémentaires*）① 是法国当代作家米歇尔·乌埃勒贝克（Michel Houellebecq，1958— ）一部投枪匕首般的力作，发表于1998年。这部作品的问世曾引发法国文坛大"地震"，掀起舆论新"海啸"。评论界称誉与毁谤齐飞。法国《解放报》高度评价这是一部"巴尔扎克式"和"萨特式"的巨著。与此同时，小说也因过多情色描写触及人伦底线而遭人诟病。但本章更认同法国评论家奥利维埃·巴尔多勒的说法："普鲁斯特的《追忆逝水年华》和塞利纳的《漫漫长夜行》是伟大的法国文学最后的杰作，它们负有普世的使命。……普鲁斯特和塞利纳之后还有什么可读呢？有个名字无法忽视，因为这个作家不仅是可读的，而且是普鲁斯特和塞利纳之后唯一可读的：他就是米歇尔·乌埃勒贝克。……他的作品为我们昭示了强弩之末的现代性的彻底崩溃。他的作品与普鲁斯特和塞利纳的作品一样精确地反映了他们生活的时代，乃至为时代之化身。"②

乌埃勒贝克的《基本粒子》正是这样一部以文学的方式再现20世纪50年代以来法国性道德状况和社会生活风貌的小说。小说一笔双管，交叉叙述了同母异父的俩兄弟，一个是崇尚性解放的文学教师布吕诺·杰尔任斯基，另一个是倾向性冷漠的生物学家米歇尔·杰尔任斯基。这两颗"粒子"有着迥然不同的成长经历和悲剧性结局。小说以隐喻的方式，通过对人性善恶的伦理考察，构建了一出析离爱欲、革旧布新、科技"造人"的当代神话。这一"造人"神话无疑是一起文学伦理事件。"造人"的目的与手段之间形成的反人性悖论，挑动了当代人对顺性和节欲、对善恶认知的道德神经。"造人"神话由神而人，由人而"基因"的变异凸显当代伦理危机。作者通过"造人"神话实际上是再次发问：人类向何处去？因此，"造人"神话是读者把握和理解这部小说主旨的钥匙。

一、造人神话

"造人"是关涉一个古老而常新的母题，即"我是谁""我来自哪里"的终极追问。人类对自我由来的追问可上溯至古代西方两希文化的源头。《圣经》里说上帝在第六日照着自己的形象造人；希腊神话中则有先觉者普罗米修斯按天神的模样造人。这些原初文学中的"造人"神话，都是由神或半神

---

① 本章所引《基本粒子》版本为 Michel Houellebecq. *Les particules élémentaires*. Paris：Flammarion，1998. 文内引用直接标注原著页码。
② Olivier Bardolle. *La literature à vif*（*le cas Houellebecq*）. Paris：L'Esprit des péninsules，2004，p. 63.

塑造人。人多为泥坯之身，前有上帝吹一口生气到泥人的鼻孔，泥人变成有灵的活人；后有普罗米修斯从各种动物的心中取出善恶封入泥人胸膛，借智慧女神雅典娜的一口仙气赋予只有一半生命的泥人灵魂。这类"造人"神话具有人神通化的源构境域。人的灵肉皆拜神或半神所赐，既神圣又神秘。这是人类先祖对自身起源的一种充满神性的诗意想象。

然而，小说《基本粒子》则以科幻的想象构筑了另一种"造人"神话。小说讲述了两个完全不同的"生命粒子"——生物学家米歇尔·杰尔任斯基与同母异父的哥哥布吕诺·杰尔任斯基的情感历程和不幸命运。少年米歇尔深爱上善良纯洁的安娜贝尔，但他的克制和胆怯把安娜贝尔推到了一个玩弄感情、厚颜无耻的男人怀中，使她走上堕落之途。二十多年后，他与已病入膏肓的安娜贝尔意外重逢。安娜贝尔在最终得到米歇尔真爱的幸福和满足中"平静而温和地"离世。至于布吕诺，年幼时过早受到非正常的性启蒙，成年后在对性的极度追逐中损害了身体，最终被送入精神病院，而他唯一真爱的女人克里斯蒂娜也因同样的原因意外死亡。米歇尔把这一切归咎于他们所生活的那个"艰难困顿，充满尔虞我诈、虚荣和暴力，缺乏和谐的世界"，而人们"也没做任何努力去改变这个世界，没做任何贡献使得这个世界变得更美好"（Houellebecq, 284）。怀着对爱与性、快乐与欲望的不能调和带给他与同时代人的"孤独和苦涩"，米歇尔苦心孤诣地为"人类可能在超越个性、区别和变异后，产生一个无性的、不死的新种类"而不断实验。最终，他利用"遗传密码"进行"无性繁殖"的"造人"实验获得成功。（Houellebecq, 8）

"造人"实验的成功在小说结尾以一种未来现在态的图景展现。"今天，在近五十年后……还将存在一些旧人类，尤其是在长期受传统宗教戒律影响的地区。不过，他们的出生率逐年下降，现在看来他们的消亡将不可抗拒。与所有悲观的预见相反，这种消亡悄无声息地进行着……人们甚至惊讶地看到（旧）人类是多么温和、顺从、内心有多么安慰地同意自身的消亡。"（Houellebecq, 315）"造人"是人类自我救赎的手段。人类不依靠上帝，而借助科技实现由此岸及彼岸的过渡。因此，这一"造人"被视为"继基督教和现代科学出现"之后的"第三次形而上的变化，从许多方面看都是最彻底的变化，可能开辟世界历史的新时代"（Houellebecq, 8）。然而，这个新"造人"神话明显地带着现代人的伦理价值取向和目的论、工具理性的烙印，不仅褪去神性的特质，也缺失人性的内涵。小说中的新人类如同孙悟空拔下一根毫毛变成猴万个，是一种"异化"的存在，一种鲍德里亚所说的"乱（超）真实"存在。人性有善有恶，趋善避恶合乎常情。布吕诺渴望爱情而不得，纵情声色至失常。他不是恶本身，但他分有恶。他是恶的产物，也是恶的受害者。他没有死亡，而是癫狂。他的恶不是与生俱来的，他在恶中挣扎，坚持不与世界和解，他何尝不是一个波德莱尔式的绝望的清醒者？他才是真实的人，真实的存在。

因此，米歇尔的"造人"本着与文明困境抗争、逆文明弊病而动的目的，却深深受缚于科技文明的宰制不得解脱。当米歇尔以"生产一个理智新人类"为理想的"造人"实验取消了性别，根除了欲念，同一了个性之后，将人人相同又相异，人似人而非人，人是人而缺人性。这无异于"把生命的本质本身交付给技术制造处理，使人和事物变成单纯的材料和对象化的功能"①。这样一来，在米歇尔欲借"造人"以完善人性的美好愿望与其反人性实质之间形成一种深层的悖论。人由"用神性来度量自己"（荷尔德林语）缩减为无关人性的基因密码。"造人"神话变异为一份科学实验报告。"造人"神话不再神话。

二、伦理挑战

"造人"神话的变异关涉着科学与人性的伦理命题。自启蒙运动以来，科学在重新发现人性的现代性过程中发挥着中心作用。然而，"自第二次世界大战以来，人们不再认为，科学是为了人类的利益朝着绝对知识和绝对自由的方向慢慢向前发展的。科学已经迷失了方向——它的'目标不再是真理，而是实用性'"②。科学技术化、实用化，其本质则是"技术在摆布自然的同时，也对主体进行摆布，亦即使主体陷于一种不能自拔的境地"③。《基本粒子》中米歇尔以救治人性为目的，通过科技"造人"，对抗现代社会的"精神抑郁""家庭解体""社会暴力""性扭曲""集体淫乱""魔鬼崇拜"等文明倒错现象，恰恰是走入海德格尔所说的"座架"怪圈而不自知。

小说结尾新人类发表着幸福感言："在断绝与人类的亲子关系后，我们生活着。依人类的标准，我们幸福地生活着；我们确切知道已超越他们无法克服的自私、残酷和愤怒的邪恶力量；无论如何，我们过着一种不同的生活。科学和艺术一如既往地存在于我们的社会；但对真和美的追求更少受到个体虚荣心的驱使，因此不致那么紧迫。我们的世界是旧人类的天堂。我们时常略带幽默地称自己是'神'，这曾是他们多么梦寐以求的啊。"（Houellebecq，316）然而，在这一人类新图腾远景背后隐现着一个如阿多诺所说的"除了绝望能拯

---

① 栾栋：《感性学发微》，商务印书馆1999年版，第148页。
② 陈嘉明：《现代性与后现代性十五讲》，北京大学出版社2006年版，第214 – 125页。
③ 陈嘉明：《现代性与后现代性十五讲》，北京大学出版社2006年版，第214 – 125页。

救我们就别无希望的"现代悲情神话。因为当科技成为人类的"新宗教",通过科技"造人"根除人性劣根、完善人性,从而实现对人的生存状态的"救渡",即重新寻回人的存在价值和尊严时,无异于缘木求鱼。以科技解决人性的问题,是向外求援而非向内回溯。这一做法无疑于倒洗澡水连孩子也倒掉,被根除的不是人性的劣根,而是人性本身。

小说用现实主义和自然主义两把解剖刀揭开人性最丑恶最卑劣的一面,掏出人类文明中最无耻最阴暗的"脏腑"示人。小说对恶不惜笔墨、淋漓尽致的现实演绎和祛除恶的未来远景之间形成一种张力,人性在这张力场中上演了一出"令心灵破碎,顽石移动,禽兽变人"(尼采语)的悲剧。而这出悲剧的根源就在于人性之恶。布吕诺代表着原始之恶、非理性之恶,米歇尔则体现着文明之恶、理性之恶。小说借助布吕诺和米歇尔两个实在,把对人性的考察置于形下和形上之维,"把整个人类看作一个现象"①,并以此为出发点进行描述和剖析,实践对人性善恶的伦理透视和道德质询。

恶其实是在人"所站立的整个系统的每一关节、每一支点、每一角落、每一罅隙都渗透着"②。布吕诺身上集中体现着四类"恶":第一是无秩序与失败之恶,第二是分解之恶,第三是孤独与焦虑之恶,第四是成长之恶。③ 第一种"恶"来自庞大的社会体系,"使人犯罪跌倒的恶表避免不了"。布吕诺对生活所保持的享乐主义态度,不仅仅属于他个人。"他只不过是一个历史性运动展开过程中被动的一分子。他的动机、价值观、欲望与同时代人没分别。"(Houellebecq,178)布吕诺从小生活在极度性开放的家庭环境,成年后又赶上性解放潮流,他放任感官、纵情声色的生活有着家庭和社会两个不能摒弃的"恶"源。极度纵欲过早地消耗了他的肉体和精神,"分解之恶"不可避免。

第三种"恶"是"意识在昏暗的宇宙中觉醒时的焦虑……是只属于人才有的恶"④。"焦虑是现代人最主要的情绪。""人类的焦虑是从人类能反省那一刻起就以很原始的形态产生了,因为它与人一样古老。同时……没有人会认为人类自从能反省而社会化以来,有比现代更强烈的焦虑感。"⑤ 布吕诺一面把焦虑外化为感官放纵,在自毁中挣扎,由绝望至癫狂,一面作为文学教师的他又通过写作这种"回归感性的内心世界"的方式进行反省,进行最低限度的反抗。最后一种"恶","也许是最不具悲剧性的,因为它能提升我们,但它

---

① [法]德日进:《人的现象》,李弘祺译,新星出版社2006年版,第155页。
② [法]德日进:《人的现象》,李弘祺译,新星出版社2006年版,第226页。
③ [法]德日进:《人的现象》,李弘祺译,新星出版社2006年版,第226–227页。
④ [法]德日进:《人的现象》,李弘祺译,新星出版社2006年版,第227页。
⑤ [法]德日进:《人的现象》,李弘祺译,新星出版社2006年版,第155页。

仍然是恶……演化的过程充满了恶，少不了的恶"①。恶与成长，恶与演化，恶与进步的关系犹如破茧化蝶。茧与蝶是一对异构同在的辩证关系。人的成长就是要突破这重重恶的封锁。

布吕诺在意识到恶和无法祛恶的精神自救和灵魂突围中以失常告终。而失常于他不啻一种对尊严的变相维护。布吕诺面对恶的无可奈何，其实也是作家本人的梦魇。这个复杂的伦理环扣，非乌埃勒贝克所能解开。

三、两个极端

小说中，米歇尔和布吕诺是同一时代下两个极端的"粒子"。布吕诺随母亲一起长大，而母亲是被性解放潮流荼毒的一代，只知享乐，不尽义务。与他境遇相同的女友克里斯蒂娜吐出了他的心声："我瞧不起这些人（即他们的父母），甚至可以说我憎恶他们。他们代表着恶，他们制造了恶，我被生下来正是为了控诉他们的。"（Houellebecq, 203）布吕诺的存在就是恶的证据。相反，米歇尔比布吕诺幸运，他从小和祖母一起长大。祖母那一代人"一辈子勤恳、艰苦地工作，本着忠诚和爱的精神，只知为他人毫无保留地奉献，却丝毫不觉得在牺牲。"（Houellebecq, 91）因此，当成年的米歇尔面对来势汹汹的性解放恶潮，又目睹哥哥布吕诺和身边深受其苦的人的遭遇时，他以"众人皆醉我独醒"的姿态，保持理性和克制。他崇尚"纯道德"，认为"纯道德是独一无二的，普适万能的。它不会因时间而变质或增益。它独立于任何历史、经济、社会或文化的因素；根本不依赖任何东西。它做决定而不是被决定。它制约而不是被制约。换言之，它是一个绝对，十全十美"（Houellebecq, 35）。以此为标准，他衡量比照人性之善恶，洞察善恶之根源，胸怀拯救人类的伟略。他不断尝试能控制基因的科技"造人"，析离爱欲，存善祛恶，一劳永逸地解决人性善恶的问题。然而，"人在道德上是善恶并存的：善恶面对面地存在于人的'最初场所'的中心"②。"任何世界都不可能成为善的一致性的俘虏，这个世界在，也将仍然在善和恶的名下。只有当善不再立志要给世界涂上善的色彩时，善才会是善的。"③ 米歇尔对恶的"霸道"处理以及他最后主动抛弃生命，配合完美"新人类"诞生等的举措，即是将善

---

① ［法］德日进：《人的现象》，李弘祺译，新星出版社 2006 年版，第 227 页。
② ［英］鲍曼：《后现代伦理学》，见万俊人主编《20 世纪西方伦理学经典（Ⅳ）：伦理学前沿：道德与社会》，中国人民大学出版社 2005 年版，第 393 页。
③ ［法］巴迪欧：《伦理学：论恶的理解》，见万俊人主编《20 世纪西方伦理学经典（Ⅳ）：伦理学前沿：道德与社会》，中国人民大学出版社 2005 年版，第 782–783 页。

的真理"绝对化"之举,而"将某一真理的力量绝对化的所有企图,都会构成一种恶。这种恶不仅摧毁了处境,也打断了真理的过程"①。这是一种"灾难性的恶"。因此,米歇尔的"造人"颇具反讽意味,是技术和伦理之间的一种悖谬。

"造人"神话历经"由神而人而科技"的"变异",复归对人性伦理的探讨。"造人"在小说中作为一种"伦理实体",它要解决的是布吕诺和米歇尔如何摆脱各自的"性"困境,找到快乐和幸福的问题。布吕诺性放纵,米歇尔则性冷淡,过犹不及,"不及犹过"。节欲抑或顺性?米歇尔的"造人"不是要寻求亚里士多德式的"伦理德性的中道",而是要彻底创建新的伦理道德统绪,理性规范人性,使人类脱离罪恶和痛苦之渊。这一"造人"不同于上帝造人,它是马尔库塞所摈斥的"压抑性的文明行为",带着文明的原罪。"造人"逆文明而动,其手段与目的却服从于文明。如果说原始"造人"神话是通过向造物主的回溯给人以心灵的慰藉,那么当代"造人"神话则既祛除了神又戕杀了人性。这一悖论式的当代"造人"神话体现着文明的荒诞,启人深省。

小说中的"造人"被赋予科幻色彩,人性乌托邦亦真亦幻。"我们的生成归功于他们的梦想;没有构成他们历史的痛苦和快乐的纠葛就没有我们;当他们在黑暗中跌跌撞撞,当他们穿越仇恨和恐惧时,他们的身上已携带着我们的形象。"(Houellebecq,9)伴随着新人类的感喟,"造人"的末世论叙事背后隐射的不是人性凤凰涅槃的复生,而是万劫不复的毁灭。这让我们"从反面"看到更为真实的人性,折射出当代人性伦理危机。同时,它也以文学的面目昭示"人性化科学"和"科学化人性"的必要性。"人是一切的基础,也是一切的起点,更是一切的中心。人是在我们身上活着、伸展着、挣扎着的存在"②。这个"人"即"人性"。当米歇尔的"造人"术切除了"人"——那"活着、伸展着、挣扎着的存在",生硬地剥离开存在与存在者,只能使人性陷入被摆布、被宰制的困境。"科学之回归到人,不只是必须的,也是有利的。科学的进路不应仅只是向外进行时空拓展(如外太空与未来世界),而更应向(人性、人的生命等方面)内拓展。"这一"回归"不是科学与人性简单意义上的相加,而是超越灵欲和善恶的伦理诉求。

乌埃勒贝克知道自己在做什么。他这种"造人"神话,正印证了栾栋先

---

① [法]巴迪欧:《伦理学:论恶的理解》,见万俊人主编《20世纪西方伦理学经典(Ⅳ):伦理学前沿:道德与社会》,中国人民大学出版社2005年版,第783页。
② [法]德日进:《人的现象》,李弘祺译,新星出版社2006年版,第202页。

生 20 世纪末叶的判识——"新神话的崛起"①。诚如栾栋先生所指出的,"时下所谓重塑古神话的做法是不符合神话研究的严肃要求的"②。从积极的方面看,《基本粒子》不啻新神话崛起中的一段插曲。作为后现代思潮中出现的伦理挑战,作者是拿不出令人满意的解决方法的,他只是在投石问路。作品抽绎出的两个极端,始终是作家和全人类永恒的难题。《基本粒子》对科技伦理的考问发人深思。"造人"母题的变异至少具有以下双重含义,一方面是对现当代人性因科技压抑而异化的反讽,另一方面也是有社会责任感的知识分子面对"以经济实效和能耐衡量个人价值的社会"的反思。③ 人是会思考和会表达的动物,乌埃勒贝克式的反讽和反思,虽然深陷于要人性还是要科技的悖论之中,但是就其不甘堕落和锲而不舍的探索精神本身,已经是对市侩化社会和工具理性化生存的一种抗争。诚所谓,"造人"不成君莫笑,暂借"粒子"长精神。

---

① 栾栋:《感性学发微》,商务印书馆 1999 年版,第 124–159 页。
② 栾栋:《文学通化论》,商务印书馆 2017 年版,第 103 页。
③ Didier Sénécal. Le phénomène Michel Houellebecq: la naissance d'un écrivain. *France Label* 1999 (35).

第二十一章　法国副文学评述[①]

[①] 本章作者为暨南大学外文学院马利红副教授。

法语 paralittérature 一词，由前缀 para-和词根 littérature（文学）一词组成。据《法语语言宝藏》词典记载，paralittérature 最早出现于1938年，是以形容词词形 paralittéraire 出现在阿尔贝·蒂波岱的一篇文章里。至于 paralittérature 一词，则首次出现于1960年，具体出处不明。① 顾"形"求义，paralittérature 是一种文学或与文学有关的概念。"para-这个前缀：从希腊文而来，本为介词，是'靠近、在……旁边'之意，进入许多名词和形容词的构词法中，表示毗邻或与第二个元素相似。"② 而 para-"还有导引、避开、经过、兼顾等一词双关的统筹义项"③。正因 para-兼有"反对"和"靠近"的意思，譬如雌雄同体，既排斥又依存，相反而相成，使之"在加诸'文学'一词的所有前缀中是最没有贬义的"④。相反，亚文学（sous-littérature）、下文学（infralittérature）、劣文学（mauvaise littérature）、边文学（littérature marginale）等词语的内涵则明显为贬义，都把这类文学视作文学（littérature）的陪衬。关于 paralittérature 的中文译名，如果拿中国文学批评中已然存在的概念进行对等或转换，一般译为"副文学"。如专事民间文学研究的孙景尧先生就曾撰文《文学与副文学研究探——以中美"说书"的比较研究为例》。而这个"副文学"恐怕也是英译舶来品。尤其是从中国文字的角度去读解"副文学"，副者，附也，有次等、从属、低级等弱化文学性的特点。目前，国内学界只有业师栾栋先生从 paralittérature 一词的前缀分析出发明确提出"辟文学"译名，以"辟"化"副"，化偏，化贬，还原了 paralittérature 的本来面目。但鉴于"辟文学"译名暂未为学界周知，本章拟用"副文学"译名对该理论批评中概念性的关联和根基性的含义加以考察和梳理，尝试在中西比较的视野中对该流派做钩深致远的理论创辟。

一、何为副文学

关于副文学的定义，各种释名辞典取义雷同。《法语罗贝尔词典》把副文学定义"为文本产品的总和，无实用目的，不被社会认为是隶属于文学的东西（如小说、通俗报刊、歌曲、电影脚本和照片小说的文本、连环漫画等）。边缘文学"⑤。2004年版的《阿歇特电子大百科词典》则把它定义为："总括

---

① Daniel Fondanèche. Les paralittératures. Paris：Vuibert, 2005, p. 8.
② Daniel Fondanèche. Les paralittératures. Paris：Vuibert, 2005, p. 7.
③ 栾栋：《文学通化论》，商务印书馆2017年版，第95 – 153页。
④ Alain-Michel Boyer. Les paralittératures. Paris：Armand Colin, 2008, p. 14.
⑤ Paul Robert. Le Robert：dictionnaire de la langue française. Paris：le Robert, 1985,（vol. VII）, p. 74.

那些不被认为属于传统文学之文类的文学生产的领域：19 世纪有通俗剧和通俗小说；20 世纪有侦探小说、科幻小说、连环漫画、照片小说。"① 可见，副文学总的来说是相对于纯文学而言的学术界定。文艺复兴以来的主流文学、高雅文学、升华性的文学是纯文学，与之相对的边缘文学、通俗文学和低级趣味的文学均属于副文学。这些特点之过激之处自然也表现为逆文学和反文学。

　　副文学作为一种批评话语的正式呈现是 20 世纪 60 年代中末期，其标志性活动就是 1967 年在法国瑟西里国际会议厅召开的"副文学会谈"以及会议论文的出版。由此，副文学批评理论开始了漫漫求索路，历时半个多世纪，以从单数 paralittérature 到复数 paralittératures 的不同形态顽强地存在着。副文学批评理论的出现，正如刘勰《文心雕龙·时序》篇中所说，是"文变染乎世情，废兴系乎时序"的产物，与当时的社会政治教化、学术风气及思想发展等有着密不可分的关系。应该说 20 世纪六七十年代是西方思想史从现代进入后现代的转型期，新旧思想相互开始脱节却又藕断丝连。现代世界观从根本上遭到破坏，培根和笛卡尔变成了卡夫卡和贝克特，"当代的思想日益丧失既有的确定性，不过也从根本上开启了各种其以前从未涉足的道路"②，即开启了后现代主义之路。而后现代主义尤其表现出"对于被抑制的或非正统的观点一种较为同情的态度，以及对于当前已确立的观点一种要求进一步自我批判的看法"③。在这种思想前提下，以侧重结构研究的文学理论涌现出各种转向，一直被边缘化的副文学现象逐步被关注，也是毫不奇怪的事情。

　　副文学现象也非突如其来，其生发有一个过程。根据法国副文学专家阿兰－米歇尔·布瓦耶（Alain-Michel Boyer，1949— ）的划分，副文学发展历经三个时期：货郎文学（la littérature de colportage）时期（19 世纪初期），19 世纪的通俗文学时期（包括它在 20 世纪的延续），（出现于 19 世纪，发展于 20 世纪的）不同文类的文学时期。④ 这个过程，始自口传文学，经由工业时代的大众文学，再到后工业时代的消费文学。副文学现象的激增和变态，在文学理论家眼里成了严重威胁纯文学发展的洪水猛兽。为挽救岌岌可危的纯文学，首先站出来认真审视副文学现象的就是纯文学诗人让·托泰尔。诗歌是纯文学的

---

① http://www.wanadoo.fr/bin/frame.cgi?service=thematique&u=http://www.encyclo.wanandoo.fr.（consulté en ligne le 5 janvier 2004.）
② ［美］理查德·塔纳斯：《西方思想史》，吴象婴、晏可佳、张广勇译，上海社会科学院出版社 2007 年版，第 432 页。
③ ［美］理查德·塔纳斯：《西方思想史》，吴象婴、晏可佳、张广勇译，上海社会科学院出版社 2007 年版，第 435 页。
④ Alain-Michel Boyer. *Les paralittératures*. Paris：Armand Colin，2008，p. 29

典范,诗人是纯文学的化身。托泰尔的理论诉求无疑是来自文学内部的自我质疑,昭示着文学等级消解的必然。广而言之,1968 年的"五月风暴"也可以说是一个对所有等级观念的冲击,虽然说"该事件的精神与文学研究的导向毫不相干,但彻底打乱了大学的结构并深深地改变了现存的等级制度"①。这些关涉文学及文学理论变革的里应外合,使得副文学研究成为应时代之需的文化动静。托泰尔在其《何谓副文学?》(*Qu'est-ce que la paralittérature?*)的首篇报告中,开宗明义地写道:"我们的目的就是澄清文学的概念,那么,我们采用这一转变的视角(即副文学的视角)并非无益。……换言之,研究那通常不被视作真正的文学的东西从而知道真正文学根本的自主性所在是我们的目的。"为此,他还紧接着就"通俗小说"做了专题发言,足见托泰尔渴望为文学及其理论发展另辟蹊径的苦心。此后涌现众多的研究者,尤其是马克·昂日诺(Marc Angenot)、阿兰-米歇尔·布瓦耶、弗朗西斯·拉加森(Francis Lacassin)、乔治·托维隆(Georges Thovéron)、达尼埃尔·库埃尼亚斯(Daniel Couégnas)、保罗·布勒东(Paul Bleton)以及达尼埃尔·封达内什(Daniel Fondanèche)等人,他们创建图书馆(如比利时的"副文学图书馆"),不定期召开学术研讨会(如 2002 年在里穆日召开的以"通俗作品"为题的国际研讨会),组织各类学术活动,创办期刊[如 2001 年创建的专事通俗文学和传媒文化研究的国际性电子期刊《贝勒菲戈尔》(*Belphégor*)],出版论文集(如 1972 年南希出版的题为《传统与革新,文学与副文学》的论文集)。副文学理论研究虽无"原样派"等其他学术流派的集中与突出,但形(组织形式)散而神(副文学"核心")不散,虽未掀起巨大的学术波澜,然而追踪文学动态,翻新批评话语,学术影响持续至今。2008 年法国阿尔芒·柯兰(Armand Colin)出版社的"128 丛书"推出阿兰-米歇尔·布瓦耶的新书《副文学(复数词形)》以及《科幻小说》《书信体小说》《侦探小说》《色情文学》《青少年文学》等几部副文学文类研究专著,意味着对副文学的研究已成一门显学。"就使用率而言,副文学一词已被普及:它刚刚越过大西洋。在美国,副文学有时倾向于代替诸如'通俗文学'或'低俗文学(pulp fiction)'的表达。"②

---

① Tzvetan Todorov. *La literature en peril*. Paris: Flammarion, 2007, p. 29
② Alain-Michel Boyer. *Les paralittératures*. Paris: Armand Colin, 2008, p. 14.

二、几个里程碑人物

副文学批评的道路上有几位里程碑式的人物和著作是绕不过的，同时也是本章关注的焦点。他们是让·托泰尔、马克·昂日诺、阿兰-米歇尔·布瓦耶、达尼埃尔·库埃尼亚斯和达尼埃尔·封达内什。本节将扼要介绍这几位副文学研究专家的理论著述和主要观点，从中梳理出副文学批评从单数走向复数的发展脉络及其深层原因。

第一，先驱人物——让·托泰尔。此人可谓副文学流派的开山鼻祖。他第一个将"副文学"的概念导入批评话语场。他认为"要走近副文学，可能的话，要确定副文学概念的大致轮廓"。他首先区分了"想象的副文学"与"教育的副文学"，并立足于前者进行阐发。他对自己能否最终得出一个结论不置可否，但他尝试从多个角度提出问题，对副文学命题进行方方面面的思考。他以设问的方式退回原点，寻求概念的本源，为后来的研究者指出了可能的研究向度。他的设问，如"诗学的目的首先是回答是什么使一种词语的信息成为一部艺术作品，那么是否诗学的问题就是我们的问题"，启发了后来的学者达尼埃尔·库埃尼亚斯，他的专著《副文学导论》所做的正是关于副文学的诗学分析。他的研究初衷是为文学寻找出路，却无意中成就了副文学理论流派的形成。他尝试采用副文学的视角，走到文学的对面去发掘文学，拯救文学。在他看来，如果从文学的角度出发，文学与副文学将是两类彼此分开的"写作空间"。文学的视角势必导致截然相反的两种态度，明显的扬弃，而他恰恰最不赞同把研究重心放在关注好坏文学之上。他的态度很审慎，把所有理论假设与推演归为一种探索。托泰尔还批判了以现象定义文学的方法，认为这样理解的文学是片面的，无助于了解文学背后到底发生了什么。他批评凡文学所进行的论证都回避了文学四周更大量的副文学的例子，指出应从这个占多数量的副文学视角反观文学研究的问题。他把文学与副文学的区别落实到内在言语的层面上，认为副文学语言利于表达感情，而文学语言利于传播知识，前者并非无足轻重，相反具有精神学、心理学和社会学意义上的分量。托泰尔间接地提到文学经典化问题。他例举了巴尔扎克与欧仁·苏的作品为例，认为二者运用于小说的表达方式、写作意图、叙事修辞等都没什么不同，但评论家们经常提及的都是巴尔扎克。事实上，欧仁·苏在世之时被同时代人视为与巴尔扎克齐名的小说家。因此，他推导出每种写作有着当下的不确定性，要经过一段时间才能做出"文学的筛选"，且这种淘汰运动不是"单侧亲缘的"演变关系。他提出要思考副文学这一庞大的作品群由什么组成，为什么游离于文学之外，又为什么不管它的写作动机和作品质量如何都不被文学承认等根源性问题。他认为二分法的思维方式无法解决这个问题。他认为无论文学与副文学二者的距离有多大，有多么异质，以致形成两个领域，但二者之间有交叠，彼此之间有着不可割裂的过渡。他提出要设想有"一种难以划界的混杂的书写品种"。这是一个非常具有前瞻性的观点。在其后不久的后现代文学中就出现了大量的"混杂书写"的文本。如安妮·阿尔诺的多部自传性质的小说，米歇尔·乌埃勒贝克的传统写实与科幻叙事混合的鸡尾酒式的小说等。但托泰尔没有就这个问题进一步展开论证，而是转入对副文学的考察。

他认定副文学是一个重要的社会现象，有着集体趋向和影响，包含着许多让人接近无意识和想象之门的因素。他提议借助文学来探讨副文学自身的表达和运作规律。其实，他仍在"同"与"不同"的二分法上打转。他认为副文学与文学的关联点在修辞上，副文学在接近文学的范围内，借用了文学的外衣：整个表达体系、写作内部的物质形式、所有体裁等，并系统使用了修辞手段，不过在这种极其的近似中保留着一定的"羞怯"，即"对文学的尊重"。由此，大部分副文学作品更加明显关注书写的正确性，与文学之间的距离大大缩小。虽然在这点认识上，托泰尔有着明显的不足和前后矛盾。但他对副文学内部演绎的"真正的辩证法"见解独到，并认为应在副文学概念所包含的特定矛盾中进行把握。他第一次详解了"副文学"一词之前缀"para-"的含义。他认为，"para-"既有"靠近"又有"相反"的含义。副文学具有"保护"和"防御"文学的双重属性。一方面，副文学包括所有"非文学"或"反文学"的书面作品，每种副文学的表达都有其自身的风格和说话方式；另一方面，"想象的副文学"又只能通过最简约、最程式化的语言来施展"魅力"。

在厘清副文学的概念之后，托泰尔还提出研究什么文类更适合表现副文学的问题。这就为副文学由单数研究走向复数研究指引了方向。他主张应回溯到表达的源头为副文学的书写辩护、解释。副文学可追溯到古希腊诗人赫西俄德、《圣经》，甚至没有书面表达的民族的所有传统表达。他认为所有成为文学的东西（包括诗歌在内）都必然被包含在副文学的里面，并由副文学的内容发展而来。他关于文学与副文学之间孕育、生发、传承、演变关系的论述可谓鞭辟入里。他也指出要找到副文学与文学之间演变的轨迹和表达的连贯性需要进行大量的研究，研究者一面要避免自己迷失于副文学的"不确定性"之中，从而对研究加以限制，一面又必须深入副文学现象之中，以免忽略大量的副文学的表达方式。而这恰恰是副文学研究的难处，因其立足的现象变动不居，界定莫衷一是。他指出"副文学的整体比已有研究的片段更广大、更多样、更不规则"，并说明了他局限于对"想象的副文学"进行探讨的原因。首先，他认为"想象的副文学"的例子在表达方式和意图上最接近文学的总体概念。这样，研究者就处在一个区别副文学和文学看不见的边界上，从而能够更清楚地了解使二者融合或彻底分开的点。其次，他选择比较近期同时又有一个足够的历史空间形成的副文学例子，这样容易追根溯源，看到发展变化，使得副文学与社会历史发展挂上钩。再次，他认为整个"想象的副文学"都具有"吸引读者"这一共同特点。对于这一"吸引力"的关注有助于更好地了解副文学。读者正是因为副文学具有这种"吸引力"才投入阅读中去，读者能"自动地"在其中找到一种"疏离感"。这种"吸引力"可能来自对所呈现图像的认同或排斥，其本身具有矛盾因子，"因矛盾展开，在矛盾中展开"。最后，托泰尔总结说"副文学巨大的不确定性不必急着去清理"，而应以多种方式切入副文学研究，尽管每种方式只能抓住其中一个侧面。也就是说，他撇开尚未思虑清楚的文学与非文学的关系问题，进入更具体的方法论层面，指导实践性研究，以期日后能得出结论。托泰尔提出的种种设问，虽因其"只缘身在此山中"的视野悬而未决，但对推进副文学理论研究有着举足轻重的作用。①

第二，异地反响——马克·昂日诺。他出生于布鲁塞尔，现为加拿大麦克基尔大学的法国文学教授，是法国副文学研究的先驱之一。与诗人让·托特尔不同，他本人是一位道地的文学理论家；并且，与托泰尔站在副文学立场却为挽救文学的目的不同，他的副文学批评从一开始就与文学批评划清了界限，完全地站到了副文学的立场，试图为副文学划定一片领地。1975年他出版了专著《通俗小说——副文学研究》(*Le roman populaire—recherches en paralittérature*)。该著作以法国通俗小说为例，详细阐述了昂日诺的副文学观。他在前言中首先指明副文学当下的研究状况："副文学领域极其广阔但开发甚少。""法语中的某种蒙昧主义使副文学问题不为人知。""副文学被当作一种威胁，一种被另眼看待的产物，位于文学的围篱之外，但它抗拒官方文学意识形态排斥的动机和修辞实践是异常丰富的。"

如果说托泰尔的副文学批评是对纯文学批评的反向建构，那么，昂日诺的副文学批评某种意义上却是一种解构。正如他所说，"副文学事实的研究或许能够动摇主体文学意识形态的偏见"。这也正是他理论研究的动机和出发点。昂日诺的副文学研究从一开始就是以一种对抗性的姿态出现的。他说，"文学"从定义上讲，长期以来都是一个没有对立、没有边缘、没有"废料"的词语。"反文学""非文学"和"副文学"等都是"新近出现但绝非强加进

---

① Arnaud Noël. *Qu'est-ce que la paralittérature? Entretiens sur la paralittérature*. Paris: Plon, 1970.

来"的词语。这些词语似乎想要重新调整文学场的结构。传统的"文学"观破碎、散落了,在这个所谓同质的领域中出现了奇特的重组。因此,在研究副文学之前,有必要先弄清楚"对立面"(文学)的性质。

他还对"副文学"一词的词源、多义性和范围分别加以阐释。"似乎今天人们要通过打造'副文学'一词,企图把所有因意识形态和社会学的缘故保持在高雅文化边缘的以抒情或叙事为特征的语言表达方式都汇集成一个'整体'。"因此,"副文学"成为最好操作的一个新词,它最包罗万象,又最不具贬义。尽管"副文学居于文学的围篱之外,被当作一种禁忌的、禁止的、无视的、贬损的产物,还可能受到恐吓,它频繁使用的主题和题材在高级文化中仍被压制",但包含在"para-"(副)中的空间隐喻既"勾勒出一个疆界,一个包围圈,一个空白地,(也追踪)一种'相对'的方式,一种毗邻性或连续性"。①

昂日诺巧妙地在二分策略的基础之上提出了较为辩证的超越对立的见解。"副文学"与"文学",互为他者与主体,没有等级,不谈对立,他的公设是:"副文学并非文学的一种卑微的形式,文学和副文学无法脱离彼此而存在。文学和副文学是不可分割的一对,受控于历史沿革的辩证关系中。"他列举洛特雷阿蒙,认为其作品最根本的一面就在于对长篇连载小说和黑色体裁的"文化的野蛮顺化"。总之,"无法否认副文学不断发展出一些僭越的形式,释放出一些挥之不去的创作动机,而在这一大堆的东西背后潜伏着一个时代的梦想"。副文学虽则是一种被剥夺了评论"反馈",暂时的、过渡性的、注定很快过时的产品,但同样对一个社会与时代有着相当强的"敏感度"。文学和副文学生产因此是彼此不能分离的。对于副文学与文学历时和共时的研究将有助于阐明社会史和思想史。

昂日诺最后也转向了文类研究。不过,他较为注重考察各文类的历史渊源、流变以及与大众传媒的关系等,以绘制谱系树的方式建立起一个副文学不同文类及其分支文类的历时的类型学。如法国的侦探小说源自"司法错误小说",而后者本身就是打抱不平的普罗米修斯小说的意味深长的变体。② 由此,我们看到昂日诺与托特尔的副文学理论建设有着根本性的不同,后者强调文学与副文学的"异",而前者强调二者的"同"。他们都注意到了二者之间的交融和模糊地带,但透视的角度截然相反。

第三,中坚力量——阿兰-米歇尔·布瓦耶。布瓦耶是南特大学文学教

---

① Du D. Noguez. *Qu'est-ce que la paralittérature?* Documents du CIRP, n°2, 1969(bulletin ronéotypé).
② Marc Angenot. *Le roman populaire—Recherches en paralittérature.* Québec:PUQ, 1975.

授，也是一位学术活动非常活跃的副文学专家，几乎每年都有著作发表。近年来他的注意力转向了大众文化研究。他的著述主要集中于副文学作品归类和样态分析方面。我们在下一节专题讨论。该派的理论旗手是达尼埃尔·库埃尼亚斯。他也是南特大学文学教授，是布瓦耶的同事和合作者。他们曾共同主编过《惊险小说诗学》一书。库埃尼亚斯长期专注于副文学研究，主编副文学期刊《想象者札记》，担任副文学电子期刊《贝勒菲戈尔》的学术顾问。他的著作《副文学导论》（Introduction à la paralittérature）以"小说的虚构"为研究对象，从诗学的角度对副文学文本进行了语言和文体等方面的综合剖析，并试图重新"合理建构副文学的概念"。他首次提出"副文学性"以回应"文学性"这一概念。他突破性的创见在于对副文学概念前提的研究，而不是常规地用现象来论证概念。他提出两个关键性的互补概念，一是"副文学模式"，二是"副文学标准"。关于"副文学模式"，他认为，"将有助于在一些可定义的标准上建立起一座理想的抽象大厦，用以解释被文学概念排斥到'文学'界限之外的东西"。但他也承认，虽然这个模式尽量考虑和统摄了一个文学评价体系相对的逻辑及其构成等的方方面面，但没有一部具体的作品将能达到这个模式的典范标准。虽然这一模式不能涵盖副文学作品的丰富性与多样性，但这样的留白处理部分地软化了"模式"的僵硬，给副文学阐释以一定的上升空间。至于"副文学标准"，则"能让人辨析副文学模式构成要素的到场与缺席"，是配套"副文学模式"的度量工具。他认为，"对于一切被文学概念视为使一部作品远离'文学'品质的东西，即'副文学的'特征是'发散分布'的且它们在文本中的'定量配置'极其多样。一部既定的小说将或多或少表现出一定数量的'副文学'的显著特征"。由此，如果一部作品表现出以下全部或部分特征，就可以被认为是倾向于副文学模式：其一，类文本通过一定数量的物质标志（如内容介绍、插画封面、丛书类属等）和文本标志（如标题）可以明确地定位于某一小说亚属（如历险小说、"侦探小说"、言情小说等）并建立起一个真正的阅读契约；其二，文本倾向于不断重复使用相同手法（如地点类型、背景类型、环境类型、戏剧情境类型、人物类型等），从而无法拉开可能激发读者批判思考的反讽或戏拟距离；其三，过度使用文本手段制造参照错觉，以致破坏了阅读行为的意识，抹杀了对语言的冥思与感知，尤其文本空间充斥过多的人物话语及大规模使用陈词滥调；其四，文本拒绝对话，这是一个"泛意义"的、冗言的、以意识形态两极化为特征的体系。读者仅限于"识别"意义的角色；其五，叙述在文本空间里的主宰性以及阐释符码和悬念效果的重要性把一种"被绷紧"的阅读导向叙事"下游"；其六，来自粗略模仿又简化为讽喻角色的人物，能使读者感同身受、体验悲怆。无疑，库埃尼亚斯由副文学文本内部出发的理论尝试有着以小见大，由微著深的优长，但他立论的依据是对文学"自性"的变相维护而非挑战。①

第四，后起之秀——达尼埃尔·封达内什。他是副文学研究的守庙人。厚达七百多页的《副文学》（*Les paralittératures*）一书，为他在该领域争得一席之地。他的研究以"资料厚实"见长。就其对副文学不同定义的条分缕析和对副文学文类的爬梳剔抉而言，可称他是副文学发展史的奠基人。《副文学》展示了此类文学的演变历程及其与时代需求的互动特征。他认为，副文学与其周围的世界相互作用。副文学在它们的时代形成一个显著的群体，比总体文学要多得多。它们比有根据的文学更快更深刻地对社会变动和当代文学运动做出反应。有些副文学，如侦探、间谍、科幻小说更敏感于对历史运动的表达。而总体文学就同样的现象做出反应则需要更多的时间。副文学倾向于成为即时的文学，与当前的时代相关联，传达着时代的信息，被阅读又被遗忘。他的立论在于不认同文学与副文学的贵贱之争，他的论述范围从"超市小说"、名人回忆录、政要随笔、歌曲、电影脚本等被视为"俗文学"的副文学到被列入学校考试大纲的魔幻文学、入选"七星文丛"的侦探小说等所谓"高雅的"副文学。

封达内什回避将副文学看作总体文学的一个简单分支的思想，也不去考虑"文学价值"或"接受价值"的概念。他认为副文学是一个社会学标志，副文学受社会环境的影响是重大的。为此，他尝试还原副文学获得飞跃发展的时代，以便了解促其生成的原因。他也以文学史为依凭，证明在"文人文学"和更为直接地从"文人文学"中脱胎而来的副文学之间存在着一种真正的演变关系。二者的裂痕仅仅出于个人或历史的选择。因此，"副文学是属于文学的"。言下之意即副文学是内在于"大"文学（非纯非副的文学）的家族之中。

封达内什最后以一些共同的基础为依据，划分出几个大的范畴用以归类不同的副文学。"这些不同的根基给思考一个起点，这个起点不是在某个日期、风格、主题之上，而是在更宽广的根基之上。"封达内什划分出五大范畴：思辨的、历险的、心理的、图像的和文献的范畴。他还区分了"文类"和"域"的概念。他认为，文类是一种封闭的文学形式，没有具有意义的分支：乡野小说就是这种情况，尽管主题很丰富。相反，域的概念就大很多，且包罗万象。科幻小说就是这种情况，为发展其科幻虚构的叙事，它可以从所有可能的文类上获取主题。他还关注一些副文学放弃陈旧的形式脱胎换骨变成现代形式的起

---

① Daniel Couégnas. *Introduction à la paralittérature*. Paris: Ed. du Seuil, 1992.

始点，如 1818 年出现了科幻小说、魔幻小说和侦探小说。他在每个范畴内所使用的都是编年史的方式，旨在揭示："副文学不是从虚无中汲取思想，而是基于一种比所产生文本浅薄的表面更为宽广的建构性知识基础之上：文化不仅限于一种学院知识的选择。副文学知识场不是封闭的。"①

三、副文学的理论突围

副文学有其与生俱来的难题，如何处理与纯文学或正统文学的关系？换个角度说，如何勘定自身的边界，以及如何处理自身也要克服的边界封闭问题？这个流派确实做了一些理论方面的努力，或曰理论突围。

从托泰尔到封达内什，我们注意到副文学批评呈现出由一而多，由单而复的研究态势。这一变化是不容忽视的。2008 年，布瓦耶发表了新著《复数副文学》（*Les paralittératures*）。此书为我们考察副文学理论变化有着重要作用。他首先给复数的副文学下定义，即"发行量很大的虚构故事的总体以及最经常地不被或尚未被批评话语视作属于文学的部分，内容包括情感小说或言情小说、惊悚小说、间谍小说、侦探小说、科幻小说、武侠小说、西部小说等"。同时，他阐明自己的立场："这所有的印刷品用大量的文本构成了我们这个时代的最重要的一个现象，而这也正说明（大学、教材、批评的）文化诉求并没针对整个文学。"换言之，"任何关于文学事实的思考都不能把这些数量众多、成系列销售、位于从前的'纯文学'边缘的（副文学产品）当成是不重要的东西"，应该给副文学现象及其研究一席之地。"这些副文学占据一个独特的位置：它们模糊地定位于文学的边缘，这一特征使它们成为备受青睐的互相影响的空间，恰当地告诉我们文学是复数的，有必要考察全部作品。"他强调："不存在一种绝对的文学，只有一些不同的实践，其统一性只在某些情况下能实现，而且就这点而言，复数的副文学是属于文学的，是文学采用的千张面孔之一。"这里的文学前后意义有所不同，前面的文学多指与不待见副文学的纯文学或经院文学，而副文学则是有着"千张面孔"的泛文学，包括亚文学、次文学甚至反文学。② 不难看出，布瓦耶在文学研究中力求摆脱二分法，但是如何行稳致远，还须在理论上进一步推进。③ 在这个节点上，栾栋先生提

---

① Daniel Fondanèche. *Paralittératures*. Paris：Vuibert，2005.
② 栾栋：《辟文学通解——兼论文学非文学》，载《学术研究》2008 年第 6 期。栾栋先生称"文学是多面神，是九头怪，是续根草，是星云团"。布瓦耶的观点，与此可以相互印证。
③ 布瓦耶所缺的是一种方法论上的大格局。笔者以为，人文学方法论可补此不足。参阅栾栋《易辩法界说——人文学方法论》，载《哲学研究》2003 年第 8 期。

出的"文学非文学"命题正好补上了这个缺憾。其"辟思""他动""归解",很睿智地解决了副文学流派的由"副"设定所深陷的瓶颈束缚。文学与非文学融为一体,不再局限于"要么文学,要么非文学"这样的非此即彼,不再是势不两立,不再是二者选一,而是兼容兼在,载成载化。用"化感通变"之法,臻达"通和致化"之目的,"打孔""穿洞"和向"他者"靠拢,庶几有所和合。①

概而言之,法国副文学批评在将近半个世纪的路程中,经历了从单数 paralittérature 到复数 paralittératures 的变化。从某种意义上看,这个由一而多的发展历程显示了副文学批评遭遇的窘迫和困顿。副文学一词由单而复,其内涵悄然更迭。初期,单数的副文学扮演着双重角色,时而被拿来当作一种理论武器,更多时候则是指副文学的所有现象,凡是被主流话语排斥的、边缘的、非精英的、草根的文学现象,都可统统装入这个箩筐。后期,当复数的副文学被明确地用以指代副文学现象后,单数的副文学就成为一种纯粹的理论言说。应该说,副文学批评在逐步走向成熟。如果说托泰尔一开始给副文学批评定了一个基调,那么至少在布瓦耶新著面世之前,应者寥寥,和者甚寡。昂日诺极力与文学划清界限,却有陷入另一种偏至之嫌;库埃尼亚斯套用结构主义的文学批评模式对副文学现象进行分类、筛选,削减了副文学的丰满与神采;早期的布瓦耶兴趣更多地放在副文学溯源、分类、比较之上,零打碎敲,不成体系;封达内什以雄心汇天下文章,打造割据一方的文类营盘,却看不到其间的嬗变与接替。唯独近期的布瓦耶在文学与其他学科交融的背景下,在文学作品互文性生发的枝桠间,在副文学基因的隔代遗传中察觉到边界的问题、他者的问题、渗透的问题、"互化"的问题,但他仅止步于阐释现象,提出问题,预见可能,却无力把副文学批评导向透彻、圆通。

四、副文学的他化趋势

副文学批评的出现是欧洲"大众文化"研究日益从边缘走向中心的文本反映,是20世纪中叶和末叶西方人文学者对文学进行反思的结晶,是"西方学术界针对18世纪以来俗文学扩张做出的理论调整"②。"西方语言中文学(littérature)一词……发轫于文艺复兴的西方文教运动。"③自有明文指称的

---

① 参见栾栋《文学通化论》,商务印书馆2017年版,第三部、第四部和第五部。
② 栾栋:《〈文心雕龙〉辟文学之美学思想刍议——兼论文学的"自觉"与"非自觉"》,载《哲学研究》2004年第12期。
③ 栾栋:《文学他化论——关于文学的三悖论考察》,载《学术研究》2008年第6期。

"文学"始，天下文章分流聚散。根据不同的存在形态或生成方式、不同的规模、不同的价值、不同的时效、不同的地位、不同的品质等"范文学"的准则，优胜劣汰，从而有了纯文学与副文学、经典文学与非经典文学、传统文学与消费文学、主流文学与大众文学、精英文学与大众文学、高雅文学与通俗文学的分野。然而，进入20世纪的现代文明以来，"范文学"的权威性像西方的逻各斯中心一样，遭到来自双方面的质疑和挑战。一方面，文学主体开始自觉，但不同于中国魏晋时期的自觉，这是一种文学渴望摆脱"范型"捆绑，是文学自由自在的自觉。文学由"化他"而来的"纯正"，逐步走向"副流"而去的"他化"。区别在于，文学"化他"是一种人为的"绿化"，是有意识而为之，其本质无所变化；文学"他化"则是一种自然化，是无意识而为之，其本质有所变化。另一方面，"副文学"的对垒牵扯出文学渊源的"乱麻"，从某种意义上解构了文学体面的存在，导致了"文学声誉的漂移"①。

因此，文学与副文学的关系唯有放在"文学通化"的理论前提下，才可能被透彻地把握。"文学不能产生文学，就是说，意识形态不能创造意识形态，上层建筑除开由于惯性和惰性的结果外，无法产生上层建筑。它们的诞生，不借助于'孤雌生殖'，而是依靠'阳性'元素的参与……"②虽然葛兰西所说的"'阳性'元素的参与"是指社会关系对文学的重大影响，但至少说明一点：文学自性生发的繁殖将窒息文学的发展。"文学他化"既是文学的必然，也是文学其然与不然。"文学他化"是栾栋先生的一个理论创制。他认为，"文学他化"这一命题包含着"文学非文学""文学反文学"和"文学化文学"的三个悖论推理。"文学非文学"的命题中又包含着对文学主体和本体的变位思考，"文学是—非的相互涵养"。"文学反文学"是"文学他化的对抗形态"，温和的一面是"后发文学对前在文学的逆转"，是"后起文学对前此文学的回流性反拨和逆向性平衡"；激烈的一面则表现为"逆反"，是对前此文学的舍弃，"另起炉灶，改道易辙"，是文学的"断裂性他在"。但"文学他化，突破是文学与反文学的连环扣"，是对"是文学和反文学的矫正性辟合"。"文学化文学"则是"文学跨界的悖论化去留"，其"出没之锁钥是辟合"，其"出没之门户是圆通"，其"出没之智慧是融会"。以"辟合""圆通""融会"的理论方法观文学，"文学的跨界已跨未跨，在疆非疆，在界非界；文学的来去浑然一体，来就是去，去就是来，悖论化的出没因之而获致升华性的化

---

① [俄]瓦·叶·哈利泽夫：《文学学导论》，周启超等译，北京大学出版社2006年版，第180页。
② [意]葛兰西：《论文学》，吕同六译，人民文学出版社1983年版，第12页。

裁"①。"文学他化"理论从文史哲结合的高度，提供了理解文学与副文学兼通关系之可能，揭示了文学与副文学互为"非本原的本原，缺席而在场，时时边缘却又时时中心的人文生态"②。

概而言之，当副文学拆解文学篱笆，形成气候之时，副文学批评也从本体研究走向文类研究，从本质研究走向现象研究。该流派的优长和历史贡献在流变中。但是其缺憾也在其中。"副文学学派扩大了的是规模，局限之处同样在其'副文学'的视野"③。无论是想封疆划界、自成一派的昂日诺，还是想弥合边界、会通文学的布瓦耶，皆因"心存文学的自我特性不能化裁"，从而在学理上无法有根本性进取和突破。"辟文学是一种生发/回归的可逆性运思，是创范/解放的同步性互动。"④ 从"辟文学"的理路运思，则副文学批评流派不应另立中心，因为新的中心论不但不能解救文学或副文学，反而会再次禁锢和戕害文学和副文学。而这恰恰是副文学批评跳脱出纯正与偏副二元对立思维的有效途径之一。

副文学批评的出现，是法国和西方文学的一个重要的现象。它是西方文学批评史上边缘文学的存在性抗争，也是一批文学思想家对现代性和后现代性文学变数的理论概括。该流派的文学批评虽有种种局限和不足，但它的出现无疑有助于文学理论的发展与完善，尤其是对被忽略和日益湮灭的文体、文本的发掘与研究有着积极的贡献。法国副文学批评流派在中国也引起了一定的关注，相关著作的翻译和重要理论问题的讨论业已展开。⑤

---

① 栾栋：《文学他化论——关于文学的三悖论考察》，载《学术研究》2008年第6期。
② 栾栋：《文学他化论——关于文学的三悖论考察》，载《学术研究》2008年第6期。
③ 栾栋：《辟文学通解——兼论文学非文学》，载《文学评论》2008年第3期。
④ 栾栋：《〈文心雕龙〉辟文学之美学思想刍议——兼论文学的"自觉"与"非自觉"》，载《哲学研究》2004年第12期。
⑤ 参见拙作《法国副文学学派研究》，暨南大学出版社2011年版。法国达尼埃尔·库埃尼亚斯的《副文学导论》一书，也由笔者翻译，2014年在暨南大学出版社出版发行。栾栋先生在多部著作和文章中对该流派的核心观点也有深入的剖析，详见本章的相关注解。

第二十二章 阿兰-米歇尔·布瓦耶的副文学观念[1]

---

[1] 本章作者为暨南大学外文学院马利红副教授。

阿兰－米歇尔·布瓦耶（Alain-Michel Boyer，1949— ）是法国南特大学的比较文学教授，也是非常活跃的副文学理论家。20世纪90年代，他在法国大学出版社（PUF）丛书"我知道什么？"（Que sais-je?）中发表了以《副文学》（La Paralittérature）为题的专著，阐述了他的副文学观。十多年过去了，他在2008年法国阿尔芒·柯兰出版社（Armand Colin）的128丛书系列中再次发表题为《副文学》（Les Paralittératures）的专著。他的著述标题由单数形态的副文学（La paralittérature）转变为簇群形态的复数副文学（Les paralittératures）。这一"单""复"转变启人深思。本章拟从这一转变出发，追踪布瓦耶副文学观的迁移和演变，进而全面评述法国副文学研究学派对该核心术语的界定、理论深化及其引发的思想冲击。

一、副文学理路

在上一章我们概略地说明副文学一词演变，有待深究的还有构词特征的剖析。此词最早是以形容词词形（paralittéraire）出现。① 名词paralittérature词形首见于1960年。② para-这一前缀由来已久，从希腊文的介词，到拉丁文的名词，中－侧、主－副、偏－正等含义逐渐产生。③ 同时，para-"还有导引、避开、经过、兼顾等一词双关的统筹义项"④。后来又有了"反对"与"靠近"、排斥与依存、相反而相成等义项。⑤ 与之相比，亚文学（sous-littérature）、次文学（infralittérature）、劣文学（mauvaise littérature）、边文学（littérature marginale）等词的内涵则明显含贬义，与传统的"文学"一词明显分流。关于法语paralittérature一词，国内学界的译法很多，有"副文学""类文学""辟文学""代文学""泛文学""旁若文学"等不一而足。其中，唯"辟文学"译法观照两义，以"辟"化副，化泛，化偏，化贬，还原了paralittérature的本来面目。此处我们仍按国内外法国文学界以"副文学"指称paralittérature的习惯，沿用"副文学"译名。

---

① 参见 http://atilf.inalf.fr/Dendien/scripts/tlfiv5/visuel.exe?12;s=3342397710;r=1;nat=;sol=1。根据该网页，"副文学"的形容词（paralittéraire）出现在1938年阿尔贝·蒂博岱（Albert Thibaudet）发表的一篇文章里。事实上，阿尔贝·蒂博岱卒于1936年。因此，推知paralittéraire一词的出现还应早于1936年。但该网页对其文章出处语焉不详。
② Daniel Fondanèche. Les paralittératures. Paris: Vuitbert, 2005, p. 8.
③ Daniel Fondanèche. Les paralittératures. Paris: Vuitbert, 2005, p. 7.
④ 栾栋：《辟文学通解——兼论文学非文学》，载《文学评论》2008年第3期。
⑤ Alain-Michel Boyer, Les paralittératures. Paris: Armand Colin, 2008, p. 14.

法国学术界曾经把副文学视为不入文学门类的那些"文本产品的总和"。①有些较为包容的界说，也仅止于不登大雅之堂的下层通俗文艺产品。② 换言之，副文学一直是纯文学的异类。1967 年在法国瑟西里国际会议厅召开的"副文学会谈"是副文学学派的序幕。纯文学诗人让·托泰尔的报告《何谓副文学?》（*Qu'est-ce que la paralittérature?*）可视为该流派的宣言："研究那通常不被视作真正的文学的东西从而知道真正文学根本的自主性所在是我们的目的。"副文学正式登场。

二、"单数"副文学观

20 世纪六七十年代是西方思想史从现代进入后现代的重大转型期，新旧思想都与对方斗狠，但又无法彻底了断。"现代性"世界观从根本上遭到质疑和冲击，当代思想日益丧失既有的确定性，西方文化界掀起了后现代主义思潮。③ 该思潮对正统辖制的抵抗和对底层和边缘文化的同情，也明显地感染和启发了副文学及其理论家们。④ 副文学由此加入后现代主义的潮流中，虽然还不算主力军，但日益成为文学思想症候群的一个突出现象。

托泰尔之后，布瓦耶成为副文学研究学派的中流砥柱。他对副文学研究的贡献不可小觑。布瓦耶最初的副文学观是就"副"论"副"的。他首先厘清文学与副文学的界限，并着力在副文学场域中爬梳剔抉。他的首著《副文学》（单数形态）即秉承托泰尔意旨，从探讨副文学的概念、文学的等级、副文学的起源等总体性问题入手，进而转入对副文学现象的具体研究。他认为（单数的）副文学概念本身具有两个不容置疑的便利：第一，可以使得研究的问题进入理论的领域从而更好地诠释形式的演变；第二，能够揭露价值生产的某些机制。他从生产模式、出版模式、流通模式、纸质、书价、消费者、消费性质等类文本要素等角度圈定副文学的范围，尝试为副文学下定义。他的论述面非常广泛，从法国通俗文学到中国的"雅""俗"文学，西班牙的"分册小说"以及美国的"一角钱小说"。布瓦耶的副文学观建立在社会历史研究的基

---

① Paul Robert. *Le Robert*：*dictionnaire de la langue française*（vol. VII）. Paris：le Robert，1985，p. 74.
② http：//www. wanadoo. fr/bin/frame. cgi? service = thematique&u = http：//www. encyclo. wanandoo. fr.（consulté en ligne le 5 janvier 2004.）
③ [美] 理查德·塔纳斯：《西方思想史》，吴象婴、晏可佳、张广勇译，上海社会科学院出版社 2007 年版，第 432 页。
④ [美] 理查德·塔纳斯：《西方思想史》，吴象婴、晏可佳、张广勇译，上海社会科学院出版社 2007 年版，第 435 页。括号内文字是引者根据原文补加。

础之上，他指出文学与副文学的划分并不与社会等级划分相吻合，如长篇连载小说的读者阶层自下而上都有。通过追根溯源的研究，他还得出"货郎文学"（la littérature de colportage）是副文学的"中介形式和第一张面孔"① 的结论。他为副文学发展划出三个时期：货郎文学时期（19世纪初期）、19世纪的通俗文学时期（包括它在20世纪的延续）、（出现于19世纪发展于20世纪的）不同文类（genre）的文学时期。② 我们看到，布瓦耶的"单数"副文学观是尝试从林林总总的副文学现象中抽绎出以一驭多、以"单"驭"复"较为总括的副文学概念。然而，他的这一副文学观并不是一个理论武库，而是一个可以把凡是被主流话语排斥的、边缘的、非精英的、草根的文学现象都统统装入的大箩筐。因此，从这个意义上讲，他并没有把副文学理论研究推向一个新的高度。

三、"复数"副文学观

布瓦耶在潜心研究副文学现象十多年后，以新的学术面貌——"复数"副文学观示人。在新著中，他首先给复数的副文学下定义，即"发行量很大的虚构故事的总体以及最经常地不被或尚未被批评话语视作属于文学的部分，内容包括情感小说或言情小说、惊悚小说、间谍小说、侦探小说、科幻小说、武侠小说、西部小说等"③。同时，他也一针见血地指出："这所有的印刷品用大量的文本构成了我们这个时代的最重要的一个现象，而这也正好说明（大学、教材、批评的）文化诉求并没有针对整个文学。"④ 换言之，"任何关于文学事实的思考都不能把这些数量众多、成系列销售、位于从前的'纯文学'边缘的（副文学产品）当成是不重要的东西"，应该给副文学现象及其研究一席之地。"这些副文学占据一个独特的位置：它们模糊地定位于文学的边缘，这一特征使它们成为备受青睐的互相影响的空间，恰当地告诉我们文学是复数的，有必要考察全部作品"⑤。他还强调："不存在一种绝对的文学，而是一些不同的实践，其统一性只在某些情况下能实现，而且就这点而言，复数的副文学是属于文学的，是文学采用的千张面孔之一。"⑥ 这里的文学前后意义有所

---

① Alain-Michel Boyer. *La paralittératures*, Paris：PUF, 1992, p.43.
② Alain-Michel Boyer. *Les paralittératures*. Paris：Armand Colin, 2008, p.29.
③ Alain-Michel Boyer. *Les paralittératures*. Paris：Armand Colin, 2008, p.8.
④ Alain-Michel Boyer. *Les paralittératures*. Paris：Armand Colin, 2008, p.8.
⑤ Alain-Michel Boyer. *Les paralittératures*. Paris：Armand Colin, 2008, pp.8-9.
⑥ Alain-Michel Boyer. *Les paralittératures*. Paris：Armand Colin, 2008, p.9.

不同，前面的文学多指与副文学相对的纯文学或经院文学，而这句话恰恰印证了文学是"多面神""九头怪""续根草""星云曲"的看法。① 布瓦耶主张的"千张面孔之一"，说透彻一点就是给副文学张本。此论的潜台词，即文学应该是总体文学观，是"大"文学观。而复数的副文学在此指的是所有的副文学现象。既然副文学也是文学，那么所有的副文学当然要进入文学领域。

布瓦耶做了一番文类切割和文本罗列后戛然而止。接下来再次回到当初谈论过的单数的"副文学"。这一次他的关注点是副文学与文学的关系，比较深入地剖析了二者势不两立的动因，以及互为前提、互相依存、互相建构的动态特征，指出了文学与副文学成为彼此的"他者"是成全"大"文学的必然。他认为，副文学概念的优势在于"能帮助我们更好地识别，更好地诠释自浪漫主义以来，即自西方现代性话语建立以来，时时渗透批评话语的认识论危机，质疑文化层面的表述，从而形成一种思考，建构起一种新的批评话语"，在于"使得问题迁移到理论的领域从而更好地诠释形式的演变，揭示价值生产的机制，给文化场的建构问题带来一些解惑要素"。② 同时，副文学并"不意味着在这两个彼此不可分割却又从不能调和的领域之间必然会产生一种不可消弭的裂痕，也不会让任一领域独占鳌头。……它并不把处于同一层面的文学放在一种相异性的关系中，也不以用相对的形式从反面更好地阐明文学为己任，而是以往往繁复多样、变化多端的作品集合体的存在为前提条件。"③ 因此，"副文学一词应被视为一种分析工具……一个可以产生崭新论证的界限概念。最终，如人们所说，可以被称为一种可操作的概念。凭借它，人们不会局限于文学和非文学的二分法，二分法不能反映文学的社会分配，但让二者之间的相互叩问成为可能。总之，这涉及哲学称为启发性假设的东西"④。

关于文学边界问题的探讨，布瓦耶创造性地使用了"多孔性"（porosité）一词来形容文学的边界。通过"边界的多孔性"，指明文学与副文学之间互逆互渗及边缘界线的变动不居。他拿后现代文学为自己的观点现身说法："充满活力的文学使得划界落空，这种文学拿界限、相异性冒险，最大限度地靠近（副文学），与其一起演化，有时在促使一种他者言语涌现的相关话语中通过一切与其自身不同的舶来物进行自我更新。"⑤ 由此，他确信，"文学甚至只能不断地向它似乎首先是拒绝或看起来与之背道而驰的其自身的变体展开……文

---

① 栾栋：《辟文学通解——兼论文学非文学》，载《文学评论》2008 年第 3 期。
② Alain-Michel Boyer. *Les paralittératures*. Paris：Armand Colin, 2008, p. 9.
③ Alain-Michel Boyer. *Les paralittératures*. Paris：Armand Colin, 2008, p. 14.
④ Alain-Michel Boyer. *Les paralittératures*. Paris：Armand Colin, 2008, p. 15.
⑤ Alain-Michel Boyer. *Les paralittératures*. Paris：Armand Colin, 2008, p. 89.

学要存在必然面临自我疏离、自我放弃，走向别的形式、别的文类、别的表达方式。尤其因为，边界并不一定就是分裂；边界也是边缘、轮廓、转渡、相接。相撞与分裂的地方也是交换的领域"①。由此可见，布瓦耶的副文学观从致力于副文学与文学比较划界，险陷偏至的孔隙之见，到以文学与其他学科交融为背景，在文学作品互文性生发的枝权间，在副文学基因的隔代遗传中察觉到边界、他者、渗透、"互化"问题的开放视野，标志着法国副文学研究迈上了一个新的理论台阶。尤其是他关于文学朝向他者的努力，或文学和副文学二者之间"他者"化或"他性"化的认识，为法国当代副文学研究指明了方向。而这一认识与国内学界栾栋先生的"文学他化论"有着异曲同工之妙。遗憾的是，布瓦耶的论述缺乏文史哲贯通的气度，无法臻达圆观宏照、化感通变的理论高度。

"西方语言中文学（littérature）一词……发轫于文艺复兴的西方文教运动。"② 自有明文的"文学"始，天下文章分流聚散。根据不同的存在形态或生成方式、不同的规模、不同的价值、不同的时效、不同的地位、不同的品质等"范文学"的准则，优胜劣汰，从而有了纯文学与副文学、经典文学与非经典文学、传统文学与消费文学、主流文学与边缘文学、精英文学与大众文学、高雅文学与通俗文学的分野。法国副文学研究的出现具有积极意义：它是欧洲"大众文化"研究日益从边缘走向中心的文本反映，是 20 世纪中叶、末叶西方人文学者对文学及其原理进行反思的结果，是"西方学术界针对 18 世纪以来俗文学扩张做出的理论调整"③。

尤其进入 20 世纪的现代文明以来，"范文学"的权威性像西方的逻各斯中心主义一样遭到来自正、副文学双方面的质疑和挑战。从正统文学内部，一批新锐的文学人对文学纯正的负面效应有所认识，对纯文学中原本有杂的问题开始反思，对文学与非文学的关系重新审视。可以说这也是一种文学主体的自觉和自我批判。其发展趋向是文学由"化他"逐步走向"他化"。从非正统文学而言，一向在边缘的和在外缘的不被认可的等外文学蓬勃兴起，自生自长，自成自立，理论声索与日俱增。这两个方面时而分处，时而共振，相互交叉，相互影响。"副文学"与正统文学的对垒牵扯出文学渊源的"历史乱麻"（福柯语），从某种意义上解构了文学体面的存在，导致了"文学声誉的漂移"④。

---

① Alain-Michel Boyer. *Les paralittératures*, Paris: Armand Colin, 2008, p. 90.
② 栾栋：《文学他化论——关于文学的三悖论考察》，载《学术研究》2008 年第 6 期。
③ 栾栋：《〈文心雕龙〉辟文学之美学思想刍议——兼论文学的"自觉"与"非自觉"》，载《哲学研究》2004 年第 12 期。
④ ［俄］瓦·叶·哈利泽夫：《文学学导论》，周启超等译，北京大学出版社 2006 年版，第 180 页。

有鉴于此,考察文学与副文学的关系,必须看到文学自性的变态,而且应该把握这个变数,将之放在"文学他化"的理论中解读。"文学不能产生文学,就是说,意识形态不能创造意识形态,上层建筑除开由于惯性和惰性的结果外,无法产生上层建筑。它们的诞生,不借助于'孤雌生殖',而是依靠'阳性'元素的参与……"① 虽然葛兰西所说的"'阳性'元素的参与",仍然是指社会关系对文学的作用和影响,但至少说明死守文学自性不啻画地为牢,其结果必将窒息文学的发展。"文学他化"既是文学的必然,也是其自然使然。

当副文学理论研究由"一"裂变为"多",从"单"转换为"复",从本体研究走向文类研究,从本质研究走向现象研究时,"副文学学派扩大了的是规模,局限依然在其'副文学'的视野"②。无论布瓦耶想封疆划界、自成一派还是欲弥合边界、会通文学,皆因"心存文学的自我特性不能化裁",从而在学理上无法有根本性进展和突破。目前,法国学界专事副文学研究的著名学者屈指可数,除本章例举的布瓦耶外,计有达尼埃尔·库埃尼亚斯(Daniel Couégnas)、乔治·托维荣(Georges Thovéron)、达尼埃尔·封达内什(Daniel Fondanèche)等寥寥数人。他们大多从文本结构、社会发展史、文体分类等方面进行细化研究,少有原理洞察和理论建树。这些人大都是高校教授,虽说也有跟进的学生,但是突出的人才尚不多见。我国学界关注法国副文学研究的学者更少,唯业师栾栋先生曾提出以"辟文学"思想去统合法国副文学现象及其理论研究。"辟文学"是栾栋先生对"paralittérature"一词的独译、独解、独创。"辟文学是一种生发/回归的可逆性运思,是创范/解放的同步性互动。"③"辟文学"为文学与副文学逐波讨源、振叶寻根,为文学与副文学化解疆域、开放门户,为文学与副文学起承演化、转合往复。以"辟文学"思想观照副文学,不失为一条建设性的路径,使托泰尔等人头疼的理论难题将迎刃而解。概言之,文学与副文学本应互为"非本原的本原,缺席的在场,时时边缘又时时中心"(德里达语)。副文学批评不必另起炉灶或另立中心,因为以"副"而分门别户,实际上等于自绝于纯文学和正统文学,在文理、方法、胆识和气魄等方面都过于拘谨。情怀狭小非但不能解救文学或副文学,而且会禁锢乃至戕害文学与副文学。副文学批评唯有跳脱出纯正与偏副的二元僵式,才可以获得更为开阔的理论视阈。

---

① [意]葛兰西:《论文学》,吕同六译,人民文学出版社1983年版,第12页。
② 栾栋:《辟文学通解——兼论文学非文学》,载《文学评论》2008年第3期。
③ 栾栋:《〈文心雕龙〉辟文学之美学思想刍议——兼论文学的"自觉"与"非自觉"》,载《哲学研究》2004年第12期。

第二十三章 安妮·埃尔诺的《一个女人》[1]

---

[1] 本章作者为暨南大学外文学院马利红副教授。文中引语出自 Annie Ernaux. *Une femme*. Paris: Gallimard, 2002。本章对该小说引用较多，因此，仅将出处页码标注在引文后。

《一个女人》（une femme）是法国当代女作家安妮·埃尔诺（Annie Ernaux，1940— ）继 1983 年获勒诺多大奖的《位置》一书之后发表的又一部力作。作品发表于 1987 年。作为女性文体的实践者，安妮的作品大多具有现实主义、创作与自传相混杂或纯自传性兼收并蓄的特征。[①]

　　《一个女人》同样是一部具有自传性质的作品。作品使用第一人称"我"进行叙述，但不同之处在于一面以回溯的方式讲述"我"母亲的故事，一面以夹叙夹议的方式讲述成书的缘由、过程以及对文学创作的思考。故事从"我"母亲过世写起，紧接着讲母亲的成长经历，最后以"我"完成这部"悼文"告终。

　　《一个女人》的法文标题，由一个泛指的不定冠词"一"或"任一"（une）和一个阴性名词"女人"（femme）构成。因此，"一个女人"是歧义双关的，具有不确指性。从个别意义上看，这是关于母亲和"我"个体命运的"故事（l'histoire）"；从普遍意义上看，这又是关于女性集体命运的"历史"（l'histoire）。那么，在这个不确定的"一个女人"背后究竟隐含着怎样的深意呢？

一、矛盾之一：母亲的死生

　　作者在受访交谈中声称这部作品不是"自我虚构"，不掺杂任何虚构成分，一切都有现实参照，有根有据。[②] 事实上，作品酝酿于母亲未离世之前，更不必说写作过程中表述的模糊性和有选择性。作品的矛盾性不言而喻。作品开篇引用了黑格尔的话："声称矛盾不可构想是错误的，它真实地存在于活着的人的痛苦之中。"（第 22 页）"矛盾"无疑是作者写作不可规避的事实，也是其写作的真实状态。"矛盾"二字在整部作品中仅出现这一次，但为我们理解和把握文本提供了线索。矛盾的根源何在？矛盾被"赋形"于"书写"，能否使之得以缓解？矛盾写作的本真又何在呢？

　　"我再听不到她的声音了。是她，是她的话，她的手，她的动作，她大笑与行路的方式曾把现在的我和孩提时的我连接起来。现在我失去了与我出生的那个世界最后的联系。"（第 103 页）母亲死了，她的死把作者置于双重"失去"的境地：一面失去生养之母，一面失去成长之世界。这双重"失去"割裂了她与母亲、与自己从小成长的世界之间的联系，造成更深层次的双重断

[①] 张容：《第二性（法国卷）》，河北教育出版社 1995 年版，第 12 页。
[②] Annie Ernaux. *Une femme*. Paris：Gallimard, 2002, pp. 8－9.

裂：一面是个体血缘关系的断裂；一面是社会文化关系的断裂。这种"失去"与断裂的困境让作者急切地想"恢复（和母亲的）一切联系"，想让母亲"重生"。母亲之死给作者带来强烈的回归渴望，但回归已然不可能。一旦走出与母亲拥有原初合一的生命体的状态，"游离"就成为必然之途。生命的自然增长具有不可逆性。如今的她无法回到青年、童年、婴儿时期，更无法复归于母体。回归与"游离"于她成为一对悖论式的因果关系，是理想与现实之间不可调和的矛盾。"母亲出生于下层社会，她一直渴望改变自己的社会地位。我按照母亲的意愿进入了这个掌握语言和思想的世界"（第 103 页）。"这个掌握语言和思想的世界"即作家的世界，知识分子的世界。当母亲费尽心思和气力把她送入这个知识分子的世界，当她从下层社会走入上层社会，实现了社会身份的成功转型后，母女之间的关系却越发"游离"起来。这种母亲与她之间的生命消长，这种母亲通过顽强的努力与奋斗把她由食力者阶层送入劳心者阶层后的愿足梦落，这种回归的无望与"游离"的必然随着母亲之死使她倍感"情感的孤独和迷惘"（第 58 页）。

母亲"从这个世界上永远地消失了"，但当"我清楚地意识到她的离去，我又期待着能看到她下楼来，拿着针线盒坐到大厅里"（第 29 页）。母亲死了，但她"在场的幻觉"比她的"缺席"还让作者感觉强烈。这种感觉被解释为"遗忘的最初形式"（第 102 页）。这种唯恐忘却的忧惧是作者极力捕捉或恢复那个"最后联系"的动因。因为"联系"一旦失去，就意味着她的个人与社会存在被彻底切断根脉，更遑论回归。"无根"焦虑给作者带来精神上的背井离乡，让她本来的"游离"更显无依无靠。

回归的书写迫在眉睫。"我要写我的母亲"，因为"这时不写她，其他的我什么也干不下去"（第 30 页）。为了赶在"遗忘"真正来临之前"让母亲成为故事"，作者企图通过书写来"接近母亲的真实"，留存记忆，对抗母亲"缺席"的现实，对抗继之而来的"遗忘"，做一次向母亲回归的最后尝试。而米兰·昆德拉说过："记忆并不是对遗忘的否定，而是遗忘的一种形式。"[①]"遗忘"或如海德格尔所说的"忘在"，实为人类难脱的宿命。作者的这种对抗性书写更反衬出回归的虚缈。结果，书写本身也成为一种遗忘的形式。作者本来意图是抵抗遗忘，写出母亲的真实形象和状况，但"母亲时好时坏的形象交织在一起"（第 64 页），关于母亲的描述却在字里行间被不同程度地漫画化了。最终，这种书写不仅脱离了写作的初衷，更加没有达到回归真实的目的，成为一种"游离"的书写。

[①] ［法］米兰·昆德拉：《被背叛的遗嘱》，余中先译，上海译文出版社 2003 年版，第 134 页。

同时，母亲代表着"我"出生的那个阶层，代表着那个阶层的历史。"我们从哪里来？我们是谁？我们往哪里去？"① 解开这些困扰着以"我"为代表的当代知识分子的诸多问题的线索在母亲那里，在母亲的母亲那里，在人类的精神历史那里。母亲之死是对无情的社会历史流变的现实隐喻。没有了历史，"人被抛入世界"（萨特语），人的主体获得自由，却不得不承受"生命不可承受之轻"（昆德拉语）。因此，保持自我的连续性、一致性及完整性成了问题。对于作者，这是又一重矛盾，也是构成其精神困惑、认同危机的真正根源。似乎唯有通过书写才可能恢复那个"联系"，寻回失落的"根"，摆脱"游离"的状态，为自己"内心的流亡"② 找到精神的归处。

回归的书写通过"寻根"之旅展开。"寻根并非对我所处之境的离弃和否定，或至少不必然仅仅是一种否定。它也是一种和我现在处境达成一致（妥协）的方式，并且给我信心和生活在此的确定性。"③ 对于作者，寻根的意义在于协调其内外在的矛盾。然而，作者试图化危机于书写，以书写"寻根"是否能真正达到缓解内心矛盾、解除精神困惑、挽救认同危机的目的呢？

二、矛盾之二：寻根的迷惘

"寻根"之旅在两个向度上延伸：一是个体自我认同的向度，一是社会文化认同的向度。这两个认同都是关于重新审视自我身份，对之进行再界定和重塑的问题。根据拉康的精神分析理论，自我是"镜像阶段"婴儿能分辨和确认出"本我"并使之客观化的意识主体。这一意识主体是在"本我"与他人的认同过程的辩证关系中形成的。而母亲通常是孩子出生后接触的第一人，孩子在与这个"他者""客体"认同的过程中逐步形成他的自我。④ 反之，从母亲的角度看，朱莉亚·克里斯多娃说："怀孕似乎被视为主体之分裂的重要经验。这种分裂表现为：一体之内产生另一体，自我与他者……的分离和共存。"⑤ 由此，母女关系是从主体与客体、自我与他者的浑然一体状态到逐渐公开、明显的相互对立的过程。

---

① 叶舒宪、彭兆荣、纳日碧力戈：《人类学关键词》，广西师范大学出版社 2004 年版，第 20 页。
② [法] 安妮·埃尔诺：《一个女人》，郭玉梅译，百花文艺出版社 2003 年版，第 39 页、第 209 页。
③ Keith Tester. *The life and times of post-modernity*. London：Routledge，1993，pp. 64–65.
④ [法] 拉康：《助成"我"的功能形成的镜子阶段——精神分析经验所揭示的一个阶段》，见《拉康选集》，褚孝泉译，上海三联书店 2001 年版，第 90–92 页。
⑤ [法] 朱里娅·克里斯多娃：《妇女的时间》，程巍译，见张容选编《第二性（法国卷）》，河北教育出版社 1995 年版，第 630–631 页。

在生命初年，作者与母亲尚处在合一的认同状态中。"母亲的身体一览无余。我想我长大了就会成为她"（第 54 页）。但随着青春期的到来，"我和母亲的关系就疏远起来，我们之间只有斗争"（第 63 页）。这个"斗争"意味着作者与母亲合一的原初状态开始裂变，反映出作为女儿的作者真正步入社会后，其个人身份与社会身份不断调整与重新定位过程中无时无刻遭遇观念对峙、文化冲突的矛盾心理历程。"母亲不再是我的榜样，我开始关注《时尚之声》杂志中介绍的女性……我觉得我的母亲就是一个巫婆。……我只梦想着离开家。"（第 64—66 页）

从天然的合一到痛苦的剥离再到执意分开，这是一个连环的"非我化"的过程。事实上，既经出生，"我"即成为与母亲合一的"我"之"非我"，"我"已无法回归到原初之"我"。而作品中，作为母亲之女的"我"也非作者之"我"。"寻根"的书写看似向原初之"我"回归，实则"非我化"的逆向"游离"。因此，书写越"寻根"则越迷惘，越回归则越"游离"。在这两个背向的精神索求中，作者体验的只能是一系列矛盾带来的痛苦和无奈。

这一"非我化"的过程也体现在社会文化认同方面。社会文化认同是指在特定阶层中对于该阶层的特定价值、文化和信念的共同性或者本质性的一种态度。[1] 因此，当一个人经历了生活阶层的转换，文化价值观必然会发生改变，并影响着一系列的行为选择，从而决定着"非我化"的程度。

母亲出身于社会下层，这注定了"我"的"草根"出身。母亲"对自己所处的下层社会地位有强烈的抗争意识，她拒绝人家仅仅以家庭出身评头论足"（第 46 页）。她成功地把我"送"入她渴望进入的阶层，使"我"获得"高高在上"的新身份。"我"不再属于她的阶层，以致当母亲到"我"家里居住时，"不能适应这里的生活。……而我好长时间之后才明白，母亲待在我家的那种不自在和我少女时代与那些'比我条件好'的同伴相处时的感觉一样（下层人们对这种差别感到痛苦而富人则丝毫感觉不到）"（第 86 页）。社会地位的转变使得"我"已非从前之"我"。

对于母亲，与命运抗争的"唯一形式就是工作、赚钱，过得和别人一样好"（第 65 页）。这是母亲及她那个阶层那代人的生活信念、价值取向和文化特性。对于母亲，"我"是她理想的延伸，精神的传承。这也是"我"能从母亲那个"卑微的"阶层步入这个"高高在上的思想与言词的世界"的原因。然而，社会身份转型后，"非我"之"我"却失去了精神依托，倍感"孤独与

---

[1] 王成兵、吴玉军：《论虚拟社会与当代认同危机》，载《北京师范大学学报（人文社会科学版）》2003 年第 5 期。

迷惘",遭遇认同的困惑。正如爱德华·克莱普所说:"我的祖辈可能缺少很多东西,但他们有一样东西不缺,那就是确定性的自我概念。我很肯定,他们从来没有想过问一下自己:'我是谁?'如果说人人关心这样的问题,至少他们感觉这样的问题很奇怪。他们的问题是外在事务问题。他们没有时间去反省。如今,注意力却被引向内部,越来越多的人意识到自己有认同的问题。"[1]

究其原因,我们看到,在作者社会身份发生转变,失去"与那个世界的最后联系"的表象背后,潜藏着一种"同时属于两种不同文化"的无所适从感——原有身份的失落感和继有身份的陌生感。"内在与外在的两种归属"使她感到不确定,把她推入一个流亡者、边缘人乃至局外人的境地。[2] 母亲活着时选择与命运"抗争",以摆脱下层的生活地位。作者则别无选择,只能以"书写"的方式在两种身份间摆渡,以求取心灵的平衡。因此,她不单单要写母亲,还要写她所代表的那个阶层、那个时代。她试图通过书写贴近"唯独言词能触及的母亲的真实",并"尝试不把母亲粗暴的脾气,无度的溺爱和指责视为她个人的性格特征,而是使之置于她的历史和社会环境中。通过发现一个更为普遍的意义从而帮助(自己)走出个体记忆的孤独与迷惘"(第58页)。通过这种社会文化寻根意义上的书写,作者想把双重、分裂、对立和不确定的身份融通、连贯、统一起来,跨越身份的边界,给身份以重新定位,实现一种内在与外在的认同。通过书写,作者觉得"现在,一切都联系起来了"(第101页)。然而,书写之外的现实却提醒着她,"现在我失去了与我出生的那个世界最后的联系"(第103页)。想象与现实、虚构与真实之间不可调和的矛盾注定了作者回归之想的破灭与不得不承受"游离"之苦的无奈。

这种想回归却"游离",越"寻根"却越迷惘的矛盾书写是生活在后现代"精神气质"中的当代知识分子对人的主体性被消解、自我视阈被割裂、存在意识碎片化的主客观现实进行反思、寻求挽救的尝试。

三、矛盾之三:吊诡的写作

回归与"游离"的矛盾书写还表现在作者对写作的思考上。作者的意图本来是写母亲,还其历史的本来面目,让母亲复活于文本的字里行间。她说,"轮到我让她重生"(第52页)。事实上,这种希望是渺茫的,当记忆被付诸

---

[1] Orrin Edgar Klapp. *Collective search for identity*. New York: Holt, Rinehart and Winston, 1969, p. 5.
[2] [法]茨维坦·托多洛夫:《批评的批评》,王东亮译,生活·读书·新知三联书店1988年版,第173页。

文字时，关于母亲的书写已变得很支离。尽管作者回归自传体的写作，力图凸显纪实性，但又无法走出文学本身具有虚构特征的规定性，结果只能"游离"于自传与文学、纪实与虚构之间。难怪作者对自己的写作难以定性，时而说"这既不是一个传记，自然也非小说，或许是介乎文学、社会学与历史之间的一种东西吧"（第103页），时而又说"大概位于家庭和社会、神话和历史交接处"，更宣称"计划写一部文学性质的作品"，"但希望以某种方式保持于文学之下"（第31页）。

回归的书写也来自"背叛"之后的追悔。米兰·昆德拉说："背叛是什么？背叛就是走出自己所处的地位，走向未知。"① 作品中，作者走出母亲渴望所在的下层社会进入知识分子的上层社会，这个体现着社会历史发展的转变势必伴随着文化价值、终极信仰等诸多观念的"背叛"。这种"背叛"导致母女关系的空前紧张，以致近乎决裂："无论什么场合，我们都以争吵的口气和对方说话。母亲还想同我保持原有的默契，而我则对她报以沉默。……有时，在她面前，我就像她的一个阶级敌人。"（第64—66页）作者在母亲眼中无异于一个"背叛者"。

作者走出了"极少言说自己""没有发言权"的母亲阶层，进入掌握着"思想和言词"的知识分子阶层。话语权从无到有，母亲之死更促使书写成为作者当下唯一能做且必须要做的事情。作者要以这种方式"纪念母亲"，"让她成为故事"。法文的"故事"一词也可解作"历史"。而"让她成为故事"的深层含义就是要让母亲有历史，有书面的历史。她要借助书写一面帮助母亲阶层走出"失语"状态，让社会底层的人们发出声音，一面以此为自己的"背叛"做出补偿，以缓解自己内心的矛盾和痛苦。对于"背叛"与"写作"的关系，作家曾引用让·热奈的话予以阐释："当人们背叛之后，写作便成为唯一可以求助的形式。"② 因此，"背叛"既是作者写作的前提，也是理由。但"写作"是上等的知识分子阶层的"特权"，作者拥有这种权力即意味着对母亲阶层的"背叛"。母亲阶层的"失语"既有社会历史客观外在的原因，也有人类精神主观内在的原因。无论他们是被剥夺话语权，被迫"消声"，还是他们自甘沉默，"极力少说"，他们本身的确不愿成为"言说""书写"的对象。但作者却要通过书写打破这个母亲阶层主客观联合制造的沉默。不仅要讲出他们的奋斗历史，还要讲出他们的心中渴望，让他们发出声音，并"让（他们）在这曾享有一席之地的世界上"留下文字的痕迹（第93页）。殊不知，"求

---

① ［法］米兰·昆德拉：《小说的艺术》，孟湄译，生活·读书·新知三联书店1995年版，第148页。
② ［法］安妮·埃尔诺：《一个女人》，郭玉梅译，百花文艺出版社2003年版，第2页。

助"于写作本身即是一种"背叛"。越是渴望通过写作回归母亲阶层的真实,就越发"游离"于那个阶层的愿望之外。

母亲是作者"唯一真正在乎的人,和母亲一起的生活体验是独一无二的,对母亲的感情是自然而然的"(第30页)。而向母亲回归的写作却变得犹豫不决,她说,"我原以为会写得很快,事实上,我却花了好长时间去思考要说的事情的顺序以及词汇的选择与组织"(第53页)。"自然而然的"真情流露与写作时的择词造句即隐喻着"历史真实"与"历史事实"相互矛盾。以"文字接近母亲的真实",而这种文字写作本身又在筛选、过滤着真实。如何把握还原母亲的"历史真实"和建构母亲的"历史事实"之间的尺度成为作者书写矛盾的焦点。汤因比在其著作《历史研究》中曾谈过这个问题,他说:"举个例子,有人说对于《伊利亚特》,如果你拿它当历史读,你会发现其中充满虚构,如果你拿它当故事读,你又会发现其中充满历史。所有历史都同《伊利亚特》相似到这种程度,它们不能完全没有虚构的成分。"① 由此,作者难以为其写作定性的矛盾也就不言而喻了。

作品中类似的自相矛盾屡见不鲜。"我计划写一部文学性质的作品","但我希望以某种方式保持于文学之下"。"文学性质"必然具有虚构的色彩,而"以某种方式保持于文学之下"则又是作者试图逃避文学性、还原真实的努力。有评论认为,"《一个女人》具有自传性质,但又以某种方式保持于自传之下"②。这无异于说这部作品具有真实性,但同时又与真实保持着一定的距离。传记文学本是文学向历史的回归,向真实的回归,但作品却演绎为文学与历史的双重游离。一面是对"文学"的向往,一面却是对"文学"的拒绝;一面是向"文学"的回归,一面却是背"文学"之道而驰。作者正是以这种跨越"文学"边界,以"文学非文学""文学反文学""文学他化"的姿态,以"边缘""越界""逃逸"的书写方式观照母亲及母亲阶层的故事或历史的。这种书写方式一面凸显、加剧矛盾,一面缓解、调和矛盾,形成一种特殊的美学张力,为人们对当代"文学"或后现代"文学"的认识提供了一个全新的视角。

回归是一系列"游离"的循环再现。向母亲的回归并未回归到本源,而是越发回归至分离、脱节之中。作品回归与"游离"的矛盾书写实则西西弗斯神话的当代喻指。《一个女人》的文本表现为一系列的二律背反。想回归,却"游离";似回归,实"游离",漂泊感、无根感、无归属感渗透作品字里

---

① [英]汤因比:《历史研究》,曹未风等译,上海人民出版社1986年版,第55页。
② [英]汤因比:《历史研究》,曹未风等译,上海人民出版社1986年版,第55页。

行间。回归无望、"游离"之苦无处不在。这正是作品矛盾写作的本真所在，也是后现代写作引人入胜之处。我们说，这部作品为后现代文化语境中的知识分子提供了一个发掘属于自己的真实命题和寻回并创造叙事价值的范式。

第二十四章 《天一言》荒诞意蕴解析

---

① 本章作者为云南财经大学国际语言文化学院王夏讲师。

《天一言》是法籍华裔学者、法兰西学院院士程抱一先生的一部小说，1998年曾获法国费米娜文学奖。这部作品以主要人物天一的口吻，讲述了抗日战争和"文化大革命"背景下他与恋人玉梅、挚友浩郎多舛的命运和复杂的情感纠葛。天一的成长经历展现了荒诞的社会现实和无常的人生命运，也影射了与天一同时代的中国人所经历的心历路程。本章从荒诞的角度切入，探讨这部小说的审美意蕴。

一、苦难的荒诞面孔

故事从1930年不满六岁的天一答应叫魂女人呼唤的经历开始，以1968年秋季，浩郎被关进"牛棚"，受尽折磨后被"红卫兵"逼迫而死，天一变成疯子的结局收尾。伴随着天一一家人的颠沛流离的生活，程抱一先生让我们随着更迭的时间线索、不断变化的地理空间，目睹了那个峥嵘的岁月和苦难的中国。

从1930年至1968年，中国社会经历了抗日战争、南京大屠杀、抗战胜利、解放战争、中华人民共和国成立、土地改革、三大改造、"文化大革命"等重大历史事件。中国社会动荡，政治斗争激烈，战争频频发生。天灾、人祸、疾病、战争等诸多不稳定的因素，加之贫穷、落后的社会现实构成了天一成长的社会环境。这是一片"古老衰败的土地"、一个"看不见未来的沼泽""不太人道的世界"。

在那样的环境中，人们被无常现实蹂躏，于是相信鬼魂，崇拜神灵，敬畏命运。父母和孩子之间"传统的训示"代替了自然的交流，"中国的孩子长到一定年龄后，除非必要，父母几乎从不接触他们，更遑抱他们了"[①]。在那个年代，封建社会的思想尚未消失，等级、门第、长辈观念依旧在人们的心中根深蒂固。

动荡不安的社会环境和封建、落后的意识形态，是小说主人公和相关人物共同的现实境遇。除此以外，他们还要承受各自不同的家庭境况束缚。主人公天一生长在一个封建的旧式家庭，祖父曾做过县官，父亲是祖父的妾室所生，在十一个儿子中排行老幺，所以他们那个小家在整个大家庭中的地位是最卑微的，一家人被分配到最差的一间屋子里居住，那是整个庭院中"最潮湿、最阴冷的角落"。他们在这个家族中饱受歧视。妹妹和父亲因病相继离去，天一和母亲相依为命，悲惨的家庭遭遇对他的成长产生了很大的影响。他敏感、孤

---

① [法] 程抱一：《天一言》(Le dit de Tianyi)，杨年熙译，人民文学出版社2009年版，第16页。

独、悲观的性情,与上述生活状况有着很大关联。

造化弄人,天一还遭受到来自法国巴黎的西方文化的影响。其间,天一处于他者和局外人的境遇。由此形成了他承载两种文化和一个厄运的双重身份。任何一个母语非法语的人到法国,首先面临的挑战就是语言问题。来自瑞士法语区的拉缪、爱尔兰作家乔伊斯、捷克作家昆德拉等,对这一点体会尤其深刻。他们都表达了"他者"身份带来的诸多不适,质言之,在法国生活难以找到文化上的归属感。程抱一先生在《对话》中曾经回忆:"所以流浪在外的人一开始饱尝抛弃、匮乏和孤独的痛苦,在过去的乡愁和现在的苦难之间的撕裂感,他承受着极其'沉默'和寄人篱下的煎熬:面对着一种陌生的语言,就好像一个牙牙学语的婴孩儿,只能含糊不清地表达词不达意,无法清晰而有条理地叙述,给别人一种被剥削了思考和感受能力的印象。流浪者经受着被剥夺了语言的痛苦。同时认识到,语言是一个人'存在的合法性'。"①

对照程抱一本人的经历,我们不难发现天一的感受也是作者的真实体验。到了法国之后,天一"首次感觉到自己的独特。我这个外国人得像个牙牙学语的幼儿般接受周遭世界的挑战"②,强烈的不适应感、陌生感随之而来,他感到自己"所对抗的是一个面目和善的地狱","感觉自己被当成了一件室内的装饰品"③。后来奖学金到期,他没有和任何一家画廊签约,面临被驱逐和生活困窘的尴尬境地。"现在我的存在,不仅是边缘性的,而且是不合法的了。"④ 作为一个在法国的外国人,天一常常感到"边缘",甚至是"局外人",他要时时为他的存在担忧,无法摆脱"心理上引起的存在危机"。他无法真正融入法国社会。鉴于当时复杂的国际形势,他面临"永远也回不了国"的可怜境地。"我们当时正处于美苏冷战时期。我知道只要稍有新的冲突,我将和其他人一样,成为替罪羔羊,我的脚下将出现巨大的坑洞,暴死的陷阱。我将如凋零的枯叶,无枝亦无根,混在腐烂的残物中,被扫走,被烧毁。"⑤ 国外漂泊的经历,"他者"的身份一直是天一在法国无法逃避的生存考验。

---

① François Cheng. *Le dialogue*: *une passion pour la langue française*. Paris: Desclée de Brouver, 2002, p. 175.
② François Cheng. *Le dialogue*: *une passion pour la langue française*. Paris: Desclée de Brouver, 2002, p. 138.
③ François Cheng. *Le dialogue*: *une passion pour la langue française*. Paris: Desclée de Brouver, 2002, p. 139.
④ François Cheng. *Le dialogue*: *une passion pour la langue française*. Paris: Desclée de Brouver, 2002, p. 139.
⑤ François Cheng. *Le dialogue*: *une passion pour la langue française*. Paris: Desclée de Brouver, 2002, p. 183.

当天一渐渐适应巴黎的生活，想要开始新的生活时，浩郎逝世的消息传来，天一告别恋人薇荷妮克，但是当他历经艰难找到他一生的真爱玉梅时，却得知玉梅自杀，浩郎还活着，他不禁对生命发出了心底的呐喊："什么样的命运！多么荒谬的人生！为什么如此残酷又出乎意料？"① 天一热爱绘画，他想成为画家，当他决心投入艺术创作，执教于杭州美术学院时，中国当时弥漫着恐怖的气氛。因为指出西方绘画的好处，便被卷入1959年的整风运动中，而且被划为"右派分子"，遭送到北大荒劳教。他在一次次的残酷打击下，陷入了精神分裂。

在一个荒诞的世界，才华也是灾难。浩郎热爱诗歌创作，凭他青年诗人的激情投身革命，由于在胡风主持的《希望》杂志发了文章，被反右运动视为胡风反革命集团的成员，送到劳改队规训。一个文学才华出众、在文坛崭露头角的青年，就此陷入炼狱。在条件极其恶劣的北大荒，浩郎被关在牛棚，受尽非人的折磨。个性就是命运。浩郎耿直厚道的脾气，刚强勇敢的性格，使他比同处劳教场的难友更加成为犯人中的犯人。他被造反派迫害致死。

在一个诡谲的世道，美貌也是不幸。玉梅热爱戏剧，作为戏剧演员，她对人情冷暖和复杂人生有着深刻的体验。她出身于显赫世家，但却同样生活在一个压抑绝望的环境里。因爱上一个飞行员，她被父亲和长兄关闭、隔绝，甚至殴打。最后不堪忍受权势的逼迫，自杀而死。她的美貌和才华令男人们为之倾倒，却无法给她带来长久的安稳和幸福。彩云易散，红颜命薄，她在人们的嫉妒和传统势力的围追堵截中香消玉殒。

历史的演变，地理环境的切换，程抱一先生把一个苦难深重的民族展现在读者面前。他们的生命就像天一、浩郎、玉梅的人生一样漂泊不定。透过这一张张苦难的面孔，我们看到了那个黑暗、卑劣、丑恶、荒谬的年代，那个人性被扭曲，人的尊严和生命的价值被践踏的苦难中国。

在《天一言》这部小说中，一系列人物各有不幸，而由每一个不幸个体组成的不幸的群体，共同体现出了一副可憎的面孔，那就是荒诞。

二、荒诞的人生命运

荒诞的境遇滋生了小说人物对生命的质疑。他们相信命运，认为命运是无法掌控的。在行为表现上，他们迷茫、孤独、恐惧和绝望。他们不堪忍受命运

---

① François Cheng. *Le dialogue: une passion pour la langue française*. Paris: Desclée de Brouwer, 2002, p. 213.

的折磨，选择抗争，但往往以失败和悲惨的结局告终。如果说上述剖析揭示了荒诞的面孔，那么在这里《天一言》向我们打开了荒诞的几根隐秘的神经。

其一，荒诞是生命本质的缺失。天一在痛苦的折磨中，日益深切地意识到："而我，是一个迷失的灵魂勉强地借住在某个肉体里。从此，我身上的一切都将是错开来的，任何事情再也不可能完全吻合，我对此深信不疑。甚至认为，那便是我生命的本质。"① 天一从夜里答应了一个叫魂女人的喊声开始，感到自己的命运将是一种流浪，他相信命运的安排。"我不相信个人的命运可以在事前被决定，也不相信这块土地可以成为一个自足的天堂。那始终存在的邪恶，我无法想象有一天会被根本剔除。"② 天一的"宿命"思想使他对革命的前途缺乏信心。而对他自己，他同样缺乏信心。幼年时代他染上疟疾，"对自己的身体感到害怕"，觉得身体不完全属于他，并深刻感受到肉体加之于精神的痛苦，他感到迷茫。"我将是一个一无是处的人，我的一生，如果我能活得下去的话，将只是在一切的边缘上。"③ 在备受疾病困扰之后他发出了这样的形而上疑问："我在何处？我是谁？我此时此地在宇宙永恒的中心做些什么？"④ 命运难以把握，这一体验加深了天一对生命终极意义的追问："我们有谁能够掌握生命的意义，知道他的根潜入到什么深度？他的枝丫伸展到什么地方？"⑤ 在命运之神面前，他感到无助，对自己的人生丧失信心，迷失方向。纵观整部小说，可以说这是一部天一寻找人生意义的心路历程的成长小说。令天一迷茫和困惑的，不仅在于他对生命本质的思考，还在于天一他者的身份和中西文化的差异。

其二，荒诞是各种文化压力下的人性扭曲。从"家"而言，天一是出生身一个封建家族底层的命运弃儿。在"国"而论，他是被战争和灾荒撕扯中的一块肉质抹布。就"爱"而看，他有因情受伤的苦难心灵。于"业"而量，他是神形心物处处错位的无主艺人。面对陌生的他乡，天一"偶然的"中国人身份让他寂寞难耐，再度迷失。成长于20世纪初叶和中叶的中国，面对纷

---

① François Cheng. *Le dialogue：une passion pour la langue française.* Paris：Desclée de Brouver，2002，p. 16.
② François Cheng. *Le dialogue：une passion pour la langue française.* Paris：Desclée de Brouver，2002，p. 68.
③ François Cheng. *Le dialogue：une passion pour la langue française.* Paris：Desclée de Brouver，2002，p. 42.
④ François Cheng. *Le dialogue：une passion pour la langue française.* Paris：Desclée de Brouver，2002，p. 201.
⑤ François Cheng. *Le dialogue：une passion pour la langue française.* Paris：Desclée de Brouver，2002，p. 237.

繁复杂的时局，他如同任由历史巨浪冲击的一叶浮萍。他深受中国文化和西方文化的双重影响，然而两种文化的融会贯通并不是一蹴而就的事情。在生活中，一如在艺术中，中西文化珠联璧合需要时间，需要机遇，需要各种因素的耦合。然而这些条件对于天一则是"天亏"，或曰"天不作美"，至少是渴望、渴求的奢侈品。就技艺方面来说，他擅长中国画的含蓄和意象表达，但是这与所学的西方艺术形成种种扞格，因为他在很长的时段内，一直无法把西方绘画对于光线和画面组合的技巧，得心应手地渗透在中式绘画当中。他的内心矛盾重重，苦于达不到对二者的融会贯通。"我是这个20世纪的中国人，永远颠簸不安，左右为难，永远得面对挑战，来自中国、西方和生命的挑战。"[1] 他没有"强健的肠胃来消化所有这些东西"，无法真正融入法国社会。正如作者写道："我拖着的这条生命太过于沉重，由那样多难以消化的混杂记忆，以及那样多我觉得必须澄清的莫名感觉。"[2]

其三，荒诞是在"永恒"与"刹那"之间的迷茫无依。天一在"永恒"与"刹那"之间迷失。生活的本真鼓动他追逐永恒，生活的现实却把他的时间轧成了碎片，甚至碾为粉末。他期求完美和圆满，然而不论情与理，抑或事与愿，无不是圆凿方枘，前茅后盾。他希望每一个瞬间都体现永恒，可是瞬间苦如胆汁，永恒遥遥无期，围绕他的是一层层穿不破的虚无与无助。"永恒"何在？"刹那"何凭？这样的疑问实际上触及命运的本质。在敦煌临摹壁画期间，他意识到了深沉的无奈："即使身处孤独的流放期中，仍然身不由己地被无形的锁链套着，这就是命运。在我以为无人知晓、无人关心的这段时期，是永恒，还是刹那？"[3] 而对由命运本质引发的"永恒"与"刹那"，已经不止是有关时间的思考，还是关于生命和命运的浩叹。这样的情节和咏叹，在小说中多次出现。主人公对时间不可逆转的惋惜和无奈，也通过他对性的理解和对女人身心美感的刻画，细腻地表现出来。天一怀着本能的欲望追寻异性，追求女人的美貌，其结果无非是时间飞逝，美人迟暮，今昔皆非，而且不可逆。就拿美貌而言，作为女人终其一生竭尽所能加以维护的这份资产，到头来往往是其所背负或承受着的沉重压力。

作者在小说中这样写道："我们追求的对象，女人——应该说是女性的神

---

[1] François Cheng. *Le dialogue: une passion pour la langue française*. Paris: Desclée de Brouver, 2002, p. 174.

[2] François Cheng. *Le dialogue: une passion pour la langue française*. Paris: Desclée de Brouver, 2002, p. 174.

[3] François Cheng. *Le dialogue: une passion pour la langue française*. Paris: Desclée de Brouver, 2002, p. 124.

秘——这个最难解开的谜……她们可愿在今生或来世固定下来？她们即使愿意，也是做不到的。"① 他认为女人及其美貌都不可能永恒，都处于不断变化中。而对法国女友微荷妮克，他感觉无法深入她的内心世界。"男人真能接触到连女人自己都感到深不可测的欲望底线吗？……在两情缱绻的昂奋时刻，二人一体的梦境亦得以短暂实现。然而男人被结束的阴影所苦恼，费尽力气要追上欢愉隐情伸延到无限的女人，却永远达不到目的。"② 天一的苦恼源于对无限的欲望恐惧，所以面对微荷妮克，他无所适从。面对曾经遗失的玉梅，天一心中的惊喜难以掩饰对时间无法把握的绝望："在房间的中央，我们变成这个介于夹缝中的人，一边是对未来许诺的柔情信任，另一边是面对时光流逝的绝望。"③ 在玉梅的剧院班子里，天一深深感叹，表达出了对"一种现代人不幸丧失了的、很有韵味的表达方式"④。这里所说的"有韵味的表达方式"，即他以古文来纾解自己的忧伤情愫。1957 年，天一从法国回到中国，他目睹了"处处是禁忌"的家乡，感受到了生离死别、物是人非的变迁和国内时局的更迭起伏。如此种种经历，加深了天一对时间流逝的惋惜和绝望。而当苦苦思念的玉梅离去，天一对时间的荒诞感深彻骨髓："死去的人，比活着更像在活着；他们强迫我继续留在这个世界上，哪怕是几天或几个月。"⑤ 在这里，时间的绵延烘托出主人公无比悲痛和绝望的内心世界。加缪在《西绪福斯的神话》里曾经指出："我们把握不住世界了，因为它又变成了它自己。……唯一的一件事：世界的这种厚度和这种陌生性，就是荒诞。"⑥ 时间的线性发展使世界具有了这种厚度和陌生性，也使人类面临荒诞的命运。

对于小说中的另一个重要人物，令天一一生牵挂和爱恋的玉梅，她也同样面临许多考验。逃亡到 N 城后，她感叹道："有一个真正的家是好机缘；家像一个温室，有了家你不会感觉孤独。只是，这个家是由同一帮的人组成，大家

---

① François Cheng. *Le dialogue: une passion pour la langue française*. Paris: Desclée de Brouver, 2002, p. 273.
② François Cheng. *Le dialogue: une passion pour la langue française*. Paris: Desclée de Brouver, 2002, p. 190.
③ François Cheng. *Le dialogue: une passion pour la langue française*. Paris: Desclée de Brouver, 2002, p. 100.
④ François Cheng. *Le dialogue: une passion pour la langue française*. Paris: Desclée de Brouver, 2002, p. 99.
⑤ François Cheng. *Le dialogue: une passion pour la langue française*. Paris: Desclée de Brouver, 2002, p. 203.
⑥ ［法］加缪：《加缪文集1：局外人·西绪斯神话》，郭宏安译，译林出版社2011年版，第97页。

不可能永远生活在一起。"① 她期望温暖、稳定的家,但同时她也清楚地明白这个愿望无法实现。对于天一和浩郎的情感,玉梅陷入了纠结难缠的状态。她把天一当成她的姊妹、情人,向往古代神话里的伏羲、女娲的感情,而她却无法克制不由自主的"魔力驱使",与浩郎结成夫妻。她曾对天一坦言:"我既不能没有你,也不能没有他。"② 但她又立刻意识到"三人一起生活,三位一体,这是人类无法实现的"③。对于人生的感悟,作者不仅通过天一细腻的内心活动展现出来,而且透过玉梅多次对生命的拷问予以表达。

> 生命是个谜,我们没法了解,不是吗?我们本来像是在黑漆漆的夜里,一点指望也没有,我们不知道为什么往前走,也不知道要去何处。现在,在这样一个良夜,我们好像什么都有了,也许命运是在这里导引我们?我在这里,你在这里,我们都在这里。因此什么也没失去,全都找回来了。是的。我们又在一起了,这一次我们不再分离,是吧?④
>
> 生命到底是什么?我们的一生有什么意义?生命的诞生难道不是轻而易举的吗?我们在地上撒一粒种子,没多久就长出芽来。你看这些窗前的树枝,多么简单。它们都在那儿,就这么回事。是的,基本上我们的要求很低:生活在一起。但看来是个奢望。这个世界真奇怪,人心也真奇怪。而我们是孤独的,各自在自己孤独的角落里。⑤

在和天一久别重逢之后,面对不确定的未来,玉梅感叹命运多变,期待从天一那里得到肯定的答复。而正如存在主义所言,由于存在先于本质,人是根据未来的希望赋予现在和过去意义的,而未来尚不存在,选择是荒诞的。在残酷而不稳定的社会现实面前,天一无法把握命运和未来,也无法给玉梅一个确切的答案,他们无法决定分离、死别。

小说以天一变成疯子、玉梅自杀、浩郎罹难的结局,充分展示了一个时代

---

① François Cheng. *Le dialogue*: *une passion pour la langue française*. Paris: Desclée de Brouver, 2002, p. 101.
② François Cheng. *Le dialogue*: *une passion pour la langue française*. Paris: Desclée de Brouver, 2002, p. 128.
③ François Cheng. *Le dialogue*: *une passion pour la langue française*. Paris: Desclée de Brouver, 2002, p. 128.
④ François Cheng. *Le dialogue*: *une passion pour la langue française*. Paris: Desclée de Brouver, 2002, p. 101.
⑤ François Cheng. *Le dialogue*: *une passion pour la langue française*. Paris: Desclée de Brouver, 2002, p. 128.

的荒诞特点，展示了各色人物既被注定却又偶成的悲剧命运。表面上看，主观因素、客观成分、历史变迁、社会矛盾……这些个似可分解和透析的原因一一登载，一一展开，由此凑合成了解读为什么的答案，实际上使这个谜团更为纠结，更加缠绕，就像滚雪球一般，越来越困惑。小说的深刻缘此渐入佳境，小说的复杂也经由情显理隐而引人入胜。

三、无望之希望

著名哲学家阿多诺把世界理解为绝望中的希望，绝望就是一种希望。《天一言》揭示的世界也是如此，小说人物无不是生活在或死亡于无望中。作者给我们的启示，即无望就是希望。在这一点上，程抱一比加缪在人物塑造和小说意境上更深了一层。加缪的小说，让人感到无望，领略无望，结果还是无望。而程抱一的《天一言》也写无望，写绝望，但是读来苦中有味，绝望中有希望，印证了阿多诺那句经典哲言——绝望就是希望。

绝望的希望是凄绝的隐喻。这是程抱一小说人物故事的深层内涵。天一、玉梅、浩郎生活在一个荒诞的境遇里，接受着来自客观的物质存在和特定的社会现实的考验，也承受着这一客观世界给他们带来的虚无、徒劳、不公正的后果。天一从小接触书法、绘画、文学，在艰苦的敦煌石窟临摹壁画，在孤苦的异乡参观西方绘画，在惨绝人寰的西北荒漠坚持创作壁画。玉梅为了不让自己沉沦，和饰演的人物说话，在相同的遭遇中她觉得剧中人和她"很相近"，她"在表演艺术中感受到从未体验过的幸福"[①]。在得知浩郎被害，她不屈服于权势，选择自杀以结束自己的生命。浩郎满怀激情，投身革命，在艰苦卓绝的岁月始终把对文学的爱与伟大的革命事业结合在一起。他们都有自己的追求，热爱艺术创作，尽管不乏迷茫、困惑、矛盾和痛苦，但他们却真诚而执着地追求着他们的梦想、爱情和友情。或在大漠荒凉的洞窟内苦修，或在戏剧人物扮演中"他在"，或在"革命"的激情中赴死，或在三角恋爱中游不到彼岸……可以说，小说中的人物都无法获得一个好的命运。他们在绝望中拼搏，在为尊严而苦撑，为爱情而坚持，为艺术而执着，一句话，与命运博弈。

绝望的希望是劫后余心。程抱一的小说有一种穿透了无聊、无味、无常的意蕴。天一等人物，与加缪笔下那个冷漠、孤独、厌烦、碌碌无为的默尔索截然不同。《局外人》中的默尔索对什么都无所谓，他记不住母亲的岁数，忘记

---

① François Cheng. *Le dialogue: une passion pour la langue française.* Paris: Desclée de Brouver, 2002, p. 101.

了母亲的忌日。当恋人玛丽提出结婚的想法时,他说"无关紧要"。当雷蒙想和他做朋友时,他说"怎么都行"。在对待亲人、恋人和朋友的立场和态度上,默尔索是完全有悖常理的,可以说,很大程度上是他不加掩饰、直白的性格决定了他的悲剧人生。通过默尔索简单的短句、漫不经心的话语、缺乏逻辑的独白及其视野下的详细的场景,人物形象和盘托出。加缪展现给我们的是一个绝望的荒诞人的形象。而程抱一则以人物丰富的内心活动、独特的感官视角及诗意的书写和睿智的思考相结合的艺术世界塑造出一个荒诞境遇里的人,一个无望中尚未泯灭的希望,无望中薪烬火藏。小说《天一言》也因此焕发出一种比悲剧更具感染力的审美体验。程抱一笔下的天一是一个有血有肉的人,身上饱含人之为人的痛楚和希望。他历经磨难,但他却那样深沉地爱着他的祖国、亲人、恋人和朋友。他一生的命运沉浮及其迷茫、困惑、不安和悲苦的生存状态,是荒诞所致,也是荒诞所是,更是荒诞所过。怪社会?怪历史?怪传统?怪个性?怪他人?怪什么都有道理,然而怪命运是根本。为什么这样的一些人物会出生和磨灭在那样的时间、那样的地方、那样的事件之中?如此生离死别的爱恨情仇,非命运而何?命运,就像古希腊悲剧一样,你无法抗拒,只能承受,无法改变,只能流过。无望的是这个命运之劫,无望给予人物和给予读者悬念回答的,也是劫火余烬。余烬不仅是绝望中尚存的微温,而且有埋在死灰下的火种。读者与作者都在这一片撕破的荒诞的面皮下,领悟到了"该怎么活"的念头,这便是无望的希望。

  绝望的希望是未来之光。小说中提到,天一不希望像普鲁斯特一样追忆逝水年华,他更愿意追寻未来的时光。"和普鲁斯特相反,我将写一部《追寻未来时光》。时间的法则,至少对我而言,以我和玉梅之间的经历,不是在完成、实现中,而是在延期和未完成中。我必须既穿过虚空,也穿过变异。"①可以说,对于时间这个不可逆转和绵延不断的矛盾体,天一对它既充满绝望,又满怀憧憬。在复杂多变难以把握的现实遭遇,在人物追求自由、永恒的爱情、友情的梦想之间,在西方文化的影响和天一自身对中国文化难以割舍的情结、寻根的深刻意识之间,在奋斗作为与徒劳无果之间的冲突中,时时无常,处处矛盾,事事荒诞,读者与作者一起,一睹荒诞的多重面孔,感受到现实的虚无、无聊、乏味,甚至恶心。但是阅毕掩卷,比起那些荒谬不公的现实,激荡我们内心深处的更是那些为此奋斗和追寻的激情。这也是作品中预示的荒诞背后的希望。西绪福斯面对不断滚下的巨石,面对无效重复,徒劳无功的结

---

① François Cheng. *Le dialogue*: *une passion pour la langue française*. Paris: Desclée de Brouver, 2002, p. 134.

局，他所看到的是整座山，是一个不受神祇支配的自由的世界，是一个与命运抗争的世界，因而西绪福斯是幸福的。作为荒诞境遇中的人，面对无法改变的社会存在和悲惨命运，天一不断寻找生命的意义，投身艺术创作，并在艺术创作中感悟到了人生的真谛，其过程艰辛而无助，但是这一过程本身就是希望。经受痛苦者有其曲折，有其磨难，然而有其丰富。

绝望的希望披露"秘密的诺言"。在论及时间与人的愿望之间的矛盾时，作家承认了两者之间的对立，同时也给予一种"维系"的可能，"中国人说'红颜薄命'，美丽的女人想将美貌作为一种资产，却没有得到美貌最终的法则，不是人的秩序所能维系，它也许包容了天地间什么秘密的诺言"[1]。这种"天地间秘密的诺言"是什么呢？在小说中有大量云、雨、山、河的影响描写。天一在童年时就经常观察天空的云，明白其间的循环：云以雾的形式诞生在山谷里，升到天空，变幻成各种形状，然后又以雨的形式落回地面，汇入江河。自此对人生有了朦胧的认识，在前往法国的船上，作家借哲学教授之口讲出了道家思想中道的运动、循环的法则："凝聚成雨水的云不再是河水，而雨也不再落在同样的河水上。"[2] 天一也明白了"真实世界里什么都不会丧失，而不会丧失的东西将有一个延续和无以知晓的未来"[3]。小说以悲剧结局，玉梅、浩郎死了，天一疯了，但天一手中的笔还在，他那脱却凡俗后的另一种意识还在，他还在写，还在画，他的精神和故事得以延续。天一如云般漂泊，痛苦的一生已经结束，生命到了尽头，却又预示着新的开始。这是程抱一先生面对荒诞的人生设想的一种解决方案。

2004 年，一篇题为《弗朗索瓦－程的艺术和生命》的文章，在法国《文学杂志》上发表。文章介绍了弗朗索瓦－程，即程抱一在法国艺术领域里的成就及其基本的美学观点。其中有一段评论颇有见地："对于弗朗索瓦－程来说，艺术就是一个与生命相遇和追寻他者之地。在这个丰富的艺术领域，他得以连接东方和西方、生命和死亡、自我与客体的欲望。"在天一的艺术世界里，或者说在程抱一的美学思想中，我们看到了无望中的希望。程抱一明显地表示，他不会为寻求所谓的"天人合一"而回避悲剧，回避隔离，而是"正

---

[1] François Cheng. *Le dialogue: une passion pour la langue française*. Paris: Desclée de Brouver, 2002, p. 153.
[2] François Cheng. *Le dialogue: une passion pour la langue française*. Paris: Desclée de Brouver, 2002, p. 134.
[3] François Cheng. *Le dialogue: une passion pour la langue française*. Paris: Desclée de Brouver, 2002, p. 134.

视一种对人或对某种境界的不可及的思念"①。这和加缪的观点有某种契合之处，加缪认为，荒诞是"希望着的精神和使之失望的世界之间的那种分裂，就是我对统一的怀念，就是那个分散的宇宙以及连接上述一切的矛盾"②。无论是"对统一的怀念"，还是"对某种境界的不可及的思念"，二者都表现了两个来自不同时代、不同国度且带有不同文化元素的作家对荒诞的理解。所不同的是，加缪选择了抗争，程抱一选择了"正视"。加缪的荒诞落脚于绝望，程抱一的绝望化绝望于希望，以绝望做希望。透过荒诞的表层，我们看到了一幅充满诗意的画面：尽管面对无法确定的未来和不可把握的客观世界，人们一直在追寻永恒，统一、完美的人性和精神家园。它们可能无果，却可以让欲望之树再生，让一切新的开始出现。这就是小说《天一言》的荒诞中所涵摄的希望。

---

① 关于程抱一《天一言》的访谈，见杨年熙译《中西合璧：创造性的融合——访程抱一先生》，人民文学出版社 2009 年版，第 318 页。

② ［法］加缪：《加缪文集 1：局外人·西绪福斯神话》，郭宏安译，译林出版社 2011 年版，第 124 页。

第二十五章 托多洛夫"文学濒危"说疏证[1]

---

[1] 本章作者为广东外语外贸大学栾栋教授。

法国文学他化是一个很值得关注的人文现象，由之引发的讨论，将"文学非文学"的命题推到了辟文学的看台，使辟之为用进入解析文学是非的通转境地。对于文学兼有是非的悖论关系，我们在《文学他化论》和《文学他化说》等文章中已经做了细致的阐发。① 有待分说的问题还有文学他化的反他化现象。在这个方面，法国文学理论家茨维坦·托多洛夫2007年年初发表的《濒危的文学》一书，② 正好提供了一个十分有趣的典型例证。

托多洛夫由昔日文学他化的旗手，退缩进了传统所谓文学的内核，这个事例很耐人寻味。本章以"托多洛夫'文学濒危'说疏证"为题，用意就是进一步阐发文学的他化问题，同时也想深度解读托氏缩水的复杂现象。疏者，解也，使结节舒展，此其一；疏者，松也，让块垒松散，此其二；疏者，证也，给疑难释证，此其三。纡解可去痛，松散得自然，释证能爽朗。换句话说，本章旨在为文学及其理论补偏救弊，使之归于自然而然。对《濒危的文学》及其影响的透视，正好有助于我们加深对于文学他化思想的通变性理解。

一、"行到水穷处，坐看云起时"

法国文学是否濒危？法国文学人当中是有这样的呐喊。文学领域有一些愤世嫉俗的声音不是坏事，关心法国文学的批评家们多一些危机意识也是有百利而无一害的文教关切。但是作为事实，作为学理探讨，法国文学是否真的危如累卵？是否真到了山穷水尽的地步？走进法国文学做深入一层的讨论还是有必要的。

看一个令人吃惊的现象，倘若在传统观念的立场上评判，结论往往会倾向于"危险""可怕"之类，甚至会觉得天塌地陷；但是从更为宏大的视野来观察，相关理解或许是积极的、正面的，至少可有几分乐观。在人文世界里，如果遇到此类相互悖谬的矛盾观点，最不坏的办法是努力靠近更大气一点的观察点，即有必要从开放的大格局上看问题。对于法国文学的"濒危"观而论，我们或许应该在学科交叉处和悲喜分野外的制高点上，看待众说纷纭的若干方面。

第一，法国文学的蜕变。法国文学的确在变，但这种变是蜕变而非濒危。这里说的蜕变是指文学的一种他化，是文学在自性与他适之间的潜移默化。文

---

① 参阅拙作《文学他化论》，载《学术研究》2008年第6期；《文学他化说》，载《文学评论》2009年第4期。
② Tzvetan Todorov. *La literature en peril*. Paris：Flammarion，2007. 该书已由笔者译成中文，即《濒危的文学》，于2016年在华东师范大学出版社出版。

学自性是文学既成之本性，是文学自以为如此而且别人也视之为如此的认知惯性。文学自性是化他的动机和结果。化他作为文学的生成态和繁衍态，集中体现了人类想象的扎堆和幻想的自固。文学之所以被视为"理想性的自由王国"的文学，正是在发展过程中被分工的利刃切割成了"纯净"的板块。这种"文学自性"，实际上是非自性与之相反相成的产物。长久以来，所谓"纯文学"为自己辩解，凭借的无非是其审美特点具有对抗人性异化的理由。20世纪涌动的文学他化潮流，诸如现代主义文学的审丑，后现代主义文学的"自性出窍"，都让人们领悟到另外的"文变"，即"文学自性"老态毕露，或曰"纯粹文论"的千疮百孔。

如果说中世纪的骑士史诗、近代的文艺复兴和17世纪的宫廷戏剧实现了法国文学自性的生成，那么18世纪的启蒙思潮小说和戏剧则展示出法国文学在社会思想变革时期向历史、哲学、教育和心理的多向度伸展，此一开拓恰似乳燕脱毛，习习冲天，算得上是文学的一次突破性的蜕变。假如在法国文教演变中寻求文史哲不分家的例证，启蒙文学思潮可谓学科渗透的典范。法国文学在启蒙时代还真有那么一种学术融通的韵味。从18世纪到19世纪，现实主义和浪漫主义又一次将纯文学的人本主义审美特征推到了"文学是文学"的极致；随之而来的"现代主义"和"后现代主义"思潮，则再次把法国文学带向了"文学非文学"的边缘。诗人们"米拉波桥"式地牵挂时空，作家们意识流般地追忆逝水年华，哲学家们荒诞式地诗化存在精神，理论家们戏剧性地折射人类命运。自性突出的法国文学在欧洲近百年的风雨变化中丰满了他化的羽翼。从"文学是文学"的角度讲，这是在蜕变。从"文学非文学"的意义上看，这是在他化。尤其是让观者人尽其思的《等待戈多》，给文学抽空价值的罗布-格里耶文本，让悖谬乱了轻重的昆德拉叙事，使科技趋于超前的乌埃尔贝克"造人"……真善美的传统尺度在消解，文史哲的本然关系在强化，教科文的多重反思在深入，一言以蔽之，文学画地为牢的僵局在化雪消冰。文学他化在法国一枝独秀。

20世纪80年代中期，笔者在巴黎居住了十一个年头，与一批来自欧美和法国的文学青年组织过"诗学聚会"，也参加过巴黎一些中小学教师的"普罗米修斯诗社"（Prométhée）。与会者欣赏阿波里奈尔、甘斯波，也关注解构主义思潮所掀起的轩然大波。大家把罗布-格里耶与米兰·昆德拉的叙事方式相比较，把"二德"（德勒兹、德里达）通文通哲通数学的文本当作法国文史哲学界的典型个案解读。跨文化的沟通性阅读，使我们对法国现当代文学形成了一个新的认知：文学进入了融会贯通的时代。从总体上看，20世纪的法国文坛，诗歌平平，小说与散文丰硕。其文学贡献一如中国的战国时代，王者之迹远而诗歇,屈骚般的成就要待百年之后;而文史哲融通,则形成气候。百家争鸣,众语喧哗,一批文史哲高手在欧陆奇峰突起,在某种意义上,德勒兹的齐万物等生死,有如高卢一族的庄周,德里达的解强权养正气或似法兰西的孟轲。子学兴,学科通,文学进入了一个沧桑巨变的过程。

从文学自性的"我自体"而言,文学风光不再,或曰日趋"衰落";而从文学他化的解放性而论,文学曲径通幽,可称与时"蜕变"。"蜕变"使法国文学另辟蹊径,"他化"让法国文学别开生面。文学演化再次印证了刘勰的一句名言:"变则其久,通则不乏。"法国文学给了法国文化一个再次破茧而出的契机,也给了世界文学一个敢为天下先的另类尝试。

第二,托氏文学思想回溯。据托多洛夫回忆,其爱读书和爱文学的倾向最早得自身为图书管理员的父母培育。托多洛夫 1956 年进入索菲亚大学文学院专攻语言文学,抵制苏联式的文艺理论及其政策一直是他作为文学人强烈的心理状态。1963 年经索菲亚文学院院长推荐,他到巴黎读书,入高等研究院在罗兰·巴特门下读博,1966 年获博士文凭。这期间,他翻译介绍了俄国的形式主义文论,于 1965 年以《文学理论》为题在法国出版。他与热奈特一起主办了《诗学》刊物,这是他们持续了十年的文学事业。译介和办刊的目的是"想扭转当时大学里的文学教学,将之从以国家和时代分栏中解放出来,向作品与作品的关联比较开放"①。

托多洛夫后来追述,是法国的民主自由环境使他"改变了文学研究的进路"。既然"文学作品的思想和价值在当时已经摆脱了前定意识形态桎梏的束缚,就没有理由对它们(指作品的思想和价值——引者注)置之不理和置若罔闻。我对文本语言材料专一兴趣的原因消失了。从这个时候,即 60 年代中期以降,我对文学分析方法随之失去趣味,转而关注文学分析本身,关注与作家的接触"②。之后,托多洛夫做了法国国家教学大纲指导委员会委员(1994—2004),那是一个隶属于教育部的跨学科咨询委员会。他在那里获得了关于"法国学校文学教学的总体看法":"有一种完全不同的文学理念,不仅支持着某些老师封闭性的教学实践,而且也支持着这种教育理论以及框定其理论的官方指令。"③ 他指的是重视文学学科史甚于学科研究对象的文教倾向,优先文学理论与方法的高中和大学文学教育偏颇,其中包括忽视文本阅读的思想方法导向。

---

① Tzvetan Todorov. *La littérature en peril*. Paris: Flammarion, 2007, p. 13.
② Tzvetan Todorov. *La littérature en peril*. Paris: Flammarion, 2007, p. 14.
③ Tzvetan Todorov. *La littérature en peril*. Paris: Flammarion, 2007, p. 17.

在托多洛夫的自述中，我们可以看到其两次重大的学术转变。一次是在1956—1966年（索菲亚—巴黎）读大学期间，他由一个文学青年转变为一个意识形态文学的对抗者；另一次是在1994—2004年，做法国国家教学大纲指导委员会委员时，由一个前卫文学思想家转变为传统文学观念的守护者。托多洛夫认为，自己早年反对意识形态文学，走向形式主义和结构主义文学是为了捍卫文学性，后来转向传统文学立场，也是为了坚守文学性。从逻辑上说，是这么个道理。但是从实际出发，则不完全是这么回事。如果说他所憎恶的苏式意识形态文学体系因其共产主义政治扭曲了文学，那么西方式的反意识形态文学思想不也是西式意识形态？这未必就不是政治。如果说法国乃至整个欧洲文学中有其正能量或正价值，那不也是在抗争和化解法国和欧洲邪恶势力的过程中，成就了那么一种令世人赞赏的风骨和气质？作为话语权力和权力话语，文学那种非政治的政治特点真不可忽视。

托多洛夫回归古典传统后的一个重要理念，就是主张高中和大学的文学教学应该读原著，而不应该讲授理论和讲究方法。笔者教过中学，也教过大学。笔者的教学经验和学术理解恰恰与之相反。从小学到中学，都是基础中的基础教育，学生是未来的公民，作为必要的文学修养，确实应该多读作品，加强欣赏性的带读教学是一种重要的方法。但是高中和大学则另当别论。高中属于进入高等培养前的过渡阶段，大学是文化知识以及专业培植的高级层次，因而从高中起，有必要从欣赏性教学转入更高的水平，这就要求适量增大理论教学比重。大学阶段更应该如此。文学作为文化的养护性和示范性场域，包含着艺术性作品和理论性研究两个互为表里的通化性内容。对于满足一般性欣赏和普及性教育而言，给中小学生带读和导读原著不可或缺，此举可使一般的中学毕业生和文化人均可自读。然而要想进入高层次的文学领域，则必须有一定的诗学、文论乃至哲学素养。后一点非经专门培养和一定的强化训练而不能轻易实现。高中和大学的文学课已不再是一般性的欣赏教育，继续给学生以低层次的欣赏带读恐非国民教育的良策。

从上述梳理可以看出，正是在东西欧特殊的历史背景和现当代文学的阴错阳差中，托多洛夫才变成了一个前后矛盾的手足无措者，即由法国文学现状得以形成的一个推波助澜者，一变而为文学及其研究现状的反对者。人们都有转变自己文教观点、审美趣味甚至学术立场的自由，但是博学多成如托多洛夫，在文学及其教育理念上一转身退后了一百多年，多少让人匪夷所思。

第三，法国文学之与世推移。在托多洛夫看来，法国学生的文学水平下降，学生对文学的趣味在淡化。从现象上看，近几年高考选择文学的生员锐减，似可作为旁证。托氏以辅导自家孩子的经历现身说法，是有其一定的道理,但也有以偏概全之嫌。笔者在法国留学期间,为勤工俭学也辅导过法国朋友的一些读高中的子女,他们对文学及其理论并不全然反感。反之,他们在文学把握和创新思维方面的能力,却让我这个东方人很有感慨。我国的中学和高中文学教育仍然偏重于鉴赏路子,在培养通透性把握能力和激发创造性思考潜力方面总显疲软。

法国的文科考试难度相当大,而且哲学作文是文理各科的必考,考题颇有理论深度。① 这让我想起恩格斯的一个论点,一个民族要想站到世界前沿,就一刻也不可摆脱理论思维。托多洛夫认为法国人对文学经典的爱好日益淡化是中学教育和高等教育的失误,特别是强化文学理论教育的结果,这一评判是不够准确的。② 事实上法国人的文学阅读还是比较普遍的。笔者在法国学习和工作的岁月(1983—1994),恰好是托多洛夫所说文学产生"濒危"的那个时段,接触到的各阶层人士有一个共同点便是比较在乎文学修养。巴黎各区的图书馆并不冷清,甚至在飞机、火车、地铁、巴士等交通运动中也不乏见缝插针的旅客读者。

诚然,法国的高中生大都回避或不选文学作为大学专业。这并非说他们不爱文学。对于大多数人而言,首先得衣食住行,其次才会考虑属于高层次的修养或文学类的专业选择。从经济方面来讲,文史哲都是穷学科,这是不争的事实。在专业分工的角度看,一个社会所需文学人之多少,是由其市场规律调节的,不可想象全社会有过量的文学人以文谋生。在世界经济低迷时期更是如此。从全世界范围看,法国文学不像19世纪至20世纪那样为世人青睐,但是绝非门庭冷落,一蹶不振。为什么托多洛夫、克里斯蒂娃、昆德拉、高行健等一批又一批的文学家和批评家能在法国成功,并且由巴黎而震动国际文坛?在世界各国的文学水平都有所提高之际,高卢雄鸡在百鸟啼鸣中不再曲高和寡有什么奇怪的呢?更何况20世纪法国文学的蜕变,披露的是人类文学的新向度,其意义需要跳出传统文学思想的套路去做全新的考量。

文学繁荣与否,不是学校课程设置和教学内容高下的某一个原因所致,文学危殆与否也不是某个教学纲要的成败所单独决定的。托多洛夫激赏的法国

---

① Tzvetan Todorov. *La littérature en peril*. Paris:Flammarion, 2007, p. 17.
② 哲学作文是文理各科必考。2008年的高考(会考)哲学作文题就是一个很有代表性的例证。文科:题一,感知能力是否可以来自教育?题二,对于活体的科学认知是否可能?题三,评述萨特《伦理学笔记》中的一段文字。理科:题一,艺术是否改变我们的现实意识?题二,演示是不是确认现实的唯一手段?评论叔本华《意志与表象的世界》中的一段文字。经济社会科:题一,人们是否可以不受磨难而满足欲望?题二,认识他人是否比认识自己更容易?题三,评述托克维尔《论美国的民主》中的一段文字。以上资料是笔者在法国教育界的友人所提供。

19世纪至20世纪文学家，有多少因素完全是法国高中和大学所成就的呢？文学教学纲要乃至文学政策得体与否固然重要，但是文学发展和传播的特殊性、偶然性也不可忽略。文学艺术发展与经济发展的不平衡性是马克思等人早在一百四十多年前就认真谈论过的话题。"国家不幸诗家幸"的例子尤其值得深思。托多洛夫在法国成名，而他佩服不已的巴赫金则在艰难困苦的处境中脱颖而出。批评一个国家的文艺政策是可以的，但是把文学繁荣仅仅寄托在这个国家的教育政策上，那是肤浅的看法。

文学是波诡云谲的文化现象，有时候看似日暮途穷，其实是变化多端。正所谓"山重水复疑无路，柳暗花明又一村"。近百年来的法国文学演变，给人们提出的也是这样一个亟待反思的问题。

二、"欲穷千里目，更上一层楼"

文学向何处去？传统的文学观念应否变通？文学是否需要开放性变革？这些问题我们在本章的第一部分已经有所涉猎，但是那样的涉猎只是就文学濒危与否所做的有限性反思。法国文学的"濒危"问题不仅是一个文学焦点症候群现象，而且是一个有待登高远望的大话题。这里我们仅就文学权力话语、文学正反价值和文学内外律动做一点"超常规"的探讨。

第一，文学非政治，文学有政治。从1956年到1963年，茨维坦·托多洛夫在索菲亚大学文学院专攻语言文学将近七个年头。他后来一再陈述自己非常憎恶马克思主义政治和社会主义的意识形态教育，披露了自己如何通过文学形式研究逃避政治内容的辖制。我们相信托多洛夫的感受和叙述是真实的和深切的。虽然那时的"社会主义阵营"已经进入了较前宽松的赫鲁晓夫时代，但是政治高压并未完全解除。托多洛夫从事文学抗争和追求个性解放，对他本人和那个令人窒息的年代，无疑是有重要意义的事情。问题在于是否真的能够摆脱政治。政治，作为经济的集中体现，作为权力的分合表征，作为道德的结构过程，它与人类文明史同生共长，是一种强势的权力话语。文学包括艺术，当然是文化领域不显政治强色调的存在。但是，文学艺术从其产生之日就和权力话语纠缠在一起，她的克星是政治，她自己也是政治的克星，因为她自身也是一种柔性的权力话语。从外表上看她是非政治的，而在其与政治纠葛的意义上，她已经是一种或依附、或抗衡、或消解政治的政治。她的审美普适性和软政治色彩的中和性，都决定了必然被好政治所支持和器重，也被坏政治所压榨和利用的命运。在人类文明发展的一定阶段，特别是在20世纪中叶，文艺要想逃脱政治或自认为可以逃脱政治，那是天真的想法。试想，当反法西斯战争极其惨烈之际，文学艺术不介入和不动心，那还是文学艺术吗？许许多多的文学家艺术家用铁的事实证实了自己的正确选择，20世纪的文学艺术史充分说明了这一点。文艺被革命政治和正义事业所裹挟当然有其舍己之处，因为它的多样性品格难免被限制、被遮蔽，甚至被扭曲，但是文艺完全倒向无政治、非政治或反政治的一面，那实际上是浸入了另一种力量的表达。在某种意义上，可以说这是有意无意地进入了另一种政治—非政治的政治。这么说并非要对文艺做泛政治化的解说，而是要澄清一个事实，在那样一个政治让人反感的年代，反政治本身也是政治，只不过对于弱小者和弱小的文化样态如文艺，特别是弱小的文艺人个体，往往不想承认和无法接受这个实质而已。如果说当时东方特别是东欧的社会主义国家，在强调文艺为"革命政治"服务的同时压抑甚至扭曲过文艺，那么西方世界貌似不讲政治的文艺主张和文艺市场，同样一刻也没有真正地脱离过政治。"天尽头，何处有香丘？"在那样一个时代，反对极权压制的文艺人，应说是很了不起的抗争高压政治的政治因子。栽花养花的护花仙子，恨莫大于妒花风雨，悲莫过于葬花无丘。为艺术而艺术的极端派——自戕艺术群体，表达的就是这样一种"愤青"。从社会制度的角度看，西方听任文艺及其教育市场化和自由化，谁能说这不是一种文艺政治的具体运作呢？托多洛夫到西方后，一个时期曾完全投入非政治的形式主义文学研究，这个变化其实仍然是与资本政治、市场政治、文艺话语政治在周旋。他与其他同事的不同或许只是成功与不成功的差别而已。他在研究机构和高教管理领域的相关职务，实际上也说明，文学人是以这样或那样的方式从事着某种政治践履。

第二，文学真善美，文学假丑恶。一个耳熟能详的观点是文学本来纯正，据说因为文学反映了生活的本质，显示了人性的亮点，体现了审美的旨趣。中外许多文学教本和论著都宣扬这些观点，而且基本上为大多数学者所接受。还有一个令人震撼的说法是文学根底偏邪，此论可以上溯到西方宗教所说的"原罪"，联想到文学的腐恶，折射到文学作为"堕落的象征"。事实上后一种论点也在学界广为流传。上述两种说法都是颇为深刻的洞见。如果说只有美善才是文艺的特质，那么人性之花、欲望之花、华丽之花中包含的原罪怎能轻易从文艺的特质中排除出去呢？而且，有谁能说花里胡哨海淫海盗的文学就不属于文学呢？应该说中国古代的老子和庄子早就做过类似的逆向性思考。所谓"美言不信"和"道在尿溺中"，就已经暗示了文艺作为"多面神"与"九头怪"的复杂体性。茨维坦·托多洛夫在《濒危的文学》中再次重复启蒙以来的文学真善美信条时，片面地宣讲康德、黑格尔、乔治·桑、福楼拜等人的美学观点，如此偏走独举，总让人觉得少了点什么。19世纪至20世纪凄风苦雨教给了人类太多的东西，唯真善美是举的文学理念实际上早已成为文化辩证反思的重要对象之一。著名的法语语言文学专家徐真华教授曾把萨德的文学作品叫作启蒙时代的"恶之花"。他从启蒙思潮的丰富性和多样性论述萨德及其文学创作的客观作用，在透视和批判萨德邪恶面的同时，也解析了其冲击伪善和启迪身体话语写作的次启蒙因素。启蒙有丰富多彩的方面，文学亦然。这是很有启发性的文学解蔽。① 我们把文学真善美与文学假丑恶放在一起讨论，实际上想揭示文学正负特征难解难分的一面，说明了人类在高扬文学真善美的同时，有意无意地拔高了文学，曲解了文学。指出假丑恶也是文学的内质之存在，也不是要任意污化文学，而是要还原一个完整的文学，警惕一种瞒和骗的文学，成熟一种长河淘沙的文学。文学原本是鱼龙混杂泥沙俱下的文化，片面地看待都非妥帖，辩证地扬弃方为上策。承认真善美假丑恶与文学共在，这是扬弃文学弊端和超越文学局限的起码条件。关于这一点，巴塔耶、萨特、福科、德勒兹、勒维纳斯、德里达、利克尔等法国著名学者，都有过深刻的阐发。理论与文学的互动，至今发人深省。过去我们只是从正面价值框定文学，把本来同样属于文学的反面价值排除出文学的"家族"。现代主义文艺来了，后现代主义文艺也来了，这些思潮中已不再仅仅是唯真善美而文其真善美。如果老眼镜不再灵光，新视野尚未跟上，剩下的办法只有退缩到过去，或随着新潮流飘荡。可是退缩与飘荡均非上策。这一点不言而喻。

第三，文学当自律，文学亦他律。这样一对命题揭示的是文学的真实命运。在古代社会，文学是依附性的。即便自负"诗是吾家事"的杜甫，也无法仅靠诗作来养家糊口，虽然他可以因诗而不朽。文学只有在取得一定独立性之时，才有一个是自己和保卫自己的意识。这个过程萌芽于近代，凸显于19世纪至20世纪。马克思关于文艺自律和他律的观点可以看作相关思想的深化。② 自律与他律的二律背反，道出了文学兼有是非的现代性特点。托多洛夫是在文学二律背反中的左右为难者。在索菲亚大学读书之时，他崇尚文学自律而抵制文学他律。到巴黎任意宣泄文学自律之后，他隐约地感觉到文学他律的某些价值。这就是为什么他在大量译介俄国和德国形式主义文论之余，逐渐感受到纯审美的文学内在结构，如文体、文本之类是不宜单行的羊肠小道。他与热奈特等人创办的《诗学》杂志在坚持了十年后终于停刊的主要原因之一大概也是如此。真正给他以启发的是巴赫金。他在译介巴赫金文化诗学的过程中才真正明白了他律的重要，明白苦难甚至压迫有时竟然是成全一个伟大的文学

---

① 这段话是徐真华教授在 2009 年广东外语外贸大学法语语言文学博士生学位论文答辩会上的发言。
② 参阅拙作《文艺理论的两块基石》，载《外国文学研究》1983 年第 1 期。

思想家的磨刀石。这么讲并非为集权政治开脱罪责,而是说"文穷而后工",真正的大气人才往往是战胜了艰难困苦的成功者。在历史流变的具体阶段,他律可能是推动文学发展的正面推力,也可能是压抑文艺的反面压力。自律亦然,它在展开的过程中,可以表现为善,也可以表现为恶。自律与他律,推力与压力,善举与恶行,既需要充满正义感的评价,也需要坚持辩证性的剖析,尤其需要圆通化的解说。托多洛夫在早年倾心文艺的自律特征时,忘记了他律不仅在文艺外,而且在文艺中的悖论。他把西方世界的文艺价值观看作真善美的体现;一旦意识到西方文学自律乃至社会思想的黑洞,如感受到形式主义、虚无主义和唯我主义的甚嚣尘上,又急速地向古典主义美学思想退却。[1] 应该指出的还有如下事实,即近两百多年来的西方文艺,特别是法国的现代主义和后现代主义文艺,确实有托氏所批判的三种主义——形式主义、虚无主义和唯我主义,然而同时也包孕着复杂的变数。其中不乏文艺自律对他律的反弹,酝酿着文艺话语对社会诸多强权的抗争,尤其披露了文艺向全球化发展的萍末风动。托多洛夫在古典文学、现代主义文学和后现代主义文学之间举棋不定,顾此失彼,至少说明他对急剧变化中的法国和整个西方文艺现象缺乏一个全面而透彻的把握。他面对万花筒式的文艺思潮先选择了与时俱进,或曰追赶时髦;而当现代主义、后现代主义让他眼花缭乱甚至目不暇接之时,赶紧掉转头来求助于古典美学和传统的文艺思想。其结果恰似火候太大的烧烤炉,大饼的一面烤煳了,翻转过来,这一面同样又烤得冒出焦味。

其实不止托多洛夫受文学变数的困扰,西方许多文学家和文艺理论家都在瞬息万变的文艺新潮面前无所适从。我们国内的西方文论乃至西方哲学、美学教本何尝不是像托多洛夫一样,在古典主义、现代主义与后现代主义之间取舍艰难呢?运用推陈出新的尺度,丢掉了对古人的"同情的理解"。依据厚古薄今的标准,又失却对当下的得体的整诠。看来对于法国以及整个西方现当代文艺的理解,必须有圆观宏照的眼光和厚德载物的包容,在当今时刻,还需要将之置于全球化变局中尝试一种出神入化的解析。

三、"江流天地外,山色有无中"

纵观托多洛夫半个多世纪的文学生涯,其理论立足点不断变化,但是其文学思想的基本线索还是有脉络可寻,那就是对文学性的执着。托多洛夫始终在"文学是文学"中打转,有时他也看到一点"蜂蝶纷纷过墙去"的文学他化现

---

[1] Tzvetan Todorov. *La littérature en peril*. Paris:Flammarion, 2007, p. 88.

象,遗憾的是他既没有对这种现象做深入的发掘,也没有将之纳入一个圆观宏照的境界中去化感通变。

笔者认为,传统关于文学是文学的命题有其道理,然而只是片面的道理。在今天有必要提出另一个命题,那就是文学非文学。前一个命题只申述了文学作为文学的一隅之见,后一个命题则是一个涵括了文学是文学,而又提挈了非文学之辩证的和圆通的思想。关于这个命题笔者在《文学通化论》中有系统论述。① 此处的阐发,旨在说明法国文学在他化问题上的变数。

(一) 文学是文学,文学非文学

文学在其孕生之时曾经是化他而来的衍生性的存在。孳生、依附与抗争贯穿于文学生发的早期过程,绵延于整个古代社会。在民众生活政治化、商业化和个性化大幅度发展的近现代世界,作为自由想象的文学与现实世界相磨相荡,自性生发与审美张扬加强了文学是文学的独立意识,文史哲学类关于文学自律与他律的概括,实乃文学是文学核心理念对内外关系的寻绎。为了自主,文学拼命地扩展。受制于他律,文学动辄两难。文学在二律背反中的生存,即便是人们常说的辩证关系的表现,也是无可奈何的历史性命运,是文学化他——他化的激烈方式。而这种命运的化解,则有待文学化他——他化的运动在一个更加广阔的视野中展开。20 世纪中叶以来的全球化大潮就是这样一个划时代的历史转折。微探索(纳米与遗传工程)与外太空的多向拓展,高科技与大民众(全球性而非区域性)的多层互动,学科群与国际化的多边牵挂,让文学遇到了非文学化的转渡,既是史无前例的崩解性播撒,也是出神入化的再造性涅槃。这样的大变局比起商业化、色情化和专制化的侵袭来说,对文学的挑战更为巨大。这就是为什么后现代主义文学比现代主义文学更让人难以琢磨,为什么罗布-格里耶、乌埃尔贝克、安妮·埃尔诺(Annie Ernaux)的悖谬比卡夫卡、贝盖特、加缪、萨特、昆德拉更为荒诞,为什么福科、德勒兹、巴特、克里斯蒂娃的文学性与哲学性同样震动文坛,为什么非自传的自传体小说家玛格丽特·杜拉斯与"长河"大卷和传记大户特罗亚相比毫不逊色,甚至前者比后者更加耐人寻味。如果说 18 世纪至 19 世纪是法国文学自律——他律的悖反性同构时代,那么从 20 世纪中期以来,法国文学则进入了文学非文学凸显的时代,虽然仍有一些作家使用传统写法,但是文学主流已经成为"多面神"或曰"九头怪"的场域。化他与他化交互运动,文学与非文学一身二任。在化他——他化中,此前的文学机制,如下层基础——上层建筑、市场牵制——文学执

---

① 详见拙作《文学通化论》,商务印书馆 2017 年版,第 153 – 196 页。

着、审美艺术—道德担当等,并非完全失效,它们还在这样或那样地起着作用,但是占主导地位的动态性征已经变化,文学不再是仅仅聚集在审美焦点上的线性运动,而那些个过去并不起眼的开显与覆蔽现象成为突出的标志。而且作者与读者的互动较前更为直接,影视、网络、手机等科技手段介入了文学,并逐渐占取了文学杂志、文学活动、教学研究的领地,文学的虚拟性、渗透性、吸纳性和介入性明显增强,这也是文学化他—化他性征的另一种表现。他化—化他性征使文学原本对宗教、政治、经济的传统性依附特点有所改变,文学的衍生、游弋和潜移默化空前加强,呼啸山林,穿行今昔,遨游天地,启蔽心灵,以文学为生计的集群当然还在,但是将文学当通衢的非文学、亚文学、准文学,在似文学非文学的文本间出入自如。文学化他而在,一"如春风放胆来梳柳",人们在文学生存下尽情地出格。文学他化而去,恰似夜雨无声去润花,诗化的文史哲学在努力地升华。化他而在的文学不无创新,但是此创新是打开小门旧篱笆之内部创新。人们在其中会感到似曾相识的温馨,体验到"我"在性文学的惬意,意识到传统文化的安稳。但是在文学他化而去时,昔日那种在文学中随处可见的舒适感发生了巨大的变化,有人感到伤筋动骨之痛,有人惊悚灵魂出窍之灾,有人喟叹文学衰颓之悲,有人疾呼文学危亡之殆。托多洛夫的学术著作《濒危的文学》,就是这样一些复杂情感的集中表达。

(二) 文学出文学,文学在文学

文学他化,是文学来龙去脉的他性特征。文学化他,是文学钟灵毓秀的自我表达。文学他化不是文学异化,因为文学他化超越了文学异化。文学异化,是指受压迫、被奴役而且与恶同流合污之文学,此类文学不是他化,而是腐化变质之物化,即恶质性的和僵死性的文学物化。在异化之中,自然的灵性之"他"被戕害,社会的和谐之"他"被破坏,人性的回归之"他"被阻遏。文学他化是对文学异化的疗救,因为他化的过程原本包含着化他的回归。他是"生二""生三""生万物"的抱一且化一之道,是印证与激励"立人""达人""爱人"的自强亦载物之德,是惠我惠你而又非我非你的积虚又成务之化,是生发阴阳消息耦合大千妙境的似解却不解之缘。在这里,他与化实际上是同一事情的两个方面,分以见道德之几神,合能收化缘之奇妙。一个化字,将两个他类向度牵系在同一个情结的来去双关上。一个他字,把两种化功分转于异质性合构的启蔽兼通处。他化,蕴蓄着文学对他在的感激与他在对文学的恩渥。化他,道尽了他在对文学的玉成与文学对他在的亲和。在这种意义上,只讲异化不及其他的文学是狭隘的文学,地狱他人、憎恶一切的文学是偏激的文学。在这个突破点上我们才能更深刻地理解加缪不愿与存在主义为伍的深衷，理解地中海之子遗世独立而视古人为同怀的现实孤栖，理解杜拉斯将自己置身作品中的那种嬉笑怒骂性的非自传的自传性小说，理解人称错综晦涩难懂的《情人》《堤坝》等作品反而被法国内外广大读者所看好的原因，理解安妮·埃尔诺的《一个女人》回归"游离"的矛盾书写，理解作者那种是己是母是她人的"一个女人"情怀。① 毋庸赘述，在化他性的法国文学风神里，他化深不可测，而在他化式的法国文学作品中，化他无处不在。法国文坛浑然其中，但是很少有人深刻地体悟和论证这一点。托多洛夫是文学性的坚强卫士，他也看到了一些文学他化的蛛丝马迹："文学不是凭空产生，而是由活生生的话语总体所酝酿而且带有其诸多特征；如果说文学边界在历史过程中变化不定，这绝非偶然。我当时感觉到了这些个不损害文学而毗邻文学的另类表达方式的诱惑力。"② 在那时，他为了弄清差异很大的多种文化之交叉碰撞，撰写了《征服美洲》；为了思考道德生活，发表了《面对极限》；为了审视一个美好的存在性设想，完成了《绝对的冒险者》。对历史事件和陌生领域的阅读令托多洛夫激动："文学场域对我拓宽，因为在此时此刻，该场域囊括了诗歌、长篇小说、短篇小说和戏剧作品之外的为广大读者或个体读者阅览的叙事写作博大的领域。"③ 我们看到，托多洛夫也曾经顺流而下伸展到了文学之外的"博大的领域"，但是最终他却在《濒危的文学》中将自己牢牢地捆绑在传统的文学定义上，再不敢越文学性雷池一步。反面来看，他曾经努力吸纳非文学的资源，实践着文学化他的工作，可是当化他的另一面——他化问题显山露水之时，托氏立刻拿起古老的文学戒尺，对文学非文学的成分横加指责。在其"濒危"眼镜的观照下，活生生的文学他化—化他运动被删削剥蚀，丰富多彩的法国20世纪文学及其理论创新，都被当作18世纪至19世纪文学精华的反面衬托。于是，法国现当代文学只剩下回到古典文学的那些个"审美"活动和"有益生活"之类的思想信条。

（三）文学辟文学，文学会文学

过去我们读到过不少关于文学本质的论述，看到过许多关于文学原理的解说，可今天法国文学的实际状况却让我们的理论装备苍白无力。反之，当我们用他化—化他或化他—他化的思路梳理法国文学之时，不仅能使文学是文学之

---

① 参阅本书第二十三章《安妮·埃尔诺的〈一个女人〉》（马利红撰）。
② Tzvetan Todorov. *La littérature en peril*. Paris：Flammarion，2007，p. 14.
③ Tzvetan Todorov. *La littérature en peril*. Paris：Flammarion，2007，p. 15.

文学性丝丝入扣，而且可让文学非文学之悖论化疑难一一可解。如果说常见所谓文学性能为文学之所是张目，那么这里说的文学非文学则将文学的是与非冶为一炉，阐发的是文学他化—化他的根性特征。文学非文学的命题之所以能产生这样的效果，深层原因就在于她蕴含着辟文学的非常逻辑。① 辟之为字，统帅着开辟—闭合、创制—屏除、惩处—提携、正派—邪佞、彰显—些微、直指—婉比等丰富的义项，包含着深于文、进乎技、化诸道的通和思想。辟为之思，正在于其圆赅法国现当代文学悖谬的非常智慧。20世纪法国以及欧陆的许多思想家是以超乎形式逻辑和辩证逻辑的智慧与传统文明机制博弈的。萨特情绪化了的存在思想如此，福科另类活法的言行如此，德勒兹与天地共感官的怪异如此，德里达播撒延异的手笔如此……哲学家尚且如此文学，文学家如此这般更不待言。换言之，哲学家和文学家的非常规逻辑都是同一种时代精神的集中体现。何况这个时段的哲学家几乎人人都是文学家，而文学家及其著作无不哲理化和思想化。人们惊叹德里达、杜拉斯无法归类，加缪、昆德拉远远越出了存在主义，巴特、克里斯蒂娃变而不居，罗布-格里耶、乌埃尔贝克文而不文，程抱一、高行健游而不定，这些蜚声文坛和学界的巨子们几乎都是"无主义"而有创新的非常人物。如果说笔者关于他化—化他的理路颇能切中法国现当代文学之肯綮，那么辟文辟思正是他化—化他命题的最好解答。辟文学之辟，实乃文学文本与非文学和类文学文本在深层转化过程中的会通。在这种意义上，可以说辟文学是会文学，世事洞明皆诗意，辟思通达即文章。辟文学之辟，也是会文学之会，是文学非文学的开合启蔽。辟文学之为用，变虚实，合动静，化块垒，遁时空，对于他化激变剧烈的法国文学，诚所谓会文学而通文学的利器。人们喜欢将法国文坛的一代风流名之为各类主义，实际上则是一堆众说纷纭主义或曰群龙无首主义即无主义。如果人们一定要给他们找一个文学类的地位，那就是他化—化他的化字号场域。辟思作为非常规逻辑之华夏智慧，适可成为法国文学及其研究的他山之石，进可为他化—化他的钥匙，出可为他化—化他的纲目，深可为他化—化他的脉动，浅可为他化—化他的引线，繁可为他化—化他的迤逦，简可为他化—化他的标点，大可圆观宏照，小能洞察透解，既得其寰中，又超以界外，文学非文学的要略尽在其间。

当文学非文学蔚然成风之时，法国的文学史家、批评家、诗学家、美学家都试图把握这一划时代文学现象的特点。然而囿于文学是文学的传统套路，玩华而堕其实，酌奇又乖其真，守本则疏其远，离心却失其魂，既忽略了他化—化他的大趋势，也错过了文学非文学之辟文学，所得往往是一隅之见。其实早

---

① 参阅拙作《文学通化论》，商务印书馆2017年版，第95-152页。

在托多洛夫之前，就有人尝试过对法国文学超常规现象的捕捉，托泰尔、库埃尼亚斯等人的学术努力就是一个显例。他们从 20 世纪中叶起，就对文学体性扩大和边际蔓延十分敏感，召开过国际研讨会，并以副文学（paralittérature）标识西方人所面对的文学巨变，形成了颇有影响的副文学一派。他们与托多洛夫一样，紧紧胶着于文学性不能自拔，把与正统文学不同的各类相关文本都称作副文学，以此与前者相区别。其实法语前缀词 para 本身并非仅仅是副或泛的含义。它还有副、泛、非、亚、次、疏避、导流等相反相依、相近相远、相辅相成的义项，虽然比不上辟字丰富精妙，但是就法语词汇而言，也不失为一个差强人意的选择。遗憾的是，副文学流派的理论家们既不能用辟思提炼文学他化—化他的大格局，也不能用文学非文学提挈副、泛、非、亚、次、疏等各类文本的多变形态，新探止于边缘徘徊，奇招未能核心透解。一个副字不仅局限了该流派的学术视野，而且牵制了领袖人物的理论升华。长达半个世纪的绵延，副文学一派的研究在量的方面有扩充，如阿兰 - 米歇尔·布瓦耶将副文学从单数（paralittérature）向复数的推衍，现象罗列的数量在增加，然而质的飞跃却始终付之阙如。（参阅本书第二十一章）

托多洛夫认为法国文学在世界文学中的影响越来越小，这种看法似乎并不准确。尽管与英文相比，法文属于小语种，然而法国现当代文学在世界上的传播相当活跃，至少在中国的译介和研究都相当可观。对我们来说，反思法国文学的"濒危"之危言，有助于促进关于整个文学理论的深度通变。我们透视文学他化趋向，无非是为了捕捉人类文学的复杂变数。本章倡导辟思辟学，也是为了突破文学研究套路的束缚，即刘勰所谓"参古定法，望今制奇"，穷通变久，另辟蹊径。

中国古人说得好："谈诗必此诗，定知非诗人。"论文学只讲文学，文学才真正"濒危"。仅仅抱住文学性拯救文学，大概不是很好的办法。本章之疏解，疏出了他化，解出了辟文学，非但没有委屈了文学性，反而强化了文学的化他功能，打开了更加广阔的文学时空。有道是"江流天地外，山色有无中"，王维《汉江临眺》中的这两句诗，也许最能表达法国现当代文学的他化性嬗变。一向定位于人类文学性的审美山色，彼处忽而于几神的有无中变相；原本生发于人间世的文学江流，此刻居然在他化的天地外流淌。文之为变，大矣哉！

尾声 闻说鸡鸣见日升[1]

---

[1] 作者为广东外语外贸大学栾栋教授。

丙申除夕的火树银花在目，丁酉入时的鸡犬之声相闻。云山周围的水村山廓与全国各地一样，沉浸在一夜连双岁、五更分二年的节庆气氛中。《法国他化文学研究》文稿也进入了合拢的时刻。连日来，我在夜以继日地突击，而今终于在跨入新年前倒计时的那一刻，在键盘上敲击出了最后一个句号。为了这篇尾语的撰写，误过了观看春节晚会。但是把捉到文学他化的精神气脉，不也是"此时无声胜有声"的人文雅兴？有所失，也有所得。文学如此，人生何尝不是？

参加本项研究的同仁及撰文目次如下：

"外国文学文化论丛"序（栾栋）

前言　法国文学他化简说（栾栋）

第一章　柏格森对生命的审美观照（张峰）

第二章　皮埃尔·洛蒂的双重书写（马利红）

第三章　普鲁斯特文学的"海上冰山"（黄晞耘）

第四章　"一战"阴影下的普鲁斯特小说（黄晞耘）

第五章　叔本华的幽灵（史忠义）

第六章　加缪的神话精神（尚丹）

第七章　米兰·昆德拉之逃离不朽（韩水仙）

第八章　走近尤瑟纳尔（史忠义）

第九章　罗伯-格里耶笔下的"欲望"（张维嘉）

第十章　马利坦诗学管窥（张静）

第十一章　米歇尔·图尼埃的"礼拜五"（张静）

第十二章　罗兰·巴特在"人生的中途"（黄晞耘）

第十三章　罗兰·巴特的"业余主义"（黄晞耘）

第十四章　于丽亚·克里斯蒂娃符义思想概说（史忠义）

第十五章　借助母性的象征言说（李昀）

第十六章　热奈特的文本理论（史忠义）

第十七章　德里达的解构性诗学（冯晓莉）

第十八章　勒克莱齐奥《宝藏》的叙事艺术（黄晞耘）

第十九章　勒克莱齐奥笔下之灵肉博弈（张璐）

第二十章　乌埃勒贝克的《基本粒子》解析（马利红）

第二十一章　法国副文学评述（马利红）

第二十二章　阿兰-米歇尔·布瓦耶的副文学观念（马利红）

第二十三章　安妮·埃尔诺的《一个女人》（马利红）

第二十四章　《天一言》荒诞意蕴解析（王夏）

第二十五章　托多洛夫"文学濒危"说疏证（栾栋）
尾声　闻说鸡鸣见日升（栾栋）

这里需要说明编著本书的立意。20世纪八九十年代，笔者在法国度过了十一个年头的留学生涯，那时已经开始关注法国文学他化趋向。世界变了，文学变了，人文格局整个变了，一个大人文的态势业已形成。法国的作家、思想家、史学家无不在人文群科中游弋，广义的文化人都被裹挟进了这个亘古罕见的大变局之中。几乎所有文学家都在跨国跨境地取材和创作，文论家也无不是在拓展更为宽阔的视野，史学家早就注重大时段的研究，哲学界的精英们同样经历着或曰推进着一个划时代的变革。在这样的文化洪流中，笔者敏锐地感觉到，传统文类分野和学术研究以及人文走向，亟待与时俱进的审度和参古酌今的释读。就人文群科而论，人文学的建设势在必行。关于人文学研究，我们已经有一个群体在惨淡经营，"人文学丛书"出了三辑，有三十五种著作问世。关于文学的他化问题探讨，也有一批志同道合的朋友跻身其间。2005年，"法国现当代文学他化现象研究"获广东省哲学社会科学课题立项，虽然经费非常微薄，但对课题组成员还是起到了激励和鼓舞作用。那个课题曾以"优秀成果"结项。发表在学术刊物上的二十多篇论文，两本译文书稿，一本主题文本，可说是对纳税人血汗资助和评审专家以及主管部门领导信任的一个认真交代。在这里，我们郑重声明，目前的这部书稿，就包含着"法国现当代文学他化现象研究"的部分主要成果。

法国文学的他化趋势，是一个很值得深入讨论的问题。文学以其文之汪洋恣肆和学之纵横捭阖，在人文群科间交织，在文化各领域排跶，在精神的无形处出没，在思想的火花中闪烁，这些个动人心弦的变化，倘若仍然依循独照隅隙的方法和陈陈相因的原理去研究，不仅鲜观衢路，而且进退失据。一个挑战性的理念应运而生，那就是解疆去域以驾驭变数，通和致化而创辟场合，即必须以一种囊括新旧学理和开启昭代诗学的话语进行把握。笔者关于文学非文学的命题，正是在法国文学的他化研究中得其名，在中外文学的熔铸创制中收其实。文学他化的理论由此开拓，辟文辟学的辟思从中运作。这两个交互印证的文理，已经凝聚在笔者的《文学通化论》专著中，也体现在近十多年来所发表的一系列切题文章之字里行间。

现在的这部书稿，采取了"游于艺"的撰写方式。参与撰写者均投身法国文学他化的大潮中自由地涵泳，仰观俯察其文变，心领之，神会之，感同身受地阐释法国文学近百年来的潜移默化。作为主编，我不要求大家字字紧扣他化，也不追求句句不离辟思，而是让每个参与研究的同仁在自己研究的掌子面，款款地释放法国文学离经抑或叛道的种种变数，在辟文辟学辟思的流水作业中，多角度地勾勒文学他化的宏观轮廓和微观蹊径。会心的读者自然能在可意处见出自己的文学他化情趣。有道是：

尾声落笔稿初成，
应合焰火动花城。
巴别通天无须待，
欣闻鸡鸣见日升。

地处东半球的中国已进入丁酉第一天，高卢的雄鸡大概也在此起彼伏地低吟高唱，那是为文学他化助兴，也是为他化文学的研究者们报以金声玉振的共鸣。

栾　栋
丁酉年元日凌晨
于广州白云山麓